Heinz G. Konsalik
Eine angesehene Familie

KONSALIK

Eine angesehene Familie

ROMAN

NAUMANN & GÖBEL

Eine angesehene Familie
Sonderausgabe der Naumann & Göbel Verlagsgesellschaft mbH, Köln, in der VEMAG Verlags- und Medien Aktiengesellschaft, Köln

Schutzumschlag: Klaus Blumenberg, Bergisch-Gladbach
Gesamtherstellung: Naumann & Göbel Verlagsgesellschaft mbH
Printed in Germany

ISBN 3-625-20337-5

Wenn Eduard Barrenberg eine Ahnung gehabt hätte, daß seine Familie zum Mittelpunkt öffentlichen Interesses werden würde, wäre er bestimmt nicht nach Ischia in Urlaub gefahren.

Er hatte sich vorgenommen, einmal richtig auszuspannen, sein Rheuma im heißen Sand zu begraben, auch ein wenig Diät zu halten, weil er seinen Gürtel um ein Loch hatte vorstellen müssen, und überhaupt wollte er einmal drei Wochen nichts von der Firma hören, um »neue Kraft für den Kampf gegen die Behörden aufzutanken«, wie er es nannte.

Da, in der zweiten Woche, geschah das Ereignis, ohne daß er es verhindern konnte, denn als es sich anbahnte, hatte er sich gerade in den Poseidon-Thermen massieren lassen, danach gemütlich eine deutsche Zeitung gelesen und sich auf das Abendessen gefreut. Aber schon von weitem, als er den Park seines Hotels betrat, ahnte er nichts Gutes: Auf einem mit blauem Samt bezogenen hohen Podest sah er seine Tochter Monika stehen, in einem goldfarbenen Badeanzug, mit einer Schärpe dekoriert und eine in der Sonne blitzende Messingkrone auf den Haaren. Mindestens zweihundert Menschen applaudierten, eine Filmkamera fuhr auf einer rollenden, von drei Männern gezogenen Plattform auf sie zu; es sah alles so aus, wie es Barrenberg schon einmal im Fernsehen gesehen und ein »idiotisches Affentheater« genannt hatte: eine Mißwahl.

Und schon stürzte sich der Hoteldirektor auf ihn, breitete die Arme aus und beherrschte sich sichtlich, um Barrenberg nicht an seine Brust zu drücken. Er sprach ein gutes Deutsch, aber in der Aufregung vermengte er es mit der Muttersprache.

»Signore!« rief er. »Gratuliere! Einen doppelten Preis!« Es folgte eine Flut italienischer Sätze, die Barrenberg nicht verstand, aber dem Tonfall nach drückten sie explosive Begeisterung aus. »Das hat es noch nicht gegeben! Zwei in einer Familie! Meine Gratulation!«

»Was geht hier vor?« fragte Barrenberg zurückhaltend.

»Ihre Tochter ...«

»Die sehe ich! Mit Krone und Schärpe! Grinsend wie ein geplatzter Pfannkuchen. Mein Gott, nicht einmal massieren lassen kann man sich, schon geht was schief!«

Er ließ den Hoteldirektor stehen, betrat die Liegewiese rings um den riesigen Swimmingpool und sah jetzt erst, daß unterhalb des Podiums, auf dem seine Tochter stand, auch seine Frau Maria hinter einem großen Strauß roter Rosen in die Kamera lächelte. Sie trug einen schlichten schwarzen Bikini, und um sie herum sprangen aufgeregte Männer, die ihr ein Mikrofon vor den Mund hielten, sie von allen Seiten fotografierten und fortwährend auf sie einredeten. Ein Mann mit schwarzgrauen Locken umarmte sie sogar und küßte sie auf die linke Wange, während die Kamera alles aufnahm. Maria tat sehr verschämt, lächelte tapfer und schien aufzuatmen, als jemand brüllte: »Ende! Ist im Kasten!«

Die Kamera schwenkte weg, Monika stieg von ihrem Podest, hielt dabei ihre schwankende Messingkrone fest und erkannte ihren Vater.

»Da ist Papa!« rief sie. Barrenberg zog das Kinn an und blickte düster, als sich die Köpfe ihm zuwandten. Monika winkte, nahm ihre Krone ab und lief mit wehenden Haaren auf ihn zu. Maria folgte ihr, den riesigen Rosenstrauß gegen die Brust drückend, in Begleitung des Mannes, der sie vor allen Leuten geküßt hatte.

»Papa!« rief Monika wieder. Sie hielt ihm die Krone hin und zupfte an der Schärpe. »Ich bin gewählt worden! Ausgerechnet ich! Und als sie dann Mama gesehen haben ... «

»Was geht hier vor?« fragte Barrenberg wieder. Er musterte den forschen Mann mit dem Lockenhaar, dann seine Frau, und stellte fest, daß Maria einen ganz anderen Blick hatte: strahlender, fordernder, aggressiver.

»Mein Name ist Barrenberg«, sagte er abweisend.

»Puratzke. Holger Puratzke«, sagte der lockige Mann.

»Das ist nicht Ihre Schuld.« Barrenberg freute sich über diese Antwort; sie wies gleich die Marschrichtung aus. »Was soll das alles?«

»Wir sind von der ›Spectra-Film‹ und drehen gerade auf Ischia. Ich bin der Regisseur. Der Film heißt: ›Sommerwind‹. Gut, was?«

»Und für Ihren Wind brauchen Sie meine Frau und meine Tochter?«

»Eduard«, sagte Maria; der Glanz in ihren Augen verlor sich. »Wir sind überrumpelt worden. Ich liege am Pool und sehe den Dreharbeiten zu, und Monika geht gerade zum Schwimmbecken, da kommt Herr Puratzke angelaufen und ruft...«

»Eine Offenbarung!« Puratzke klatschte in die Hände. »Allerdings habe ich das gerufen! Ein Wunder! So etwas suche ich schon lange! Solch ein Mädchen! Solch eine Figur! Ganz unbefangen, nicht so wie die scharfen Beißerchen vom Fach. Ich brauchte nämlich eine Miß-Szene! Und als ich Ihre Tochter sah, habe ich sofort umgestellt, und wir haben eben *diese* Miß-Szene gedreht. Ihre Monika ist ja ein Naturtalent... Aber dann hat's mich umgehauen!« Puratzke wischte sich den Schweiß von der Stirn. »Kommt die Mutter daher! Jawohl, Ihre Gattin, Herr Barrenberg. Ich schalte sofort! Drehbuch ändern! Neue Szene hinein: Wahl der schönsten Mutter! Auch die ist im Kasten! Ich sage Ihnen: Dieses Gespann Mutter-Tochter wird noch von sich reden machen!« Puratzke holte tief Luft. »Das war's. Nun zu Ihnen! Keine Angst! Ich mache Sie nicht zum schönsten Vater! Ich brauch' nur ein paar Informationen. Wie heißen Sie?«

»Eduard Barrenberg. Sie wissen es doch!«

»Beruf?«

»Ich baue Häuser. Noch mehr?«

»Hat Ihre schöne Frau auch einen Beruf?«

Maria wollte etwas sagen, aber Barrenberg winkte ab. »Hausfrau! Was sonst?!«

»Die Tochter, die süße?«

»Macht ihr Abitur. Interview im Kasten? Sind wir gnädig entlassen? Wie hoch ist eigentlich die Gage von Mutter und Tochter?«

Puratzke erstarrte einen Moment, dann lachte er meckernd und hielt es für nützlich, sich schnell zu entfernen. Am Rande des Pools hörte man ihn brüllen: »Umbau! Wir drehen Nummer neunundzwanzig! Ist Franzl mit Schminken fertig?! Wo bleibt der zweite Reflektor?«

»Du warst sehr unhöflich zu ihm, Eduard«, sagte Maria. Sie gingen zum Hotel zurück, nebeneinander, Barrenberg in der Mitte. Monika ließ die Messingkrone um ihren Unterarm kreisen, Maria trug ihre Rosen wie einen Brautstrauß.

»War das nötig?« brummte Barrenberg.

»Es kam so plötzlich. Du hättest es auch nicht verhindern können.«

»Irrtum. Wenn ich etwas nicht will, dann passiert es auch nicht.«

»Das kennen wir!« sagte Monika. Barrenberg blickte sie böse an.

»Meine Frau und meine Tochter als Filmstars! Mit Krone, Schärpe und roten Rosen! Miß Sommerwind und ihre schöne Mama! Ihr habt euch ganz schön lächerlich gemacht!«

»Ich fand es lustig.« Maria Barrenberg drückte ihr Gesicht in die Rosen. »Aber wenn du willst, werf ich die Blumen weg. Wir sind zur Erholung hier und nicht zum Streiten.«

»Stell sie im Zimmer in eine Vase. Sie waren teuer genug! Dieser Clown von Regisseur hat dich auch noch geküßt!«

»Nur auf die Wange. Und nur für die Kamera! Nun mach daraus bitte keine Affäre, Eduard!«

»Papa würde nie eine andere Frau küssen!« sagte Monika frech. »Aber er würde ja auch nie Mister Sommerwind werden.«

»Ganz richtig!« Barrenberg blieb in der Hotelhalle stehen. »Wenn ich damals so gedacht hätte wie eure Generation, dann stünde ich heute noch an der Mischmaschine!«

Damals ... Das war ein Thema, vor dem Monika sich fürchtete. Damals ... Das war die Generation, die anscheinend nur Wunder vollbrachte.

Sie gab ihrem Vater einen Kuß und rannte die Treppen hinauf, während Eduard und Maria Barrenberg den Lift nahmen.

Am späten Abend, nach dem Essen – Fenchelgemüse, in Salzwasser gekocht, mit einer Scheibe gekochtem Schinken und einer kleinen Kartoffel – Reduktionskost nannte man das, am Tag nicht mehr als 1000 Kalorien – saßen sie auf der Hotelterrasse, tranken einen trockenen Wein und blickten hinaus in den von Lampen beschienenen subtropischen Park. Im Hintergrund, im Speisesaal, spielte eine Streicherkapelle im Stile Mantovanis zärtliche Musik.

»Mir geht etwas durch den Kopf, Maria«, sagte Barrenberg. »Dir hat das mit dem Filmfritzen gefallen?

»Es war mal etwas anderes, Eduard. Eine lustige Abwechslung.«

»Du vermißt das? Du brauchst so etwas? Warum hast du mir das nie gesagt?«

»Ich vermisse nichts.« Sie lächelte ihn an. »Wie kannst du so was denken? Ich habe doch dich und Monika.«

Sie hob ihr Glas und prostete ihm zu. Sie sah zauberhaft aus, verjüngt im Dämmerlicht, ein Bild des Glücks.

Eduard Barrenberg war wieder sehr zufrieden.

Es war genau 5 Minuten nach 20 Uhr, als ein menschlicher Körper fast waagerecht durch die Tür von »Ferrys Schuppen« flog, sich auf der Straße abrollte, noch zweimal um sich selbst kugelte und dann liegenblieb. Etwas verkrümmt, die Hände gegen den Magen gedrückt, die Beine angezogen. Aus einer Schürfwunde an der Stirn sickerte Blut. Im gleichen Augenblick bog ein Moped um die Ecke, mußte abrupt bremsen, um nicht in den Menschenklumpen hineinzufahren, schlidderte über den Asphalt, der Fahrer hatte alle Mühe, sich auf den Rädern zu halten und stemmte dann die Beine auf die Straße, während er den Motor abwürgte. Er starrte auf den verkrümmten Körper, stieg aus dem Sattel, ließ das Moped einfach umfallen und kniete sich neben den Liegenden. Als er den rotweiß lackierten Helm abnahm, quollen lange blonde Haare hervor und wehten um ein schmales, entsetztes Mädchengesicht.

Das Mädchen streckte beide Hände aus, zögerte einen Augenblick, griff dann aber kraftvoll zu und drehte den verkrümmten Körper auf den Rücken. Sind Sie verletzt?« fragte es. »Was haben Sie?«

»Ich liege immer hier!« Der junge Mann streckte sich, wischte sich mit dem Handrücken das Blut von der Stirn und setzte sich. Er trug ausgebeulte schwarze Cordhosen, ein bis zum Gürtel offenes kariertes Hemd und darüber einen grünen, geflickten Parka amerikanischer Herkunft. An einer dicken silbernen Kette baumelten ein in Silber gefaßter großer, gebogener Tierzahn, ein Amulett, das einen indischen Götterkopf darstellte, und ein koptisches Kreuz. Seine braunen Haare waren schulterlang – fast so lang wie die blonden Mädchenhaare, aber strähnig, stumpf und über der Stirn mit Blut verklebt.

»Meine Spezialität!« sagte er. Seine Stimme klang heiser, mit einem weinerlichen Unterton. Als er nochmals die Hand hob, um das Blut wegzuwischen, zitterten seine Finger, als durchjage ihn ein Schüttelfrost. »Ich übernachte hier! Glotz nicht so dämlich! Hau ab, sage ich!«

»Kann ich Ihnen helfen?« fragte das Mädchen.

»Helfen? Mir? Du?!« Der junge Mann zog die Beine an, stemmte sich hoch, aber als das Mädchen ihm unter die Arme greifen und ihn stützen wollte, schüttelte er sie ab. Als er stand, schwankte er, drehte den Kopf zu »Ferrys Schuppen«, sagte laut: »Ihr verdammten Arschlöcher!« und ging verkrampft, wie eine aufgezogene Puppe, auf die andere Straßenseite. Dort lehnte er sich an die Hauswand, schüttelte sich wie ein Hund, der aus dem Wasser steigt, und sah dem Mädchen zu, das sein Moped über die Straße schob und neben ihm stehenblieb. »Sie bluten!« sagte das Mädchen und stützte sich auf den Lenker. »Was ist denn passiert?«

»Scheiß drauf! Zisch ab, Biene!«

»Soll ich Sie zu einem Arzt bringen?«

»Ach du dickes Ei! Arzt?! Wie tickst du denn?« Er äffte ihr nach mit verstellter Fistelstimme: »Kann ich Ihnen helfen! Ihnen! Wo sind wir denn? Kommst wohl aus 'nem Stall, wo die Hühner von goldenen Tellern fressen, was? Wer bist du?«

»Ich heiße Monika Barrenberg. Und – du?«

»Freddy the Tiger!« Er tippte auf den in Silber gefaßten Zahn vor seiner Brust. »Der ist echt! Von 'nem richtigen Tiger. Hab' ihn aus Indien mitgebracht. War das 'ne Schau, als sie das Biest endlich geschossen hatten! Ein Menschenfresser. Hatte schon vierzehn Bauern im Bauch! Ich hab' mir den Zahn aussuchen können... Ich hab' damals einen der Treiber gespielt...«

»Du warst in Indien?« fragte Monika Barrenberg. Sie holte aus ihrer Lederjacke ein Taschentuch und drückte es Freddy auf die Schürfwunde. Er sah sie verblüfft, fast erschrocken an, ließ es aber geschehen. Er lehnte sogar den Kopf an die Mauer zurück und schloß die Augen.

Der zarte Parfümgeruch des Taschentuches machte ihm übel. Er begann zu würgen, das Zittern in seinem Körper verstärkte sich. Die Finger ballten sich zu Fäusten, er drückte sie gegen seine Brust.

»Nimm das Scheißtuch weg!« keuchte er. »Ich muß gleich kotzen!«

»Du hast eine Gehirnerschütterung!«

»Blödes Luder!«

»Übelkeit nach einem Sturz ist der Beweis für eine Gehirnerschütterung. Ich habe das in einem Erste-Hilfe-Kurs beim Roten Kreuz gelernt.«

»Du lieber Himmel – halts Maul!« keuchte Freddy. »Ich bin auf'n Aff...« Er stieß Monikas Hand mit dem Taschentuch weg und stierte sie aus zitternden Augen an. »Das habt ihr feinen Miezen beim Roten Kreuz nicht gelernt, was? Noch 'ne halbe Stunde, und ich lecke die Straße ab! Ich kenne das. Diese Sauhunde da drüben! Lassen einen verrecken, lassen einen kalt lächelnd verrecken, und haben genug zum Drücken in der Tasche! Fünfzig Mark für einen scheißigen ‚Hongkong-Rock'! Die haben wohl 'ne Meise! Glotz nicht so dämlich! Ich muß achtmal am Tag drücken, um über die Runden zu kommen. Das sind vierhundert Mark, am Tag! Die bringen mich um, die Hunde, die bringen mich um...«

Er preßte die Fäuste gegen seinen Bauch, krümmte sich nach vorn und schlug die Zähne aufeinander. Schweiß brach aus seinen Poren und überschwemmte den Körper, als treibe eine innere Dusche das Wasser durch die Haut. Monika wollte ihn wieder stützen, aber er stieß mit dem Kopf nach ihr und begann, mit den Füßen aufzustampfen.

»Hau ab!« keuchte er heiser. Plötzlich griff er zu, bekam Monika an der Schulter zu packen, riß sie an sich und umklammerte ihren Hals. Seine Hände schienen darin Übung zu haben, sie lagen genau, beide Daumen auf dem Kehlkopfknorpel, er brauchte nur fester zuzudrücken und die Luftzufuhr war sofort abgeschnitten. Ihre Gesichter waren jetzt ganz nahe: Monikas schmales Mädchengesicht, in Fassungslosigkeit erstarrt, mit weiten, angstvollen blauen Augen – und Freddys verzerrtes, von Schweiß, verwischtem Blut und Straßenstaub entstelltes Gesicht, in dem die graubraunen Augen brannten, die Pupillen zitterten.

»Du hast Geld, was?« zischte er. Seine Lippen zogen sich in einem Krampf zusammen. Nur einen halben Schuß, dachte er mit einer jämmerlichen Demütigkeit. Nur eine kleine Dosis. Nur einen Hauch von H. Nur ein Tröpfchen aus der Nadel... das wäre schon genug. Dann kann man wieder etwas atmen, dann hört der verrückte Schmerz in den Eingeweiden auf, dann ist das verdammte Zittern weg, das Gefühl, man trockne aus, der lederne Gaumen wird wieder feucht, die Augen sehen die Welt wieder klar... Und die Angst ist weg, die verfluchte Angst zu sterben... zu sterben mit diesen Krämpfen, die alle Muskeln zusammenziehen. Nur ein Hauch... zur Beruhigung, zum Weiterleben... Habt doch Mitleid, Kumpels, ich war doch immer ein ruhiger, guter Kunde, immer bar auf die Hand. Ihr kennt mich doch: Freddy the Tiger, Trompeter bei den »The Heaven-Rockers« in der Diskothek »Number Sex«. Ihr bekommt euer Scheißgeld doch morgen früh, um 5 Uhr, wenn die Schau gelaufen ist. Ich bringe es euch, mein Ehrenwort, ich habe euch noch nie draufgesetzt, ihr könnt mir den Schädel einschlagen, wenn ihr um 5 Uhr früh nicht die Kohlen habt... Jungs, ich brauche doch nur zwei Gramm, das sind lumpige hundert Mark, nur hab' ich sie im Augenblick nicht, aber ich brauche gerade jetzt einen Schuß... Ihr seht das doch, ihr könnt mich doch nicht so hängen lassen, wie soll ich denn spielen ohne einen Druck, sagt mir das mal?! Ihr Scheißkerle, ihr könnt mich doch nicht verrecken lassen... es sind doch nur ein paar Stunden... ich beschaffe doch das Geld...

»Wieviel Geld hast du bei dir?!« zischte er sie an. Sein Atem roch sauer und gallig.

»Ich – ich weiß es nicht...« stotterte Monika. »Ich komme gerade aus einem Konzert...«

»Woher?!«

»Aus einem Flötenkonzert...«

Über Freddys Gesicht zog ein verzerrtes Grinsen. »Ist das zum Kotzen!« sagte er. »Die haben da bestimmt die falschen Flöten geblasen...«

»Es waren Kompositionen von Friedrich dem Großen...«

»Hast du Geld?!« Seine Finger strichen über Monikas Hals, aber sie drückten nicht zu. Dann wanderten sie tiefer, abwärts, glitten über das Brustbein, verhielten einen Moment und legten sich dann kurz auf ihre Brüste, über denen das weiche Leder ihrer Jacke lag. Als habe er etwas Feuriges berührt, zuckten seine Hände zurück zu ihrem Hals. »Monika, ich brauche Geld. Sofort! Blöde fünfzig Mark. Oder auch nur fünfundzwanzig, das reicht. Sie geben mir nichts auf Versprechungen. Rausgeschmissen haben sie mich. Monika, ich brauche einen Druck, einen ganz kleinen Druck... Gib das Geld her...«

»Wir gehen sofort zu einem Arzt!«

»Du dämliches Arschloch!« Freddy keuchte. Seine Hände fielen herab, die Augäpfel rollten, sein Mund klappte auf, Speichel tropfte über sein Kinn – es sah schrecklich aus. Die Krämpfe kehrten zurück – er zog die Knie an, als schrumpfe er in sich zusammen und kauerte an der Hauswand.

Aus der Tür von »Ferrys Schuppen« kamen drei Männer und ein Mädchen, ihr Lachen schallte über die Straße. Freddy hob den Kopf und versuchte, sich aufzurichten. Es gelang nicht, die Krämpfe machten ihn bewegungsunfähig.

»Da ist er...« stotterte er. »Laß ihn nicht weg, Monika... laß ihn nicht weg! Das ist Kemal – der Türke! Ich krepiere, Monika, ich schwör's dir... ich krepiere auf der Straße... Wenn du ein paar Heiermänner hast...«

»Was soll ich haben?« fragte Monika, noch immer steif vor Schrecken.

»Geld! Die Spritze! Laß ihn nicht gehen!« Wieder hörte sie, wie seine Zähne klapperten, es klang schauerlich. »Sag ihm... sag'... einen halben Schuß... Von mir aus einen billigen Hongkong... nur ein bißchen, ein bißchen...«

Monika wußte später nicht zu erklären, was sie dazu bewogen hatte, Freddy in seinem gefährlichen Zustand an der Hauswand zu lassen und mit festen Schritten über die Straße zu gehen. Mitten auf der Fahrbahn hob sie die Hand und rief mit heller Stimme:

»Kemal! Bleiben Sie stehen!«

Der Mann, der Kemal hieß, wirbelte herum, als habe er einen Schuß in den Rücken bekommen. Die beiden anderen Männer sprangen sofort an die Hauswand, während das Mädchen sich duckte und weglaufen wollte. Dann erkannten sie alle zur gleichen Zeit nur einen einzigen Gegner: ein Weib in einer Lederkombination. Man hatte die Polizei schon in vielen Variationen erlebt, auch als Rocker, Zuhälter und Dealer, aber noch nie hatte sie die Dummheit begangen, eine junge Beamtin allein und als Rockerbraut verkleidet ins Feuer zu schicken. Möglich, daß irgendwo die anderen Burschen vom Einsatzkommando lauerten, um zu beobachten, wie sich Kemal benehmen würde.

»Ganz ruhig!« sagte Kemal durch die Zähne. Er war ein großer, hagerer Mensch mit dem olivbraunen Teint des Orientalen, ohne den typischen Schnauzbart der Türken, auch ohne ihre schwarzen, wachen Augen. Er glich eher einem ausgezehrten, lebergeschädigten Arbeiter, der frühzeitig auf Rente gesetzt war. »Die müssen uns für ausgesprochen dämlich halten.« Er sprach ein gutes Deutsch, mit hessischem Einschlag. Seit vierzehn Jahren lebte er in Frankfurt, hatte fünf Jahre im Straßenbau gearbeitet, dann drei Jahre in einer chemischen Fabrik, vier Jahre als Kellner in einer Schwulenkneipe und zwei Jahre als Portier vor einem Pornoschuppen in der Moselstraße. Dann hatte er sich selbständig gemacht, war schnell zu Geld gekommen, hatte sich eine Eigentumswohnung gekauft, fuhr einen Alfa und war seit einiger Zeit mit einer Landsmännin verheiratet, die als Bauchtänzerin in einem Etablissement an der Kaiserstraße aufgetreten war. Woher sein plötzlicher Aufstieg kam, war kein Gesprächsthema mehr in Frankfurt. Schon wiederholt waren Neugierige in Frankfurter Kliniken eingeliefert worden, immer mit den gleichen Verletzungen: Ihre Gesichter waren mit einem Rasiermesser zerschnitten. Aber die Verstümmelten schwiegen, trotz wochenlanger Verhöre durch die Polizei. Ein paar Narben im Gesicht sind besser als eine enge Kiste unter der Erde. Kemal der Türke hatte es geschafft. Gegen die große chinesische Konkurrenz, die von Amsterdam aus arbeitete und ganz Westeuropa kontrollierte, hatte er mit Hilfe von dreiunddreißig türkischen Familien einen Ring aufgebaut, der völlig undurchlässig war. Die Ware kam nicht mit Massentransporten per Schiff, Lastwagen oder Flugzeug, sondern ganz brav im Handgepäck aus dem Heimaturlaub zurückkehrender türkischer Gastarbeiter. Wer will sie kontrollieren, diese nie endende Völkerwanderung? Was nutzen Schnüffelhunde in Frankfurt, wenn in München mit einem Sonderzug 6000 Urlauber fröhlich, winkend und gestikulierend aus Istanbul eintreffen und ihre zweite Heimat Deutschland mit rührender Liebe begrüßen?! Wer fände da bei Yügel die 20 Gramm Heroin, die in einer Unterhose eingerollt sind, oder die 50 Gramm bei der schönen, blitzäugigen Leila, die weich und sicher in einem Karton mit Binden liegen?

Nur einen Feind hatte Kemal der Türke, aber den konnte er nicht ausmachen. Der Unbekannte war der ganz Große im Frankfurter Umschlagplatz. Man kannte seinen Namen nicht, man hatte ihn nie gesehen, nie gesprochen ... Er operierte aus dem Hinterhalt über Delegierte und Unterdelegierte, und er schickte sogenannte Informationstrupps, deren Aufgabe es war, Leuten wie Kemal das Leben schwer zu machen. Noch war es nicht zu einer offenen Auseinandersetzung gekommen, aber Kemal erwartete sie in aller Kürze. Alle Anzeichen deuteten daraufhin, vor allem der Tod zweier seiner türkischen Freunde, die – laut Frankfurter Polizeiakten – an einer Überdosis Heroin, dem »Goldenen Schuß«, gestorben waren.

Das war lächerlich. Die beiden Türken waren biedere Familienväter gewesen, die das von der türkischen Fabrik« gelieferte weiße 80prozentige Heroinpulver, eine geradezu goldene Ware, nur herübergebracht und Kemal abgeliefert hatten. Sie selber verabscheuten die Spritze. Wenn sie dennoch durch eine Überdosis gestorben waren, so stellte sich das für Kemal so dar: Die Kommandos des Unbekannten hatten die beiden treuen Freunde gegriffen und ihnen gewaltsam den Tod in die Armvene gejagt.

Auch von dort kann diese Falle kommen, dachte Kemal. Er ging bis an die Bordsteinkante und sah Monika mit zusammengekniffenen Augen an, als sie näherkam. Seine rechte Hand hatte er in die Rocktasche vergraben, sie umklammerte eine kleine Pistole. Erst als ihm Monika gegenüberstand, kamen ihm Zweifel. Das ist kein Profi, dachte er verblüfft. Seine Menschenkenntnis hatte sich in den vergangenen zwei Jahren als Basis seines Kapitals erwiesen. Die Kleine hat Angst. Ihre großen blauen Augen sind ein stummer Aufschrei. »Was ist denn?« fragte Kemal. »Was heißt hier stehenbleiben?«

»Ich – ich möchte kaufen ... « sagte Monika viel zu laut. Bei den letzten Schritten waren ihr die Füße bleischwer geworden. Jetzt, wo sie ihm gegenüberstand, dachte sie nur an Freddy, der drüben auf der anderen Straßenseite verkrümmt, wimmernd, von Krämpfen geschüttelt, zu sterben glaubte, und dem nur zu helfen war, wenn er das bekam, was er einen Schuß nannte. Mit sicherer Stimme fragte sie: »Was kostet es?«

»Was?« fragte Kemal abweisend zurück.

»Sie wissen schon.«

»Ich weiß gar nichts!«

»Er braucht einen Schuß...«

»Mädchen, ich bin kein Waffenhändler!« Kemal lachte. »Du hast an der falschen Hausnummer geklingelt.«

»Reichen zwanzig Mark? Soviel habe ich noch...«

Kemal schüttelte den Kopf. Er wurde unsicher. Sein inneres Warnsystem versagte, die Klingel in seinem Hirn schlug nicht an. »Falsch verbunden!« sagte er hart. »Waren 'n paar Cola mit Rum zuviel, was? Leg dich in die Klappe!«

»Freddy braucht einen Schuß!« sagte Monika laut. »Er war vorhin bei Ihnen, Sie haben ihn aus dem Lokal werfen lassen. Warum haben Sie ihm keinen Kredit gegeben? Freddy ist verloren ohne Schuß, das wissen Sie genau!« Sie griff in ihre Lederjacke, zog ein zierliches Portemonnaie heraus und hielt zwei zerknitterte Geldscheine in die Luft. »Zwanzig Mark!«

Die beiden Männer im Hintergrund grinsten, das Mädchen kicherte. Kemal – und ein Zwanzigmark-Geschäft! Das war ein Witz, der bald die Runde machen würde. Der erbärmlichste Junkie gab sich mit solcher Lächerlichkeit nicht ab. Ein halber Schuß... und Kemal sollte ihn verkaufen! Auch in dieser Branche gab es noch Humor!

»Wo ist Freddy?« fragte Kemal, wider Erwarten ruhig.

»Dort drüben. Der Fleck an der Hauswand! Er wird verrückt! Sie müssen mir etwas geben...«

»Komm mal näher, ganz nah! So ist's richtig!« Kemal faßte Monika vorn an der Lederjacke und zog sie an sich. Sie machte sich steif, der Mann war ihr widerwärtig, sein Blick hatte etwas Lähmendes, das knochige Gesicht mit der dunkel getönten Haut erinnerte sie an ein Bild, das sie im Buch über ägyptische Geschichte gesehen hatte: Die Mumie des Pharaos Ramses.

»Woher kennst du Freddy?« fragte Kemal.

»Ich habe ihn eben erst kennengelernt. Ich hätte ihn beinahe überfahren. Er lag ja auf der Straße.«

»Und schon besorgst du ihm Stoff?«

»Er krümmt sich...«

»Und er hat dir gesagt, daß ich Kemal bin?!»

Instinktiv spürte Monika die Gefährlichkeit dieser Frage. »Nein!« sagte sie. »Er hat nur gesagt: Da drüben ist Kemal! Aber da gingen ja drei Männer! Aber als ich Kemal rief, sind Sie stehengeblieben. Also müssen Sie Kemal sein.«

»Scheiße! Und jetzt wirst du jedem erzählen, daß du Kemal getroffen hast!«

»Wen interessiert das schon?!«

Diese Antwort traf ins Volle. Kemal blickte Monika ungläubig an, winkte dann nach hinten und zog die beiden Zehnmarkscheine aus Monikas Finger. »Franz, gib ihr für einen halben Schuß.« Dann griff er in Monikas Haare und ließ die blonden Strähnen durch seine Finger rinnen.

»Ich habe nur Afghanen bei mir«, sagte Franz. »Die kosten ... «

»Den Rest verrechnen wir.«

»Kemal – «

»Schnauze!« Er ließ Monikas Haare los und lächelte schwach. »Für alles muß bezahlt werden, auch dafür, daß ein Engel ein Stückchen Hölle kauft!« Er drückte Monika ein kleines Briefkuvert, das Franz ihm gereicht hatte, in die Hand. »Sag Freddy, das ist ein goldener Stoff. 80 Prozent rein! Er versteht das schon. Daraus macht er drei Nadeln. Willst du 'n guten Rat hören?«

»Von Ihnen?«

»Den besten für deinen Jahrgang: Gib Freddy das Zeug, steig auf dein Moped und dann ab durch die Mitte. So schnell wie möglich! Ohne umzugucken! Gib Gas und weg! Und vergiß alles! Denk, das hast du nur geträumt. Und komm nicht auf den Gedanken, Freddy zu retten. Der ist nicht mehr zu retten, der hängt nur noch an der Nadel.«

»Ihr seid Mörder!« sagte Monika dumpf. »Ihr seid alle Mörder mit weißen Händen. Man kann es nicht laut genug schreien!«

»Dann schrei mal schön!« Kemal lachte kurz auf. Es war ein hartes, knöchernes Lachen; Monika überlief eine Gänsehaut. Auch die beiden anderen Männer und das Mädchen lachten. Sie traten aus dem Hausschatten heraus und nahmen erst jetzt für Monika Gestalt an. Die Männer waren jung, nicht älter als Freddy, trugen enge Jeans und taillenkurze, blusenähnliche Jacken. Das Mädchen war ordinär geschminkt, die Brüste fielen fast aus dem Ausschnitt der dunkelblauen Satinbluse, die Hose klebte an den langen, schlanken Beinen. Sie hatte rote Haare, zu tausend kleinen Löckchen gedreht. Ein degenerierter Negerkopf.

»Das feine Töchterlein!« kreischte die Rote. »Bist studiert, was?«

»Ich mach' mein Abitur.«

»Hört ihr das?!« Die Rote juchzte auf. »Latein kann se, bestimmt. Aber richtig gebumst hat se bestimmt noch nicht. Kannst du bumsen?«

»Nicht für Geld wie du!« sagte Monika mit einem Mut, der ihr selbst rätselhaft vorkam.

Kemal lachte laut.

»Du blonde Kapitalistensau!« schrie die Rote, aber da hatte sich Monika schon umgedreht und war auf dem Weg zu Freddy. Als sie sich auf der anderen Straßenseite noch einmal umwandte, sah sie, wie Kemal und seine Begleiter weitergingen. Einer der Männer hatte die Rote am Arm gepackt und zerrte sie mit sich. Sie rief immer noch unflätige Worte und hob drohend die Faust.

Freddy saß vor einem Hauseingang und zerwühlte mit beiden Händen seine Haare. Er stöhnte und keuchte, scharrte mit den Schuhen über den Asphalt und zuckte ab und zu so heftig zusammen, als jage man Stromstöße durch seinen Körper.

»Freddy, ich habe drei Schüsse ...« sagte Monika langsam.

Es war, als läuteten alle Glocken Frankfurts. Freddys Kopf sank nach hinten, seine Augen leuchteten, mit offenem Mund sah er Monika an.

»Wo?« keuchte er. »Wo ... ?«

»Hier.« Sie hielt ihm das Tütchen hin. »Kemal sagt, es sei 80prozentig. Aus Afghanistan. Du könntest drei Nadeln ...« Sie stockte. Freddy stemmte sich an der Haustür hoch und griff nach dem Tütchen. Sein Gesicht war wie verklärt, aber der ganze Körper zitterte, Schweiß rann über seine Brust. »Freddy, nimm es nicht auf einmal!«

Er hatte das Tütchen aufgeklappt und schnüffelte. »Reiner Schnee! Mein Gott, Monika, das hab' ich seit Monaten nicht gehabt! Immer nur die Scheiße, gestreckt mit Mehl, Puderzucker oder Strychnin. Da haste dann weniger als 30 Prozent H in der Nadel. Und ein Gefühl ist das, wenn die Soße in dich reinläuft! Erst wird dir ganz heiß, dann mußt du pinkeln – du glaubst aber nur, daß du pinkeln mußt – und wenn du richtig gedrückt hast, so einen Schuß in die Blutbahn, dann bläht sich dein Kopf, dann macht's da oben und da drinnen bum-bum, dann sagste dir: Jetzt platzt du! Jetzt fliegt dir der Kopf weg! Wie'n Ballon ist er, und drinnen haut einer auf die Pauke! Aber dann ist alles o.k.... dann wirste ruhig und stark und lustig, und ich kann meine Posaune blasen, und bei den Schicksen werden die Hosen naß vor Begeisterung. Das mußte mal sehen! Und später stehen sie Schlange vor der Garderobe und wollen alle von mir gebumst werden! Und dann haue ich mir den zweiten Schuß rein und nehme gleich drei auf die Bude. Die schaff' ich dann, ehrlich!« Er strahlte Monika an, griff in die Tasche seines Parkas und holte einen Plastikbeutel heraus. »Reiner Schnee...«

»Was hast du da?« fragte Monika. Freddys Enthusiasmus erzeugte in ihr keinen Abscheu, sie hatte nur noch mehr Mitleid mit ihm.

»Das Werkzeug!« Freddy hielt den Plastikbeutel hoch. »Die Spritze, 'n Blechlöffel und 'ne Kerze. Willste dabei sein, wie ich das Süppchen koche?«

»Nein!«

»Dann hau ab!« Er drückte die Haustür auf und blickte in das Treppenhaus. Ein Vorplatz, mit Kacheln ausgelegt. Im Hintergrund die breite Holztreppe. Ein idealer Platz, um in aller Ruhe das Heroin auf dem Blechlöffel über der Kerzenflamme mit etwas Wasser aufzukochen und zu verflüssigen. »Willste etwa 'n Dank?!«

»Nein!«

»Kannste aber haben! Nach dem Schuß gehen wir auf meine Bude. Wie spät ist es?«

»Halb elf.«

»Um elf muß ich antreten. In 'ner halben Stunde können wir allerhand wegstecken.«

»Danke.«

»Zicke!« Freddy grinste Monika breit an. »Ich spiele in der Disko ›Number Sex‹. Kann ja sein, daß du mal hinwillst. Immer nur

Flötenkonzert vom Alten Fritz ... ist doch 'n Scheiß! Komm in die Disko. Wenn die Platten heißgelaufen sind, machen wir die Einlage in Natur! Ganz cool, sag ich dir! Und ich blase ein Solo, da kannste deine Flöten einweichen. Komm mal hin, Monika ... «

»Vielleicht.« Sie sah ihn flehend an. Freddy, nur ein Drittel nehmen!«

Er nickte, trat in den Hausflur und warf mit einem Fußtritt die Tür zu. Aber trotz aller Sehnsucht nach der Nadel wartete er mit dem Aufkochen, bis er draußen das Knattern des Mopeds hörte.

Erst als es wieder still um ihn war, rannte er zur Treppe, setzte sich auf die dritte Stufe, stellte die Kerze neben sich, zündete sie mit dem Gasfeuerzeug an, hielt den Löffel darüber und schüttete vorsichtig, damit nicht ein einziges wertvolles Staubkörnchen verloren ging, das Heroin aus dem Tütchen. Den dritten Teil, wie versprochen. Aber seine Nerven zitterten. Die Sehnsucht nach einem Wunderschuß war übermächtig. 80prozentiger Afghane ... Freddy, wann kommt das jemals wieder?

Während er sich den Schlips umband – korrekt, Windsorknoten, die Oberseite des Knotens einfarbig, vom Knoten abwärts das dezente moderne Streifenmuster –, beobachtete er durch den großen Spiegel im Bad, wie Bettina den Strumpf über ihr linkes Bein aufrollte. Eine Locke ihres schwarzen Haares fiel dabei ins Gesicht, ihre linke Brust lag auf ihrem Knie, die Linie ihres Körpers, von den Schultern über die Hüften, die Oberschenkel entlang, die langen Beine hinunter bis zu den schmalen Fesseln war vollkommen. Das ist Schönheit, dachte er. Das ist Ebenmaß. Er verstand etwas von Linien und Formen. Was unter seinen Händen entstand, waren Häuser und ganze Städteplanungen, waren Entwürfe für Eigenheime; die der Volksmund Traumvillen nannte, oder auch Profanbauten für Behörden – Rathäuser, Turnhallen, ein Stadion – oder gar die Entwicklung eines Projektes für den Ölstaat Abu Dhabi: eine Schule für die ins 20. Jahrhundert katapultierten Wüstensöhne.

Der Spiegel im Badezimmer war ihm ein Vertrauter geworden, ein heimlicher Kuppler, ein stets bereiter Voyeur. Er wußte nicht, ob Bettina das erkannt hatte: Wenn man im Badezimmer stand, konnte man durch diesen Spiegel das halbe Schlafzimmer überblikken. Sicherlich wußte Bettina das nicht, denn fast immer, wenn er im Badezimmer verschwand, schien sie sich völlig zu lösen, ganz hingegeben ihren intimsten Gefühlen. Fasziniert hatte er einmal durch den Kumpan Spiegel beobachtet, wie sie, nackt auf dem Bett liegend, mit den Fingerspitzen ihren Körper liebkoste, sie um die Brüste kreisen, über den flachen Leib gleiten ließ... Den Ausdruck ihres Gesichtes vergaß er nie.

Oder, vor vier Tagen, da hüpfte sie auf Zehenspitzen lautlos und grazil zu dem runden spanischen Sonnenspiegel an der Schmalwand des Zimmers und betrachtete die beiden roten Flecke, die seine Lippen unter ihren Brüsten hinterlassen hatten. Sie hatte die Hände darunter geschoben, hob sie noch höher und neigte den Kopf zur Seite, als seien die beiden roten Flecke etwas ganz Wertvolles, das man intensiv betrachten müßte.

Sie streifte die Strümpfe über. Es sah im Spiegel ungemein aufreizend aus: die blanke Haut, die schwungvolle Linie ihrer geknickten Hüften, der durch das aufgestützte Bein halb angeschnittene Schoß... Barrenberg blähte die Nasenflügel, korrigierte den Sitz seiner Krawatte und atmete schwer, wie belastet von soviel Glück.

Sie gehört mir, dachte er. Ich, Eduard Barrenberg, im einundfünfzigsten Lebensjahr auf der obersten Sprosse der Erfolgsleiter, ein Architekt, der nicht nur baut, über dessen Bauten man auch schreibt, ich kann es mir leisten, eine solche Geliebte zu verwöhnen. Sie ist mein mit allem, was ich sehe – ich kann sie küssen, ich kann sie besitzen, ich kann bis zum stammelnden Glückswahnsinn in ihren Armen liegen. Und sie stellt keine Forderungen, sie erhebt keinen absoluten Besitzanspruch wie eine Ehefrau – sie ist einfach da, ist Körper und Geist, ein Brunnen unerschöpflicher Erquickung, ist warme, zitternde Haut, bebender, keuchender Leib, fließende Erfüllung, tierhafte, anschmiegsame Dankbarkeit.

Fast ein Wunder, empfand er. Wenn es noch Wunder gibt, dann geschehen sie durch die Frauen. Er hatte sich fertig angekleidet, blieb aber am Spiegel stehen und sah Bettina zu, wie sie den anderen Strumpf überstreifte, die Haltung veränderte, das Standbein wechselte, so daß ihre Brüste jetzt frei unter dem vorgeneigten Oberkörper hingen. Ihre Zehen bewegten sich in dem Strumpf, sie glättete das feine Gespinst, feuchtete ihren Finger an und strich über die Rückseite ihres Beines, um das letzte Fältchen wegzustreichen. Dann richtete sie sich auf, blickte zu ihm hin, aber aus einem Winkel, der sie den Spiegel nicht sehen ließ, sie lächelte, warf mit einer Kopfbewegung die schwarze Haarsträhne aus ihrem Gesicht, griff zur Seite und hob den BH vom Sitz eines mit Goldbrokat bezogenen Sessels. Erst als die weißen Spitzen ihre Brüste umschlossen, räusperte er sich.

»Wie weit bist du?« rief sie. Ihre Stimme war angenehm dunkel. Ein Klang in Moll.

»Fertig!« antwortete Eduard Barrenberg.

Er verließ das Badezimmer, faßte sie um die Taille und küßte ihre Halsbeuge. »Das Weggehen ist immer das Fürchterlichste. Dieses Wegmüssen! Diese Heimlichtuerei! Ich möchte endlich einmal eine ganze Nacht mit dir–«

»Wer hat gesagt: Laß uns nicht weiter denken, als das Bett breit ist?!« Sie zog ihren Rock über die Hüften, und er zog den Reißverschluß zu, nicht ohne über ihre Schenkel zu streicheln.

»Ich! Das ist die Philosophie der Scheinheiligen, auf die das Licht der Öffentlichkeit fällt. Da scheint's überall nur Engel zu geben! Betty, manchmal habe ich eine wilde Lust, auszubrechen! Alles anders zu machen, neu anzufangen, mit dem Wissen von heute noch einmal ganz jung zu sein – mit dir die Zukunft zu erobern... Mit dir!«

Er nannte sie Betty, seit jenem Abend, an dem er sie zum erstenmal geliebt hatte, vor knapp einem Jahr, hier in dieser Wohnung. Sie mochte die Koseform nicht, sie klang ihr so professionell, zu gossenhaft. »Betty, die Geliebte« – sie sah bei diesem Wort nur die Hand, die Geld für versteckte Stunden kassierte. Aber er fand Betty gut und zärtlich, sagte Betty, wenn er sie liebkoste und seufzte Betty, wenn er ermattete. Und so beließ sie es dabei und ertrug den Namen.

Ob sie ihn liebte? Das hatte sie sich selbst oft gefragt – wenn er gerade weggegangen war, oder wenn sie wußte, daß er in wenigen Minuten kommen würde. Sie war seine Geliebte geworden, als ihre

Bekanntschaft nicht älter als sieben Stunden war. Eigentlich hatte sie sich von dem großen Architekten Eduard Barrenberg nur ein bißchen Anerkennung erhofft; sie war mit einer Mappe Graphiken zu ihm gekommen, die ein Kunde Barrenbergs bei ihr bestellt hatte und mit denen er sein neues, von Barrenberg gebautes Bürohaus ausschmücken wollte. Sie hatte die Blätter vor Barrenberg ausgebreitet, vor dem Schreibtisch, auf dem Boden des großen Büros, und Barrenberg hatte neben ihr gekniet, mit Geschmack die besten Entwürfe herausgesucht und sie dann zum Essen eingeladen. Natürlich hatte sie bemerkt, daß er sie oft von der Seite musterte, daß er ihr Parfüm bewußt einatmete, daß ihm der Geruch ihres Haares nicht entgangen war und daß sein Blick oft auf dem Ausschnitt ihres Kleides verweilte, das vorne geschlitzt war und von drei schmalen Riegeln in schicklichen Grenzen gehalten wurde. Trotzdem sah man genug, und was man sah, konnte ein Mann wie Barrenberg offenbar nicht ignorieren.

Ein attraktiver Mann – das, was man einen Traummann nennt, war Barrenberg nicht. Er war etwas über mittelgroß, hatte breite Schultern und einen runden Kopf mit graufädigem dunkelblonden Haar, seine grauen Augen blickten meistens mit forschendem Mißtrauen auf seine Partner, sein Mund war schmallippig, sein Kinn sogar weichlich: ein Mann, der Maßanzüge brauchte, um zu betonen: Ich habe es geschafft! Ein Erfolgreicher im ledernen Chefsessel, von Telefonen umgeben. Der Boß.

Dieser erste Eindruck verflog aber, wenn er sprach, wenn er mit einer alltäglichen Stimme gleichsam den unsichtbaren Lorbeer um sein Haupt wegredete. Dann erkannte man den Menschen, einen klugen, von unbefriedigten Sehnsüchten erfüllten Menschen, der sich im Leben alles hatte leisten können, nur das eine nicht: zu sich selbst zu finden.

Bettina hatte das schon beim Essen bemerkt. Man hatte über Kunst gesprochen, über Ausstellungen, über Modeströmungen in der Malerei. Barrenberg hatte gesagt:

»Wenn man so will: Ich bin von Kunst umzingelt. Mein Beruf war nie das bloße Entwickeln von Häusern; bei jedem Bau kam es mir auch auf den ästhetischen Ausdruck an. Meine Frau war früher eine bekannte Pianistin – Maria Sakrow, vielleicht haben Sie den

Namen mal gehört, als Kind, ja, da müssen Sie noch ein Kind gewesen sein, aber es gibt heute noch Schallplatten von ihr, sie war eine exzellente Chopin-Interpretin. Und so klingt unser Haus! Noch heute sitzt Maria täglich drei Stunden am Flügel – ein Bösendorfer, ein Geschenk der Fabrik übrigens – und übt die großen Sonaten oder spielt am Sonntagabend ein ganzes Konzert, wobei dann der Orchesterpart als Background von einem Tonband kommt. Das ist wunderbar, ganz ohne Frage. Nur – wenn man das zweiundzwanzig Jahre lang hört und weiß: Morgen ist Sonntag. Morgen spielt sie Mozart.

Oder: Am Mittwoch muß Schubert kommen. Wenn sie dann statt Schubert aber Brahms spielt, erschrickt man und fragt: Maria, was ist los? Fühlst du dich nicht wohl? – Ja, so weit ist das schon; man lebt die Tage nach Sonaten und Nocturnes.«

Da hatte Bettina gelacht, es klang so absurd komisch. Aber sie brach ab, als sie Barrenbergs traurige Augen bemerkte. »Verzeihung!« hatte sie gesagt und ihre Hand auf seinen Handrücken gelegt. Er hatte seine Hand umgedreht und ihre schmalen Finger umklammert.

»Dabei liebe ich Musik über alles. Ja, und da war mein Sohn. Georg Marcel – Marcel nach einem Bruder meiner Frau, Champagnerfabrikant in Reims. Sie müssen wissen: Maria ist eine internationale Mischung. Großvater Russe, Großmutter Estin. Emigranten nach der sowjetischen Revolution. Wohin flüchtete ein reicher Russe 1919? Natürlich nach Paris. Großvater Leonid Pantelejewitsch Sakrow, wohnhaft in einem Palais in Petersburg, verdankte seinen Reichtum dem Besitz von drei Salzbergwerken. Der Zarenhof würzte seine Speisen nur mit Sakrowsalz. Die Salzsteine, an denen die kaiserlichen Pferde und die Kühe der großen Güter leckten, lieferte Großvater. In Paris wurde er Portier, trug eine goldbetreßte Uniform und hatte dreiundvierzig Huren und neun Schwule zu bewachen. Ja, das war noch eine Zeit, als die Bordelle wie literarische Salons geführt und zum Mittelpunkt des gesellschaftlichen Lebens erhoben wurden, eingerichtet wie pompöse Hotels! Schließlich wurde Großvater Leonid von einem betrunkenen algerischen Schiffskapitän, den er nicht ins Etablissement lassen wollte, erstochen. Sein Sohn, also der Vater von Maria, heiratete die Erbin einer kleinen Champagnerkellerei. Ein wunderhübsches Mädchen, dessen Mutter Portugiesin war. Er machte aus der Kellerei im Schatten der Großen ein angesehenes Unternehmen, das immerhin viermal die Goldmedaille für den besten Champagner Brut gewann. Er zeugte neun Kinder, was wohl beweisen sollte, wie gesund Champagner ist. Eines davon war meine Frau Maria, ein anderes jener Marcel, der heute die Fabrik führt und nach dem mein Sohn genannt wurde.« Er schwieg, sah Bettina erstaunt an und drückte ihre Hand, die er noch immer umklammerte. »Was haben Sie, Fräulein Ahrendsen? Sie sehen mich an, als hätten Sie nicht verstanden.«

Sie hatte geantwortet: »Im Gegenteil! Ich könnte Ihnen stundenlang zuhören. Das ist eine neue Welt ...«

»Jetzt wird es traurig. Ich warne Sie!« Er hatte ihr noch einmal Wein eingeschenkt und legte seine Hand zurück auf die ihre. Es tat ihr gut, sie hatte den Druck vermißt, und als seine Hand wieder auf ihrem Handrücken lag, schloß sich so etwas wie ein Stromkreis, und alles war wieder in Ordnung.

»Georg Marcel wurde einundzwanzig Jahre. Er studierte Jura in Köln, aber viel lieber hockte er auf einer dieser Teufelsmaschinen und fuhr Motocross-Rennen. Je schwieriger und dreckiger, um so schöner! Bis ein Wolkenbruch kam und die Bahn in einen Sumpf verwandelte. Bevor das Rennen abgebrochen werden konnte, wurde Georg aus der Kurve getragen. Wir haben es gesehen. Auf dem Bildschirm. Er wurde mit einer Wolke von Dreck wegkatapultiert, krachte gegen einen Zaun und brach sich das Genick. Der Zaun war schon lange beanstandet worden. Jetzt wurde er abmontiert, aber ich hatte keinen Sohn mehr.«

Von hier ab – so glaubte Bettina ihre Empfindungen später analysieren zu können – war Eduard Barrenberg plötzlich mehr für sie geworden als ein zufälliger Gesprächspartner, mit dem man ein Essen eingenommen hat. Etwas Unerklärliches verband sie mit dem Mann, der sein Glas Wein trank, sich die Lippen mit der Serviette abtupfte und sie mit seinen ruhigen grauen Augen anblickte. Es war kein Mitgefühl, kein Mitleid, kein Mittrauern, kein Trost – es war so etwas wie schicksalhafte Verbundenheit. Sie wußte noch, als sei es gestern geschehen, wie sie sagte: »Es muß furchtbar gewesen .....« – und wie er geantwortet hatte: »Man muß da hindurch. So grausam es klingt: Wissen Sie, was ich gedacht habe und was mich wahrscheinlich vor dem Absturz in völlige Resignation gerettet hat: im Krieg haben Millionen Väter ihre Söhne verloren – und das war ebenso sinnlos wie dieser Tod hinterm Steuer. Und sie mußten auch noch schreiben: In stolzer Trauer! – Das brauchte ich nicht. Ich schrieb: Er suchte die Freude und starb durch einen sich öffnenden Himmel. – Das hat man mir sehr übel genommen – der Pfarrer, Maria, die Verwandten, Onkel Marcel aus Reims, liebe Kollegen, Parteifreunde. Ich bin dann auch aus der Partei ausgetreten. Als Christ betrachte ich es auch als mein Recht, mit Gott und dem Himmel zu hadern wie einst Hiob.« Er hatte sich dann zurückgelehnt und geschwiegen. Nach einer Weile hatte er gesagt: »Dann ist da noch Monika, meine Tochter. Sehr hübsch, sehr begabt, sehr klug. Sie wird ihr Abitur machen und dann Kunstgeschichte studieren. Oder Musik. Ein Mädchen, das geradezu unheimlich ihrer Mutter gleicht, obwohl die Mädchen doch meistens dem Vater nachschlagen. Ein Mensch wie eine Sylphide. Ich sage das nicht aus Vaterstolz, ich höre es überall. Eigentlich sollte sie Monique heißen, wegen der französischen Verwandtschaft. Aber ich setzte mich durch. Monika heißt sie. Sie spielt Klavier, Viola da Gamba, Gitarre und – total verrückt für ein Mädchen! – auch Schlagzeug!«

»Welch eine Mischung!«

Er hatte mehrmals genickt. »Poetisch ausgedrückt: Aus den Steinen meines Hauses atmet Musik. Jetzt gibt es Konzerte für Klavier und Gambe. Einmal wäre ich fast selbst in den Strudel geraten. Ich sang beim Rasieren, da stürzt plötzlich Maria ins Bad und ruft: ›Schatz! Was ist denn das? Warum hab' ich das noch nie bemerkt? Du hast ja einen wunderbar warmen Bariton! Wenn wir nur ein bißchen Stimmschulung machen würden...‹ – Seither habe ich nie mehr gesungen, auch heimlich nicht.«

Ich würde meinen Partner nie Schatz nennen – hatte Bettina gedacht. So ein verbrauchtes Wort.

Nach dem Essen waren sie zu einer Baustelle gefahren, einem Geschäftshaus in der Bockenheimer Landstraße. Und nach einer Stunde hatte Barrenberg gesagt: »Jetzt müssen wir uns den Zementstaub aus der Kehle spülen. Ich wette, Ihr Hals sieht innen wie gepudert aus! Was schlagen Sie vor? Sachsenhausen? Äppelwoi?!«

»Gehen wir zu mir«, hatte sie wie selbstverständlich gesagt. »Ich bin allerdings keine Hausfrau; ich kann nicht kochen und einen saftigen Braten kann ich bloß malen, aber einen starken Kaffee bekomm' ich noch hin.«

Barrenberg blieb dann bei ihr bis neun Uhr abends. Als er ihr Kleid aufknöpfte, als sie sich liebten, war es, als würden sie sich schon lange kennen. Es war das Natürlichste von der Welt, ein erwartetes Tun, weder von Skrupeln noch von Reue belastet.

»Wir kennen uns schon hundert Jahre!« sagte sie in seinen Armen. »Kann das sein?« Und sie nannte ihn nicht Schatz, sondern »Voice«, Stimme.

»Warum das?« fragte er irritiert.

»Ich liebe deine Stimme«, hatte sie an seiner Schulter geflüstert. »Sprich mit mir, erzähle etwas, irgend etwas, ganz gleich, was... nur sprich! Ich kann mich in deine Stimme einwickeln wie in ein Badetuch...«

War das Liebe?

Bettina hatte es aufgegeben, darauf eine klare Antwort zu suchen. Sie blickte Eduard Barrenberg nach, wie er durch das Wohnzimmer ging, sich einen Kognak einschenkte und ihn mit weit zurückgelegtem Kopf kippte. Das tat er immer, wenn er von ihr ging. Ein Kognak zum Abschied, wie ein Ritual.

»Was machst du jetzt?« rief er ins Schlafzimmer hinüber.

»Ich setze mich vor den Fernseher. Um elf kommt ein toller Krimi.«

»Und dazu ziehst du dich an?«

»Ich kann nicht nackt und allein im Sessel sitzen. Da komme ich mir blöd vor.«

»Du weißt, daß ich nicht bleiben kann!«

»Es hat doch niemand einen Ton gesagt...«

»Aber jetzt kommt eine Überraschung.« Er kam zurück und lehnte sich gegen die Tür. »In drei Tagen fahre ich zu einem Architektenkongreß nach Florenz. Allein. Maria will nicht mit. Sie kennt Florenz wie ihren Kosmetikkoffer. Komm mit, Betty! Vier Tage –

und vier Nächte. Florenz, die Hochburg der Renaissance. Es könnte wunderbar werden. Die Vorträge sind immer nur am Vormittag. Wir hätten also die halben Tage und die Nächte ganz für uns.« Er griff in seine Rocktasche. »Ich habe die Flugtickets schon gekauft. Weißt du, was da steht? Mr. und Mrs. Barrenberg. Wir werden ein Zimmer haben in einem Schlößchen, das zu einem Hotel umgebaut wurde.«

Sie sah ihn an, etwas wie Erschrecken lag in ihrem Blick, aber er deutete es als ungläubiges Staunen. »In drei Tagen? Das geht unmöglich, Voice ... «

»Nichts ist unmöglich, wenn man sich liebt!«

»Du weißt, ich habe meine Kollektion für die Galerie Bieringer abzuliefern.«

»Ich rufe Bieringer morgen früh an und lasse alles um eine Woche verschieben.«

»Das geht nicht! Du weißt genau, daß es für die Ausstellung ist. Und du weißt, wieviel für mich davon abhängt.«

»Mehr als vier Tage und Nächte mit mir in Florenz?« »Das kann man doch nicht vergleichen, Voice!«

»Ich weiß nicht, wann eine solche Gelegenheit wiederkommt! Wann kann ich vier Tage lang ausbrechen? Wo ich auch hinfahre – Maria ist dabei. Sie muß einfach mit. Überall heißt es: Wo ist denn Ihre charmante Frau?! Und überall steht ein Klavier herum, wo sie sich hinsetzen und Chopin spielen muß. Aber jetzt, wo ich vier Tage für uns habe, gibst du zur Antwort: Ich muß an Bieringer liefern! Bitte ....«

Er sah aus wie ein flehender Dackel. Sie mußte lächeln, nickte beruhigend und küßte ihn auf die Nase.

»Ich werde die ganzen Nächte arbeiten müssen, um für Bieringer fertig zu werden.«

»Das ist ein Wort! Ich weiß, du schaffst es!«

»Und dann werde ich in Florenz nur noch schlafen ... «

»Aber in meinen Armen! Und das allein zählt.«

Er lief in die kleine Diele, riß Hut und Staubmantel vom Garderobenhaken, winkte ihr zu und rief wie ein beschenkter Junge: »Die Tickets trage ich hier!« Er klopfte auf die linke Brustseite. »Auf meinem Herzen. Denk daran!«

Sie lachte, knöpfte sich die Bluse zu und wischte mit einer Handbewegung die Fröhlichkeit erst aus ihrem Gesicht, als die Tür zuklappte.

In drei Tagen. Florenz. Es war unmöglich. In drei Tagen war George zurück. Dann ging das Kalenderspiel wieder los, das Jonglieren mit der Zeit. Das Abstreichen der Stunden.

Am Vormittag arbeiten. Am Nachmittag, zwei- oder dreimal in der Woche, bis höchstens 18 Uhr, Eduard Barrenberg. Abends George, manchmal auch nachts. Wenn George verreist war, das Glück mit Voice bis in die späte Stunde, wie heute. Ein Tanz auf einem Vulkan.

Sie setzte sich in den Sessel vor dem Fernseher, zog die Knie hoch an und starrte auf die graue, tote Bildröhre.

Es war unmöglich, Voice zu sagen, daß es George gab, unentrinnbar gab. Er würde daran zerbrechen.

Als Barrenberg den Lift verließ, stieß er unten in der Halle des Appartementhauses mit einem anderen Mann zusammen, der den Lift betreten wollte. Man nickte sich zu, Barrenberg verließ den Lift, der andere betrat ihn. Nur unklar hatte Barrenberg wahrgenommen, daß der Mann groß und schlank war und sehr gut aussah, etwas fremdländisch, südländischer Typ. Dann hatte er die Begegnung schon wieder vergessen. Er lief über die Straße, zwei Häuserblöcke weiter, wo er seinen Wagen geparkt hatte, schloß die Tür auf und blickte, bevor er einstieg, auf seine Uhr.

Es war genau 22 Uhr 37.

Bettina unterdrückte einen Aufschrei, als sie den Schlüssel im Türschloß hörte. Mit geweiteten Augen starrte sie auf den Mann, der die Wohnung betrat, das Schlüsselbund einsteckte und sein Jackett in der Diele auszog. Er hängte es korrekt auf einen Bügel und zog den Schlips herunter, als er ins Zimmer kam.

»Du siehst mich an wie ein Gespenst, meine Rose!« lachte er. Er sprach ein hartes Deutsch, wie es Ostvölker sprechen. Es klang, als schlage die Zunge immer gegen den Gaumen. »Ich bin gewöhnt, daß man mir in die Arme fliegt.«

»Wo kommst du her?« fragte sie starr. »Wieso bist du schon zurück? Du wolltest doch erst übermorgen kommen...«

»Eine kleine Überraschung.«

Er kam zu ihr, zog sie an sich, küßte ihren Mund und streifte dann die Bluse von ihren Schultern, um ihren Busen zu küssen. Wie gelähmt ließ sie es geschehen, aber sie hielt seine Hand fest, als sie tiefer über ihren Rock glitt.

»Warum hast du nicht angerufen, George?«

»Wäre es dann eine Überraschung gewesen?

»Wenn ich nun ausgegangen wäre... ins Kino zum Beispiel?«

»Dann hätte ich dich hier erwartet. Ich hätte im Bett gelegen. Ha, das wäre noch besser gewesen! Meine Rose kommt nach Hause, und wer liegt schon im Bett?«

»Du hast gesagt... «

»Das Geschäft lief glatter als gedacht.« George hob den Kopf. Etwas störte ihn. Es lag etwas in der Luft, das ihm fremd war, das nicht hierher gehörte, das nicht zu seiner Rose paßte. »War jemand hier?« fragte er.

»Nein. Wieso?«

Er blickte sie mit seinen harten, durchdringenden Augen an, sah die Furcht in ihren Pupillen. Er ließ sie los und lief schnuppernd durch das Zimmer.

»Der Geruch! Da ist ein anderer Geruch. Auf meine Nase kann ich mich verlassen.« Er blieb stehen und spreizte unruhig die Finger. »Ich habe die Witterung eines Raubtieres, das weißt du. Was ist das für ein Geruch?«

»Ich habe eine Zigarette geraucht, weiter nichts!«

»Ich kenne den Duft deiner Zigaretten.«

»Es ist eine andere Marke. Ich darf doch wohl die Marke wechseln?!«

»Du hast Angst!«

»Du bist ja verrückt!«

»Und wie du Angst hast! Stehst da wie eine Salzsäule! Was ist das?« Er hatte das Kognakglas entdeckt, das Barrenberg auf der kleinen Hausbar abgestellt hatte, und hob es hoch.

»Ich habe mir einen Drink gemacht!« sagte sie laut, viel zu laut.

»Kognak?« George schnüffelte an dem Glas. »Ja, es ist Kognak! Seit wann trinkst du Kognak? Ich mag ihn nicht, hast du immer gesagt. Ich bekomme Sodbrennen davon! Und plötzlich trinkst du

Kognak. Trinkst Kognak, wenn du allein bist?« Er stutzte, stürzte dann fast zu einem kleinen Tisch und hielt Bettina mit hochgestrecktem Arm etwas Braunes entgegen. »Und Zigarren raucht sie! Meine Rose raucht Zigarren! Hier... ist das eine Zigarre oder ist das keine Zigarre?! Eine teure Zigarre, halb geraucht! Warum ist sie nicht zu Ende geraucht worden? Was hat daran gehindert? Ein nackter Arsch...«

»George!« rief sie mit einer ihr fremden, hellen Stimme. Das Entsetzen stieg in ihr hoch und ergriff sie so vollständig, als stehe sie ihrem Henker gegenüber. »George, sei doch vernünftig! Gestern war Bieringer hier, er raucht Zigarren. Ich habe den Aschenbecher noch nicht ausgeleert. George...«

»Aus dem Lift kam ein Mann!« sagte George. Er schnippte den Zigarrenstummel ins Zimmer und zog mit einem Ruck sein Hemd über den Kopf. Sein muskulöser Oberkörper war mit schwarzer Haarwolle bedeckt, die bis über den Rücken wucherte. »Ich bin mit ihm beinahe zusammengestoßen. Er kam von dir!«

»Du bist total verrückt!!«

»Er lächelte, er sah so glücklich aus, er sah so aus, als käme er von einer Frau. Er war hier! Hier! Bei dir! Hat eine Zigarre geraucht, hat einen Kognak getrunken, hat dich im Bett geliebt, hat gebumst, bis ihm der Atem wegblieb – und ist dann strahlend im Lift nach unten gefahren.« Er machte einen Satz nach vorn, bekam Bettina zu greifen, riß sie herum, drückte sie in den Sessel und schlug mit dem Handrücken in ihr Gesicht. »Wer war es? Den Namen! Wer war es? Ich schlage dich tot, ich schwöre es dir, ich schlage dich tot! Den Namen...!«

Er hieb auf Bettina ein, mit beiden Fäusten, und als sie die Arme schützend vor ihren Kopf hielt, lachte er schrill und schlug mit breiten Händen gegen ihre bloßen Brüste. Links, rechts, immer wieder, von der Seite und von unten. Wenn sie die Arme vor ihre Brüste drückte, hieb er in ihr Gesicht, und wenn sie das Gesicht schützte, pendelten die Brüste unter seinen Schlägen und jagten unerträgliche Schmerzen durch ihren Körper.

»Den Namen!« keuchte er. Schweiß rann über seine Nasenwurzel, tropfte vor seinen Augen, lief in die Mundwinkel. »Du Hure! Du verdammte Hure! Den Namen... sag endlich den Namen! Ich reiß' dir die Titten ab, schlag dir den Kopf herunter... du Saustück, du! Warum sagst du nicht den Namen?! Willst lieber ein Krüppel sein, he?! Du liebst ihn... los, sag es! Du liebst ihn! Du liebst ihn so, daß du dich totschlagen läßt! Du Miststück! Du Hurenweib! Aber du sagst den Namen, du sagst ihn... auf den Knien sagst du ihn!

Er richtete sich auf, zog mit einem wilden Ruck den Ledergürtel aus den Schlaufen seiner Hose und faßte ihn so, daß er mit der Metallschnalle zuschlagen konnte. Bettina kroch im Sessel zusammen, wurde zu einer armseligen Kugel aus nackter, von Schlägen geröteter Haut.

»George...« stammelte sie. »George... nicht... bitte nicht...«

»Wie heißt er?« sagte George kalt. Mit vorgewölbter Unterlippe blies er den Schweiß von seiner Nasenspitze. Der Gürtel surrte durch die Luft, in einem Kreis über Bettinas zuckende Schultern. »Sag den Namen... Ich will ihn klar und deutlich hören...

Sie war mit sich zufrieden gewesen. Am Vormittag hatte sie sich eine neue Frisur machen lassen, so eine ganz moderne, mit einem Pony, und als sie in den großen Spiegel blickte, mußte sie der Inhaberin des Salons, Frau Henriette Dupar, recht geben: Sie sah um Jahre verjüngt aus. Eigentlich hieß Henriette Dupar schlicht Erna Bölcke, aber seit es auch nicht mehr Friseur, sondern Internationaler Coiffeur heißt und ein Hauch von Paris und den Champs-Élysées um jeden Haarladen wehen muß, hatte Erna sich in Madame Dupar verwandelt. Sie trug ausgefallene Kleider von St. Laurent oder Lagerfeld, benutzte exotische Parfüms und verzichtete trotz einer angenehmen Pummeligkeit auf BH und andere Körperstützen. Ihr Gesicht war ein Musterbeispiel kosmetischer Zauberei; man erzählte sich, daß eines Tages ihre Mutter in den Salon gekommen war und sie gefragt hatte: »Kann ich meine Tochter sprechen?«

Ohne Zweifel verstand sie ihren Beruf, Maria Barrenberg erhob sich aus dem Frisierstuhl und betrachtete sich mit glänzenden Augen. Fünfundvierzig Jahre sind heute für eine Frau kein Alter mehr, sondern der Höhepunkt der Reife. Aber wenn man durch einen kleinen Trick aussehen kann wie Fünfunddreißig, dann flüchtet man in diese Maske und ist stolz darauf.

»Ihr Mann wird begeistert sein!« sagte Henriette Dupar, während sie Maria Barrenberg in die Kostümjacke half. »Ich könnte mir denken, wenn ich verheiratet wäre – mein Mann müßte da eine Flasche Champagner knallen lassen.«

Hier zeigte sich eine gewisse Diskrepanz zwischen französischem Namen und bourgeoiser Ausdrucksweise, aber gerade das machte Henriette bei ihren Kundinnen so beliebt. Man konnte mit ihr über alles reden, sie war trotz ihrer erst dreißig Jahre ein Beichtvater von unermüdlicher Aufnahmefähigkeit und – was sie besonders wertvoll machte – von absoluter Verschwiegenheit. Der Nachteil allerdings war, daß die Erzählungen ihrer Damen sie immer mehr davon abhielten, selbst eine Ehe einzugehen. Sobald die Kundinnen im Sessel saßen und sich zur Haarwäsche befreit nach hinten lehnten, schienen sich seelische Schleusen zu öffnen, Talsperren voller Schicksale strömten aus, und Henriette Dupar erfuhr Dinge, die sie bisher nie für möglich gehalten hatte. Die Wände der Häuser und Etagen wurden zu Glas – und was sich dahinter abspielte, war zwar das wahre Leben, aber es war auch zutiefst erschreckend. Wenn man die Lebenserfahrungen der Friseurkundinnen addierte, bestand das männliche Geschlecht nur aus impotenten Ungeheuern. Trotzdem ließen die Damen nichts auf ihre Monster kommen; sie liebten sie mit einem herrischen Besitzanspruch.

»Mein Mann...« Maria Barrenberg betrachtete sich im Spiegel. Der schmale Kopf mit den großen blauen Augen, der griechischen Nase und den geschwungenen Lippen, die Eduard, als er um sie bemüht war, einmal den »Kußmund« genannt hatte, wurde durch die neue Frisur wie durch einen Helm begrenzt. Die Haare waren gefärbt; ursprünglich von einem wie Kastanien schimmernden Braun, leuchteten sie jetzt in einem kupfernen Goldton, der geradezu aufflammte, wenn die Sonne darauf fiel. Ihr Körper konnte sich noch sehen lassen... nicht nur in einem Kostüm oder Kleid, sondern auch im Bikini, wie sie ihn beim letzten Urlaub auf Ischia getragen hatte. Eduard hätte es ohne die Fernsehleute vielleicht gar nicht bemerkt; aber auch die Italiener hatten auf Maria Blicke abgeschossen, die für jede weniger charakterfeste Frau eine Versuchung bedeutet hätten.

Früher – vor 22 Jahren – war sie nicht nur die jüngste, sondern auch die schönste Klaviervirtuosin gewesen, eine Pianistin, von der die Kritiker schrieben: »Was ist schöner – ihr Spiel oder ihre Erscheinung?« Für Eduard Barrenberg jedenfalls schien es ihr Körper gewesen zu sein. Nach der Hochzeit gestand er ihr, daß er nur durch einen dummen Zufall in das Konzert geraten war, durch einen ganz dämlichen Witz seines Freundes Fritz, der ihm die Eintrittskarte gegeben hatte mit den Worten: »Das ist was für dich! Eine Operette mit vierzig Ballettmäuschen. Fast nackt! Hast die erste Reihe, kannst ihnen voll ins Auge blicken!« Als er dann den einsamen Flügel auf der Bühne gesehen hatte, war ihm klar geworden, daß Fritz ihn angeschmiert hatte. Aber er blieb trotzig sitzen und ließ das Schumann-Konzert über sich ergehen. Für ihn war's eine Qual, dieses wilde Geklimper, – aber das Mädchen, das da mit wehenden Haaren in die Tasten griff, war eine Wucht!

Eduard Barrenberg hatte daraufhin einen Einfall, den er bislang für völlig abwegig gehalten hätte, nämlich: Fräulein Sakrow – wie Maria damals hieß – um ein Autogramm zu bitten. Er wartete vor dem Künstlerausgang auf sie, bekam sie auch zu fassen und sagte zu ihr: »Dieser Schumann mag wohl ein toller Knabe sein, aber Sie spielen ihn völlig falsch!«

So entstehen Bekanntschaften, so führt das Schicksal Menschen zusammen. Maria ließ sich erklären, wieso sie falsch gespielt habe, und hörte als Argument: »Der Flügel stand falsch. Er hätte nicht auf der Bühne, sondern bei mir zu Hause stehen müssen ...«

Erstaunlich, daß man auf solche Reden noch hereinfällt, aber Maria verliebte sich in den begabten Architekten Barrenberg. Von da ab spielte sie nur noch, wenn Eduard im Büro war oder wenn sie eine kleine Gesellschaft gaben. Später, als die Kinder größer waren, führte sie die Musikabende ein und begleitete Monika, die so gut Gambe spielte. Aber da war es schon mehr Trotz als künstlerischer Drang. Trotz gegen Eduard, der zwar seiner Phantasie steinerne Denkmäler baute, aber im Grunde so amusisch war, daß er einmal – sogar der Regierungspräsident war dabei! – bei einer

Soiree sagte: »Maria, 70 Prozent unserer Gäste sind jung. Spiel mal 'n heißen Rock!« Sie hatte darauf virtuos einen Walzer von Chopin gespielt, von Chopin, nicht von Strauß, Lanner, Lehar oder Robert Stolz. Aber Eduard hatte gar nicht gemerkt, daß das ein Protest war. Merkte er überhaupt noch etwas im Zusammenhang mit ihr?

»Mein Mann ...« wiederholte Maria und lächelte sich im Spiegel an. Ich könnte fast meine Tochter sein, dachte sie mit einem Anflug von Narzißmus. Wie die Frisur und ein bißchen Kosmetik den Menschen verändern können!' »Ob er das sieht?«

»Er ist doch nicht blind!« sagte Madame Dupar.

»Das glauben wir!« Die Resignation so vieler Frauen erfolgreicher Männer schwang in ihrer Stimme. »Er wird nach Hause kommen, in der Diele schon seine Jacke ausziehen, sie irgendwohin werfen – ein Glücksfall, wenn sie wo hängen bleibt –, wird ins Zimmer kommen, sich in einen Sessel werfen und stöhnen: ›War das ein Tag! Man sollte eine Umfrage starten: Bestehen Bauherren nur aus Idioten? ‹ Und dann wird er sagen: ›Wenn ich jetzt ein Bier hätte, das würde zischen!‹ Und dann bringe ich ihm das Bier, und es zischt!« Maria lächelte mit heruntergezogenen Mundwinkeln. »Aber die neue Frisur sieht er nicht.«

»Diese Männer!« sagte Henriette Dupar lapidar. Den Tonfall mochten alle ihre Kundinnen, sie nickten immer beifällig. Auch Maria Barrenberg nickte und tröstete sich damit, daß wenigstens sie sich über ihren Anblick freuen konnte – und das ist ja auch schon ein Gewinn.

Nach dem Mittagessen mit Monika – Eduard rief aus dem Büro an, er könne nicht kommen, zwei Beamte des Hochbauamtes mit dem Intelligenzquotienten von Schimpansen hielten ihn auf – hatte sie zwei Briefe geschrieben und dann drei Stunden am Flügel geübt. Es waren herrliche Stunden, die Türen zur Terrasse standen offen, der Garten blühte ins Zimmer, die Vögel zwitscherten, das Blau des Himmels ließ die Unendlichkeit ahnen, und sie hatte Brahms gespielt und war sich schwerelos vorgekommen.

Am Nachmittag hatte sie eine Freundin besucht. Ljuba Antonowna Rolle. Ein Jahr älter als sie und ebenfalls von Tragik umwittert. Ljuba war Tänzerin gewesen, erst in Rußland beim Kirow-

Ballett, dann Solistin an der Münchener Staatsoper. Dort hatte Max Rolle das zierliche Püppchen gesehen und zu seinem Nachbarn gesagt: »Die heirate ich! Wetten?!«

Er schaffte es; er war Millionär, schon damals, Inhaber einer Fleisch- und Wurstwarenfabrik; seine Produkte, Spezialität Schweinskopf-Sülze nach Großväterart, verschickte er in alle Welt. Ljuba Antonowna, die nie sagte, wie sehr sie unter dem Namen Rolle und dem Hackklotz-Charme ihres stiernackigen Mannes litt, tanzte auch heute noch – allerdings genauso heimlich wie Maria Klavier spielte. Wenn Ljuba tanzte, begleitete Maria sie am Flügel, – und diese Übung hatte den Nachmittag ausgefüllt. Zwei glückliche Menschen hatten sich mit einem Kuß verabschiedet. Am Abend waren die Männer wieder da – die andere Seite des Lebens.

Kurz vor 19 Uhr – Monika machte sich für das Flötenkonzert zurecht – hatte Eduard wieder angerufen. »Ich komme später! Maria, wenn du wüßtest, was hier los ist! Nur Schwierigkeiten! Jetzt stellt sich heraus, daß die Bodenuntersuchungen nicht stimmen, bei dem neuen Geschäftshaus in Bad Soden. Der Grundwasserspiegel ist viel höher! Wir müssen eine Wanne bauen und das Haus da hinein setzen. Man könnte die Wände hochgehen.

»Wann kommst du?« hatte Maria gefragt. Sie kannte solche Reden seit zwei Jahrzehnten.

»Unbestimmt! Der ganze Scheißdreck muß neu berechnet werden. Wir sitzen hier mit drei Statikern zusammen. Warte nicht mit dem Essen auf mich, es kann spät werden. Wir müssen die neuen Berechnungen fertig kriegen ... «

»Es ist gut«, hatte Maria geantwortet. »Monika geht in ein Konzert. Wir essen dann, wenn das Konzert zu Ende ist.«

»Nicht meinetwegen! Wir werden sicherlich nach der Arbeit gemeinsam irgendwo eine Kleinigkeit essen und ein Bier zischen!« Maria hatte trüb gelächelt. Bei Eduard zischte alles, was durch die Kehle rann. »Wartet nicht auf mich. Ich kann keine Zeit nennen ... «

Nach diesem Telefongespräch war er beschwingt und fröhlich zu Bettina Ahrendsen gefahren, aber das wußte Maria ja nicht. Sie glaubte ihm bedingungslos und erzählte es auch ihren Freundinnen, die im gleichen Schicksal lebten: Der Beruf frißt Eduard noch auf. Ich habe Angst um sein Herz. Dieser tägliche Streß! Das Leben ist mörderisch geworden! Aber er gönnt sich keine Ruhe, kein bißchen! Für wen schuftet er so?! Wir haben doch alles, es geht uns gut, und mehr als ein Steak und eine Flasche Wein kann er sowieso nicht mehr essen und trinken.

Am Abend war Maria allein, saß vor dem Fernseher, freute sich über eine Quizsendung und riet mit, wobei sie feststellte, daß sie alle Fragen sofort beantworten konnte. Ich wäre eine schreckliche Kandidatin, dachte sie. Eine Qual für den Quizmaster.

In der Küche war alles vorbereitet. Das Hausmädchen, das heute frei hatte, hatte alles hingestellt: Die Kartoffeln in Salzwasser, der Blumenkohl kochfertig, die Lummerkoteletts auf einem Brett, gesalzen und gepfeffert, bratfertig. Im Kühlschrank stand der Nachtisch. Selbstgemachte Rote Grütze mit Vanillesoße. Für den Hausherrn zwei Portionen. Wenn Eduard Rote Grütze sah, leuchteten seine Augen. Wie sagte er immer? »Rote Grütze macht mich ganz geil!« Maria fand das ordinär, aber Eduard war nun mal so. Auch als Millionär lebte er die meiste Zeit des Tages unter Bauarbeitern. Er war nicht nur der geniale Entwerfer, er fühlte sich auch am Bau wohl, »an der vordersten Front«. Seine Worte...

Fast gleichzeitig trafen Vater und Tochter ein. Maria hörte, wie Eduard seinen Wagen in die Garage rollen ließ; als sein Motor abstarb, klang von der Gartenseite über den hinteren Weg der Villa das Knattern des Mopeds. Maria sprang auf, lief in die Küche, drehte die Kochplatten des Herdes an und spürte so etwas wie eine innere Befreiung.

Sie waren alle wieder da. Der Tag war zu Ende, und nichts war geschehen. Gleich würden sie um den Tisch sitzen, zufrieden und gesund, und erzählen, was sie bewegte. Eduard würde über die Behörden schimpfen,

Monika würde von dem Flötenkonzert berichten, und Maria würde dasitzen, zuhören, vielleicht das Kinn auf eine Hand stützen, und sie beide ansehen. Und das Licht der Lampe würde auf ihr Haar fallen!

Ob Eduard ihre neue Frisur bemerken würde?

Sie deckte die Töpfe zu, schob die Bratpfanne zurecht und ging ins große Wohnzimmer zurück.

Monika kam als erste herein. Ohne Lederjacke und Sturzhelm, in ihrem dunkelblauen, diskret geblümten Kleid, das so gar nicht zu einem Moped paßte, sah sie geradezu damenhaft aus. Sie hatte schon jetzt einen stärker gerundeten Busen als ihre Mutter. Sie blieb an der Tür stehen, im Halbdunkel.

»Guten Abend, Mama«, sagte sie. Ihre Stimme klang etwas gepreßt. »Hier bin ich wieder…«

»Das Essen ist in einer Viertelstunde fertig, Spätzchen.«

»Ich habe gar keinen Hunger, Mama.« Monika trat noch weiter in den Halbschatten zurück. An das Kosewort Spätzchen hatte sie sich gewöhnt; sie hatte, solange sie denken konnte, nichts anderes gehört, nur Papa sagte manchmal in seiner direkten Art ›Kikak‹, weil sie als Kleinkind ›Monika‹ noch nicht hatte aussprechen können und auf die Frage: »Wie heißt du denn?« mit geschürzten Lippen geantwortet hatte: »Kikak.« Allerdings gebrauchte Papa ›Kikak‹ nur innerhalb der Familie, nie vor fremden Leuten, während Mamas Spätzchen stets gegenwärtig war, ob im Laden oder im Bekanntenkreis, ob vor ganz unwichtigen Leuten oder in Anwesenheit von Monikas Freunden. Sie erinnerte sich noch gut an die Zeit – da war sie fünfzehn –, als sie sich geschämt hatte, wenn Mama Spätzchen zu ihr sagte. Einmal hatte sie sich lauthals beschwert: »Bitte, nenn mich nicht immer Spätzchen! Ich bin aus den Windeln 'raus!« Aber es half nur für zwei Wochen, dann hieß es wieder: »Spätzchen, leg die Kleider für die Reinigung zurecht!«

»Du mußt doch etwas essen! sagte Maria. »Oder gab es in der Pause einen Imbiß?«

»Nein.« Sie hätte Ja sagen können, dann hätte es keine Diskussion gegeben. Aber sie log nicht, obgleich ihr der Gedanke durch den Kopf schoß, es wäre vielleicht klüger gewesen, jetzt die Unwahrheit zu sagen.

»War das Konzert nicht gut?«

»Es war fabelhaft, Mama! Wenn man bedenkt, daß ein König so etwas komponiert hat! Stell dir vor, wir hätten einen Staatspräsidenten, der ein Jazz-Konzert komponiert!«

»Undenkbar! Aber warum Jazz?«

»Jeder im Stil seiner Zeit, Mama.«

Die Tür zur Garage klappte, Eduard Barrenberg schloß hinter sich die schwere Stahltür zu, die von der Villa in den Garagenbau führte. Gleich würde seine Stimme das Haus erfüllen. Die übliche Beamtenschelte, wie mindestens dreimal in der Woche. Aber trotz aller Klagen – die Schlachten mit den Bauämtern brauchte er. Sie waren das Salz seines Lebens. Sich über die Behörden aufzuregen – das war wie eine Kraftpille, die er jeden Tag schlucken mußte.

»Es gibt Kotelett mit Blumenkohl, Spätzchen«, sagte Maria.

»Ich möchte lieber ins Bett, Mama.«

»Ist dir nicht gut?« Maria kam näher. Monika hatte keine Möglichkeit mehr, zurückzuweichen. Hinter ihr, in der Diele, rumorte Papa. Der Weg zur Treppe nach oben führte an ihm vorbei. Und in der Diele war es hell.

»Ein bißchen schwindelig, Mama.«

»Dieses Mopedfahren! Immer im Zugwind! Da bleibt ja nicht aus, daß man sich erkältet. Du wirst sehen, das geht alles auf die Nieren und die Blase. Gerade du als Mädchen müßtest

»Ich weiß, Mama. Wenn schon, dann Wollschlüpfer... Gute Nacht!«

Sie wollte zur Treppe, ehe ihr Vater nach einem Umweg über die Toilette in der großen Diele erschien. Aber Barrenberg hatte bereits seine Jacke an der Garderobe aufgehängt und stampfte heran. Diese Hemdsärmeligkeit hatte Maria früher schockiert; für sie gehörte es sich, daß man ›angezogen‹ zu Tisch kam, so hatten es auch ihre Eltern gehalten. Zum Abendessen erschien ihr Vater sogar oft im dunklen, in jedem Fall in einem gedeckten Anzug, mit weißem Hemd und Krawatte. Eduard nahm auch noch den Schlips ab, nach der Devise: In meinem Hause darf ich Mensch sein! Und wenn's mir behagt, sitze ich in der Unterhose am Tisch – wen stört das?! Dafür habe ich mir ja ein Haus gebaut, daß ich hier so sein kann, wie es mir gefällt!

»So spät, Kikak?« fragte Barrenberg.

»Es ist erst elf Uhr, Papa.« »Aber...«

»Ich war doch im Konzert.«

»Stimmt! Die Beamten vertreiben mir jeden anderen Gedanken!

War's schön?«

»Wunderschön, Papa.«

»Hat der Solist die Flöte geblasen – oder hat er mit ihr geschlagen?«

»Wieso denn, Papa?«

»Du hast an der linken Hand Blut.«

Monika zuckte zusammen. Dann entdeckte sie die Flecken. Freddys Blut. Sie winkte ab.

»Auf der Rückfahrt klemmte die Bremse, Papa. Scheußlich. Ich mußte eine ganze Weile daran herumfummeln, dabei muß ich mich geritzt haben. Tut nicht weh.«

Wie glatt das ging. Wie leicht man lügen kann, ohne daß sich Stimme und Gesicht verändern! Sie winkte ihrem Vater zu und sprang die Treppe hinauf. Immer zwei Stufen auf einmal. Nur weg aus der Gefahrenzone!

Von ihrem großen Zimmer mit dem Balkon zum Garten ging sie sofort in das angrenzende Bad, drehte den Warmwasserhahn auf und hielt beide Hände unter den Strahl. Als es zu heiß wurde, trocknete sie die Finger so gründlich ab, als wolle sie sich die Haut abziehen.

Dieses Bild – wie sich Freddy an der Hauswand krümmte und wie der Anblick des weißen Pulvers im Tütchen ihn vollkommen veränderte – ließ sie nicht mehr los. Sie setzte sich auf die breite Couch am Balkonausgang, stützte den Kopf in beide Hände und fragte sich, ob Freddy noch zu heilen wäre.

Sie hatte schon viel über Heroin gelesen, über Kokain, LSD, Hasch, Meskalin und Opium, Horrorgeschichten, Bilder von zerstörten Fixern, von Toten nach dem »Goldenen Schuß«, Berichte über Kinderprostitution, über Morde wegen eines einzigen »Schusses«, wie man die Injektion nannte. Sie hatte in der Helferinnen-Ausbildung beim Roten Kreuz gelernt, wie man Spritzen setzt, hatte auch zwei Lichtbildvorträge besucht, die sich mit dem Rauschgiftproblem beschäftigten. Aber noch nie war sie einem Heroinsüchtigen begegnet, und schon gar nicht hatte sie mit einem gesprochen. Im Mädchengymnasium »Geschwister Scholl« gab es in ihrer Abiturklasse einen kleinen Club von fünf Mädchen, die Hasch rauchten. Nicht aus Sucht, sondern aus Neugier und weil es eben »in« war: die Visitenkarte moderner Intellektualität. Man konnte dann in der Disko mitreden. Man hatte einen Joint im Handtäschchen. Monika hatte einmal, zwischen den Regalen im Kartenzimmer, zwei Züge genommen. Es schmeckte süßlich, so kotzerbärmlich, daß sie nach Hause mußte und sich dort ins Bett legte mit der Erklärung, sie habe ganz verrückt ihre Tage...

Nein, sie war nicht der Typ, der sich an so etwas gewöhnen konnte. Wo andere high wurden, fiel sie einfach um.

Aber Freddys Schicksal beschäftigte sie sehr. Er hatte ihr leid getan, als er da auf der Straße lag, zusammengeschlagen, wie Müll hinausgeworfen. Und ihr Mitleid, als sie seinen fortschreitenden Zusammenbruch erlebte, hatte alle Vernunft zum Schweigen gebracht. Sie hatte mit Kemal, dem Türken, gesprochen, hatte ihm »reinen Afghanen« abgekauft, »drei wunderbare Nadeln«, wie Freddy es genannt hatte – aber zugleich auch der »Goldene Schuß«, wenn Freddy sich die ganze Menge geschossen hätte... Erst jetzt kam ihr voll zum Bewußtsein, was sie getan hatte, und daß sie jetzt mitschuldig war am Untergang eines Menschen.

War Freddy noch zu retten? War er vielleicht zu retten, wenn sie sich um ihn kümmerte? War es jetzt nicht ihre Pflicht, Freddy nicht allein zu lassen mit seinem Gift, seiner Hoffnungslosigkeit, seiner Lebensangst – der ständig wachsenden Gefahr des frühen Todes?

Neben Monika schellte das Haustelefon. Sie schrak zusammen, riß den Hörer hoch und sagte tonlos: »Ja?«

»Das Essen, Kikak!«

»Ich will nicht, Papa.«

»Ganz magere Lummerkoteletts. Keine Gefahr für deine Kurven.«

»Trotzdem, Papa...«

»Mama sagt, du wärst noch nüchtern. Das geht nicht! Komm runter!«

»Gut Papa.« Sie seufzte, legte auf und wußte plötzlich, daß sie Freddy wiedersehen mußte. In der Disko »Number Sex«. Er hat vielleicht nie ein Elternhaus gehabt, dachte sie. Nie Geborgenheit, nie Liebe, war immer allein mit seinen Problemen, keiner hörte ihm zu, alles fraß er in sich hinein. Und so wurden die Drogen seine Familie, wurden die Träume seine Heimat, wurde die Spritze zum

Wunderheiler, die ihn von seiner Lebensangst befreite, von der Leere um ihn herum.

Monika lief noch einmal ins Badezimmer, versteckte dort das blutige Taschentuch, das sie Freddy auf die Stirnwunde gedrückt hatte, wusch noch einmal ihre Hände und ging dann hinunter ins Eßzimmer.

Maria und Eduard Barrenberg saßen am Tisch, vor ihnen der Fleischteller und die Schüsseln. Eduard kaute mit gutem Appetit, nickte seiner Tochter zu und sagte: »Man soll sich ja spätabends nicht den Wanst vollschlagen, – aber es schmeckt vorzüglich, Kikak. Bring aus der Bar den Kognak mit.«

Das ist es, dachte Monika. Das fehlt ihm. Wer hat jemals zu Freddy gesagt: Das schmeckt vorzüglich! Der hat sich sein Essen immer zusammensuchen müssen wie ein streunender Hund. Aber das kann man ändern, Freddy! Ich will dir dabei helfen…

Dann saß sie hinter ihrem Teller, stocherte im Blumenkohl herum, kaute lange an einem Bissen Fleisch, als sei es Kaugummi, und trank zwei Gläser Rotwein, den Maria immer in eine geschliffene Karaffe abzufüllen pflegte. Ein mittelroter Burgunder. Maria trank ihn nicht, sie zelebrierte ihn. Auch das Weingut gehörte einem Onkel.

Es kam selten vor, daß bei Eduard Barrenberg spätabends – jetzt war es schon nachts gegen 23.30 Uhr – das Telefon klingelte. Wenn um diese Zeit jemand anrief, hatte das meistens nichts Gutes zu bedeuten. Niemand greift kurz vor Mitternacht zum Telefon, um einen Witz zu erzählen.

Barrenberg, gerade jetzt bei seinem geliebten Nachtisch, der Roten Grütze, angelangt, seufzte laut, und sagte: »Nee! Das bißchen Familienleben laß' ich mir nicht nehmen! Soll der sich dusselig klingeln!«

»Wenn es aber wichtig ist, Eduard?« Maria blickte Monika an. »Man weiß doch nie – um diese Zeit?«

»Theoretisch schlafe ich schon!«

»Ich geh' ran, Papa!« Monika erhob sich. Freddy kann es nicht sein, das wußte sie. Sie hatte ihm keine Adresse genannt, schon gar nicht die Telefonnummer. Sie ging ins Nebenzimmer, das Mama

»Herrenzimmer« nannte, nahm den Hörer ab und meldete sich.

Eine Männerstimme, angenehm im Ton, fragte zurück: »Frau Barrenberg selbst?

Aus einem Impuls heraus, den sie sich auch später nicht erklären konnte, sagte sie ohne Zögern: »Ja.« Ein Mann will Mama kurz vor Mitternacht sprechen. Ein Mann, der sich nicht sofort mit seinem Namen meldet, sondern erst vorsichtig die Lage sondiert. Sie atmete tief durch. »Wer sind Sie?«

»Ein Teilhaber Ihres Mannes«, sagte die Männerstimme. »Sie wundern sich? Ihr Mann hat keinen Teilhaber? Irrtum, Frau Barrenberg. Ihr Mann und ich teilen bei einer besonders schönen Frau das Bett. Natürlich nicht zur selben Zeit, sondern im Wechsel. Wenn ich gehe, kommt er – oder umgekehrt. Ihr Mann ist heute spät nach Hause gekommen, nicht wahr? Etwas abgespannt und müde? Kein Wunder. Unsere gemeinsame Freundin ist eine wilde Hummel! Wer aus ihren Armen kommt, ist erst mal groggy. Und schließlich ist Ihr Mann nicht mehr der Jüngste, auch wenn er glaubt, noch mithalten zu können!«

»Wer – wer sind Sie?« sagte Monika leise. Ihre Kehle war wie verrostet. »Sie Lügner! Sie Schwein... Sie erbärmliches Schwein!«

»Ich rufe Sie an, Frau Barrenberg, um Ihnen zu sagen, daß ich dieses Hin- und Herhüpfen im Bett nicht dulde! Es hat mich einige Anstrengungen gekostet und Bettina – so heißt unser gemeinsames Töpfchen – ein paar blaue Flecke, ehe ich mir im klaren war, wer mein Partner ist. Warnen Sie Ihren Mann, meine Beste! Wenn ich ihn erwische, wäre ich in meinem Zorn bereit, ihm das abzuschneiden, womit er hausieren geht! Wir verstehen uns?«

»Nein!« Monika atmete hastig. Das ist alles nicht wahr. Das ist ein ganz übler Stammtischscherz. Papas Freunde sind solche Typen. Nachher rufen sie ein zweites Mal an und brüllen »Prost!« ins Telefon. Papa und eine Geliebte... Das gibt es nicht! Das ist unmöglich. Absurd ist das! Papa liebt doch Mama über alles! Wenn eine Familie in Ordnung ist, dann unsere!

»Nein! Ich verstehe Sie nicht!« sagte sie fest. »Ich glaube meinem Mann! Auf anonyme Anrufe reagiere ich nicht! Wenn Sie mir Ihren Namen nennen –«

»Fragen Sie Ihren Mann nach Bettina«, sagte der Anrufer. »Das reicht, um Ihnen zu zeigen, wie ernst meine Warnung gemeint ist.«

Der Fremde hatte aufgelegt. Monika starrte auf das Telefon, legte den Hörer zurück und schloß die Augen. Ich glaube es nicht, dachte sie. Man kann Mama gar nicht mit einer anderen Frau betrügen. Weil keine andere Frau so schön ist wie sie. Welcher Mann geht zu einer häßlicheren Geliebten?

»Was ist denn?« hörte sie Barrenberg rufen. Ein Stuhl scharrte. »Wer ist denn dran?«

Sie hob die Schultern, zog den Kopf ein und beeilte sich, in die große Wohnhalle und von dort in das Eßzimmer zurückzukommen. Barrenberg hatte seine rote Grütze aufgegessen. Er war zutiefst zufrieden, steckte sich eine leichte Zigarre an – die Davidoff Indonesia – und schwenkte gerade einen neuen Kognak in dem großen Napoleonglas. Maria tupfte sich mit ihrer Serviette die Lippen ab; es sah etwas gekünstelt aus, rokokohaft, als hantiere sie mit einem Spitzentüchlein.

»Wer war der unhöfliche Strolch?« rief Barrenberg. »Um diese Zeit!«

»Bettina«, sagte Monika lässig.

Ihr Blick hing an ihrem Vater. Aber in Barrenbergs Miene verzog sich nichts. Er paffte an seiner Zigarre. Monikas Herz machte einen Sprung. Ich habe es gewußt! Papa, du bist der Beste! Du kannst Mama nicht betrügen. Wie gemein von mir, das eine Sekunde lang für möglich gehalten zu haben, verzeih mir, Papa...

»Bettina ist eine meiner Freundinnen«, sagte sie. Ihre Stimme klang hell, fast jubelnd. »Sie war mit mir im Konzert.«

»Und muß um Mitternacht mit dir quatschen? Ihr habt vielleicht Nerven! Gewöhn ihr das ab, Kikak.«

»Ich werd's ihr bestellen, Papa.«

Kurz nach Mitternacht gingen sie zu Bett. Barrenberg schaute sich noch die Spätnachrichten im Fernsehen an. »Lohnt sich auch nicht mehr!« sagte er hinterher und gähnte. »Auch die Brüder im Funkhaus sind müde. Wenn du wüßtest, Maria, was heute für ein Tag war. Mir hängt der Schlaf wie ein Sack bis zu den Kniekehlen.«

In der Dunkelheit des Schlafzimmers, unter dem Spitzenbaldachin ihres breiten gemeinsamen Lagers, der Kopie eines königlichen Himmelbettes, lag Maria noch lange wach und starrte nach oben.

Er hat sie nicht gesehen, die neue Frisur! Und auch Monika hat kein Wort gesagt. Ob sie merken würden wenn ich mir die Haare blau färben ließe? Ist alles in unserem Leben so selbstverständlich?

Neben ihr schnarchte Eduard. Sein Atem roch nach Kognak und kalten Zigaretten.

Zum erstenmal in diesem Jahr schwänzte Monika die Schule.

Mit sechzehn Jahren war das anders gewesen. Damals hatte sie Jochen kennengelernt, einen Jungen, der fabelhaft tanzen konnte, und sie war so toll verliebt in ihn gewesen, einfach beknallt, wie sie es nannte, daß sie glaubte, ohne ihn nicht mehr leben zu können. Er war damals in der Unterprima, und gemeinsam schwänzten sie die Schule, pro Woche zweimal, um am Main spazieren zu gehen, in den Grünanlagen am Stadion zu sitzen oder ab 11 Uhr vormittags ein Kino zu besuchen, immer Hand in Hand und selig bis unter die Haarspitzen. Mehr war nicht – kein Petting, etwas anderes schon gar nicht, nur ab und zu ein Kuß... So richtig altmodisch war es, obwohl über die Hälfte von Monikas Klassenkameradinnen schon mit Jungen geschlafen hatten und davon erzählten, als sei so etwas die Krone des Lebens. Es war eine schöne Zeit – bis Jochen sich absetzte. Monika erfuhr, daß er sich einem Mädchen namens Ursel zugewandt hatte, und Ursel hatte ihn ohne Zögern im Wald hinter dem Autokino gelegt. Es war Monikas erster, zerreißender Seelenschmerz gewesen. Aber von da ab schwänzte sie die Schule nur noch in dringenden Fällen.

Heute war so ein dringender Fall.

Das Telefongespräch hatte doch eine Wunde gerissen. Auch wenn sie sich immer wieder einredete, daß ihr Vater keine Geliebte haben könne, – es blieb ein Quentchen Mißtrauen, das wie ein Splitter in der Seele stach.

Um neun Uhr pflegte Eduard Barrenberg sein Architekturbüro zu betreten. Es umfaßte zwei Etagen eines modernen Geschäftshauses, das natürlich auch von Barrenberg gebaut worden war. Er beschäftigte sieben Architekten, neun technische Zeichner, vier Statiker, zwei Bürogehilfen, vier Sekretärinnen und eine Chefsekretärin. Hinzu kamen der Chefbuchhalter, eine Buchungsgehilfin und Opa Wimmer, der Nachtwächter. Barrenberg war an verschiedenen Baufirmen beteiligt, sogar in eine Baustoffhandlung hatte er sich eingekauft. Da kommt allerhand zusammen. Aber es muß auch allerhand verdient werden, um einen solchen Betrieb zu unterhalten.

Monika fuhr, statt zur Schule, zum Main, setzte sich dort in die Morgensonne und stand um neun Uhr pünktlich in Sichtweite des Bürohauses, hinter dem Fenster eines Supermarktes. Ihr Moped lehnte draußen an der Wand. Sie hatte einen Einkaufswagen genommen und zwei Teile hineingelegt, um schnell wieder auf die Straße zu kommen: Ein Päckchen Puddingpulver und eine Tafel Nußschokolade.

In dem Hin und Her des Supermarktes fiel nicht auf, daß sie am Fenster stand und nicht zur Kasse ging. Die lange Schlange vor den Kassen verdeckte sie, und in einem Supermarkt kümmert sich ohnedies keiner um den anderen.

Monika sah, wie der weiße Wagen ihres Vaters auf dem reservierten Parkplatz hielt. Barrenberg stieg aus, schwenkte jugendlich seinen Aktenkoffer aus Krokodilleder und betrat mit forschen Schritten das Haus. Monika blickte auf ihre Armbanduhr. Zehn Minuten nach neun. Er war sicherlich im Straßenverkehr hängengeblieben.

Eduard Barrenberg war an diesem Morgen wirklich bester Laune. Er dachte an die vier Tage Florenz, die er mit Betty erleben würde. An diese viermal vierundzwanzig Stunden, von denen man die meisten im Bett verbringen würde. Er spürte ein Kribbeln über den ganzen Körper, wenn er daran dachte... Sich austoben mit diesem herrlichen Weib, die einundfünfzig Jahre wegwischen, wieder jung sein und bestätigt sehen, daß die Jahre spurlos vorbeigezogen sind! Wenn jemand kapitulierte, würde es Betty sein. Zwanzig Jahre jünger zwar – aber sie würde flehen: »Schluß... ich kann nicht mehr, Voice... ich zerbreche!« Und sie würde daliegen wie auf das Bett gekreuzigt, mit gespreizten Armen und Beinen... Barrenberg war es bei diesem Gedanken, als liefe eine Armee Ameisen über seinen Körper. Seine Sehnsucht nach Bettina, schon am frühen Morgen, nahm pathologische Formen an.

Vier Tage Florenz... Um zehn Uhr mußte er Bieringer anrufen, den verknöcherten Galeriebesitzer, und um Aufschub für Bettinas graphische Blätter bitten.

Barrenberg setzte sich hinter seinen riesigen Schreibtisch, wühlte unlustig in der Post, die ihm seine Sekretärin vorgelegt hatte und las dann einen Brief vom Bauamt, in dem ihm nahegelegt wurde, im Hinblick auf die Fassaden der benachbarten Häuser seinen geplanten Neubau mit Sprossenfenstern zu versehen.

»Auf einmal denken die künstlerisch, die Arschlöcher!« sagte er laut. »Früher waren sie von jedem Betonklotz begeistert, auch wenn er einem Scheißhaufen glich! Also gut, Sprossenfenster. Wollte ich ja immer!«

Er fischte einen anderen Brief aus dem Stapel, ein Schreiben vom Finanzamt. Aber zum Lesen kam er nicht, – das Telefon klingelte.

»Ja?« sagte Barrenberg. »Wer denn?«

»Ein Herr!« gab die Sekretärin durch.

»Was heißt das, ein Herr?! Name?«

»Der Herr sagt, er sei Micky. Tut mir leid, Herr Barrenberg.«

Es knackte, ehe Barrenberg losbrüllen konnte. »Ich kenne keinen Micky!« schrie er. »Was soll der Blödsinn?!«

»Sie sollten Bettinas Schönheit erhalten«, sagte eine angenehme Männerstimme. »Das können Sie aber nur, wenn Sie sofort Ihre geilen Finger von ihr lassen!«

Barrenberg straffte sich im Sitzen, als habe sich blitzschnell sein Rückgrat versteift. Seine Lippen wurden noch schmaler.

»Wer spricht?« fragte er kurz.

»Das fragen Sie noch?« Der Anrufer schien ehrlich verblüfft zu sein. »Sie müssen eine wunderbare Frau haben...«

»Wollen Sie mich erpressen? Das ist vergebliche Mühe. Ich bin unerpreßbar.«

»Ich brauche Ihr Geld nicht, ich habe genug davon. Aber Sie können Bettina retten!«

Barrenberg fühlte, wie ihm die Hitze in den Kopf stieg. »Retten?« fragte er gedehnt. »Was wollen Sie von Bettina?! Wer sind Sie überhaupt?!«

»Ihr Teilhaber in Bettys Bett.«

»Ein Saukerl sind Sie!« sagte Barrenberg hart. »Ob's stimmt

oder nicht – eine Frau in die Pfanne zu hauen, ist hundsgemein!«

»Ich habe sie nicht in die Pfanne gehauen, – ich habe sie durchgeprügelt. Nur so habe ich Ihren Namen erfahren können.«

»Wenn ich Sie in die Finger kriege, Mann ...« knirschte Barrenberg.

»Wohl kaum! Denn Sie werden Bettina ab sofort in Ruhe lassen!«

»Das bestimmen nicht Sie!« Barrenberg hielt die Hand über das Telefon. Der Kerl sollte nicht hören, wie er schnaufte. Erst nach tiefem Durchatmen sprach er weiter. »Ich tue immer das, was ich für richtig halte!«

»Sie bringen damit Bettina in Gefahr! Wenn sie Sie noch einmal in die Wohnung läßt, braucht sie eine Woche Hospital, um sich auszukurieren!«

»Sie Schwein!« sagte Barrenberg. »Sie feiger Hund! Wenn Sie damit Bettina halten wollen ...« Er atmete wieder schnaufend, aber jetzt deckte er das Telefon nicht mehr mit seiner Hand zu. »Sie können mir nicht drohen! Mit nichts! Am allerwenigsten mit meiner Frau! Ich liebe Bettina. Und um sie vor Ihnen zu retten, bin ich zu jeder Konsequenz bereit. Zu jeder! Ist das klar?!« Er stockte. Jetzt begriff er die ganze Tragweite dessen, was er gesagt hatte. Dreiundzwanzig Jahre Ehe hatte er in diesem Augenblick eingesetzt, aber Bettina war ihm das wert. Ein neues Leben mit ihr... Er hatte nie mit dem Gedanken gespielt, aber plötzlich gab es kein Zurück mehr. Er hatte Zweidrittel seines Lebens hinter sich, ein erschuftetes Leben mit vielen Erfolgen, aber auch mit tausend verpaßten Gelegenheiten. Bettina war vielleicht seine letzte große Chance, ein Stück verarbeiteter Jugend zurückzuholen.

»Wehe, wenn Sie Bettina noch einmal anrühren!« sagte er laut. »Ihren Namen erfahre ich, darauf können Sie Gift nehmen. Und dann jage ich Sie mit der Polizei wie einen tollwütigen Hund!«

»Wie Sie wollen! Ich habe Sie gewarnt.« Die Stimme des Anrufers verriet keine Erregung. »Sie müssen wissen: Was ich tue, erhebt den Anspruch auf Perfektion. Ich verspreche Ihnen eins: Ich werde Sie vernichten! Sie und Ihre Familie! Und niemand hat die Möglichkeit, das aufzuhalten! Wenn Sie begreifen, was Sie angerichtet haben, ist es längst zu spät! Sie wissen nicht, wie ich hassen kann.«

Barrenberg wollte noch etwas sagen, aber der Anrufer hatte aufgelegt. Sein Herz raste. Zu Betty, dachte er. Ich muß mich um Betty kümmern. Mein Gott, was ist mit ihr geschehen? Warum hat sie mir nie gesagt, daß da noch ein zweiter Mann ist? Es wäre schwer gewesen, aber ich hätte es ertragen. Eine Frau wie Betty lebt kein Schattendasein, das ist doch klar.

Er griff zum Telefon und tippte mit bebenden Fingern die Ziffern ein. Als er ihre Stimme hörte, hätte er aufschreien können.

Kurz nach elf sah Monika ihren Vater wieder aus dem Haus kommen. Er hatte es sichtlich eilig und fluchte anscheinend vor sich hin, als der Türschlüssel nicht gleich einrastete. Monika rannte mit ihrem Einkaufswagen zu einer zum Glück unbelagerten Kasse, bezahlte und stürmte auf die Straße. Barrenberg bog gerade vom Parkplatz in den Verkehr ein, mit zuckenden Blinkern und rücksichtslosem Draufzufahren. Monika schwang sich auf ihr Moped und setzte sich hinter ihren Vater. Da sie ganz rechts fuhr, sah er sie nicht im Rückspiegel.

Barrenberg fuhr unkonzentriert. Erst am Zoo fuhr er langsamer, fand einen Parkplatz und hielt. Monika machte einen Bogen, versteckte sich dann hinter den Autos und sah ihren Vater, wie er ungeduldig vor seinem Wagen auf und ab ging. Dann fuhr ein kleiner weißer Sportwagen auf den Platz, eine Frau in einem supermodernen Fransenkleid stieg aus, ihr Gesicht wurde von einer großen Sonnenbrille fast verdeckt. Barrenberg eilte ihr entgegen, ergriff ihre Hände und zog sie impulsiv an sich. Die Frau legte plötzlich ihren Kopf auf Barrenbergs Schulter und schien zu weinen.

Das ist sie! So sieht sie aus! Bestimmt nicht schöner als Mama, aber natürlich jünger. Viel jünger! Wie er die Hand um sie legt! Wie er sie streichelt! Er küßt sogar ihren Nacken. Widerlich! Widerlich, Papa!

Monika drückte die Stirn gegen das kalte Blech des Autos, hinter dem sie sich versteckte. Zwanzig Meter vor ihr führte Barrenberg seine Geliebte zum Eingang des Zoologischen Gartens. Im weiten Areal des Zoos war man sicher, hier traf man um diese Zeit keine Bekannten, hier konnte man auch in der Zoogaststätte in aller Ruhe plaudern. Und Mama erzählte man dann von neuen Kämpfen mit den Bauämtern... Oh Papa, Papa, warum tust du das?! Papa, ich kann dich doch keinen Lumpen nennen...

Monika wandte sich ab, ging langsam zu ihrem Moped und fuhr davon. Sie kam sich unendlich einsam vor in einer plötzlich zerbrochenen Welt. Mama darf das nie erfahren, dachte sie und fuhr so miserabel, daß Autofahrer sie anhupten. Mama würde daran zerbrechen. Es gibt keine andere Frau, die ihren Mann so liebt, wie Mama ihren Mann. Sie hat alles für ihn aufgegeben, ihre große internationale Karriere als Pianistin, den Ruhm, den Beifall der Welt. Und jetzt betrügt Papa sie! Mit einer Jüngeren. Im Fransenkleid. Mit knallroten Stöckelschuhen! Ein Gesicht – nur eine Sonnenbrille...

Papa, merkst du denn nicht, wie lächerlich du neben ihr wirkst?!

Papa, hast du das nötig?...

Die Diskothek »Number Sex« sieht am Tag so aus, wie alle Schuppen dieser Art. Am Morgen, ohne Lichteffekte, ohne die zuckenden Leiber der Tanzenden, ohne den Krach aus den Boxen, ohne den Geruch von Tabakrauch, Schweiß, Parfüm und Alkohol wirkt so ein Lokal wie eine Abstellkammer für Gerümpel. Nur die Putzfrauen sind am Werk, Gläser werden gespült, Spiegel, die die Lichteffekte bewirken, werden geputzt, die Toiletten geschrubbt.

Monika hatte Glück; die Tür von »Number Sex« war nur angelehnt. Sie ging durch den Schlauch mit der Garderobe und kam in einen großen Raum, in dem trübe ein paar Lampen brannten. Die Stühle standen auf den Tischen, an der Bar polierte ein langmähniger Typ die Zapfhähne, eine krummrückige Putzfrau saugte den Plüschbelag in den Ecken.

»Zwölf Stunden später, Baby!« rief der Typ an der Bar. »Jetzt gibt's nur Limonade mit Schnuller. Zisch ab!«

»Weißt du, wo Freddy wohnt?« fragte Monika, so, als sei das völlig normal.

»Warum denn?« Der Typ unterbrach sein Hähnewienern.

»Weißt du's – oder nicht?«

»Was soll das?«

»Ich will zu ihm.«

»Du bist wohl bescheuert?!« Der Typ tippte sich an die Stirn. »Der liegt auf'm Sack und träumt von Pipi Immerbums! Morgens ist der schlaff wie 'n Strumpf. Da kannste dir nichts holen! Mach 'ne Fliege!«

»Ich muß wissen, wo er wohnt!« sagte Monika. Sie trat näher und streckte geheimnistuerisch den Kopf vor. »Ich habe einen ganzen Afghanen für Freddy.«

»Mach keinen Scheiß!« Der Typ wurde unruhig. »Zeig her!«

»Nein!« »Ich geb' dir 200 Mäuse dafür.« »Nicht für 500. Es ist für Freddy. Also, wo wohnt er?«

»Wohnen ist gut!« Der Typ grinste breit und musterte Monika mit einem klebrigen Blick. »Er hat 'ne Bude in einem Abbruchhaus im Westend. Zweiter Stock. Jetzt schläft er noch. Aber gegen Mittag, da muß er einen drücken. Da kommste gerade richtig. Können wir den Drop nicht teilen?«

»Nein! Und jetzt die Straße! Los, spuck dich aus! Ich will in deinem Saftladen nicht Wurzeln schlagen!«

Das war gekonnt gesagt. Monika wunderte sich selbst darüber. Wenn Mama das hören würde.... Sie verstünde die Welt nicht mehr.

Das Haus, in dem Freddy wohnen sollte, stand schon lange zum Abbruch bereit. Es war eines jener Häuser, die der Besitzer nach langem Kampf leergekündigt hatte, um auf dem Grundstück ein Geschäftshaus hochzuziehen. Dafür gab es Zuschüsse, das brachte mehr Miete ein, die Kreditzinsen konnte man von der Steuer absetzen. Das alte Haus war im Jahre 1909 gebaut worden, mit einer imposanten verschnörkelten Fassade, drei übereinanderliegenden Balkonen mit kunstvollen Eisengittern und aus Stein gehauenen muskulösen Männerstatuen, auf deren Schultern sich die Balkone stützten. Einst ein schönes Haus, Visitenkarte reichen Bürgertums – jetzt verkommen, mit schiefen Jalousien vor mit Pappe geflickten Fensterscheiben, ohne Licht, ohne Wasser, ohne Haustür, verdreckt und morsch vom Treppenhaus bis unters Dach. Zwei Jahre lang hatten hier Ausländer gewohnt, Gastarbeiter, Türken aus dem

Gebiet des Cukurca, an der irakischen Grenze, dort, wo die Welt aufhört, bewohnbar zu sein. Für sie war das verfallene Haus wie ein Paradies, bis sie nach zwei Jahren merkten, daß sie durch maßlos überhöhte Mieten betrogen wurden. So hörte der Goldesel zu spucken auf, das Haus verfiel noch mehr, weil die Türken alle Schalter und Waschbecken, alle Klotöpfe, überhaupt alles, was man gebrauchen konnte, abmontiert und mitgenommen hatten, gewissermaßen als Entschädigung für den Betrug.

Was übrig blieb, war eine Ruine mit dem zerfurchten Gesicht einer glanzvollen Epoche. Sie wurde von neunundzwanzig jungen Außenseitern der Gesellschaft besetzt, dreimal von der Polizei gestürmt, erschien einmal im Fernsehen und bekam eine große Karteikarte bei der Kripo: Bewohner sind ständig wegen Drogenmißbrauchs zu überwachen.

Von da ab hatten die Bewohner Ruhe. Sie bildeten fünf Wohngemeinschaften nach dem Prinzip absoluter Freiheit, schliefen auf dem Boden, auf Matratzen, ersetzten Schränke durch Nägel in den Wänden, warfen den Unrat einfach aus dem Fenster in den kleinen, verwilderten Hintergarten und lebten zeitlos dahin, zwischen »Anschaffen« und »Drücken«. Junge Menschen ohne Illusionen, ohne Zukunft, ohne Hoffnung, zerbrochen an sich selbst, weil sie den Sinn ihres Lebens nicht begriffen.

Freddy wohnte auf der dritten Etage in einem großen, leeren Zimmer, in dem nur eine Doppelmatratze auf den dreckigen Dielenbrettern lag. Es gab keine Vorhänge, keinen Schrank, keinen Tisch, keinen Stuhl. Was er brauchte, stellte er auf die Fensterbank oder neben seine Matratze. Auf einem Klosett, das er mit der Wohngemeinschaft IV teilen mußte, wusch er sich in einem kleinen Emaillebecken. Auf einem einflammigen runden Elektrokocher bereitete er sich warmes Essen, wenn ihm danach zu Mute war. Den Strom dafür holte er sich mit einem raffinierten Trick: Er hatte aus dem Fenster, die Hauswand hinunter, ein Kabel gezogen und es am elektrischen Verteiler des Nebenhauses angeklemmt. Das hatte er so perfekt gemacht, daß die Nachbarn zwar das Kabel sahen, aber annahmen, es gehöre zu ihrem Haus und habe irgendeine Funktion.

Diesen Trick verkaufte Freddy reihum an die Wohngemeinschaften gegen andere Leistungen. Nummer II zum Beispiel besaß ein Badezimmer. Hier erschien Freddy mit seinem Kabel und schloß einen Tauchsieder an, bis das Wasser schön warm war. Überhaupt das Wasser! Als man das Haus besetzte, war auch das Wasser gekappt worden. Es wurde an der Zuleitung abgestellt. Genau neunmal drehten die Wohngemeinschaften den Absperrschieber wieder auf, bis es zu einem Kompromiß kam: Die Bewohner des Hauses Nr. 17 hinterlegten fünfhundert Mark bei den Städtischen Wasserwerken als Garantie, und das lebensnotwendige Naß rann wieder durch die verrosteten Leitungen. Dagegen spielte das E-Werk nicht mit; es lieferte auch gegen Garantie keinen Strom.

»Kochen kann man auch auf Propangas!« sagte man im Haus Nr. 17. »Aber Wasser muß sein! Leckt uns also alle am Arsch!« Eine rein rhetorische Aufforderung, der kein Beamter nachkam.

Monika blieb betroffen stehen, als sie das Haus betrat. Es stank nach Kohl, Urin, Fäkalien und süßlich nach Verwesung. Irgendwo spielte jemand Gitarre, eine Frauenstimme überschlug sich lachend und kreischend, dazwischen plärrte ein Säugling. Die Tür zur linken Untergeschoßwohnung stand auf, ein bärtiger Mann mit magerem, knochigem Körper lag nackt auf der Matratze und schnarchte mit offenem Mund.

Zweites Stockwerk, dachte Monika und rannte die schmierige Treppe hinauf. Auf dem Absatz der ersten Etage prallte sie zurück, eine große Lache Erbrochenes versperrte ihr den Weg.

Sie machte einen weiten Schritt und rannte die Treppe weiter hinauf. Ein Mädchen, nur mit einem Schlüpfer bekleidet, mit kleinen, spitzen Brüsten über hervorstehenden Rippen, starrte sie an, als sei Monika von einem anderen Stern gefallen.

»Halt!« sagte sie und streckte den Arm aus wie eine Schranke. »Wohin?«

»Zu Freddy!«

»Kripo?«

»Nein.«

»Sitte?«

»Ich muß Freddy sprechen.«

»Warum?«

»Das geht dich einen Dreck an.«

»Du fliegst gleich die Treppe 'runter, du blöde Votze!« Das barbusige Mädchen verzog den Mund zu einem blöden Grinsen. »Freddy pennt!«

»Das weiß ich! Ich werde ihn wecken.«

»Das möcht' ich sehen! Der wird nicht mal wach, wennste auf ihm reitest!« Das Mädchen lachte schrill und nickte nach links. »Durch den Flur und dritte Tür rechts. Und laß den Song drin.«

»Was soll ich?«

»Du sollst nicht bei ihm jodeln, du dumme Kuh! Mich macht das heute morgen nervös! Hab die ganze Nacht angeschafft und mich anblasen lassen. Warum läufste dem nach? Kennste Freddy aus der Disko?«

»Nein. Ich kenn' ihn schon länger.«

»Hat er mir nie erzählt. Biste etwa aus 'nem feinen Haus?«

»Nicht ganz...«

»Verbrenn dir bloß nicht den Arsch!« Das Mädchen kratzte sich unter der linken Brust. »Neugierige lernen bei uns Fliegen, verstehste? Hier liegste falsch, und wenn's der Freddy noch so gut kann!«

Dritte Tür rechts... Monika brach das Gespräch ab und ging den Flur entlang. Das Mädchen blickte ihr nach, leckte sich über die vollen Lippen und kratzte sich die Gesäßfalte.

»Scheißhure!« sagte sie laut. »Du hast auch nichts anderes als....«

Vor der dritten Tür rechts blieb Monika stehen und klopfte. Sie wartete, aber Freddy meldete sich nicht. Das Mädchen an der Treppe lachte schallend.

»Sie klopft!« schrie sie durch den Flur. »Du blödes Loch, geh doch rein! Klopft sie doch tatsächlich an die Tür! Ich werd' verrückt! Suchen Sie eine Klingel, Mademoiselle? Haben wir abgeschafft. Wir treten gegen die Türen!«

Monika drückte die verrostete Klinke hinunter und trat ein. Die Kahlheit des großen Zimmers, diese Leere, diese Trostlosigkeit erdrückte sie. Sie blieb an der Tür stehen und zuckte zusammen, als sie hinter ihr knirschend ins Schloß fiel.

Freddy lag auf seiner Matratze neben dem Fenster und schlief. Zwei leere Bierdosen standen neben seinem Kopf. Er lag mit bloßem Oberkörper da, hatte nur einen dunkelroten Slip an, die Decke war weggestrampelt, das rechte Bein weit nach oben gezogen, der Rücken gekrümmt. Auf einer Kiste – Jaffa Orangen, Fruits of Israel – lagen eine Plastikspritze mit aufgesteckter Injektionsnadel, ein Gummiband, eine flache Porzellanschale, an den Rändern abgeschlagen, und ein breiter Blechlöffel.

Das Werkzeug zum Öffnen des achten Himmels!

Monika ging mit staksigen Schritten durch das Zimmer und riß das Fenster auf. Im Raum lag schwer und muffig ein Dunst von Alkohol und nasser Kleidung. Es hatte in der vergangenen Nacht geregnet; sie erinnerte sich, das Prasseln aufs Dach gehört zu haben. Freddy mußte durch diesen Regen gelaufen sein; sein Anzug hing wie ein Scheuerlappen an einem großen Nagel an der Wand, auf dem Boden trocknete eine Pfütze.

Monika streckte den Kopf aus dem Fenster und atmete tief durch. Dann wandte sie sich Freddy zu. Sie hockte sich neben die Matratze, rüttelte ihn an den Schultern und kniff ihm die Nase zu. Das einzige, was sie erreichte, war ein tiefes Grunzen.

»Wach auf!« sagte sie laut. »Freddy, wach auf!«

Er streckte die Beine und wälzte sich auf den Rücken. Ein Schauer lief durch seinen Körper; er reagierte, ohne aufzuwachen, auf die kalte Luft, die ins Zimmer strömte. Es war klar, daß man Freddy mit Schütteln und Rufen nicht wachkriegen würde. Monika überlegte, während Freddy die Beine wieder anzog, etwas knurrte und die Arme anwinkelte, als wolle er zu einem Dauerlauf ansetzen. Ihr Blick fiel auf die Spritze. Mit spitzen Fingern nahm sie den Kunststoffkolben, schnupperte an der Nadelspitze, aber sie konnte keinen Geruch wahrnehmen.

»Freddy!« sagte sie noch einmal laut. »Wach auf!«

Er grunzte wieder und blähte im Schlaf die Backen. Da stieß sie, wie sie es beim Roten Kreuz geübt und auch untereinander praktiziert hatten, die Nadel tief in Freddys Oberschenkelmuskel.

Mit einem Schrei zuckte der Junge hoch, starrte verstört und noch jenseits dieser Welt, schlug dann die Arme um sich und ließ sich im Sitzen nach hinten an die Wand fallen. So gestützt, erkannte er endlich Monika, die gerade die Spritze zurück auf die Apfelsinenkiste legte.

»Bist du behämmert?« schrie Freddy. »Was war 'n das?!«

»Ein Stich! Anders bis du nicht wach zu kriegen.« »Wer hat das Fenster aufgemacht? Fenster zu!« »Es bleibt auf!« »Soll ich 'ne Lungenentzündung kriegen?« »Hier stinkt es!« »Es sind schon viele erfroren, aber noch keiner erstunken.«

»Dann wärst du vielleicht der erste gewesen.« Sie setzte sich neben ihm auf den Boden, weil es keine andere Möglichkeit gab, und warf die beiden Bierbüchsen aus dem Fenster.

»Jetzt warte mal ab«, sagte Freddy und grinste. »Das ist 'n Fenster zur Straße. Gleich meldet sich einer, dem se auf die Birne gefallen sind.«

Aber von der Straße kam kein Protest.

»Was willst du hier?« fragte Freddy. »Wie kommste überhaupt hierher?«

»Ich hab' Flügel!« sagte Monika.

»Natürlich. Hab' ich ganz vergessen. Der Engel... Saus wieder ab in 'n Himmel! Bei mir haste dich verirrt.«

»Ich war in ›Number Sex‹. Ein Typ an der Theke hat mir deine Adresse gegeben.«

»Das war Julius, das Kamel. Wir nennen ihn Juliane, weil er schwul ist. Der kann mit 'ner flachen Hand 'ne Hose bügeln, so heiß ist der. Im Winter wird er ausgeliehen als Ofen.« Freddy lachte schrill, hob die Knie an und zog die Decke über seinen Unterkörper. »Mensch, mach 'ne Fliege! Guck nicht so dämlich hin! Morgens bin ich immer scharf wie Negerpfeffer.«

»Ich muß mit dir sprechen, Freddy«, sagte Monika leise.

Er verstand ihren Unterton, begriff, daß sie etwas bedrückte, und kraulte sich mit beiden Händen die strähnigen Haare. Der Riß an seiner Stirn hatte sich verkrustet und würde wohl eine Narbe bleiben, weil sich keiner darum gekümmert hatte.

»Was willste mir schon sagen!«

»Mein Vater geht fremd«, sagte sie mit ganz kleiner Stimme. »Er hat eine Geliebte. Ich – ich habe ihn beobachtet. Es ist so schrecklich, Freddy.«

»Und da kommste zu mir?!«

»Du bist der einzige, dem ich das sagen kann, ohne mich zu schämen.«

»Weil ich selbst eine Sau bin.«

»Ja.«

»Eine dreckige, arme Sau!« Er schloß die Augen, seine Lippen zitterten. Die Hände blieben auf seinem Kopf liegen und krallten sich in seine Haare. Seine Stimme wurde weinerlich. »Manchmal möchte ich abkratzen, verstehst du? Wenn ich mich ansehe, könnt' ich mich ankotzen! Und du kommst zu mir und heulst mir vor: Mein Alter geht fremd ... «

»Ich heule ja gar nicht«, sagte Monika leise. »Ich muß es nur jemandem sagen, ich muß es aussprechen, ich muß mich davon befreien, indem ich es höre: Mein Vater betrügt meine Mutter!«

»Okay!« Freddy stieß den Atem pfeifend durch die Lippen. »Wenn ihm das gut tut! Also: Dein Vater ist ein Riesenbumser!«

»Was soll ich machen?«

»Ihm nicht den Spaß verderben.«

»Mehr kannst du dazu nicht sagen?«

»Nun mach nicht in Weltschmerz! Das ist doch ganz normal.«

»Normal? Wenn man seine Frau betrügt?«

»Wie lange sind sie verheiratet?«

»Dreiundzwanzig Jahre.«

»Kannste dreiundzwanzig Jahre lang nur Blutwurst essen?«

»Du bist gemein, Freddy!« Sie wehrte sich dagegen, aber es war nichts zu machen; Tränen schossen ihr in die Augen und rollten die Wangen hinunter.

»Leck mich doch! Jetzt macht die 'n Faß auf!« sagte Freddy und stieß sich von der Wand ab. »In welcher Welt lebst du denn? Dein Alter will mal an jungem Kohl schnabbern. Macht doch jeder Karnickelbock. Wie alt ist se denn, deine Mama? Fünfundvierzig, Fünfzig oder noch drüber? Ist doch 'ne alte Puffe!«

Monika saß wie erstarrt. Dann beugte sie sich vor, holte weit aus und gab Freddy eine schallende Ohrfeige. Sein Kopf flog zur Seite, er verlor das Gleichgewicht, kippte auf die Matratze und blieb dort liegen. Mit großen Augen sah er Monika an, ungläubig, ratlos, ergeben.

»Das wollt' ich nicht. Verzeihung!« sagte Monika. Ihr Mund zuckte. »Aber wer Mama beleidigt ... «

Freddy schob sich wieder an die Wand. Er legte die Decke um

seinen nackten Oberkörper und zog sie vor der Brust zusammen. »Willste 'ne Zigarette?«

»Hasch, was?«

»Nur 'n bißchen. Das macht dich frei. Hinterher ist dir alles scheißegal.«

»Mir wird danach übel.« Monika schüttelte den Kopf. Sie sah sich suchend um. Aber da war nichts als Leere, schimmelige Wände, herunterhängende Tapete, abbröckelnder Deckenputz, verbogene Leitungen. Und Freddys nasser Anzug am Nagel. »Hast du nichts zu trinken?«

»Ich kann dir von nebenan 'ne Cola holen.« Er versuchte aufzustehen, zog die Beine an, fiel aber kraftlos auf die Matratze zurück. Sein Lächeln sah ein wenig blöd aus. Der Mund verzog sich, die Mundwinkel hingen nach unten. »Verdammt, ich hab 'nen mächtigen Bock auf 'ne Nadel!« Er grinste verzerrt. »Ist gleich vorbei, Baby. Hol mal aus der Tasche den kleinen Blechkasten. In der Jacke.«

»Nein!«

»Sei kein blödes Loch und hol ihn! Ich kann mir's auch allein holen, aber ich will, daß du es holst! Was ist nun? Willste oder willste nicht? Wenn nicht – dann schwirr ab! Ich hab' dich nicht gerufen. Ich komme prächtig mit mir allein aus. Ich brauch' keinen, der mich mitleidig anglotzt. Holste nun den Kasten?«

Monika stand auf, ging zu dem nassen Anzug und fand in der linken Jackentasche eine kleine verbeulte Blechdose. In ihrem Inneren rollte etwas hin und her, als sie die Dose schüttelte.

»Vorsicht!« schrie Freddy. »Das ist 'ne Ampulle! Vierzig Eier haben sie verlangt. Mach die bloß nicht kaputt! Ist 'n ganz scharfer Dope!«

»Mein Gott!« Monika blieb mitten im Zimmer stehen. »Hast du den Afghanen schon verbraucht?!«

»Noch eine Nadel. Aber die heb' ich mir auf. Die misch' ich mir mit zwei gelben Hongkong-Rocks, dann hab' ich drei Drucke. Haushalten, Baby!« Freddy winkte ungeduldig mit beiden Armen. »Komm her! Und bring die Spritze mit! Nun mach schon!«

Sie kam näher, setzte sich wieder auf den Boden neben die Matratze und hielt Freddy das Blechkästchen und die Plastikspritze hin. Freddy ließ den Deckel aufschnappen und holte mit Daumen und Zeigefinger eine kleine gläserne Ampulle heraus. Wie einen Brillanten drehte er sie im Licht und zeigte sie Monika.

»Das ist 'ne Mischung aus Valeron und Morphium«, sagte er stolz.

»Um Gottes willen!« stammelte Monika.

»Stellt der Typ selbst her. Hat 'ne richtige kleine chemische Fabrik. Im Keller seines Einfamilienhauses in Kronberg. Keiner ahnt das. Ist 'n netter Kerl, den alle Nachbarn liebhaben. Immer so freundlich. Hat drei Hunde. Wer Hunde liebt, ist kein schlechter Mensch. Ich lach' mich tot über so 'n Scheiß! Aber im Keller, da braut der die tollsten Drücker! Ist 'n Geheimtip. Der hat auch einen Spezialknaller. ›Bloody Mary‹ nennt er den, so'n rotes Zeug, das er keinem verrät. Du, das in die Vene – das ist tierisch! Da haste das Gefühl, du fliegst, hüpfst rum wie die Mondfahrer, völlig schwerelos! Und alles ist dir egal. Die ganze Welt ist schön. Verstehste das? Dieser ganze Mistladen ist schön! Glücklich biste. In de Hose könntste dir pinkeln vor Freude. Es gibt keine Probleme mehr. Gar keine! Aber dann kommt der Hammer. Du pennst wie'n Bär, und wennste aufwachst, kotzt dich das ganze Leben an, und das Schlimmste ist: Jetzt weißte, wie's sein könnte...!

Er brach die Spitze der Ampulle ab, steckte die Injektionsnadel hinein und zog die wasserhelle Flüssigkeit in den Kolben.

»Das ist ja Mord!« stammelte Monika. »Du mußt die Spritze doch erst auskochen! Die ist doch nicht steril!«

»Ich kann dir Schlamm spritzen, da passiert gar nichts!« Er warf die leere Ampulle ins Zimmer und drückte die Luft aus der Spritze. »Ich geb' dir 'n Drittel ab, wennste willst.«

Monika schüttelte heftig den Kopf. Freddy streckte den linken Arm aus und betrachtete seine Vene. Auf die war er stolz. Die beste Vene weit und breit. Prall, dunkelblau sich durch die Haut drükkend. Da flutschte die Nadel so rein, daß man direkt geil werden konnte. Monika drehte den Kopf weg. Als sie Freddy laut schnaufen hörte, fuhr sie entsetzt herum. Er hockte im Schneidersitz auf der Matratze, mit einem glücklichen Lächeln und hielt ihr die Spritze entgegen. Die Flüssigkeit war jetzt hellrot, von seinem aufgesogenen Blut.

»Ich hab' dir was übriggelassen. So bin ich!«

Sie sah ihn an. Seine Augen waren weit und glänzend, sein Atem ging ruhiger, die vorher fahle Haut belebte sich, wurde rosiger. Er war wie ein Schwamm, der sich vollsaugt.

»Man vergißt alles?« fragte sie mit kindlicher Stimme.

»Du hast 'n unheimlich starkes Gefühl.«

»Wie soll ich das meiner Mutter sagen?«

»Was?«

»Daß Papa eine Geliebte hat.«

»Überhaupt nicht.«

»Sie würde daran auch zerbrechen.«

»Quatsch! Soll sich auch einen in 'n Kasten nehmen! Gleichberechtigung! Alle quatschen doch davon.«

»Und unsere Familie ist kaputt!«

»Alles ist kaputt, Monika! Alles ist nur Scheiß! Du warst nur auf der falschen Seite bisher. Mit Tomaten auf'n Augen!«

»Gib her!« sagte sie hart. Sie streckte die Hand aus.

Aber Freddy gab ihr die Spritze nicht. »Was ist los?«

»Ich habe Angst, wenn ich an alles denke, was noch kommt!«

»Deine Finger zittern, damit kannst du doch nicht drücken!« Freddy rutschte zu der Apfelsinenkiste, nahm das Gummiband, streifte es Monika über den linken Arm und zog es fest. Dann setzte er die Nadel an die Vene und blickte Monika fragend an. »Und wennste umfällst?«

»Ich fall' nicht um.«

Er stieß die Nadel ein, schräg nach oben, gekonnt, wie ein alter Arzt, und drückte das Gift in die Blutbahn. Dann zog er sie zurück und preßte seinen Daumen auf den Einstich. »Spürste schon was?« fragte er.

»Noch nicht.« Sie erwiderte seinen forschenden Blick mit flatternden Augen. »Was passiert denn jetzt?«

»Entweder machste jetzt einen Wüsten an, oder du pennst. Weiß ich, wie du reagierst?«

Monika reagierte extrem. Sie hatte nach vier Minuten das Gefühl, als hebe sie sich von der Erde ab. Die Beine wurden wie Watte, der Gaumen trocknete aus, ein wohliges Wärmegefühl durchströmte ihren Körper von den Zehen bis unters Kopfhaar. Freddys Zimmer veredelte sich: Die abgerissenen Tapeten wirkten wie Blumengirlanden, die bröckelnde Decke schien wie eine Wolke zu sein, die Dielen wogten, als wären sie ein Meer. Selbst Freddy veränderte sich: aus seinem langen Haar wuchsen Blüten, und er bestand nur aus Kopf – ein Kopf ohne Körper... ein Kopf wie ein blumenübersäter Stern, der unter dem Himmel schwebt und ihr zusingt...

Sie breitete die Arme aus, lachte glücklich und fiel dann nach vorne um. Freddy fing sie auf, legte sie auf die Matratze, drückte ihr die Lider hoch und kontrollierte die Pupillen. Dann stand er auf, ging nebenan in die Wohngemeinschaft IV und klopfte gegen die Wand. Eine junge Frau, die auf einem Propangaskocher eine Paketsuppe kochte – Nudelsuppe mit Huhneinlage – drehte sich mürrisch um.

»Du hast doch 'ne Blockflöte«, sagte Freddy. »Leih sie mir mal.«

»Wozu?«

»Als Massagestab, du Arsch! Ich brauch' sie eben. Will was spielen. Was aus Indien. Hab' eben Besuch...«

Die junge Frau ging zu einem Regal, holte eine gedrungene braune Blockflöte unter Wäschestücken hervor und warf sie Freddy zu. »Aber wiederbringen!«

»Ich freß' sie nicht!«

Er ging zurück in sein Zimmer, hockte sich neben die schlafende Monika und strich ihr mit einer tastenden Zärtlichkeit das Haar aus dem Gesicht. Der Schuß hatte ihn voll angeleiert, wie er es ausdrükken würde. Er kam sich stark, zufrieden, ungemein tatenhungrig vor. Dann begann er zu spielen – eine langgezogene, klagende, die Weite von Himmel und Erde besingende Hirtenweise aus Bengalen, ein Lied von der Winzigkeit des Menschen gegenüber den Göttern, eine Anfrage an die Ewigkeit mit der Demut des Ausgelieferten.

Monika lächelte im Schlaf, als könne sie die Töne der Flöte hören.

Der Eingang zur Hölle ist nicht immer ein Flammentor. Es kann auch ein Blütenbogen sein.

Freitag, der 19.

Ich habe mein altes Tagebuch abgeschlossen und fange hiermit ein neues an.

Nichts ist mehr so wie früher, nichts wie gestern. Die Welt hat sich verändert. Die Menschen, das Haus, die Stadt, alle sind geblieben, aber sie haben ein anderes Gesicht bekommen, ein anderes Wesen, eine andere Bedeutung, eine andere Perspektive.

Es war fürchterlich, dieses erste Mal. Nach den Wolken kam der Sturz zur Erde. Nach der Musik folgte das Schreien. Freddy sagt, ich hätte fünf Stunden fest geschlafen. Als ich aufwachte, war mein Kopf ein einziger Schmerz. Ich bin aus Freddys Zimmer einfach weggelaufen, bin auf mein Moped, und als Freddy mich mit Gewalt zurückhalten wollte, habe ich ihn geschlagen. Ja, ich habe ihn geschlagen, so lange, bis er mich losließ. Dann bin ich weg, aber ich weiß nicht mehr, wie ich nach Hause gekommen bin. Irgendwie ist es gelaufen, kein Unfall, kein Polizist. Ganz klar wurde ich erst, als ich bei uns im Garten stand und das Moped in die Garage schob.

Natürlich war niemand zu Hause. Nur das Hausmädchen, sie war im Wirtschaftsraum und bügelte. Ich hörte Erna singen, und es tat mir weh. Es dröhnte in meinem Kopf, und wenn die hohen Töne kamen, war's wie eine Sirene.

Durch die Gartentür bin ich ins Haus und sofort ins Bett. So elend war mir noch nie. Aber so schön war es auch nie, wie vorher, als das Zeug zu wirken begann und bevor ich umfiel. Man kann dieses Gefühl nicht beschreiben. Wie Freddy sagte: Alles ist einem egal. Man spürt nur sich selbst. Man ist glücklich.

Ich weiß genau, daß das nur das Gift ist, dieses verfluchte Gift, und ich weiß auch, daß man ganz stark sein muß, um nicht in den Sog hineingerissen zu werden. Aber ich kenne jetzt auch die Motive, ich weiß, warum Freddy ein Drücker ist. Ich will versuchen, ihn davon abzubringen. Das wird lange dauern.

Am Abend waren wir alle wieder beisammen. Mama erzählte von einer Pelzmodenschau und einem tollen Mantel, den sie dort gesehen hat. Ein Schneeleopard. Irre teuer. Soll nur ein paar Mäntel davon geben. Und was sagt Papa darauf? »Erkundige dich mal nach dem Preis.«

Das sagt er so einfach daher. Papa, der eine Geliebte hat! Er kriegt es fertig und kauft Mama diesen Schneeleoparden! Und sie glaubt, den besten Ehemann der Welt zu haben, den liebsten, treuesten, ehrlichsten.

O Gott, wie sind sie alle verlogen! Wie heucheln sie alle! Wie gemein ist das alles. Freddy sieht das richtig. Er sagt: »Die beschmieren sich gegenseitig mit Scheiße und denken, es sei Sonnenöl.«

Ist das die Welt, in die ich hineinwachsen soll? Ich werde jetzt mehr die Augen offenhalten. Ich werde mir alles genauer ansehen, auch hinter den Fassaden. Ich war doch bisher eine Doofe!

Übermorgen sehe ich Freddy wieder. Ich werde zu ihm in die Disko gehen. Und ich werde lügen wie die Erwachsenen. Ich werde sagen: »Ich gehe zu Trudi!« Das glauben sie mir, sie kennen ja Trudi. Sie werden es glauben, wie Mama glaubt, daß Papa spätabends noch mit Bauherren sprechen muß.

Mein Kopf brummt noch immer. Ich werde mich nie an das Zeug gewöhnen können. Nie! Ich bin kein Typ, aus dem man einen Drücker machen kann.

Es geschieht in Frankfurt täglich ungezählte Male, daß zwei Autos aneinandergeraten. Meistens sind es kleine Blechschäden, über die man nicht lange debattiert; man tauscht die Adressen aus, und die Werkstattrechnung zahlt die Versicherung.

Auch Maria Barrenberg erlebte nun, ohne ihr Zutun, wie ein Kotflügel verbeult werden kann, wenn man vorschriftsmäßig vor einer Parkuhr parkt. Ein großer weißer Wagen, der in die Lücke neben ihr einfahren wollte, verrechnete sich mit dem Schwenkraum und rollte sacht, aber doch wuchtig genug, gegen ihren kleinen Honda. Der Fahrer der Luxuskarosse bremste zwar sofort und hieb hörbar den Rückwärtsgang hinein, aber das Unglück war schon passiert. Erstarrt stand Maria Barrenberg neben ihrem Auto und wagte nicht daran zu denken, was geschehen wäre, wenn sie gerade auf der anderen Seite gestanden hätte.

Der Fahrer riß die Tür auf und sprang auf die Straße. Er war sichtbar entsetzt, kontrollierte angesichts der eleganten schönen Dame den Sitz seiner Krawatte und rannte dann um sein Fahrzeug herum.

»Es ist meine Schuld!« rief er. »Bitte, regen Sie sich nicht auf, gnädige Frau. Es war allein meine Schuld.

»Natürlich. Ich stehe ja friedlich vor der Parkuhr.«

»Ich habe zu weit ausgeholt.« Er verbeugte sich, nachdem er einen begeisterten Blick auf Maria abgeschossen hatte. Ein attraktiver Mann. Groß, schwarzhaarig, von südländischem Typus, Maßanzug, diskret gemustertes Hemd, einfarbiger Seidenschlips, ein Hauch von herbem Parfüm. »Sie sehen mich untröstlich. Wenn Sie mir nur nicht allzusehr böse sind... Ich heiße Petro Makaroff. Petro mit t, nicht mit d...«

»Ist das wichtig?«

»Sehr!« Makaroff lächelte mit Charme. »Ich bin Bulgare. In Bulgarien schreibt man Petro mit t.«

»Sie sprechen hervorragend deutsch.«

»Ich kam mit achtzehn nach Heidelberg, habe dort studiert und bin in diesem Land hängengeblieben. Ich liebe Deutschland.

»Und verbeulen vor lauter Begeisterung fremde Autos?«

»Ich ersetze den Schaden in voller Höhe, gnädige Frau. Wenn Sie es verlangen, kaufe ich Ihnen einen neuen Wagen...«

»Um Gottes willen! Wegen einer Beule am Kotflügel!« Maria Barrenberg lachte. Makaroff gefiel ihr. Nicht, daß sie etwas anderes empfand als Neugier, aber gerade diese Neugier war es, die sie daran hinderte, nüchtern nach seiner Versicherung zu fragen, ihn ein kurzes Schuldbekenntnis aufschreiben zu lassen und dann ihre geplanten Einkäufe zu unternehmen. Makaroff erinnerte sie plötzlich an ein Erlebnis, das weit, weit zurücklag. In ihren Mädchenjahren hatte sie, als jüngste Pianistin Deutschlands, ein Gastspiel in Beirut gegeben. Beirut, das Paris des vorderen Orients. Drei Tage lang hatte sie morgens und mittags einen Strauß von hundert tiefroten Rosen bekommen, ohne Karte, ohne den Namen des Absenders – bis zu ihrer Weiterreise nach Kairo. An jenem Tag hatte ein junger Mann in einem weißen Anzug in der Hotelhalle auf sie gewartet und ihr zum Abschied noch einmal hundert Rosen überreicht. »Man kann Sterne nur bewundern«, hatte er in elegantem Französisch gesagt. »Der Mensch ist zu klein, um sie vom Himmel zu holen.«

Er hatte ausgesehen wie Makaroff. Fast so. Allerdings jünger, schlanker, schüchterner.

»Ich brauche von Ihnen die Erklärung, daß Sie schuldig sind«, sagte Maria Barrenberg. »Für die Versicherung.«

»Hier auf der Straße?«

»Ich habe wenig Zeit.«

»Nicht ein paar Minuten für eine Tasse Kaffee? Sie haben sich aufgeregt, gnädige Frau. Nein, leugnen Sie nicht! Das Auto ist der Deutschen liebstes Kind; wenn es einen Kratzer hat, möchten sie am liebsten Nachtwache halten wie bei einem Kranken. Sie sollten sich bei einem Kaffee erholen. Das Wetter ist so schön, die Caféterrasse des Frankfurter Hofs ist geöffnet. Sagen Sie nicht Nein, wenn ich Sie untertänigst einlade...«

Er sagte tatsächlich »untertänigst«, wohl ein Überbleibsel der galanten Wiener Schule, die vor dem Ersten Weltkrieg auch den Balkan beherrschte. Es tat gut, wieder so etwas zu hören. Eduard kannte solche Vokabeln nicht. Er sprach, obgleich er Akademiker war, ein Bauerndeutsch, das er »lutherisch« nannte. Eduard hätte in ähnlicher Situation gesagt: »Nur keine Aufregung, es ist passiert, ich kann die Beule nicht wieder herausblasen. Trinken wir eine Tasse Kaffee. Schätze den Schaden auf höchstens 150 Mark, mit Lakkieren. Sowas geht die Versicherung gar nichts an, von wegen Schadenbonus! Das schaukeln wir unter uns ...«

Untertänigst wäre bei ihm unmöglich. Er fühlte sich keinem untertan.

»Nur eine Tasse!« sagte Maria Barrenberg zögernd. »Der Vormittag ist kurz.«

Makaroff strahlte über das ganze Gesicht, als sei er dem großen Glück begegnet. »Ich werde diesen Vormittag in meiner Erinnerung vergolden. Man sollte dem Auto dankbar sein, daß es die Lükke nicht gefunden hat.«

Es wurde eine interessante Stunde.

Makaroff und Maria Barrenberg tranken außer ihrem Kaffee noch einen Kognak, und Makaroff erzählte von seinen Reisen in alle Welt. Er war Exportkaufmann; über die Branche äußerte er sich nicht, aber Maria war das auch gleichgültig. Sie lachte über Makaroffs Erlebnisse in der Südsee und auf Neu-Guinea und lauschte der spannenden Schilderung eines Taifuns, den Makaroff im Chinesischen Meer überlebt hatte. Dann schrieb er sein »Schuldbekenntnis« auf eigenwillige Art. Er formulierte es so: »Ich, Petro Makaroff, Versicherungsnummer H 382719000, bekenne mich schuldig, am 20. dieses Monats der bezauberndsten Frau, die ich je gesehen habe, eine Beule in den linken Kotflügel ihres Wagens gefahren zu haben. Ich danke dem Schicksal dafür.«

»Das kann ich unmöglich meiner Versicherung vorlegen«, sagte Maria Barrenberg und spürte, wie sie rot wurde. Das ärgerte sie maßlos. Wie ein unreifes Mädchen, nach dreiundzwanzig Jahren Ehe, nach all den Erfahrungen, die man in einem fünfundvierzigjährigen Leben macht. Da wird man noch rot. »Schreiben Sie eine vernünftige Erklärung!«

Makaroff hob theatralisch beide Hände. »Die oder keine! Bei Erklärungen lügt man nicht. Und das ist die Wahrheit!«

»Bei der Versicherung werden sie lachen.«

»Man wird mich beneiden.« Makaroff legte seine Hand auf das Papier. »Aber ich hätte einen anderen Vorschlag: Sie lassen den Schaden reparieren und geben mir die Werkstattrechnung. Dann kann ich Sie wiedersehen.«

Maria Barrenberg lächelte nach innen. Wenn Eduard das hören könnte! Seine Frau wird um ein heimliches Rendezvous gebeten. Ein wirklich eindrucksvoller Mann bemüht sich um sie, die Zeit scheint zurückgedreht zu sein, die Jahre fallen ab wie welke Blätter, – was ein Ehemann nicht mehr sieht, bestätigt plötzlich ein Fremder: Man ist begehrenswert geblieben! Sie zuckte bei diesem verwerflichen Gedanken zurück, verwerflich deshalb, weil Eduard, der verbissene Arbeiter, seine Wirkung auf das andere Geschlecht bestimmt noch nicht wieder getestet hatte, sondern nur von Termin zu Termin hetzte. Ein leichter Schuldkomplex baute sich in Maria auf, so schön es auch war, Makaroffs Werben zu fühlen: fast wie ein sanftes Streicheln...

Sie schüttelte den Kopf, zog den Zettel unter seiner Hand weg und sagte: »Die Kaffeestunde ist um. Ich muß gehen. Vielleicht reiche ich Ihr Bekenntnis doch an die Versicherung weiter.«

»Und wenn ich Sie bitte, mir die Chance eines Wiedersehens zu geben?« Makaroffs Augen waren wie die eines großen Jungen, der nicht mitspielen darf.

»Ihr Hundeblick nutzt Ihnen gar nichts«, sagte Maria Barrenberg und erhob sich. Ich muß weg, dachte sie. Ich muß sofort weg, sonst verliere ich meine Haltung. Was ist bloß mit mir los? Du bist verrückt, Maria! Du hast dich eine Stunde lang einlullen lassen von diesem südlichen Charme, als sei es Opiumrauch. Das ist es: er kann reden und reden, und man hört ihm zu, bis man wie betäubt ist. Reiß dich los von diesem balkanischen Schmäh! Du willst doch heute nachmittag mit Monika zum Tennis fahren. Sogar Eduard will mitkommen, nicht um zu spielen, das haßt er. Warum soll man sich wegen eines Balles die Lunge aus dem Leibe husten, sagt er, da sitz' ich lieber unterm Sonnenschirm und zische mir einen. Aber er kommt heute wenigstens mit und wird mit den Clubmitgliedern entweder über Ostpolitik oder über die Steuerschraube diskutieren. Es hat keinen Sinn, Petro Makaroff. Ich bin eine anständige, stinknormale Frau. Ich brauche keine Abenteuer, um glücklich zu sein. Mir reicht die Familie.

»Wäre ich ein Hund«, hörte sie Makaroff sagen, »dann hätte ich das Glück, immer an Ihrer Seite zu laufen und zu Ihnen emporzublicken. Aber ich bin nur ein Mensch, und dazu noch ein Ausländer...«

»Ich bitte Sie!« Maria war betroffen. »Das spielt doch gar keine Rolle. Was denken Sie...«

»Ein Bulgare! Wilder Balkan! Ziegenkäse und Joghurt. Bei uns heißt er übrigens Kefir.« Makaroff senkte den Kopf. »Ich bin so traurig...«

Er ist verrückt, dachte Maria Barrenberg, aber ich kann ihn so nicht sitzen lassen. Natürlich spielt er Theater, und welch ein Schauerstück er da spielt! Aber er spielt es hervorragend, überzeugend und unausweichlich.

»Wie kann ich Sie erreichen?« fragte sie.

Makaroff zuckte hoch. Daß er den Tisch nicht vor Freude umwarf, war ein Wunder. »Wir sehen uns Dienstag? Um 15 Uhr, wieder hier auf der Caféterrasse?«

»Bis dahin ist doch der Wagen nicht repariert.«

Dienstag, dachte sie. Was ist Dienstag? Ach ja, Begleitung für Ljuba Antonownas heimlichen Tanznachmittag. Coppelia will sie tanzen. Das kann man absagen und verschieben. Auf Donnerstag.

Da kommt Fleischfabrikant Max Rolle erst gar nicht nach Hause, sondern fährt vom Betrieb gleich zum Kegeln. Dienstag könnte man sich frei machen. Könnte...

»Aber es beruhigt mich, wenn ich sehe, daß Sie mir nicht mehr böse sind. Und Sie können es mir beweisen, indem Sie zusagen...«

»Das ist eine glatte Erpressung!«

Makaroff breitete beide Arme aus und schwieg. Nur seine Augen bettelten.

»Also gut!« sagte Maria wider alle inneren Warnungen und Widerstände. »Am Dienstag. Für eine Tasse Kaffee.«

»Wie heute!« Makaroff ergriff ihre Hand und küßte sie. »Ich werde bis Dienstag wie auf Wolken schweben!«

Auf dem Parkplatz winkte er ihr nach, bis ihr Wagen im Gewühl der anderen Autos verschwunden war. Sie sah es im Rückspiegel und später durch die Seitenscheibe: Er stand da, groß, elegant, männlich-schön, lässig an den Kofferraum seines weißen Wagens gelehnt, und winkte mit beiden Armen.

Erst als er Maria Barrenberg nicht mehr sah, veränderte sich sein Gesicht und drückte unverhohlenen Triumph aus. Sie zappelte im Netz!

George Petrescu war sehr mit sich zufrieden.

Drei Abende hintereinander wartete Eduard Barrenberg auf seinen Widersacher.

Er saß in Bettinas Wohnung mit verbissenem Gesicht, zu allem entschlossen und zu keinem Kompromiß bereit. Bettina hatte ihn beschworen, nicht mehr zu kommen. Sie hatte gebettelt, gefleht, ihre Angst hinausgeschrien. Aber Eduard Barrenberg hatte nur geantwortet:

»Nein! Dieses Schwein kaufe ich mir! Da du mir nicht sagen willst, wie er heißt und wo er wohnt, warte ich hier. Einmal wird er auftauchen!«

Es war eine gräßliche Szene gewesen, als Barrenberg nach dem Treffen im Zoo mit Bettina zurück in ihre Wohnung fuhr und sie dort auszog. Sie hatte sich geweigert, sie hatte sich mit Händen und Fußen gewehrt, aber als Eduard begann, ihr Kleid zu zerreißen, kapitulierte sie und warf alles von sich ab.

Barrenberg starrte ihren nackten Körper an, atmete schnaufend und schlug die Fäuste gegeneinander. Über den Rücken und die Brüste zogen sich breite blutige Striemen. Die linke Gesäßhälfte war ein einziger blaugrüner Fleck. Über die Oberschenkel liefen die Schrammen wie Blutgerinnsel.

»Diese Bestie!« knirschte er. »Dieses Tier! Den mach ich fertig, Betty. Ich schwöre dir: Jeden Schlag zahlt er zehnfach zurück!«

Sie weinte, bedeckte die Augen mit beiden Händen und stand in ihrer zermarterten Nacktheit da, als sei sie von der Folterbank gekommen. »Ich – ich habe nichts gesagt, bis – bis es unerträglich wurde. Ich konnte die Schmerzen nicht mehr aushalten.« Ihre Stimme erstickte in Schluchzen. »Es – es war zuviel. Erst da habe ich es gesagt... deinen Namen...«

»Und wie heißt dieses Saustück?! Betty, warum schützt du ihn?! Dieser Schuft gehört hinter Gitter! Du laßt dich grün und blau schlagen und unternimmst nichts?! Warum?«

»Frag nicht!« Sie weinte weiter, zog ihren Bademantel an und kauerte sich auf die Couch.

»Liebst du ihn denn?«

»Ich hasse ihn! Hasse, hasse ihn! Er soll tausend Tode sterben!«

»Na bitte. Dann nenn' den Namen! Ein Tod genügt vollkommen.«

»Das ist es ja!« sagte sie leise. »Du machst dich unglücklich damit! Und er ist stärker als du!«

»Das bleibt abzuwarten!«

Mit Bettina war über dieses Thema nicht zu reden, aber Barrenberg ließ nicht locker. Jeden Abend saß er in ihrer Wohnung, ein Klotz, der nur noch mäßig trank und kaum etwas aß. Er wartete. In der Tasche trug er eine entsicherte Pistole, von der Bettina keine Ahnung hatte. Zu Maria hatte er gesagt, seine Reise nach Florenz mache es notwendig, vorzuarbeiten und Terminsachen vorher zu erledigen. Es könne in den nächsten Tagen spät werden. Maria nahm es hin ohne Argwohn, sie kannte das. Vor allen Reisen, vor allem vor einem Urlaub, arbeitete Eduard wie ein Berserker, um während seiner Abwesenheit keinen Leerlauf in der Firma zu haben. Zu Freunden sagte Maria: »Das hält er nicht lange durch! Einmal klappt er zusammen. Aber man kann ihm das nicht sagen!

Gleich schimpft er los ...«

An den Abenden, die er jetzt bei Bettina wartete, rührte er sie nicht an. Der Gedanke, daß er seinem Gegenspieler nackt gegenübertreten müßte, schockierte ihn. Es gab nichts Lächerlicheres. Nach unterbrochenem Beischlaf mit einer Pistole in der Hand... So hockte er auf der Couch, sah fern, ließ sich von einer schweigsamen Bettina bedienen und legte ab und zu die Finger um den Griff der Pistole.

»Ein Feigling ist er auch noch!« sagte er am Ende des dritten Abends. »Warum kommt er nicht?«

»Ich weiß es nicht«, antwortete Bettina. »Vielleicht ist er verreist?«

Aber George Petrescu kam doch. Wenn er wußte, daß Barrenberg wieder bei seiner Familie war, in der Nacht, erschien er in Bettinas Wohnung mit der Unbefangenheit des Hausherrn. Er zog seinen seidenen Hausmantel an, trank einen Gin Tonic und küßte Bettina, die bei seiner Berührung erstarrte.

»Wird es ihm nicht langweilig?« fragte er spöttisch. Sitzt da wie der Kater vor einem Mauseloch. Glaubt er wirklich, ich suche die Konfrontation mit ihm?! Ein altmodischer Mensch ist er! Und so etwas liebst du?«

»Er ist nicht feige wie du!«

»Ein Idiot ist er. Ich vernichte ihn mit anderen Waffen als mit den Fäusten! Ein Faustschlag hinterläßt nur einen blauen Fleck. Das genügt mir nicht; ich will ihn zerbrechen!«

»Das gelingt dir nie! Ein Mann wie Barrenberg gibt erst auf, wenn er unter der Erde liegt.«

Petrescu legte sich gemütlich auf die Couch. Er war zu guter Stimmung, um Bettinas Antworten übelzunehmen. Morgen ist Dienstag, dachte er. Morgen treffe ich sie wieder...

Sie wußte, daß es ein großer Fehler war, aber sie beging ihn doch. Nicht, weil der Mann Petro Makaroff einen besonderen Eindruck auf sie gemacht hatte oder gar verschüttete Sehnsüchte weckte. Es war einfach Neugier, war eine Unterbrechung des langweiligen Alltags, mit dem sie ganz allein fertig werden mußte. Eduard Barrenberg stand mitten in den Vorbereitungen für seine Tagung in Florenz, eine Besprechung jagte die andere, bis spät in den Abend hinein, und wenn er dann nach Hause kam, müde, wie zerschlagen, mit traurigen Hundeaugen, saß er nur noch auf der Couch, starrte auf den Bildschirm, aß dabei sein Abendbrot, trank zwei Gläser Wein oder auch Kognak und trollte sich ins Bett. Dort streckte er sich schnaufend aus, sagte vielleicht noch: »Junge, war das wieder ein verrückter Tag!« und schlief sofort ein.

Für seine Frau und seine Tochter hatte er kaum ein Wort oder einen Blick übrig, und er tat sehr gequält, wenn Maria ihm etwas vom Tage berichten wollte.

»Bitte, Liebes«, sagte er dann und verzog sein Gesicht, »verschone mich mit deinen Staubtuchproblemen! Ich habe andere Sorgen! Zu Hause will ich mich ausruhen und nicht hören, daß Frau Willnars Pudel wieder vor unsere Haustür geschissen hat.«

So war Eduard. Maria hatte sich daran gewöhnt. Aber so erklärt sich auch, daß Barrenberg vieles nicht erfuhr, was hinter seinem Rücken und außerhalb seines Interessenbereiches geschah. So auch kaum etwas über die Sonaten und Tanzabende bei Marias Freundin Ljuba Antonowna Rolle oder die kleine Bridgerunde bei Frau Generaldirektor Dr. Humpertz – natürlich war Humpertz Doktor und Generaldirektor und nicht sie, aber sie liebte diese Anrede –, bei der Frau Humpertz immer wieder betonte: »Ich weiß, daß mein Mann mich betrügt. Zur Zeit mit der Auslandskorrespondentin der Abteilung Export-Ostasien. Aber was soll's? Dafür muß er mir ein Leben finanzieren, um das mich sogar die Gracia Patricia beneiden würde!«

Maria konnte da nicht mithalten. Sie hatte keinen Geliebten, keinen heimlichen Freund, nicht mal ein gut gehütetes Geheimnis. Sie war im Grunde einsam in ihrer Villa zwischen den schweren Möbeln, einsam in ihren Modellkleidern und Pelzen, einsam unter ihrem Schmuck. Auch Monika begann nun, zurückhaltender zu werden. Sie kam nur zu den Mahlzeiten aus ihrem Zimmer, und sehr oft ging sie zu einer Freundin.

»Das Abitur, Mama!« sagte sie und lächelte etwas bemüht. »Du ahnst gar nicht, was das für eine Büffelei ist! Das ist ein Leistungszwang, der haut dich um! Wenn du ein anständiges Abitur bauen willst, und das muß ich haben, sonst ist es mit dem Studium Sense, dann mußt du ochsen, bis dir die Zähne klappern! Ein Glück, daß ich Hilde habe. Hilde hilft mir wenigstens. Die anderen, die haben nur eins im Sinn. Den anderen überrennen, übertreffen, niederwalzen, wegen eines Zehntel-Punktes vernichten. In der Schule gibt es keine Kameradschaft mehr, seit wir nach dem Punktsystem bewertet werden. Du kannst dir den Streß nicht vorstellen, Mama!«

Maria widersprach nicht. Sie hatte das Abitur nicht gemacht, nicht, weil sie es nicht geschafft hätte, sondern weil sie als musikalisches Wunderkind gegolten und deshalb schon früh andere Verpflichtungen gehabt hatte. Mit sechs Jahren hatte sie bereits Clementi-Sonatinen geübt, als Achtjährige hatte sie Mozart und Schubert gespielt, mit zwölf ihr erstes Konzert mit Brahms und Bach gegeben. Es war ein riesiger Erfolg. Der Name Maria Sakrow prägte sich bereits den Musikkritikern ein. Nun gab es nur noch das Klavier. Und das war ihr Tageslauf:

Am Vormittag drei Stunden Unterricht in Allgemeinbildung durch einen Hauslehrer, einschließlich Englisch und Französisch, dafür weniger Mathematik, Physik und Chemie. Denn die Familie Sakrow war der Ansicht, man müsse nicht unbedingt die chemischen Zusammensetzungen des Lacks kennen, mit dem der Flügel poliert ist, auf dem man es zur Meisterschaft bringen soll. Nachmittags Klavierunterricht, täglich vier, fünf, auch sechs Stunden. Fingerübungen, Passagen, Partiturstudium der großen Konzerte, Gedächtnistraining, Auswendiglernen. Und immer wieder Läufe und Triller, die Technik der Virtuosität. Abitur? Das erübrigte sich wohl. Denn die Sakrows dachten, bei allem Ehrgeiz, auch an die Gesundheit ihrer Tochter.

Heute, am Dienstagmittag, hatte Eduard Barrenberg telefonisch ausrichten lassen, er habe wichtige Konferenzen. Monika war wieder zu ihrer hilfsbereiten Freundin Hilde gefahren. Und während Barrenberg zum letztenmal vor seiner Florenzreise Bettina in ihrer Wohnung beschwor mitzukommen, und während Monika wieder in dem schrecklichen Zimmer des verfallenen Hauses auf der Matratze saß und zuhörte, wie Freddy mit zitternden Fingern Flöte spielte, suchte Maria ein auf Figur gearbeitetes Seidenkostüm aus, verwendete viel Zeit auf ihr Make-up, kämmte und besprühte ihr

Haar zu einer lustigen Windstoßfrisur und fand sich im Spiegel sehr jung und attraktiv. Sie meinte, nie besser ausgesehen zu haben, nicht in den letzten Monaten. Sich für Eduard besonders schön zu machen, war vergebliche Mühe, – er sah es doch nicht. Und wenn er es doch einmal bemerkte, war seine Reaktion: »Wie siehst du denn aus? Was ist denn los?!« Sie verzichtete dann darauf, zu antworten: »Es ist für dich, du Stoffel! Ich bin erst fünfundvierzig! Ich bin in den besten Jahren einer Frau! Gut, in den Augenwinkeln sind einige Fältchen, aber mein Körper ist noch straff wie früher. Kennst du meinen Körper überhaupt noch?! Weißt du, wie meine Brüste aussehen? Erinnerst du dich noch daran, daß ich lange, schlanke Beine habe? Da hat sich nichts geändert. Aber siehst du das überhaupt noch?«

Nein, das wäre nie über ihre Lippen gekommen, weil es ihr zu vulgär geklungen hätte. Da dachte ihre zweitbeste Freundin Ute anders. Ute Kämmering, die Frau des Chefarztes Prof. Dr. Sylvester Kämmering. Die hatte einmal beim Damenkaffeekränzchen behauptet: Eine gute Ehefrau muß auch eine halbe Nutte sein – bei ihrem Mann! Darf nie etwas zur Gewohnheit werden lassen, muß immer was Neues erfinden. Den Kerlen im Bett immer wieder mit Überraschungen kommen! Das wollen die Männer – und nicht das liebe Mütterchen, das ihnen ihr Süppchen kocht.

Über diese Schlafzimmerproblematik und -akrobatik war unter den Damen noch viel diskutiert worden. Maria Barrenberg hatte sich anderen gegenüber nie über solche Eheprobleme ausgelassen, auch nicht, als sie merkte, wie Eduards Leidenschaft sich in wohlige Behäbigkeit verwandelte. Gelegentlich hatte sie einen ganz kleinen Anlauf gewagt. Sie zog ihm einmal, als Eduard im Bett lag und in der Fachzeitschrift »Stahl und Beton« las, die Bettdecke weg, setzte sich auf seinen Leib, in paradiesischer Schönheit und nach einem französischen Parfüm duftend. Eduard hatte gegrunzt, »Stahl und Beton« zur Seite gelegt und gesagt: »Ganz schön! Aber du hast ein paar Pfund zugenommen!«

Der zweite Anlauf zur sexuellen Emanzipation mißlang noch kläglicher. Maria hatte sich im Kaffeekränzchen sagen lassen, daß Männer auf gewisse Details wild seien. Sie schminkte sich also die Lippen grell rot, legte Lidschatten auf, umrandete die Augen, ließ die Haare frei über ihre Schulter fallen und – das sollte doch wohl auch Eduard aus seiner Trägheit aufscheuchen – bemalte die Brustwarzen mit leuchtend rotem Lippenstift.

Eduard hatte Maria nur entgeistert angestarrt, als sie ins Schlafzimmer trippelte, hatte nach seiner Datumuhr gegriffen, den Kopf geschüttelt und gesagt: »Wir haben den 7. Juni! Karneval ist doch längst vorbei ...«

In diesem Augenblick hatte Maria plötzlich verstanden, daß es entschuldbare Morde im Affekt gibt ...

Pünktlich um 15 Uhr betrat Maria Barrenberg die Caféterrasse des Hotels »Frankfurter Hof«. Petro Makaroff war schon da, sie hatte es nicht anders erwartet. Er sah hinreißend aus in seiner hellen Kamelhaarjacke, der leuchtend blauen Hose, kamelhaarfarbenen Schuhen und einem lichtblauen Hemd, das oben nicht geschlossen war und schwarzes Kräuselhaar auf der Brust sehen ließ. Ein goldenes Medaillon an einer dicken Goldkette glitzerte bei jeder Bewegung. Ein Playboy, dachte Maria. Ein typischer Playboy! Gewohnt, daß die Frauen auf ihn fliegen. Und mit so etwas treffe ich mich! Maria Barrenberg, die ehemalige Pianistin Maria Sakrow, Mutter von zwei erwachsenen Kindern, glücklich verheiratet mit einem Mann, der alles für mich tut, der sich für uns, seine Familie, kaputtmacht! Eine Familie, die zu den besten von Frankfurt gehört. Eine angesehene Familie ohne Fehl und Tadel.

Ich trinke Kaffee mit einem bulgarischen Playboy.

Sie lächelte, ließ sich die Hand küssen, und als Makaroff ihre Hand festhielt und sie so an den Tisch zog, versuchte sie nicht, sich ihm zu entziehen. Erst, als sie saß, sagte sie:

»Darf ich Sie darauf aufmerksam machen, daß ich meine Hand noch brauche?«

»Pardon, Madame!« Makaroff ließ sie sofort los und setzte sich auch. »Ich bin so glücklich. Unwahrscheinlich glücklich! Sie sind gekommen. Und Sie sehen aus wie ein leibhaft gewordener Traum. Ein Wunschtraum!«

Papperlapapp, dachte Maria Barrenberg. Das fließt ihm wie Honig von den Lippen. Das ist gekonnt. Aber nicht bei mir, Petro Makaroff! Ich bin nur gekommen, um Ihnen zu sagen, daß dies unser letztes Zusammentreffen ist. Ich bin nicht wie Ute Kämmering oder

Frau Generaldirektor Dr. Humpertz.

»Haben Sie in den vergangenen Tagen einmal an mich gedacht?« fragte Makaroff und legte viel Glut in seine schwarzen Augen. »nur ein einziges Mal?«

»Nein. Ich habe meine Familie.«

»Ich habe immer an Sie gedacht. Ich habe Pläne geschmiedet...«

»Pläne? Wieso denn Pläne?« Sie sah ihn betroffen, aber neugierig an. »Wir trinken jetzt eine Tasse Kaffee, und dann sehen wir uns nie wieder.«

»Wollen Sie mich töten?«

»Bitte nicht so theatralisch!«

»Das ist kein Theater. Nur der Tod kann mich hindern, Sie wiederzusehen. Das ist ernst gemeint. Sie können mir einen Tritt geben wie einem streunenden Hund – ich trotte hinter ihnen her!«

»Herr Makaroff, ich bin verheiratet! Glücklich verheiratet.«

»Gibt es das? Gibt es wirklich eine total glückliche Ehe?! Gibt es zwei Menschen, die über Jahrzehnte hinweg nur ihren Partner kennen? Die immer nur die eine gerade Straße gehen?«

»Ja. Mein Mann und ich!«

»Darauf können Sie schwören?«

»Dafür ließe ich mich verbrennen!«

»Sie sind ein Engel! Sie sind eine unbeschreibliche Frau! Weiß Ihr Mann, daß er einen Engel besitzt?«

»Man braucht nicht alles zu wissen – wenn man es nur fühlt...«

»Wo fahren wir hin?« fragte Makaroff plötzlich. Maria zuckte zusammen. Abwehr, Angst, Neugier und heimlicher Triumph wechselten in ihrem Blick.

»Ich fahre gleich wieder nach Hause!« sagte sie fest.

»Waren Sie schon einmal in einer Spielbank?«

Sie sah ihn ratlos an und nickte, »Ja. In Monte Carlo. Das war vor vierzehn Jahren. Eduard – das ist mein Mann – hatte in Nizza ein Treffen mit einem Kollegen. Ich fuhr mit, obwohl wir uns das damals kaum leisten konnten. Wir besuchten natürlich auch das Casino, und Eduard verlor am Roulette genau 115 Mark. Das ärgerte ihn maßlos; er sprach jahrelang davon und hält auch heute noch alle, die in Spielbanken spielen, für Idioten.«

Makaroff lächelte breit. Mit beiden Händen klopfte er sich auf die halbnackte Brust. »Ich bin solch ein Idiot! Madame, ich spiele nur, wenn ich spüre, daß ich einen Glückstag habe. Heute ist ein Glückstag! Ich weiß, daß Sie mir das große Glück bringen!«

Sie schüttelte heftig den Kopf. Es geht nicht, sagte sie sich vor. Maria, steh auf und geh! Was ist bloß mit dir los? Er hat alles, was du immer verabscheut hast: Er ist zu schön, zu glatt, zu elegant. Was er redet, klingt wie Musik, aber es ist nur hohles Geschwätz, eine Aneinanderreihung von Platitüden. Und ein Spieler ist er auch noch! Ein Hasardeur. Von oben bis unten ein Mann, der nur Fassade ist – dahinter ist er hohl. Steh auf und flüchte...

»Ich glaube nicht daran, daß ich Ihnen Glück bringe«, hörte sie sich sagen. »Ich bin keine Spielernatur.«

»Wir fahren nach Bad Homburg!« Makaroff tätschelte ihre Hand, und sie zog sie nicht sofort zurück. Statt zu protestieren sagte sie: »Jetzt? Die Spielbank ist doch um diese Zeit geschlossen.«

»Wir werden uns bis zum Abend die herrliche Umgebung ansehen. Kennen Sie die russische Kirche? Bad Homburg hat eine russische Kirche. Russische Großfürsten bauten sie vor dem Ersten Weltkrieg, um während ihrer Kur nicht auf die Gesänge ihrer Popen verzichten zu müssen. Sie hatten Geld, diese Fürsten aus St. Petersburg, Moskau und Nowgorod; sie konnten es gar nicht zählen. Waren Sie schon mal in einer russischen Kirche? Nicht?! Das müssen Sie gesehen haben!

Makaroff lehnte den Kopf nach hinten und schloß die Augen. Maria starrte ihn an; es war, als versinke er in Trance und wisse nicht mehr, wo er sich befand. »Ich bin im orthodoxen Glauben aufgewachsen, mein Vater legte Wert darauf. Und so durfte ich dem Bischof helfen, so oft ich wollte. Ich sehe mich noch, wie ich die Kerzenleuchter putze, schweres Silber, oder wie ich mit einem Wedel die Ikonen abstaube, gar nicht ehrfürchtig, es waren ja nur bemalte Holztafeln. Aber wenn dann die Kerzen brannten und der Chor sang, und die Menschen knieten auf dem Steinboden und die Kerzenflammen warfen ihr zuckendes Licht über die Ikonostase, dann lebten die Heiligen plötzlich und blickten mich aus ihren goldenen Räumen mahnend an. Später habe ich im Chor mitgesungen, ein heller Sopran unter den schwarzen Bässen. Da war ich glücklich! Sie müssen mit mir in die russische Kirche von Bad Homburg gehen. Sie sind einfach dazu verpflichtet, da Sie Maria heißen ...«

»Woher wissen Sie, daß ich Maria heiße?« sagte sie, von einer rätselhaften Nachgiebigkeit befallen.

»Sie haben mir doch Ihre Karte gegeben... Bei dem Unfall!«

»Ach ja!« Sie konnte sich nicht daran erinnern, aber es mußte stimmen. Woher sollte er sonst wissen, daß sie Maria hieß? »Aber es ist unmöglich! Ich kann doch nicht einen ganzen Abend wegbleiben!«

»Eine Stunde genügt. In einer Stunde kann ich die Bank sprengen, wenn Sie mir Glück bringen. Und ich spüre das Glück!« Er legte wie betend die Hände zusammen. »Maria, ich weiß, Sie sind nicht zu überreden, sondern nur zu überzeugen. Wie kann ich Sie überzeugen, daß Sie mir Glück bringen?«

»Überhaupt nicht!« Sie stand auf. »Entschuldigen Sie mich einen Augenblick.«

Er blickte ihr nach, wie sie sicher, mit kleinen Schritten ins Hotel ging – eine schöne Frau, die nur den Fehler hatte, Eduard Barrenberg zu gehören, und nun zum Werkzeug seiner Vernichtung wurde. George Petrescu zündete sich eine Zigarette an, bestellte einen Kognak zum neuen Kaffee und blickte auf seine Armbanduhr. Nach der Mutter die Tochter... Das war ein Fahrplan, den niemand mehr stören konnte.

Maria wandte sich im Hotel den Telefonkabinen zu. Ein paarmal blickte sie sich um, aus Angst, Makaroff könnte ihr folgen, dann schlüpfte sie in eine Zelle und rief Ljuba an. Es dauerte eine Weile, bis sie sich meldete. Im Hintergrund ertönte aus der Stereoanlage die Musik zu dem Ballett »Coppelia«. Was sich Ljuba einmal vorgenommen hatte, führte sie durch, auch wenn Maria abgesagt hatte. Dann tanzte sie eben nach dem Tonband.

»Du bist es?« sagte Ljuba Antonowna gedehnt. »Sind deine Kopfschmerzen vorbei?«

»Ich brauche einen Rat, Ljubaschka«, sagte Maria hastig. »Schnell, ganz schnell. Hörst du...?«

»Nimm Neuro-Sanex, das hilft am besten gegen Migräne.«

»Ljuba, du mußt mir helfen. Ich bin bei dir, den ganzen Abend!

Es – es kann spät werden ... «

»Das ist schön! Und paßt auch gut; Max ist heute ja beim Kegeln.«

»Versteh mich doch, Ljubaschka: Ich bin offiziell bei dir, wenn später jemand fragen sollte. Aber ich glaube nicht, daß Eduard jemals fragt. Nur als Vorsichtsmaßnahme: ich bin heute bei dir.«

»Und wo bist du wirklich?« Ljuba Antonowna begriff es nun. Sie war weder erstaunt noch entsetzt, sie wunderte sich nur ein wenig, daß Maria anscheinend sehr aufgeregt war.

»Warst du schon mal in einem Spiel-Casino?« fragte Maria.

»Ja. Erst voriges Jahr. In Bad Wiessee. Max sollte zehn Pfund abnehmen, hatte der Arzt verordnet. Das sah dann so aus: Am Tag hielt Max eisern die Diät in der Privatklinik durch, aber abends fraß er dann beim Haxenbauern riesige Schweinshaxen mit Kraut. Nach vierzehn Tagen hatte er nicht zehn Pfund abgenommen, sondern drei Pfund dazu! Ja, und dann das Spiel-Casino. Max spielte dreimal. Zweimal verlor er und betrank sich vor Ärger mordsmäßig. Einmal gewann er sage und schreibe 23000 Mark und besoff sich sinnlos vor Freude und Stolz. Das sind meine Spielbankerlebnisse. – Und was hast du vor?«

»Ich will es in Bad Homburg versuchen. Ljubaschka, verrate mich bloß nicht! Wer auch fragt: Ich war den ganzen Abend bei dir! Hilfst du mir?«

»Natürlich.« Ljuba Antonowna lachte. »Viel Glück, Maria. Und paß auf dich auf! Du hast keine Übung im Ausbrechen ... «

Maria hängte ein und wählte die Büronummer ihres Mannes. Barrenbergs Sekretärin meldete sich, eine kecke kleine Rothaarige, mit der Eduard erstaunlicherweise noch nicht geschlafen hatte, aber nur wegen seines Prinzips: In der eigenen Firma keine Komplikationen durchs Bett!

Natürlich war Barrenberg nicht im Haus. Er hatte auf seinem Terminplan eine Baustellenbesichtigung in Neu-Isenburg angegeben, was niemand bezweifelte. Daß er in diesem Augenblick auf Bettina einredete, sie solle mit nach Florenz fahren und dadurch eine Entscheidung herbeiführen, ahnte ja keiner.

»Ich bin bei Frau Rolle«, sagte Maria ganz ruhig. »Bitte legen Sie meinem Mann eine Notiz auf den Schreibtisch, daß es später werden könnte.«

Als sie zum Tisch zurückkam, sah sie, daß Makaroff von einer Blumenfrau rote Rosen kaufte. Es mußten mindestens dreißig Stück sein. Er sprang sofort auf, als er sie kommen sah und überreichte ihr den Strauß.

»Jede Rose soll zu Ihnen sagen: Bitte – bitte – bitte – bitte ... «

Es war vollendeter Kitsch, aber aus seinem Mund klang es angenehm und verhinderte jede Abwehr. »Wenn Sie nein sagen, zertrample ich den Strauß!«

»Das ist Erpressung!«

»Das ist Enttäuschung, Verzweiflung!« Makaroff drückte ihr die Rosen in die Hand und sah sehr unglücklich aus. »Sie können jetzt nicht einfach weggehen und sagen: Adieu für immer! – Auch Sie haben ein Herz!«

»Ich kenne Bad Homburg wirklich noch nicht«, sagte sie und lachte etwas zu hell. Ich bin verrückt, dachte sie. Ich bin total verrückt! Mit fünfundvierzig Jahren gehe ich fremd. Fahre irgendwohin – mit einem fremden Mann. Mit einem Bulgaren. Mit einem Petro Makaroff. Petro mit t. Ich muß völlig unzurechnungsfähig sein! Aber ist das nicht auch ein Witz? Da lebt man über zwei Jahrzehnte in Frankfurt, Bad Homburg liegt vor der Tür, und ich bin noch nie dort gewesen! »Es stimmt«, sagte sie, »eine russische Kirche habe ich auch noch nicht von innen gesehen. Nur auf Fotos.«

»Fotos!« Makaroff winkte ab. »Kein Bild kann diesen Eindruck wiedergeben. Die Gegenwart des Unbegreiflichen ist nicht darzustellen.« Sein Gesicht strahlte. »Wir fahren also?«

»Nur zur Kirche!«

»Ich möchte jubeln, Maria!« Makaroff breitete beide Arme aus, und Maria fürchtete schon, er könne wirklich aufschreien. »Ich werde Ihnen in der Kirche ein Lied vorsingen, daß ich als Kind gesungen habe. ›Erbarme dich, Höchster, des Ärmsten deiner Schöpfung ...‹ Ich werde es Ihnen auf russisch vorsingen ...

In Maria gab es keinen Widerstand mehr. Sie nickte stumm, drückte die Rosen an ihre Brust und dachte nur noch an die gegenwärtige Stunde, nicht mehr an das Vergangene oder das Kommende. Es war ein Zustand, der ihr völlig fremd war und den sie auskostete, wie ein Durstiger einen Schluck Wasser.

Soll man erwähnen, daß es ein schöner Tag wurde? Soll man gestehen, daß Maria seit Jahren nicht so glücklich gewesen war wie in diesen Stunden? Makaroff verhielt sich ihr gegenüber immer sehr korrekt, aber er übersah nichts an ihr. Was Eduard Barrenberg längst nicht mehr bemerkte – für ihn schien es eine Offenbarung zu sein: Wie Maria lachen konnte, wie sie den Kopf dabei zur Seite neigte, wie sie beschwingt ging, wie sie die Lippen spitzte, wenn sie etwas ganz Schönes sah, wie sie mit der Hand durch ihr Haar fuhr, wenn sie etwas erstaunte... Kleinigkeiten, die mehr über ihr Wesen aussagten als ihre Worte. Makaroff sah sie, sprach von ihnen, bewunderte sie. Zu Maria kam der Hauch eines Lebens, das längst verschüttet gewesen war. Ein Hauch von Jugend und einer Unbeschwertheit, die sie all die Jahre über verdrängt hatte. Frau und Mutter – war das alles, was das Leben zu bieten hatte?

Sie betrachteten die russische Kirche. Maria stand ehrfürchtig in dem prachtvollen Raum, starrte auf die goldschimmernden Ikonen, die bemalten Wände und Decken und drückte beide Hände gegen ihr Herz, als Makaroff tatsächlich zu singen begann, vorn an der heiligen Wand. Er sang mit einem klaren Tenor, mühelos, ganz in den Choral versunken, die Hände gefaltet, mit halb geschlossenen Augen. Aber während er sang, beobachtete er unter den gesenkten Lidern Maria und ihre Ergriffenheit, und was ihr Hingabe schien, war in Wirklichkeit der Ausdruck seines Triumphes.

Hier, in der Kirche, küßte er sie auch zum erstenmal, zaghaft, in den Nacken, als sie die Heiligenfiguren betrachtete. Ein Schauer überlief sie, er spürte ihn und freute sich darüber.

In der Spielbank gewann Makaroff 19000 Mark. »Du bist mein Glücksengel!« sagte er und küßte ihre Handflächen. Dann verließ er den Roulettetisch und sagte, er wolle das Glück nicht zu sehr strapazieren. Er schenkte den Croupiers hundert Mark, faßte Maria unter und ging mit ihr zu dem bestellten Tisch im Kurhaus. Alles lief plötzlich so normal, so logisch ab, daß Maria sich von der Stunde treiben ließ. Sie dachte nicht an Eduard oder Monika, nicht an ihre Villa in Sachsenhausen, nicht an das Ungeheuerliche, was jetzt mit ihrem Leben geschah. Sie aß Trüffelsuppe, eine Ente aus der Bresse, ein Soufflé mit Cointreau, sie trank einen blutroten Burgunder und einen Champagner de Brut, danach einen höllisch heißen und starken Mokka, dem man nicht anmerkte, daß Makaroff geschickt wie ein Zauberkünstler ein paar Tropfen beigemengt hatte. Sie war lustig, ja ausgelassen, lachte über seine charmanten Witze und fand es ganz natürlich, daß Makaroff alles, was er für den Spielbankbesuch brauchte, in seinem Wagen bereitliegen hatte: Das blaue Jackett zu der blauen Hose, ein weißes Hemd, das er im Casino auf der Toilette angezogen hatte, eine dunkelblaue Samtschleife, schwarze Lackstiefeletten: ein eleganter Mann, dem die Frauen nachblickten, wie sonst nur die Männer den auffallenden Frauen. Es war überhaupt alles selbstverständlich an diesem Tag, es war ein Ausflug in ein unbekanntes, schönes, lockendes Land.

Nach dem Essen wurde Maria seltsam müde. Makaroff löste sich in Nebeln auf, sein lächelndes Gesicht glich einer dahinziehenden Wolke. Sie erhob sich, Makaroff stützte sie, und dann war es ihr, als verlöre sie den Boden unter den Füßen und schwebe dahin wie ein Nebelschleier. Von ganz weit hörte sie Makaroffs Stimme.

»Madame hat die Trüffeln nicht vertragen. Ich frage Sie ... «

»Aber ich kann Ihnen versichern, sie sind heute morgen ganz frisch eingeflogen worden. Das ist noch nie ... «

Dann verschwanden auch die Stimmen, eine unbeschreibliche Seligkeit kam über sie und endlich das Vergessen.

Maria wachte auf, weil jemand ihre Lippen küßte und ihre Brüste streichelte. Mit größter Anstrengung öffnete sie die Augen und sah Makaroff, der neben dem Bett kniete und ihren nackten Körper liebkoste. Auch er war nackt, glänzte von Schweiß und atmete hastig. Durch ihren Leib lief ein Zucken, sie zog krampfhaft die Beine an und spürte in ihrem Schoß ein Brennen.

Mit beiden Fäusten stieß sie seinen Kopf weg, riß die Bettdecke über sich und lag dann wie gelähmt, überwältigt von Entsetzen, im Lichtschein einer auf sie gerichteten Nachttischlampe.

»Ich – ich war wehrlos.« sagte sie tonlos. »Ich weiß von gar nichts mehr. Du hättest das sonst nie erreicht ... nie!«

»Ich liebe dich!« antwortete Makaroff. Er blieb neben ihrem

Bett auf den Knien und wischte seine schweißige Stirn am Bettlaken ab. »Du warst wunderbar ... «

»Wo sind wir hier?«

»In einem schönen Hotel. Als Herr und Frau Makaroff.«

Sie hob den Kopf. Ihr Körper glühte von innen heraus. »Ich will nach Hause!«

»Es ist drei Uhr morgens!«

»Geh weg, und laß mich aus dem Bett!«

»Du bist eine herrliche Geliebte, die alle Träume übertrifft. Hat dir das schon jemand gesagt? Hat das überhaupt schon jemand entdeckt? Du bist wie eine wild rauschende Musik ...

Sie schnellte hoch, sprang auf der anderen Seite aus dem Bett und riß das Kopfkissen vor ihre Blöße. »Du bist ein Schuft!« sagte sie und schluckte krampfhaft. »Ein hundsgemeiner Schuft! Was hast du mir in den Wein getan?«

»In den Mokka, mein Liebling ... «

»Also doch! Was bist du doch für ein Schwein! Du hast von Anfang an nichts anderes gewollt ... «

»Ich bekenne es. Jede Pore meines Körpers sehnte sich nach dir. Und nun gehörst du mir, für immer.«

»Ich will dich nie wiedersehen!«

»Es gibt kein Zurück mehr, Maria!« Er stand auf, ging nackt durch das große Zimmer und setzte sich in einen mit Brokat bezogenen Sessel. Sie blickte ihm nach: eine große muskulöse Gestalt, bräunlich-olive Haut, auch der Rücken bis zum Steiß mit schwarzen Haaren bedeckt, kräftige Schenkel und Beine. Ein Mann voll Urkraft. Übelkeit stieg in ihr hoch, das Zucken und Brennen in ihrem Schoß trieb sie fast zur Panik. »Diese Stunden will ich nie vergessen«, fuhr er fort. »Sie haben mir den Himmel aufgetan. Ich will sie immer bei mir haben, sie immer wieder beschwören können. Ich habe dich in der größten Seligkeit fotografiert!«

»Du hast ... « Ihre Stimme versagte. Ihre Augen weiteten sich unnatürlich. Sie wich, das Kissen gegen ihren nackten Leib gedrückt, bis zur Badezimmertür zurück.

»Ja!« sagte Makaroff. »Eine glückliche Frau zu fotografieren, – ein solches Bild kann zum Kunstwerk werden. Diese offene Hingabe...«.

»Was – was ist der Preis?« fragte sie kaum hörbar. »Wieviel verlangst du für die Negative?«

»Sehe ich aus wie ein Erpresser?« Makaroff schien tief beleidigt. Er lehnte sich ungeniert in den Sessel zurück, mit gespreizten Beinen. Maria schaute zur Seite.

»Ich will nur, daß wir uns nicht verlieren. Du sollst immer bei mir sein, auch wenn du fort bist!«

»Ich verachte dich! Mit Betäubungsmitteln eine Frau gefügig machen! Du Schwein!«

»Man nennt das K.o.-Tropfen.« Makaroff schüttelte den Kopf. »Warum regst du dich so auf? Wie lange hast du nicht mehr richtig geliebt? Na, rechne mal aus! Kannst du dich noch daran erinnern? Wann hat Eduard zum letztenmal atemlos neben dir gelegen? Na bitte! Du müßtest eigentlich vor Glück den Verstand verlieren. Endlich hast du dich wiederentdeckt, weißt wieder, daß du einen Körper hast ...«

Sie antwortete nicht, riß ihre Kleider vom Stuhl und verriegelte hinter sich das Badezimmer. Im großen, vom kalten Neonlicht beschienenen Spiegel starrte sie sich an: Ein aufgelöstes Frauengesicht mit verschmiertem Make-up, zerwühlten Haaren und zwei Flecken am Brustansatz.

Sie biß die Zähne aufeinander, stellte sich unter die Dusche, wusch und schrubbte sich, als käme sie aus einer Kohlengrube. Aber das war nur äußerlich. Er war in ihr, er hatte Besitz von ihr ergriffen, und das ließ sich nicht mit Seife und heißem Wasser wegscheuern.

Als sie angezogen ins Zimmer zurückkam, saß Makaroff noch immer im Sessel, breitbeinig, nackt, ordinär, provozierend in seiner Männlichkeit. Sie ging an ihm vorbei, blieb aber an der Tür stehen und sagte: »Soll ich ein Taxi nehmen oder fährst du mich nach Frankfurt zu meinem Wagen? Der Nachtportier würde sich sonst wundern, aber dir macht es ja wohl nichts aus.«

»Sofort!« Makaroff sprang auf, zog sich in erstaunlicher Hast an, kämmte sich sorgfältig, was länger als das Anziehen dauerte, und kam dann zu Maria zurück. »Und wenn du mich noch so sehr verfluchst«, sagte er. »Ich liebe dich! Ich kann es nicht ändern.«

Kurz nach halb vier Uhr morgens stand Maria in der Halle ihres

Hauses. Sie blieb stehen und lauschte, aber von Eduard war nichts zu hören. Warum auch? Er wäre nie auf den Gedanken gekommen, sorgenvoll auf seine Frau zu warten, wenn sie um Mitternacht noch nicht zurückgekommen war. Allerdings: auch wenn sie bei Ljuba Antonowna gewesen war, Maria war noch nie bis spät in die Nacht weggeblieben. Aber so weit dachte Eduard gar nicht. Sie ist nicht da, also wird sie noch kommen: die Philosophie der Gleichgültigkeit auf die kürzeste Formel gebracht!

Sie stieg die Treppe hinauf, öffnete leise die Schlafzimmertür und wurde von Eduards gesundem Schnarchen empfangen. Sie knipste die Nachttischlampe an, zog sich im nebenan liegenden Ankleidezimmer aus, schlüpfte in den französischen Spitzenpyjama, den Eduard ihr einmal aus Marseille mitgebracht hatte, und legte sich vorsichtig an seine Seite.

Eduard Barrenberg röchelte, drehte sich um, blinzelte Maria an und murmelte schlaftrunken: »Biste endlich da? War's schön?«

»Ja«, sagte sie mit trockenem Gaumen. »Es war schön...«

»Dann mach's Licht aus! Um elf geht das Flugzeug nach Florenz.«

Barrenberg flog allein. Bettina hatte er nicht überreden können. Aber er war, gewissermaßen zum Abschied, bis ein Uhr nachts bei ihr geblieben und hatte mit ihr geschlafen, gegen ihren anfänglichen Widerstand und trotz ihrer Angst vor dem Auftauchen von George Petrescu. Barrenberg war dabei über sich selbst hinausgewachsen, vielleicht weil er sich auch dadurch an seinem Nebenbuhler rächen wollte; selbst Bettina war erstaunt. Jetzt war er müde und abgekämpft, fragte nicht länger, drehte sich auf die andere Seite und versank sofort wieder in seinen röchelnden Schlaf.

Maria starrte an die Decke und preßte die Fäuste auf ihre Brust. Das Bild hatte sich in sie eingebrannt: Makaroff neben ihr kniend und ihren Körper mit den Lippen liebkosend. Makaroff nackt und breitbeinig im Sessel. Der Sieger, der Besitzer, der Held!

Ihr wurde wieder übel, sie biß sich in die rechte Faust, weinte lautlos und hätte Eduard erschlagen können, weil er so friedlich und ahnungslos schnarchte.

Aus dem Tagebuch von Monika Barrenberg:

Heute habe ich wieder die Schule geschwänzt, nicht nur die beiden letzten Stunden, sondern alle. Ich bin direkt zu Freddy gefahren, aber er schlief noch. Das furchtbare Mädchen von der Wohngemeinschaft sagte zu mir: »Da wirste kein Glück haben. Freddy ist wieder auf Turkey gewesen, und weil er keinen Dope hatte, hat er sich Dolantin geschossen. Das haut ihn immer um. Den jetzt zu wecken schaffste nicht mal, wennste auf ihm reitest... « Da bin ich schnell wieder weg. Was Turkey ist, weiß ich nicht, kann's mir aber denken.

Warum macht Freddy sich bloß mit Wissen kaputt?! Er hat keinen Vater mehr, der ist mit betrunkenem Kopf unter einen Omnibus geraten. Freddy sagt, der Kopf habe ausgesehen wie ein dicker Pfannkuchen mit roter Marmelade. Grauenhaft. Seine Mutter ist lungenkrank, kann nicht arbeiten, aber Freunde hat sie am laufenden Band. Kommt Freddy tatsächlich mal zu Besuch, was selten genug ist, dann ist das Bett immer besetzt. Dabei war das mal eine wirklich gute Familie. Freddys Vater war Anstreichermeister, Freddys Mutter Büroangestellte in der Buchhaltung eines großen Werkes. Aber dann stürzte Freddys Vater bei einem Hausanstrich vom Gerüst und brach sich einen Wirbel. Er wurde nicht gelähmt, aber seinen Beruf mußte er aufgeben. Darauf begann er das Saufen. Freddy hat die Schule bis zur Untersekunda geschafft, kann sogar Französisch, Englisch und etwas Latein, aber er sagt immer: »Was soll der Scheiß?! Für mich ist Heroin nicht Diacetylmorphium, sondern einfach Dope! Und wennste nach 'nem Schuß tierisch high bist, und die Welt ist voll von Musik, dann soll mir einer mal erklären, wieso man mit Tacitus oder Caesar im Leben weiterkommt!«

Mit Freddy ist über so etwas nicht zu diskutieren. Aber eins muß ich ihm sagen: Den Druck, den er mir gegeben hat – nur ein Viertel von dem, was er sich schießt –, der war wirklich ein Erlebnis. Sauschlecht war mir hinterher, natürlich... Aber vorher, eh' ich einschlief, was Freddy ungemein blöd fand, war die Welt wirklich verändert. Heller, liebenswerter, unbeschwerter. Papas Betrug an Mama lag so weit weg, alle Probleme lösten sich auf.

Man häutete sich, war wie neugeboren, hätte die Sonne umarmen können.

Ich weiß, daß genau diese Wirkung das Teuflische an H ist: diese neue Welt von Glück, in die man immer wieder zurück will und in die man zurück muß, weil der Körper danach verlangt, sich schüttelt und aufbäumt. Die Därme brennen, das Herz jagt, das Hirn hämmert, die Zähne schlagen aufeinander, die Muskeln beginnen zu zucken. Gebt uns das H, gebt uns das Glück, gebt uns die neue Welt... Und so kommt man in einen Teufelskreis und spritzt und spritzt, bis der Körper zerfällt, bis das Gift einen von innen zerfrißt. Das alles weiß man. Aber man kann nicht mehr zurück.

So habe ich's jedenfalls gehört. Aber bei mir ist das anders. Ich glaube, ich könnte mich nie daran gewöhnen. Ich habe einen starken Willen! Ich brauche keinen Dope, um das Leben durchzustehen. Ich weiß, was ich will.

Gestern habe ich lange darüber nachgedacht, warum ich zu Freddy gehe, was überhaupt mit mir los ist, daß ich mich an einen Kerl wie Freddy hänge, wo es doch genug anständige Männer gibt. Zuerst habe ich Mitleid mit ihm gehabt, als er auf der Straße lag und blutete, dann habe ich ihm sogar das H besorgt, weil ich nicht sehen konnte, wie er zitterte und sich krümmte, und dann hat er mir erzählt, woher er kommt, was er schon alles hinter sich hat: Türkei, Afghanistan, Indien, Thailand, bei den Gurus ist er gewesen, bei Fakiren und in Opiumgiftküchen im Dschungel ... Und dann ist er wieder zurück nach Deutschland, um sich alles wieder abzugewöhnen – und er kommt nach Hause, und bei seiner Mutter liegt ein fremder Kerl im Bett, der prügelt ihn mit einem Besen aus der Wohnung. Da hat er wieder gedrückt und will so auch krepieren!

Man sollte ihn wieder zurückholen! Freddy ist ein guter Junge, nur eben total von seiner Umwelt versaut. Deshalb gehe ich zu ihm.

Elf Uhr nachts.

Ich komme von Freddy. War erst bei ihm in dem furchtbaren Haus, dann in der Disko ›Number Sex‹. Freddy spielt wirklich fantastisch Trompete, aber nur, wenn er vollgepumpt ist. Ist er auf Turkey, kann er die Trompete nicht halten. Sie fällt ihm aus den

Fingern. »Sie wiegt hundert Zentner!« sagt er. Sein letztes Geld hatte Freddy für das Dolantin gegeben. Ich hatte so etwas geahnt und habe am Vormittag von meinem Sparkonto dreihundert Mark abgehoben. Sollte für den Urlaub sein. Hilde und ich wollten nach Mallorca. Muß ganz toll sein. Aber damit wird es nun nichts, wenn Papa das Konto nicht wieder auffüllt. Ich werde ihm sagen, ich habe für das Abitur noch Bücher kaufen müssen. Er kontrolliert es ja doch nicht, er glaubt alles, was ich ihm sage. Manchmal sagt er nur ja und hat gar nicht zugehört.

Ich habe für Freddy Dope gekauft. Von einem Kerl, der an der Hauptwache stand und sich von Männern ansprechen ließ, um so das Geld für seine Schüsse zu verdienen, habe ich die Adresse bekommen. Ein Türke. Ismet Özdogan heißt er. Hat in der Innenstadt einen harmlosen Gemüseladen für Gastarbeiter. Da geht es raus und rein, und jeder, der aus der Heimat als Urlauber zurückkommt nach Frankfurt, hat ein Päckchen H bei sich. Ganze Familien sind lebende Heroinverstecke. Freddy hat mir schon vorher so etwas erzählt, ich habe es nicht geglaubt –, aber jetzt habe ich es gesehen. Da ist die Polizei völlig machtlos. Man kann doch an der Grenze nicht Hunderttausende von Türken einzeln durchsuchen.

Von Ismet Özdogan habe ich ein Gramm Afghanen – 85 Prozent rein – gekauft. Die Fachleute nennen es »H Nr. 4«. Und es kostet nur 100,– Mark pro Gramm. Das ist dreimal billiger als die bisherigen Hongkong-Rocks, die außerdem noch unsauber waren und nur 30 Prozent H enthielten. Freddy war glücklich. Das neue Nr. 4 löst sich besser auf, man braucht weniger davon, kommt mit einem Gramm länger aus. Aber man kann sich auch mit einem ganzen Gramm seinen hundertprozentigen Goldenen Schuß drücken. Freddy sagt: »Das ist 'ne Wucht! Wenn die Türken das Geschäft weitermachen, wird 'n Schuß geradezu zum Volksvergnügen. Für den Preis kann sich jeder einen Trip leisten. Wer früher Karussell fuhr, drückt sich jetzt einen weg. Ihr Kinderlein kommet ...«

Freddy hat sich dann eine gute Nadel voll gekocht, und für mich gleich eine halbe Portion mit. Ich wollte nicht, ich weiß ja, wo das endet. Allerdings habe ich ja einen starken Willen. Doch dann sagte Freddy: »Monika, sieh dich doch mal um! Dein Alter bumst sich durch die Gegend, deine Mutter ist cool wie 'n Eisberg, um dich kümmert sich keiner, sie stopfen dich voll mit Geschenken und denken, das genügt. In Wirklichkeit ist jeder für den anderen eine Last, so tierisch beschissen ist das alles! Da muß man doch 'raus!«

Ich habe also von Freddy den Schuß bekommen. Mir wurde wieder ganz heiß und schwindelig, aber dann ließ das Herzklopfen nach, und ich war so zufrieden wie lange nicht.

In der Disko habe ich dann einen anderen Mann kennengelernt. Holger Mahlert heißt er. Student, sechstes Semester Chemie. Ausgerechnet Chemie, wo ich beim Abitur gerade noch so durchrutschen werde. Er saß an der Bar, trank Cola mit Rum, was sie Cuba libre nennen, und stierte mich die ganze Zeit an. Ich war so richtig auf dem Trip, kam mir sehr cool vor und sagte zu dem Glotzenden: »Was haben wir denn? Sitzt bei dir die Linse fest?« Mein Gott, so hätte ich früher nie gesprochen. Wenn ich das jetzt durchlese, was ich geschrieben habe, schüttelt es mich. Wie schnell man sich diese Fixersprache angewöhnt. Aber ich habe wirklich so gesprochen, heute abend.

Holger lächelte mich an und antwortete: »Was machst du hier? Du paßt doch nicht hierhin! Wollen wir woanders hingehen?«

»Und du?« habe ich gefragt. »Was hockst du hier auf 'nem Pfahl?! Willst dir 'ne Ausgeflippte aufreißen, was? Da läuft nichts, Glotzauge!«

Aber wir haben uns später doch gut unterhalten. Sein Vater ist ein berühmter Physiker. Von ihm stammt der »Mahlert-Effekt«. Habe nie davon gehört, aber ich glaube es ihm. Holger ist ganz anders als Freddy, natürlich. Er sagte, er sei nur hier, weil ein Freund ihn mitgenommen habe. Der Freund tanzte dort mit einer langen Blonden und zuckte dabei wie ein Epileptiker. Das fand ich Klasse. Ich mag diese verrückten Verrenkungen nicht, wo sie mit dem Unterleib nach vorn stoßen, als wollten sie... Na ja, Holger redete gut, erzählte von Bergtouren, er sei auch ein guter Schwimmer, überhaupt ein doller Sportler. Das sei viel besser als der Mief der Disko. Langsam kapierte ich: der fühlte sich hier als Missionar! »Holger«, habe ich zu ihm gesagt –, »du kannst mit mir vernünftig reden. Ja, ich habe eine Nadel weg, eine halbe nur, aber ich fange ja erst an. Warum ich anfange? Da fragst du um die Ecke. Ich fühle mich dann freier, verstehst du? Natürlich verstehst du das nicht! Hat dein Vater eine Geliebte? Kommst du nach Hause und nie ist einer da? Und willst du was loswerden, was dich bedrückt, heißt es dann bei dir auch: ›Später, Spätzchen, später. Ich habe zu tun!‹ Und später ist dann nie! Du hast alles, du lebst in einem goldenen Käfig, aber es ist keiner da, der dich versteht. Kennst du das?«

Und Holger hat geantwortet: »Aber so ein Schuß – hört der dich? Versteht er dich?! Kannst du mit einer Spritze sprechen?«

Da habe ich ihn ziemlich dämlich angeschaut, habe ihn auf die Tanzfläche gezogen und mit ihm einen Rock hingelegt, daß Freddy in seine Trompete hustete. Geschwitzt hat er, der Holger, und gejapst, der große Sportsmann, aber ich war ganz klar und cool und habe zu ihm gesagt: »Ich baue nicht ab! Und wenn ich mein Abitur gemacht habe, studiere ich Psychologie und Soziologie und kümmere mich um die Scheißhaufen hier!«

Wirklich, das habe ich gesagt! Wer hätte das je für möglich gehalten?! Auf Holger schien das stimulierend zu wirken. Er fragte mich, wann er mich wiedersehen könne, und ich habe geantwortet, wann er wolle, hier im »Number Sex«, wenn er Glück hat.

Später, in einer der dreckigen Garderoben, wo Freddy sich umziehen mußte, hat der mich angebrüllt. Geweint hat er sogar. »Wer war der Kerl? Was wollte er? Ich bringe den Wichser um! Wie heißt er? Was hast du mit ihm gesprochen? Dem reiße ich die Eier weg!« Es war furchtbar! Und dann hat er mich auf das alte Sofa geworfen, ich habe um mich geschlagen, und Freddy hat geweint: »Wenn du weggehst, drücke ich mir heute nacht noch den Goldenen! Ich hab' genug Dope... Monika, du kannst nicht mehr von mir weg! Ich brauche dich doch... Vielleicht schaffen wir es gemeinsam...«

Vielleicht!

Er hat mir weh getan, verdammt weh. Es war ja das erstemal. Ich habe die Zähne aufeinandergehauen, ich habe durch die Nase geschrien, aber dann, es kam mir unendlich lange vor, hörte alles auf, und es wurde so schön, daß mein ganzer Körper von heißen Schauern bebte.

So also war das! Natürlich habe ich hinterher geweint, und Freddy hat eine Haschzigarette geraucht, mich daran ziehen lassen und gesagt: ‚»Du bist die erste, bei der ich gedacht habe: Ich liebe sie!« Ich glaube ihm das. Er sah in diesen Minuten so glücklich, so gut aus. Mein Gott, gib mir eine Antwort, ich weiß sie nicht: Warum habe ich das getan?! Warum bin ich still gelegen, habe mich nicht mehr gewehrt, als Freddy zu weinen anfing?! Was ist aus mir geworden?!

Jetzt sitze ich in meinem Zimmer und schreibe. Keiner ist da, mit dem ich darüber reden könnte. Papa hat Konferenzen, sagt er, wegen Florenz... Aber ich ahne, daß er bei seiner Geliebten ist. Mama ist bei Ljuba Antonowna und hat hinterlassen, es könne spät werden. Sicherlich eine Party bei Max Rolle. Ich bin also wieder allein, wo ich so viel zu sagen habe, so viel zu fragen, wo ich jemanden brauche, der mich anhört, ohne mich gleich anzuklagen und zu verfluchen! Ich muß einen Menschen haben, der still meine Beichte entgegennehmen kann. Das sollte der Vater sein, das müßte die Mutter sein...Welch humane Theorie! Wir sind immer allein, wenn wir am nötigsten ein Ohr – und ein Herz brauchen.

Ich habe das dunkle Gefühl, daß ich Holger Mahlert wiedersehen werde. Ob in der Disko oder sonstwo, ich habe so eine Ahnung. Ich glaube, mit ihm kann man gut diskutieren, ohne daß alles nur Scheiße ist, wie Freddy die Welt charakterisiert. Holger hat tiefblaue Augen, die sind schön. Und er läßt einen ausreden.

Es ist jetzt fast halb ein Uhr nachts. Papa ist noch nicht da, Mama fehlt auch. Mir kann keiner erzählen, auch Papa nicht, daß Konferenzen bis nach Mitternacht gehen. Ich weiß es jetzt: Er liegt bei dieser Bettina! Arme, ahnungslose Mama! Während du auf Ljubas Party lachst, betrügt dich dein Mann schamlos. Eigentlich bist du viel zu gut für diese Welt... viel zu ehrlich und treu ...

Der Unterricht hörte um 12 Uhr auf.

Während viele Abiturientinnen von Freunden abgeholt wurden oder mit dem eigenen Kleinwagen nach Hause fuhren, setzte sich Monika auf ihr Moped und knatterte aus dem schuleigenen Parkplatz hinaus auf die Straße. Eduard Barrenberg hatte sich bisher geweigert, seiner Tochter einen Wagen zu schenken. »Was andere Väter tun, ist deren Bier!« hatte er gesagt. »Ich gehöre noch zu der Generation, die nach dem Leistungsprinzip lebt! Zeige erst, was du kannst, dann hast du das Recht, Ansprüche zu stellen! Das Abiturzeugnis hier auf den Tisch, mit einer guten Note, – dann kannst du dir einen Wagen aussuchen, welchen du willst. Ich lasse dafür 15000 Mark springen! Ist das ein Wort, Spätzchen?!«

Monika blieb nichts anderes übrig, als das einzusehen. Sie hatte sich schon einen »Traumwagen« ausgesucht und stutzte deshalb, als ausgerechnet dieses Modell am Straßenrand stand. Ein junger Mann lehnte am Kühler und winkte ihr. Sie fuhr mit dem Moped einen Bogen und bremste knirschend vor ihm.

»Holger Mahlert!« sagte sie gedehnt. »Steht da, als wenn's so sein mußte. Was willst du hier?«

»Ganz einfach. Dich abholen!«

»Ich habe was Fahrbares unter mir, wie du siehst.«

»Das stecken wir in den Kofferraum. Groß genug ist er.«

»Das weiß ich. So einen Wagen bekomme ich nach dem Abitur. Ich kann ihn mir aussuchen.« Sie stieg ab und gab Holger Mahlert die Hand. »Woher weißt du überhaupt, daß ich auf diesem Gymnasium bin?«

»Intensive Detektivarbeit! Ich habe die Sekretariate aller Schulen angerufen und nach einer Abiturientin Monika Barrenberg gefragt. Fehlanzeige! Da bin ich zu euch gefahren!«

»Zu uns? Nach Sachsenhausen? Du hast mit meiner Mutter gesprochen?«

»Nein. Deine Mutter war mit deinem Vater zum Flughafen. Nur euer Mädchen war da. Sie wollte nichts verraten, aber bei fünfzig Mark wurde sie weich. Ja, und nun bin ich hier, wir laden dein Moped in den Kofferraum und fahren zum Mittagessen ins Forsthaus Gravenbruch. Einverstanden?«

»Nein!«

»Warum nicht?«

»Mama wartet mit dem Essen auf mich.«

»Sie wartet nicht! Das Mädchen hat auch das verraten. Sie soll für dich allein kochen, so auf die schnelle. Eine Büchsensuppe oder dergleichen. Die Frau Mutter hat hinterlassen, daß sie in der Stadt bleibt und einkaufen will...« Holger Mahlert griff nach Monikas Moped. »Einverstanden? Forsthaus akzeptiert?«

»Ich lasse mich nicht gern kommandieren.«

»Dann: bitte, bitte!« Er lachte. Auch seine tiefblauen Augen lachten, und das tat Monika wohl. Ich bin wund, dachte sie. Wund an der ganzen Seele, wund am Gewissen. Und ich habe ein schreckliches Gefühl, ein bohrendes Verlangen... Ich könnte mir wieder, ohne Reue, einen kleinen, ganz kleinen Schuß drücken. Es ist herrlich, sich so leicht zu fühlen.

»Also gut!« sagte sie. »Zum Forsthaus. Aber ich warne dich: ich habe einen Bärenhunger. Und – du investierst bei mir umsonst! Ist das klar?«

»Sonnenklar!« Holger Mahlert verstaute das Moped im Kofferraum. »Mir ist es schon einiges wert, dich mal normal zu sehen. Gestern, in der Disko, warst du eine Katastrophe.«

Monika preßte die Lippen zusammen, sie stieg in ihren Traumwagen und kam sich wie geohrfeigt vor.

Als sie abfuhren, folgte ihnen aus einiger Entfernung ein schwerer weißer Wagen. Der Fahrer sog nervös an einer Zigarette, die in seinem Mundwinkel hing.

Mit der Tochter wird es schwieriger werden als mit der Mutter, dachte Makaroff-Petrescu. Man muß die Taktik ändern.

Er fuhr hinter Monika und Holger her, bis er wußte, wohin sie wollten. Dann bog er ab und kehrte nach Frankfurt zurück. Bis 14 Uhr hatte er noch Zeit, Bettina einen Besuch abzustatten und die Verlassene darüber hinwegzutrösten, daß sie nicht nach Florenz geflogen war. Er würde sie wieder schlagen und dann nehmen, – es machte ihm Spaß, die roten Striemen auf ihrem weißen Körper zu küssen.

14 Uhr in der Halle des Intercontinental-Hotels. Das war am sichersten, hier konnte Maria keinen Skandal riskieren. Er hatte sie am Morgen angerufen und lakonisch gesagt:

»Wir sollten uns an den Fotos erfreuen! Sie sind phantastisch geworden. Scharf in jeder Beziehung... 14 Uhr Interconti.«

Es war sicher, daß Maria kommen würde. Die Tochter lief ihm nicht davon. Den jungen Mann bezog er erst gar nicht in seine Berechnungen ein. Es gibt hundert Möglichkeiten, einen Menschen auszuschalten. Manchmal genügt fürs erste eine Autonummer, und die hatte sich Petrescu notiert.

Petrescu-Makaroff war zehn Minuten früher als verabredet im Interconti. Er setzte sich in die Halle, winkte dem Kellner, bestellte Campari mit Champagner und ließ das quirlige Leben des internationalen Großhotels an sich vorbeiziehen wie ein Müßiggänger, dem die alltäglichen Dinge gleichgültig geworden sind. Er beobachtete einen schweren, stiernackigen Mann, Typ reicher Emporkömmling, der zwei Hotelboys herumjagte, Zeitung und Zigaretten verlangte, eben erst bestellten Whisky on the Rocks (was sonst?) reklamierte und den Boy mit der Zeitung gleich wieder zurückschickte, mit der Bemerkung, die habe er schon gelesen. Makaroff mußte an Eduard Barrenberg denken und lächelte zufrieden vor sich hin.

Pünktlich um 14 Uhr betrat Maria Barrenberg die Hotelhalle. Er sah sie hereinkommen und sich suchend umblicken. Sie ist wirklich eine schöne Frau, dachte er. Eine vergessene Frau, eine hungrige Frau, eine von der Persönlichkeit ihres Mannes erdrückte Frau. Nur einen Moment schloß er die Augen, erinnerte sich ihres nackten Körpers, der sich trotz der schweren Betäubung unter ihm gewunden hatte und in diesem Augenblick hatte er sogar vergessen, daß es sich um eine tödliche Rache handelte, daß die Begegnung mit dieser Frau nur ihrer Vernichtung dienen sollte: nichts als ein Glied in der Kette, die Barrenberg erdrosseln würde.

Makaroff kehrte in die Wirklichkeit zurück, legte die Hand auf die Brusttasche, wo er die mit einer automatischen Kamera gemachten Fotos verwahrte, Fotos, die in ihrer Schamlosigkeit nicht zu überbieten waren. Er hob sich aus seinem tiefen Ledersessel, winkte Maria zu, kam ihr entgegen und wollte ihr die Hand küssen. Aber sie legte beide Hände auf den Rücken und sah ihn kühl und kampfbereit an. Sie hatte genug Zeit gehabt, sich auf diese Begegnung vorzubereiten. Als Eduard Barrenberg abgeflogen war, hatte sie im Flughafenrestaurant gesessen, einen Mokka mit Cointreau getrunken und zum erstenmal in ihrem Leben verstanden, daß man einen

Menschen töten könnte ohne den geringsten Skrupel. Es gab Morde, die befreiten. Sie hatte den Gedanken verdrängt, als ihr bewußt geworden war, daß er ihr gar nicht mehr abwegig erschien. Das war furchtbar, ihr Herz krampfte sich zusammen. Jetzt aber, als sie ihm gegenüberstand, fühlte sie sich kalt und stark, stark genug, um auch einen Makaroff zu überwinden.

»Wo sind die Bilder?« fragte sie.

»Hier im Stehen?« Makaroff grinste. »Mein Liebling, wir sollten das alles, wie es sich für kultivierte Menschen gehört, in einem angemessenen Rahmen erledigen.«

»Was verlangen Sie für die Fotos?« Sie rührte sich nicht. Makaroffs Lächeln gefror.

»Waren wir nicht vertrauter, Maria? Nach dem Homburger Himmel eine Frankfurter Hölle? Habe ich das verdient?«

»Sie ekeln mich an!« sagte Maria Barrenberg kalt. »Ihre Fotos nützen Ihnen gar nichts. Sie hatten mich betäubt, ich war besinnungslos, wehrlos, Sie haben eine Ohnmächtige mißbraucht.«

»Wer würde das glauben?!«

»Die Fotos werden es deutlich zeigen.«

»Die Fotos!« Er schüttelte den Kopf. »Im Gegenteil! Dein Geist war ausgeschaltet, aber dein Körper war da! Deine seit Jahren mißachtete Sinnlichkeit spielte mit, explodierte geradezu! Du warst die Geliebte, von der Männer träumen.«

»Unmöglich!« Ihr Herz begann zu zucken, der Panzer, den sie um sich gelegt hatte, wurde brüchig. »Sie bluffen!«

»Sehen wir uns die Bilder an!« Er legte den Arm um ihre Hüfte. Um keinen Skandal in der Hotelhalle zu provozieren, schlug sie ihm nicht auf die Hand. Als sei er sehr verliebt, führte er Maria in die Tagesbar, suchte sich eine geschützte Ecke aus und bestellte einen trockenen weißen Portwein. Maria saß steif, mit durchgedrücktem Kreuz, und wartete, bis die Getränke serviert waren. Makaroff griff in die Brusttasche und holte ein Kuvert heraus. Er überreichte es Maria und sagte:

»Es hat keinen Sinn, die Fotos zu zerreißen. Ich habe ja die Negative.«

Maria Barrenberg zog das erste Foto aus dem Kuvert und erstarrte. Was sie da sah, ganz klar, scharf, überdeutlich, war sie – in einer Situation, die sie an Bilder erinnerte, die Eduard ihr einmal, vor Jahren, in einem dänischen Pornoheft gezeigt hatte. Solche Bilder hatten sie nie erregt, immer nur abgestoßen. Jetzt sah sie sich selbst nackt in einer Haltung... Ihr wurde übel.

Das zweite Bild war noch eindeutiger, für Marias sittliches Empfinden noch gemeiner. Sie war es in ihrer Nacktheit, mit geschlossenen Augen und einem glücklichen Lächeln auf den Lippen – einem Lächeln, das ihr geradezu ekelhaft war.

Makaroff spielte mit seinem Portweinglas. »Da sage einer noch, das sei keine Leidenschaft! Wer will aus diesen Fotos herauslesen, daß du betäubt warst? Ja, wird man sagen, sie war betäubt, betäubt vor Liebe und Hingabe. Allein diese Stellung, die angespannten Muskeln, diese schreiende Seligkeit...«

»Du bist ein Schwein. Ein miserables Schwein!« sagte sie leise.

»Danke. Du sagst wieder du...« »Wo sind die Negative?« »Sicher verwahrt in einem Banksafe.« »Wir hatten verabredet...«

»Nichts in dieser Richtung! Ich habe dich nur eingeladen, die Fotos zu betrachten. Mein Liebling, du hattest mir Geld angeboten. Das ist fast eine Beleidigung. Was bedeutet schon Geld für einen, der solche Fotos im Safe hat?«

»Was wollen Sie?« Sie spürte wieder, wie sie vereiste, wie der schreckliche Gedanke wiederkam: Solch einen Menschen muß man töten dürfen! Hier müßte ein Gesetz sagen: Ja, du darfst töten! Du mußt sogar töten! So etwas gehört nicht in die menschliche Gemeinschaft. – »Was nützen Ihnen die Bilder? Wollen Sie mich erpressen, weiterhin mit Ihnen zu schlafen?«

»Daran habe ich noch gar nicht gedacht!« Makaroff strahlte. »Das ist eine großartige Idee! Wie lange ist dein Mann in Florenz? Vier Tage? O mein Liebling, was können wir in vier Tagen alles anstellen!«

Sie preßte die Lippen aufeinander, kam sich schon von diesen Worten wie besudelt vor und schluckte mehrmals, um den Ekel zu unterdrücken. »Woher wissen Sie, daß mein Mann nach Florenz geflogen ist?«

»Hast du das nicht selbst erzählt?«

»Nein.«

»Dann siehst du, wie ich mich um dich kümmere.« Makaroff

lachte jungenhaft. »Für mich gibt's nur dich! Ich informiere mich über alles, was mit dir zusammenhängt. Ich lebe mit dir, ohne daß du es merkst!«

»Die Fotos!« sagte sie hart.

»Ich brauche sie, um mich immer wieder an diese Nacht erinnern zu können!« Makaroff winkte ab, als Maria etwas sagen wollte. »Keine Erpressung, Liebling! Keine Hintergedanken. Wie kannst du mir so etwas zutrauen?! Du solltest nur wissen, daß es diese Fotos gibt. Ich trage sie auf meinem Herzen, und dort bleiben sie auch. Die Negative im Safe sind für jedermann unzugänglich. – Wir fahren heute abend nach Wiesbaden. Einverstanden?«

Maria Barrenberg erhob sich abrupt. »Adieu!« sagte sie. »Sie boxen ins Leere, Herr Makaroff. Ich werde meinem Mann alles sagen.« Sie streckte ihre Hand aus. »Geben Sie mir die Fotos, damit ich sie ihm zeigen kann.«

Makaroffs Lächeln wurde nachdenklich. Sie hat den Mut, es wirklich zu tun, dachte er. Es soll Hasen geben, die in ihrer Verzweiflung auch den Fuchs angreifen. Und Skorpione in einem Feuerkreis töten sich selbst, heißt es. Das aber wäre nicht die Rache, die ich mir in den Kopf gesetzt habe. »Das würde dir Eduard nie verzeihen.«

»Doch! Wenn ich ihm sage, wie alles gekommen ist!«

Da hat sie sogar recht, dachte Makaroff. Barrenberg würde vor Vergeltungswut platzen. Sie weiß ja nichts von den Verstrickungen, und ihr jetzt von Bettina zu erzählen, wäre völliger Unsinn. Sie würde jedes Schuldgefühl zurückdrängen und diese Fotos gegen Eduards Untreue aufrechnen.

»Er wird es nie glauben, mein Liebes. Welcher Mann, der solche Fotos sieht, ist noch bereit, Erklärungen entgegenzunehmen?« Makaroff griff nach Marias Hand, aber sie riß sie sofort nach hinten. »Schade, ich habe gedacht, ich könnte dich glücklich machen.«

»Ich bin glücklich mit meiner Familie. Versuchen Sie nie wieder, mit mir Kontakt aufzunehmen! Ich werde die Polizei rufen!«

»Die Polizei«, sagte Makaroff genüßlich, »ist nicht dafür da, die Hand davor zu halten! Der Beruf wäre sonst überlaufen.«

»Ich will Sie nie wieder sehen!« Maria Barrenberg ging um den runden Tisch herum. »Machen Sie mit den Fotos, was Sie wollen.

Ich weiß jetzt, was ich zu tun habe!«

Makaroff sprang auf, aber sie hatte die Bar schon verlassen und ging mit weit ausgreifenden Schritten durch die Halle zu der gläsernen Drehtür. Es wäre zu auffällig gewesen, hinter ihr herzulaufen und sie zurückzuhalten. Was wollte er ihr noch sagen? Die Begegnung war anders ausgegangen, als er es sich vorgestellt hatte. Maria Barrenberg war beim Anblick der Fotos nicht zusammengebrochen – sie kämpfte und bewies eine Seelenstärke, die er ihr nicht zugetraut hatte. Sie war so stark, daß sie bis an die Grenze der Selbstvernichtung ging. Das war eine große Überraschung.

Makaroff blieb in der Hotelhalle stehen, zündete sich eine Zigarette an und sah einen Schwarm Mädchen, die sich an die Rezeption drängten und ihre Schlüssel bekamen: Mannequins, die zu Modeaufnahmen nach Frankfurt gekommen waren. Große, superschlanke Körper, von ständigem Hunger gequält.

Die Tochter, dachte Makaroff-Petrescu. Monika Barrenberg ist labiler. Die Generation der Fragenden, Unzufriedenen, Unausgefüllten, Alleingelassenen. Eine Generation ohne Härte und Tiefgang. Eine Generation, die nicht ohne Stimulation leben kann. Die Opfer ihrer Väter und Mütter, die nur dem Wohlstand nachjagten, seit sie den Krieg mit heiler Haut überstanden hatten. So erklärt man sich das Phänomen dieser labilen Jugend, so erklären es Väter und Mütter. Die Jugend nennt es anders. Für sie ist das Leben einfach beschissen. Warum es beschissen ist, darüber reden sie stundenlang ohne Inhalt. Wie soll man sie verstehen, wenn man selbst über dreißig ist? Ein Trost ist, daß sie selbst einmal dreißig sein und dann die neue Generation nicht mehr verstehen werden.

Monika Barrenberg. Zuerst hatte ich angenommen, es werde mit ihr schwieriger werden als mit der Mutter. Offenbar ein Irrtum. Sie wird nicht so nervenstark sein wie Maria Barrenberg. Wer hätte das gedacht!

Der nächste Tag brachte nichts Neues.

Monika war in der Schule, und Maria saß alleine in der großen Villa, spielte auf dem Flügel Tschaikowskij und Schubert, rief ihre

Freundin Ljuba Antonowna an, die mit ihrem Mann im Streit lag, weil er bei der letzten Party auf silbernem Tablett einen Schweinskopf hatte servieren lassen, mit einem Band um den Hals, auf dem »Rainer Brekkenfeldt« stand. Brekkenfeldt war der Leiter des zuständigen Finanzamts, und alles wäre nicht so schlimm gewesen, wenn Brekkenfeldt nicht auch Gast dieser Party gewesen wäre. So kam es zum Eklat. Max Rolle lachte sich halb krumm und schrie: »Mir kann keiner! Meine Buchhaltung stimmt! Ich bin steuerehrlich!« Er liebte solche üblen Scherze, und Ljuba schämte sich jedesmal bis in den Erdboden.

Gegen Mittag rief Eduard aus Florenz an. Er teilte mit, daß alles Mist sei, stinklangweilig, die Konferenzen und Vorträge nur Blabla, außerdem habe man 34 Grad, er schwitze wie eine Sau, das Bier sei miserabel, das Hotel zu laut, er wäre heilfroh, wenn er wieder zu Hause sei. Das war nicht gelogen. Er hatte vorher mit Bettina telefoniert und bei dem Klang ihrer warmen Stimme ungeheure Sehnsucht, ja fast Heimweh bekommen. Nach seinem unbekannten Nebenbuhler hatte er nicht gefragt; er verdrängte ihn, er war bereit, ihn zu dulden wie einen Schoßhund, er war so abhängig von Bettinas Zärtlichkeiten, daß er sich einredete, der andere Kerl sei nur ein kosmetisches Problem, man könne ihn ja abwaschen, unter der Dusche abseifen, und dann wäre Bettina wieder rein und unberührt und nur für ihn vorhanden.

»Was machst du so?« fragte Eduard seine Frau, ohne eine Antwort zu erwarten. Was sollte Maria schon tun? Jetzt wäre Gelegenheit gewesen, zu sagen: Ich war in Bad Homburg. Mit einem Mann. Er heißt Petro Makaroff, ein Bulgare. Er hat mich mit einem Mittel betäubt und in einem Hotel mißbraucht. Es gibt Fotos davon. Ich habe sie gestern gesehen. Was soll ich tun, Eduard? Polizei? Das geht nicht Eduard. Er erpreßt mich ja gar nicht mit den Fotos. Er will kein Geld, er will gar nichts. Nur mich – Eduard. Kannst du nicht in Florenz abbrechen? Eduard, komm schnell nach Haus. Ich brauche dich!

Aber sie sagte kein Wort davon. Sie dachte an solche Sätze – und sprach etwas ganz anderes.

»Heute nachmittag haben wir unsere Kaffeerunde, Eduard.«

»Stimmt! Das Kränzchen der hechelnden Hündinnen ... «

»Eduard! Du bist unmöglich!« Aber sie lächelte. Gegen Makaroffs Glattheit wirkte der ungehobelte Barrenberg geradezu wohltuend. Er war ein grober Klotz, aber man konnte sich an ihm festhalten. Bei Makaroff rutschte man ab.

Barrenberg sprach noch drei Minuten über die Architektenkollegen beim Kongreß, nannte die Mehrzahl Wortartisten mit nacktem Arsch, erwähnte, daß er morgen einen Ausflug in die Toskana machen wolle, um alte, verlassene Dörfer zu besichtigen, und sagte zum Abschied:

»Mach's gut, Mariechen! Und nutz die Tage aus. Spiel deinen Chopin runter von vorn bis hinten, bist ja jetzt allein und keiner hört's!« Sie seufzte und lachte in einem, hätte das Telefon küssen können, und legte zufrieden auf. Eduard Barrenberg zu lieben, war eine Aufgabe, der sie sich geopfert hatte. Bis auf Kleinigkeiten, die sie immer duldsam ertrug, hatte sie es nie bereut.

An diesem Mittag kam es, einige Kilometer von der Villa in Sachsenhausen entfernt, zu einer Begegnung anderer Art. Vor dem Institut für anorganische Chemie der Universität Frankfurt lungerte Freddy herum, rauchte eine Zigarette nach der anderen, trank eine Coladose leer und trat sie wie einen Fußball über die Straße. Am Vormittag war er gewaltig auf Turkey gewesen, hatte sich zwar einen Druck mit einem halben Halbes gemacht, aber dann hatte er nur stumpf in seiner Bude herumgesessen und war nicht so in Schwung gekommen, wie er es erhofft hatte. Da hatte er das zweite halbe Halbe genommen, gute Ware von 80prozentiger Reinheit, und hatte sich damit vollgeknallt. Es war, als explodiere er auf seiner Matratze und würde gegen die Decke geschleudert. Sein Kopf rotierte außerhalb seines Körpers, im Herzen tobte ein Feuer... Dann lag er steif auf der Matratze, rang nach Atem, kam wieder ins Gleichgewicht und fühlte sich endlich so, wie er es jetzt brauchte: gewaltig angemacht, stark und mit Nerven, auf die man mit einem Dampfhammer hätte klopfen können. So fuhr er mit dem Fahrrad der Wohngemeinschaft III, das er sich gelegentlich auslieh, zum Chemischen Institut und bezog dort Wache. Die Adresse hatte ihn ein Gramm gute Dope gekostet, Afghane, allerdings mit etwas Strychnin gemischt, eine Spezialität arabischer

Dealer, die Freddy übernommen hatte. So ein Schuß ist ein verbiesterter Trip, man kann dabei draufgehen, aber wer daran gewöhnt ist, kommt in Regionen, die gar nicht zu beschreiben sind. Freddys Informant knallte sich mit Vorliebe solche Mixturen in die Vene, schwebte dann unter den Wolken und fand das Leben zum Kotzen komisch.

Von ihm hatte Freddy erfahren, daß der Typ, mit dem Monika in der »Number Sex« so intensiv getanzt hatte, ein Studierter war, ein reiches Söhnchen aus bester Familie, das sich einen tollen Schlitten leisten konnte und anscheinend die Mädchen reihenweise aufriß. Nun war Monika dran, und Freddy sah es als seine Pflicht an, das zu verhindern. Er hatte Hanno, den geilen Fixer, mit der Belohnung eines Superschusses gelockt, den Typ von Student im Auge zu behalten, und so bekam er in allen Einzelheiten berichtet, daß Monika und der Student nach der Schule ins Forsthaus Gravenbruch gefahren waren und dort mit allem drum und dran geluncht hatten. Dieses Arschloch von Hanno sagte tatsächlich »geluncht«, spitzte die Lippen und verdrehte die Augen. Freddy schnaufte und erfuhr noch mehr: Sie hatten Kalbsmedaillons mit Morchelrahmsoße gegessen, danach einen Sabaion, dann Kaffee mit Petit fours. Zu allem Rotwein, Burgunder, beste Sorte. Wenn das kein Lunch war! »Wie die fraßen, Freddy! Vom Zugucken kannste schon geil werden!« sagte Hanno. »Die haben in zwei Stunden bestimmt für zwei Gramm bestes Nr. 4 verfressen!« Das war Hannos Maßstab. Zwei Gramm einfach so verfressen... ungeheuerlich!

Freddy wartete auf Monika in der »Number Sex«, aber sie kam nicht. Das machte ihn ganz krank, er bekam einen Bock, der durch nichts zu bremsen war, ließ sich treiben, bis er so tierisch auf Turkey war, daß er seine Trompete kaum noch halten konnte und nur noch Tremolos blies. – Erst dann gab er auf, fuhr zur Hauptwache und schlich auf der Szene rum wie ein hungriger Wolf, schußgeil bis zum Kragen, auf der Jagd nach einem billigen, schäbigen Druck. Er bekam ihn von einem langen Libanesen für 60 Mark, drückte ihn sich sofort in der öffentlichen Toilette und fuhr dann zurück zum Pop-Schuppen. Monika war immer noch nicht da, aber Freddy war jetzt so weit, daß er nicht mehr trauerte, sondern eine Sauwut im Leib hatte und den Stinktyp von Student hätte an die Wand nageln können. Sie ist mit ihm los, dachte er. In seinem tollen Schlitten. Liegesitze. Hängen irgendwo in den Wäldern aufeinander, daß die Stoßdämpfer quietschen. Und quatschen dabei über Rousseau und Cicero! Drecksbande!

Nun stand Freddy vor dem Chemischen Institut und lauerte auf Holger Mahlert wie eine Katze auf die Maus. Voll von Dope und stark wie Goliath. Als er gegen halb zwei Uhr nachmittags Holger Mahlert aus der Tür kommen sah, in einem hellbeigen Sportanzug, wurde ihm fast übel vor Erregung, Wut und Haß. Er hatte sich für diese Begegnung sogar gebadet, in der Wohngemeinschaft III, hatte sich rasiert und die Haare gekämmt und sah für seine Verhältnisse geradezu schnieke aus – ein Opfer, das er Monika brachte.

Holger Mahlert blieb abrupt stehen, als er Freddy gegenüber auf der Straße sah. Freddy spuckte einen Zigarettenstummel aus, zertrat ihn und kam langsam über die Straße. Er wiegte sich in den Hüften, als sei er ein Seemann auf Landgang. Dann standen sie einander gegenüber, sahen sich lauernd an, und Freddy sagte:

»Ich hab' mit dir zu reden!«

»Nicht hier auf der Straße!« antwortete Mahlert.

»Ist nicht dein Stil, was?« Freddy grinste böse. »Fürs Forsthaus Gravenbruch reichen meine Eier nicht.«

»Ach, so ist das?!« sagte Mahlert. Freddy nickte.

»Glaubste, ich bin blöd?! Komm mir nicht mit dem Schnief, du hättest Monika gern! Zum Bumsen taugt se was, aber sonst –.«

»Wenn das nicht alles so lächerlich wäre, würde ich dir jetzt eine kleben!«

»Versuch's doch!« Freddy duckte sich etwas. »Ich trete dir vor'n Sack, daß de wie die Callas jubelst! Los, nun komm schon, du Wohlstandstyp!«

»Fahren wir irgendwohin«, sagte Mahlert ruhig.

»Ich in deinem Schlitten? Nie! In dem kannste Büchsen öffnen, aber nicht mich verschaukeln! Mich nicht! Ich hab 'n Rad. Da fahr ich vorneweg und du hinterher. Klar?«

»Und wohin?«

»Richtung Airport. Da gibt's noch viel Landschaft. Da riecht's keiner, wennste dir in die Hosen scheißt.«

Holger Mahlert ging zu seinem Wagen, stieg ein und betätigte den Anlasser. Einen Augenblick dachte er, daß ihn nichts daran hindern könnte, einfach in anderer Richtung wegzufahren und diesen Freddy, der sich in der Disko »Freddy the Tiger« nannte, einfach zu ignorieren. Ihn auflaufen zu lassen, ihm zu zeigen, wie unwichtig er für einen Holger Mahlert ist. Er konnte auch an ihm vorbeifahren, ihm höhnisch zuwinken, Gas geben und dann abbrausen. Aber was war damit gewonnen? Am nächsten Tag würde Freddy wieder auf der Straße stehen und sich dann nicht mehr austricksen lassen. Eine Schlägerei vor der Uni? Freddy war das völlig egal, Holger Mahlerts Ansehen hätte darunter doch gelitten.

Mahlert fuhr langsam an, sah Freddy auf dem alten Rad sitzen und hupte kurz. Freddy trat in die Pedale und fuhr leicht schwankend los. Mit gekrümmtem Rücken schuftete er sich ab, schweißüberströmt, schwer atmend. Das würde ich nie schaffen ohne den doppelten Druck, dachte er. Du liebe Scheiße, ich fiele einfach aus dem Sattel. Aber jetzt bin ich vollgeschossen, jetzt bin ich high bis zu den Haarspitzen, so richtig geil darauf, diesem Jüngelchen hinter mir eins in die Fresse zu hauen und ihm zu erzählen, wie Monika bei mir gepennt hat. Die Jungfrau Monika, halli hallo! War gar nicht mein Fall. So das erstemal, das ist immer blöd. Da heulen die Weiber immer hinterher, und man kann nicht richtig in Fahrt kommen und muß Samthandschuhe anhaben. Immer zart, immer mit Gefühl ... Das ist zum Weggucken, Junge! Das sollen andere besorgen, ich hab' lieber freie Fahrt. Aber bei Monika, da war's was anderes. Da war's fast schon Therapie, du Lackaffe, verstehst du das?! Das mußte sein. War überfällig! Und jetzt gehört sie mir. Ich brauche sie wie Dope.

Sie erreichten ein freies Feld mit einer Baumgruppe. Freddy sprang vom Rad. Mahlert bremste, stieg aus dem Wagen und zog seine Jacke aus. Er war kräftiger, als Freddy ihn in Erinnerung hatte. Ein durchtrainierter Junge. Tennis und Rudern, so sieht er aus, dachte Freddy. Und natürlich Schwimmen. Immer an der frischen Luft, gesund, gesund, die Lungen frei und Sauerstoff im Blut! Ein unbändiger Haß stieg in ihm hoch.

»Worüber wollen wir reden?« fragte Mahlert. »Über Monika?

Das ist kein Thema für mich.«

Freddy hustete vor Haß. Du hochnäsiger Scheißhaufen, dachte er. Was bildest du dir ein? Kein Thema für mich! Wer fragt dich denn überhaupt, du Wichser?! Für mich ist Monika das Thema meines Lebens, und das willst du mir wegnehmen! Einfach wegnehmen mit deinem Charme, deinem tollen Schlitten, deinem geistreichen Gefasel, mit Lunch im Forsthaus, mit Burgunder und Pipapo. Du willst dir Monika unter den manikürten Nagel reißen, und es kümmert dich einen Scheißdreck, ob ich in der Gosse liege. Der reiche Junge mit dem goldenen Schwanz! Aber nicht mit mir. Nicht mit mir, Herr Mahlert!

»Monika gehört zu mir!« sagte Freddy dumpf.

»Darüber sollte Monika selbst befinden.«

O Gott, ist das möglich?! Er sagt: befinden! Junge, ich muß kotzen vor so viel Vornehmheit. Vor kurzem hat Monika noch befunden, daß sie entjungfert werden möchte! Soll ich dir das in deine dämliche Visage schreien? Geht leider nicht, würde Monika damit verraten. Ob du's glaubst oder nicht: auch wir haben Ehrgefühl!

»Wir befinden uns hier allein!« sagte Freddy spöttisch. »Weit und breit kein Aas zu sehen. Man sollte es nicht glauben, daß es so was bei Frankfurt noch gibt! Wenn ich dich hier absteche, sieht es keiner. Hau nicht ab, bis zu deinem Schlitten kommste sowieso nicht mehr. Ich kann schnell sein. Wie eine Raubkatze.«

»Freddy the Tiger ...« sagte Mahlert unbeeindruckt. »Muß lange her sein. Ohne Dope bist du eine Schnecke. Nicht mal das, ein blinder Regenwurm.«

»Aber jetzt bin ich da! Ich hab' mich vollgeknallt!«

»Warum?«

»Um dir die Nase an den Arsch zu kleben!«

»Dazu brauche ich keinen Druck! Ich bin voll da, wenn ich Mineralwasser trinke. Versuch's mal, Freddy! Laß den Türkenhonig weg!«

»Moment mal!« Freddy streckte den Arm aus und berührte Holger Mahlert. »Wie redest du denn? Quatschst wie 'n Fixer auf 'm Bahnhofsklo! Was is 'n los?«

»Ich gehöre zur Szene, Freddy«, sagte Mahlert ruhig. »Ich kenn' mich da bestens aus.«

»Du? Mach mir kein' Fleck ins Hemd!«

»Es gibt nur einen entscheidenden Unterschied zu dir: Ich stehe auf der anderen Seite.«

»Nicht möglich! Schwul biste?!« Freddy hustete wieder, er krümmte sich wie unter Peitschenschlägen. Leber kaputt, dachte er. Milz kaputt. Bauchspeicheldrüse matschig. Nun kommt die Lunge dran. Ist 'ne tierische Geilheit, seinen eigenen Verfall zu beobachten.

»Ich bin freiwilliger Helfer bei der Drogenberatung. Ich sammle Typen wie dich auf, um sie zu retten. Wenn sie willig sind ... «

»Und dann kommen wir in 'n Bunker, den sie Entwöhnungsanstalt nennen und werden behandelt wie der letzte Dreck. Nee, ohne mich! Ich kenne 'ne Menge, die waren bei euch in Pension. Die haben vielleicht 'nen Scheiß erzählt! Vorträge mit Lichtbildern vom Goldenen Schuß! Als ob uns das abschrecken könnte, Mann! Das kennen wir doch, wir arbeiten doch darauf hin! Wenn's uns zu dämlich wird auf dieser Scheißwelt: Kanone voll und rein in die Vene! Das ist der letzte Akt absoluter Freiheit! Und die Chance wollt ihr uns auch noch nehmen? Und nach den Vorträgen Süppchen und Pudding, und der Herr Pfarrer kommt mit frommen Sprüchen und diskutiert mit uns über den barmherzigen Samariter, und dann kreuzt ein Psychologe auf, der uns seelisch reinwaschen will und selbst frustriert ist bis auf die Knochen! Später dann Sport in frischer Luft: tiiiieeef atmen, Lungen auslüften, das Gift aus dem Körper treiben ... Und dann wieder Vorträge, abends fernsehen oder Billard oder saublöde Kartenspiele, und wenn du auf Turkey kommst und die Tapeten anfressen könntest vor Elend, weil du keinen Druck hast, dann kommen sie mit nassen Wickeln, Beruhigungstabletten und schon wieder mit schönen Reden. Aber dann erholste dich doch ein bißchen, das Essen setzt an, du kriegst einen gewaltigen Bock auf ein Weib und hast nichts zu bumsen, läufst herum wie 'n Fahnenträger, und dann kommt der Pfarrer und spricht über die Versuchungen des Fleisches. Dann denkste: Nur raus hier, zurück auf die Straße, ins Bahnhofsklo, und in der Halle warten se schon auf dich, die ganze Dealerbande, du kriegst zum Sonderpreis einen Schuß, weil du heimgekehrt bist, rein in den Lokus, das Zeug auf 'm Löffel gekocht und in die Vene geträllert – und schon fühlste dich wie im siebenten Himmel, kriegst um die Ecke rum deinen Bumser und bist wieder in der Heimat! Ist das ein Gefühl, Junge!« Freddy holte tief Atem. »Und da kommst du her und sagst zu mir: Ich sammle Typen wie dich! Mensch, du bist ja geil vor Blödheit!«

Holger Mahlert hatte Freddys Redeschwall nicht unterbrochen. Menschen wie Freddy müssen sich ausschreien, austoben können. Danach sind sie wie ausgeleert – und nur in ein leeres Gefäß kann man was einfüllen. Als Freddy wieder hustete und nach Luft rang, sagte Holger Mahlert:

»Du bist ein ganz armer Hund, Freddy. Was könnte aus dir werden! Ich habe dich in ›Number Sex‹ gehört. Du bist begabt. Du könntest mit deiner Trompete reich werden. Du kannst wirklich was. Statt dessen bläst du nur für Dope! Selbstmord mit Musikbegleitung. Das ist doch saublöd.«

»Jetzt fängt die Seelenwalze an!« Freddy richtete sich auf. »Aber gut, bleiben wir dabei! Ich will los vom H! Nehmen wir an, ich will es wirklich! Allein schaff' ich es nicht. Nie! Ich brauch' nur 'nen Löffel zu sehen, schon denke ich ans Aufkochen! Aber ich könnte es schaffen, ich ahne so etwas.«

»Dann komm zu uns, Freddy!«

»Was soll ich bei euch verklemmten Typen?« »Du denkst an Monika?« »Nur an sie.« »Das schlag dir aus dem Kopf!« Freddy blickte Holger Mahlert mit zusammengekniffenen Augen an. »Das also ist eure Humanität!« sagte er leise. »Ihr verlogenes, beschissenes Pack! Große Worte, hilfreiche Gesten, aber wenn es um ein persönliches Opfer geht, dann kneift ihr den Schwanz ein! Alles Lüge! Ihr seid nichts anderes als verhurtes Gesindel!«

»Es wäre ein Verbrechen, Monika da hineinzureißen!«

»Sie ist die einzige, die mir helfen kann!«

»Du hast noch nichts anderes versucht!«

»Ich habe!« Freddys Augenlider begannen zu zittern. »Alles Mist. Alles nur heiße Luft! Ich brauche Monika, du nicht!«

»Ich liebe sie!«

»Brauch' ich sie etwa zum Zähneputzen? Du liebst sie! Ist ja zum Schreien! Du kennst sie ja kaum!«

»Es war Liebe auf den ersten Blick.«

Jetzt könnte ich dich vor den Sack treten, dachte Freddy. Ich könnte jetzt sagen: Als du, du feiner Pinkel, weg warst, ist Monika mit mir in die Garderobe, und dort haben wir hoppehoppe gemacht, zum erstenmal in ihrem Leben richtig simsalabim, und es hat ihr gefallen, das kann ich dir flüstern! Während du mit deiner Liebe im Herzen, dieser Blitzliebe, in deinem Schlitten heimwärts rauschtest, lag sie bei mir auf 'm Sofa und hatte soooo große Augen! Das alles könnte ich dir jetzt an die Birne schreien, aber es wäre Verrat. Damit würde ich Monika verlieren. Ganz sicher. Das überleb' ich nicht. Wer mir Monika wegnimmt, tötet sich selbst oder mich. Es kommt dann nur auf die Reaktion an.

Freddy reagierte ganz schnell. Ohne Warnung, ohne einen Ton von sich zu geben, schnellte er auf Holger Mahlert zu. Er prallte gegen ihn, riß noch im Fallen sein Messer aus der Hose, ließ die Klinge aufspringen und stach blindlings zu. Er spürte, daß er in Weiches eindrang, daß etwas Warmes, Klebriges über seine Hand lief ... Blut, wirklich Blut, Blut von diesem Studententyp ... Er atmete röchelnd, löste sich von seinem Opfer und stand auf.

Mahlert lag auf dem Rücken, regungslos, mit geschlossenen Augen, die Hände geöffnet, erschlafft. Sein weißes Hemd war blutdurchtränkt und zerfetzt, Freddy konnte nicht ausmachen, wo er hingestochen hatte. Aber was er sah, genügte ihm. Er warf sich herum, rannte zu seinem Fahrrad, schwang sich in den Sattel und trampelte wie wild davon. In einem Tümpel an der Straße wusch er sich die Hände, spülte sein Klappmesser, putzte den Lenker ab und fuhr dann weiter, nach Frankfurt hinein.

Noch bevor er die Innenstadt erreichte, ließ die Wirkung der Dope nach. Er kam wieder auf Turkey, so wild und tierisch, daß er auf seinem Fahrrad zitterte und mit den Zähnen klapperte, und als er die Hauptwache erreichte und Hanno schon auf dem Männerstrich stehen sah, begann er haltlos zu weinen. Er lief heulend zu den anderen, kauerte sich in eine Ecke der Fußgängerunterführung und biß in seinen Ärmel. Beppo, ein italienischer Stadtstreicher, befreite ihn vom Schlimmsten, indem er ihn an einer Flasche Azeton schnüffeln ließ. Freddy saugte die Azetonwolke in sich hinein, umarmte Beppo, gab ihm einen Kuß und ging dann auf die Suche nach einem Dealer, der ihm für die letzten 30 Mark, die er besaß, einen Viertelschuß abgeben würde, 30prozentigen, unreinen Stoff, gemischt mit allem möglichen Sauzeug. Aber er brauchte den Druck, um bis zum Abend auf den Beinen zu bleiben.

Im »Number Sex« war wie immer Hochstimmung, als Monika gegen 23 Uhr erschien. Freddy, der gerade seine erste große Nummer abgezogen hatte, umklammerte die Trompete, als müsse er sich an ihr festhalten. Monika war gekommen! Sie wußte also noch nichts von dem Mord an Holger Mahlert. Sie kam zu ihm, in schwarzen Satinhosen und einer roten Satinbluse, ein rotes Band im Haar, ganz cool, ganz Disko-Baby. Sie mußte die Klamotten heute gekauft haben und trug sie nun zur Premiere. Sieh dir das an, sollte das heißen. Ich gehöre zu dir. Ich komme zu dir in die Disko-Welt. Alle sollen es sehen!

Freddy war gerührt und blies seine zweite Nummer wie ein Gott, der mit seiner Trompete eine neue Welt erschaffen will. Es war noch ein Gast gekommen, den man noch nie im »Number Sex« gesehen hatte, und der dem Alter nach auch gar nicht hereinpaßte, aber da er die Mädchen in Ruhe ließ, vergnügt auf seinem Barhocker saß und mit Wohlgefallen den zuckenden Leibern auf der Tanzfläche zuschaute, tolerierte man den »Opa«. Einige blinzelten ihm sogar zu, wenn Mädchen mit wippenden Brüsten und natürlich ohne BH unter den glänzenden Diskoblusen an ihm vorbeigingen und Opa ihnen mit unverkennbarem Interesse nachblickte.

Petrescu war lange nicht mehr in solchen Lokalen gewesen. Er hatte nie etwas für diese superlaute Superschau übrig gehabt und fragte sich manchmal, was die jungen Leute eigentlich davon hatten, sich zu schwitzenden Fleischklumpen zu verwandeln, nach einem kaum noch als Musik zu definierenden Lärm herumzuzucken und ihre Körper bis zur Ekstase zu verrenken. Außerdem verbot ihm sein Geschäft, sich in solchen Lokalen sehen zu lassen. Nicht, weil man ihn dort erkennen konnte, sondern weil es peinlich wäre, wenn er in eine Polizeikontrolle geriete. Seine Papiere waren zwar astrein, sein Geschäft war ordnungsgemäß angemeldet, er zahlte genau und pünktlich seine Steuern, seine Buchhaltung war überkorrekt, es gab nichts, wodurch er hätte auffallen können. Trotzdem vermied er es, »an die Front« zu gehen. Wie alle großen Feldherren, operierte er aus der Tiefe des Raumes von einem sicheren Standort aus, der einen weiten Überblick gewährte. Das war bei seinem Job die Vorbedingung: der Blick über das Ganze, die fruchtbare Distanz.

Heute hatte Petrescu dieses Prinzip durchbrochen. Er bereute es nicht; alles lief so ab, wie er es sich gewünscht hatte. Monika Barrenberg war gekommen, Freddy balancierte am Rande eines Turkeys – es würde kaum eine Stunde dauern, dann mußte er wieder auf die Jagd nach einem neuen Druck gehen. Petrescu erkannte es an seinen Augen: die Lider begannen zu flattern, die Hände zitterten, und obwohl Freddy himmlisch blies, sah man ihm jetzt doch an, wie sehr er sich anstrengen mußte, um diese Nummer noch durchzuhalten.

Um Freddy auf sich aufmerksam zu machen, hatte er einen der Jungen, die als Saalordner herumstanden, um beginnende Disharmonien zwischen den Gästen sofort im Keim zu ersticken, mit einem Zettel zu Freddy geschickt. »Wir könnten in der Pause miteinander reden«, hatte Petrescu geschrieben. Mehr nicht. Freddy hatte den Zettel gelesen, den Jungen angeblickt, der zeigte zur Bar, Freddy zerknüllte den Zettel und schnippte ihn weg.

Petrescu hob die rechte Hand, spreizte Zeigefinger und Mittelfinger zum churchillschen V und lächelte breit. Arschloch, dachte Freddy. Du mußt doch sehen, daß ich kein Schwuler bin! Da läuft nichts, Opa! Verpiß dich, eh' du einen auf die Rübe kriegst!

Aber nun war Monika da. Sie setzte sich auf einen Hocker an der Tanzfläche, ließ sich von Louis einen Cuba libre bringen und prostete Freddy zu. Sie sah so schön und fröhlich aus, daß es Freddy übel wurde...

Mir kann keiner was beweisen, dachte er, während er wie automatisch seine Nummer blies. Keiner. Das Rad ist längst im Haus, es ist sauber, kein Fleckchen Blut mehr, und das Hemd, das ich anhatte, habe ich im Garten verbrannt und die Asche vergraben. Wer will mir was? Ich kenne diesen Holger Mahlert überhaupt nicht. Woher denn? Daß Hanno ihn aufgerissen hat und die Information lieferte – danach kann keiner fragen, weil keiner auf Hanno kommt. Hanno ist Strichjunge vor der Hauptwache. Ab 23 Uhr Hauptbahnhof, Wartesäle. Da reißt er die Geldsäcke auf. Bessere ältere Herren, die vor Hanno herumtänzeln wie Mannequins auf dem Laufsteg. Holger Mahlert? Nie gehört! Ermordet? Mit 'nem Messer? Was es nicht alles gibt...

Aber es ist etwas anderes, über einen Mord zu reden, als ihn selbst zu begehen. Als er es getan hatte, gab es keine Gedanken mehr, keine innere Bremse, gab es nichts als den Drang, den Vulkan in sich endlich ausbrechen zu lassen. Alles war selbstverständlich: Der Sprung auf Mahlert, das Hinfallen, das Messer in der Faust, das Hervorschnellen der Klinge, das blindwütige Zustoßen... Es hätte gar nicht anders sein können. Psychologen würden das einen »absoluten Affekttunnel« nennen, zu deutsch komplette Mattscheibe, aber jetzt, in der Rekonstruktion dieser Minuten, wurde Freddy dieses Wort nicht los: Mord. Du hast einen Mord begangen.

Fritz Hartmann – wer wußte noch, daß er so hieß? –, der Sohn einer fleißigen Mutter, die ihn sogar auf das Gymnasium geschickt hatte, damit er etwas werden konnte, war etwas Außergewöhnliches geworden: ein Mörder! So ist das nun, Mutter! Du wolltest immer, daß ich mich aus der Masse heraushebe. Mit knapp zwanzig Jahren hab ich's geschafft: Ich habe einen Menschen abgestochen!

Freddy nickte Monika zu, beendete seine Solonummer und stieg vom Podium. Er küßte sie auf Augen und Mund, sagte »Hey!« und: »Schwitz mich erst mal ab. Komme gleich!« und verschwand in der Garderobe.

Petrescu bestellte sich noch einen Pimm's Nr. 1, stand dann auf und ging, das Glas in der Hand, zu Monika. Sie blickte zu ihm hoch, kniff die Augen zusammen und ging deutlich in Abwehr.

»Petro Makaroff«, sagte Petrescu.

»Das ist Ihr Problem!« antwortete Monika schnippisch.

»Darf ich mich zu Ihnen hocken?« »Nein!«

»Sie denken in die falsche Richtung.« Petrescu-Makaroff lehnte sich an die spiegelnde Säule neben Monika. Um ihn herum zuckten die bunten Scheinwerfer, gellte die Musik aus den Boxen, tanzten Pärchen über die von unten beleuchtete Panzerglas-Tanzfläche. Makaroff mußte fast brüllen, um gegen diesen Lärm anzukommen.

»Mich interessiert der Solo-Trompeter, nicht Sie!«

»Freddy the Tiger?« Monika betrachtete den Fremden, der sich Makaroff nannte, mit interessiertem Blick. »Was wollen Sie von ihm?«

»Ich bin Konzertagent. International. Dieser Freddy hat das Zeug, im ›Tivoli‹ von Kopenhagen oder sogar in Las Vegas zu spielen. Für diesen Schuppen ist er zu schade. Wir sollten mal darüber sprechen.«

»Freddy nach Las Vegas? Sie sind ja verrückt, Mann!«

»Petro«, sagte Makaroff sanft.

»Von mir aus Petro. Ich bin Monika. Freddy kommt gleich, wenn er sich geduscht hat. Aber ich kann Ihnen sagen, was er antworten wird: Das schaffe ich nicht.«

»Er schafft es, Monika! Mit Ihnen schafft er alles.«

»Woher wissen Sie ...«

Makaroff lächelte sein bezwingendes Lächeln. »Trauen Sie mir keine Erfahrung zu, Monika?«

Freddy kam aus der Garderobe, sah den »Opa« bei ihr stehen und schoß sofort mit gesenktem Kopf auf die beiden zu. »Hallo!« schrie er gegen die Musik an, als er vor Makaroff stand. »Fährste zweigleisig?! Das ist meine Puppe! Zisch ab, Methusalem!«

»Freddy«, sagte Monika, »hör erst mal zu!«

»Ich bin Petro Makaroff.«

Freddy grinste breit. »Klingt wie 'ne Zigarettenmarke! Ich inhaliere aber nur Selbstgedrehte!«

»Wo ist es ruhiger?« fragte Makaroff.

»Warum?«

»Er will dir einen Vorschlag machen, Freddy.«

Freddys Augenlider flatterten. Er kam langsam auf Turkey und geriet schon jetzt in wachsende Panik. Er hatte sich Vorschuß geben lassen, ganze 50 Mark, das reichte gerade wieder für ein halbe Halbe, und dieser Druck würde spätestens um zwei Uhr nachts vorbei sein. Was dann? Dann hatte er gar nichts mehr, kein Heroin, kein Dolantin, nicht mal was zum Schnüffeln. Dann mußte er durch die Nacht rennen und sich an den Straßenrand stellen, an bestimmte Ecken, die man in eingeweihten Kreisen kannte. Dort kurvten ab und zu schicke Frauen in ihren schweren Schlitten herum, luden sich die langhaarigen Jünglinge ein, fuhren hinaus in einsame Villen, legten zweihundert Mark auf den Tisch und rackerten herum, als käme am nächsten Morgen der Weltuntergang. Berühmt unter den Fixern war eine gewaltige Dicke, Mitte der Fünfzig, mit blitzenden Klunkern behangen, wohnte in einem feudalen Landhaus in der Kronberger Gegend, Ehemann Vorstandsvorsitzender einer großen AG und fast immer im Ausland, ein Riesenweib mit Mehlsackbrüsten und einem Kaltblüter-Hintern, die bis zu fünfhundert Mark für einen strammen Jüngling zahlte. Trotzdem hatte sie Mühe, einen der Fixer einzufangen in ihren Schlitten; wenn sie durch die Gegend kurvte, loste man das Opfer mit Streichhölzern aus. Der Verlierer war zwar um fünfhundert Mark reicher, aber er brauchte auch den ganzen nächsten Tag, um seinen zermarterten Körper zu überholen.

»Hier gibt es keine stille Ecke«, sagte Freddy. »Was willst du von mir, Opa?«

»Makaroff«, sagte Petrescu geduldig. Er erkannte klar die Situation, in die Freddy geriet. Sie war genau das, was Makaroff brauchte. Der Körper verlangte wieder nach Dope, und weit und breit war niemand da, der Freddy etwas geben konnte. Es sei denn, Monika sprang wieder ein. Auch das hatte Makaroff einkalkuliert. An seiner Leimrute mußten beide kleben bleiben.

»Nun schieß schon los!« brüllte Freddy. »Um was geht es?«

»Um Las Vegas!« sagte Makaroff.

Freddy schüttelte den Kopf, als habe er Wasser in den Ohren. »He?« schrie er. »Noch mal!«

»Las Vegas, Freddy!« sagte Monika. »Petro Makaroff ist ein internationaler Musikagent. Er meint, du hättest das Zeug, auch in Las Vegas zu spielen! Das ganz große Geld!«

»Blödsinn!« brüllte Freddy. Er sah sich um, ob vielleicht doch noch eine stillere Ecke zu finden sei. »Dumm quatschen kann jeder.«

»Und jede Menge Dope!« sagte Makaroff. »In Las Vegas kannst du dir das Kopfkissen damit füllen.«

»Mann, red jetzt nicht von 'nem Schuß!« Freddys Gesicht verzerrte sich. Er riß Monika am Arm vom Hocker und zog sie mit sich in eine Ecke neben der Bar, wo gerade ein Tischchen frei geworden war. Er setzte sich, Monika belegte den zweiten Stuhl, Makaroff blieb stehen und lehnte sich an die Wand.

Hier konnte man in normaler Lautstärke miteinander reden. »Also, was ist?« fragte Freddy.

»Ein Vertragsentwurf«, antwortete Makaroff und lächelte ermunternd. »Wenn du unterschreibst, steht dir Amerika offen!«

Freddy schien das nicht voll zu begreifen. Er starrte Makaroff wie ein sprechendes Gespenst an und fuhr sich mit beiden Händen durch die Lockenhaare. Amerika .... Weit weg von dem toten Holger Mahlert. Für immer weit weg! So kam es nie heraus, es war der perfekte Mord. In Amerika konnte man sich auch anders nennen, es würde nie eine Spur geben.

»Wer garantiert mir, daß alles nicht nur Blabla ist?« fragte er und begann zu schwitzen. Ich komme auf Turkey, so 'ne Scheiße, durchfuhr es ihn. Viel zu früh. Aber diese Aufregungen, wer soll das verkraften?!

»Bei Vertragsunterzeichnung tausend Dollar auf die Hand! Glaubst du, ich werfe mit Dollars um mich?«

Freddy starrte Monika an. Makaroffs Angebot warf ihn um. Wer in Las Vegas auftrat, war ganz groß im Show-Geschäft. Las Vegas! Das war absolute Spitze. Da gehörte man zur internationalen Elite, zu Sinatra, Sammy Davis, Dean Martin... Er, Freddy the Tiger, Fritz Hartmann – wer kann das auf Anhieb begreifen? »Was nun?« fragte er Monika hilflos. Er war plötzlich ein kleiner Junge. »Was sagst du dazu?«

»Die ganz große Chance, Freddy! Das kommt nie wieder.«

»Nie!« sagte Makaroff.

»Und du?« fragte Freddy.

»Was ich?«

»Wenn ich nach Las Vegas gehe, kommste mit?«

»Das geht doch nicht, Freddy«, sagte Monika. »Das weißt du doch. Ich mache mein Abitur, dann studiere ich.«

»Da hörst du's Makaroff!« Freddy lehnte sich zurück. Seine Augen waren weit, er schwitzte aus allen Poren, sah wie gebadet aus. »Las Vegas kann mich kreuzweise... Ohne Monika läuft nichts!«

»Aber das ist doch Wahnsinn, Freddy!« rief sie. »Überleg doch mal...«

»Du bist wirklich ein blöder Hund!« Makaroff beugte sich zu ihm herunter. »So ein Angebot hat in den letzten Jahren noch kein deutscher Pop-Musiker bekommen! Freie Überfahrt, pro Abend fünfhundert Dollar! Pro Abend, Freddy! Das kann sich steigern bis auf tausend Dollar pro Auftritt! Das sind dreißigtausend Dollar im Monat, Junge! Wo gibt's das noch!«

»Nichts ohne Monika!«

»In Las Vegas kannst du hundert Monikas auf die Matratze legen.«

»Noch ein Wort, und ich pfeife auf 'n Fingern! Dann machen 'se Gulasch aus dir, Makaroff!« Freddy starrte Monika flehend an. »Monika, haste gehört? Dreißigtausend Dollar im Monat?! Garantie! Soviel kannste als Doktor nie verdienen. Warum gehst du nicht mit nach Amerika?! Ich heirate dich auch. Sofort. Ich liebe dich doch ...«

Zum erstenmal sagte er das; es klang unbeholfen, aber grundehrlich.

»Sprecht das miteinander durch«, sagte Makaroff. »Ich will mich nicht aufdrängen. Aber ich schlage vor, daß wir nach Freddys letztem Auftritt zu mir fahren und in aller Stille gemeinsam darüber reden. Okay?«

»Okay!« sagte Freddy. Er stand auf und ging zur Bühne. Makaroff folgte ihm. »Bis nachher ist gut«, meinte Freddy leise. »Mann, ich komme tierisch auf'n Affen! Kann ich keinen Vorschuß bekommen?«

»Ich habe genug H im Haus«, sagte Makaroff ruhig. Freddy blieb wie angewurzelt stehen.

»Sag das noch mal!«

»Beste Ware. 85 Prozent rein! In der Türkei verarbeitet. War kein Problem.«

»Wir kommen!« sagte Freddy heiser vor Erregung. »Mann, bis zum letzten Ton halt' ich noch durch. Wir können um 2 Uhr abzischen.«

Kurz nach zwei stiegen Makaroff, Monika und Freddy in Petrescus weißen Wagen. »Hui, ist das 'n Schlitten!« sagte Freddy und warf sich auf die Lederpolster. »Mit Musik kann man also doch Geld machen!«

Makaroffs Wohnung – oder das, wohin er Monika und Freddy führte – lag in einem Neubaublock am Mainufer. Das superfeine Appartement war im Penthouse, die teuerste Wohnung, eine Luxusbleibe mit Seidentapeten, Seidenteppichen aus Keshan und Nain, mit weichen Couchen und Sesseln, Leuchten aus Muranoglas, eine riesige Bar in der Wohnhalle. Freddy lümmelte sich sofort auf eine Couch und breitete die Arme aus.

»Hier stinkt's nach Dollar!« rief er. »Makaroff, so 'ne Wohnung zieh' ich mir in Las Vegas auch untern Hintern! Wir sind uns einig, Monika und ich. Ich gehe erst allein nach Amerika, und wenn alles gut läuft, komme ich für 'n Besuch zurück und nehme Monika mit. Ich nehme die Chance an.« Er lachte etwas unmotiviert und grinste. Makaroff beobachtete ihn scharf. Der Junge hatte sich verdammt gut im Griff, er war längst auf Turkey und gierte nach H, der Schweiß glänzte auf seiner entblößten Brust, die Backenmuskeln zuckten, aber er sprach klar, würgte nicht, krümmte sich noch nicht in Krämpfen.

Noch eine halbe Stunde, dachte Makaroff. Dann ist er so weit. Warten wir also.

Es dauerte keine halbe Stunde, es war nach vierzehn Minuten so weit. Freddy fiel plötzlich zusammen. Er rang nach Luft, riß sich das Hemd bis zum Gürtel auf, stampfte mit dem Fuß. »Du hast mir was versprochen, Makaroff!« schrie er. »Komm her damit, du Sau! Ich kann mich nicht mehr bremsen... Makaroff, ich kotz dir deine Bude voll! Monika, halt mich fest! Halt mich doch fest...«

Er klammerte sich an sie, preßte sein Gesicht zwischen ihre Brüste und begann wie ein junger Hund zu heulen. Makaroff stand, ein Glas Whisky in der Hand, ruhig an der Bar.

»Haben Sie was?« fragte Monika tonlos. »Haben Sie wirklich etwas?« Sie hielt den bebenden Freddy umklammert und streichelte sein schweißnasses Haar.

»Ja! Aber ich weiß nicht...«

»Er braucht es!«

»Er muß davon loskommen, Monika! In Las Vegas muß er immer voll da sein! So macht er sich kaputt! Er kommt nie davon los, wenn man ihm immer wieder Dope zuschießt.«

»Aber nicht so plötzlich! Er will ja runter von der Nadel. Aber das ist ein langer Weg. Ich habe mich mit einem Fachmann unterhalten.« Aha, dachte Makaroff. Holger Mahlert. Den stellen wir auch in die Ecke. »Aber jetzt, jetzt braucht Freddy einen Schuß. Wenn Sie tatsächlich etwas haben . . . «

Makaroff stellte das Whiskyglas ab. »Ich möchte damit nichts zu tun haben, Monika. Ich habe einen höllischen Respekt vor dem Zeug.«

»Aber Sie haben es im Haus?«

»Von einer – Freundin, sagen wir es so. Sie hatte es in der Handtasche. Ich habe es ihr weggenommen.« Er griff in eine Schublade und holte ein Kuvert hervor. »Ein bißchen weißes Pulver, sehen Sie sich das an! Ein paar Krümel nur. Unglaublich, daß die eine solche Wirkung haben.«

»Makaroff!« brüllte Freddy. Er lag immer noch an Monikas Brust. »Her mit dem Zeug!«

»Ich habe keine Ahnung, was man damit anfängt.« Makaroff hob die Schultern. »Wie macht man daraus eine Injektion?«

Freddy, auf der Couch liegend, bibbernd wie im Schüttelfrost, diktierte Monika jeden Handgriff. Makaroff holte eine Kleinbildkamera mit Motorantrieb und Blitzlicht und begann, jede Phase zu fotografieren.

»Was soll das?« schrie Freddy. »Monika, schlag ihm das Ding aus der Hand!«

»So etwas muß man festhalten, Freddy!« sagte Makaroff ungerührt. »Du willst doch davon loskommen. Aber du hast dich noch nie in diesem Zustand gesehen. Das kann aber sehr nützlich sein.«

»Haste den Löffel?« fragte Freddy.

»Ja«, antwortete Monika.

»Ist Zitronensaft da? Mit etwas Säure haut das noch besser hin.«

»Ich habe Zitronensaft«, sagte Makaroff.

Monika verrichtete alles in fliegender Eile. Sie kochte in der Küche über einer Gasflamme das weiße Heroinpulver mit dem Zitronensaft auf, kam zurück und zog unter Freddys Blicken die Plastikspritze voll, die er immer mit sich herumtrug. Dann nahm sie den Bindfaden aus Freddys Tasche, streifte das Hemd hoch und band seinen linken Arm ab. Makaroff fotografierte.

Ein ganzes Gramm Afghane, dachte er. 90 Prozent rein, das beste, was es zur Zeit gibt. Mit Zitrone aufgekocht. Freddy kann es nicht mehr kontrollieren, und Monika weiß nicht, wieviel sie da in den Kolben zieht. Sie sieht nur den Jungen, wie er wimmert und bettelt.

»Nun mach schon!« stöhnte Freddy. »Drück los! Ich hab' 'ne tolle Vene, was? Da lacht die Nadel! Monika, ich schwör' dir: ich komm' davon los! Nur heute nicht, heute nicht. Das war zuviel. Aber in Las Vegas, da laß ich mich einsperren. Da halte ich durch. Wenn ich zurückkomme, bin ich sauber! Das verspreche ich dir.«

Monika nickte. Während Makaroff weiter blitzte und fotografierte, stach sie die Nadel in Freddys Arm, drückte den ganzen Inhalt der Spritze voll in seine Vene.

Freddy lächelte mit einem geradezu blöden Gesichtsausdruck. Plötzlich bäumte er sich auf, schnellte wie ein Fisch, den man an Land geworfen hat, hoch in die Luft, riß die Arme nach vorn, lag dann verkrümmt auf der Couch, sein Atem wurde immer flacher, seine Beine zuckten konvulsivisch, aber sein Gesicht wurde auf einmal ganz friedlich, wie von einem jenseitigen Frieden verklärt... Mit offenem Mund starrte Monika ihn an, dann warf sie sich über ihn, schüttelte ihn, schrie »Freddy! Freddy! Was ist denn los?!« und als sein Gesicht bleich wurde, das Blut nicht mehr floß und der Atem in der Lähmung erstarrte, schüttelte sie ihn immer noch.

Mit einem dumpfen Schrei warf sich Monika herum und starrte Makaroff an. Der legte seine Kamera auf die Bartheke. »Freddy...« stammelte sie. »Was ist mit Freddy los? Er...er atmet ja nicht mehr... Helfen Sie mir doch!«

Makaroff hob die Schultern. Sein Gesicht war ernst.»Wer kann da noch helfen?«

»Aber das ist doch unmöglich! Das ist doch unmöglich! Freddy! Ich habe ihm...«

»Sie haben ihm den Goldenen Schuß gegeben, Monika! Mein Gott, und ich habe alles fotografiert.« Makaroff tat sehr betroffen. Er griff zu seinem Whisky und trank ihn aus. »Wie konnten Sie das tun?!«

»Ich – ich...« stammelte Monika. »Ich habe doch nur...«

»Er hatte eine Weltkarriere vor sich«, sagte Makaroff ungerührt.

»Und auf der Schwelle zum Ruhm bringen Sie ihn um!«

Monika starrte Makaroff an, als sei er ein Gespenst. Dann fiel sie zur Seite, rollte auf den Teppich, zerbrach beim Fall die Plastikspritze und verlor die Besinnung.

Morgens um halb sieben fand der Rentner Ferdinand Apfel die Leiche von Freddy the Tiger. Es war seinem Hund Purzel zu verdanken, mit dem er jeden Morgen durch die stillen Straßen spazierenging. Um diese Zeit war sogar die Frankfurter Luft noch atemfreundlich; eine halbe Stunde später quälten sich Tausende von Autos durch die Häuserschluchten, die Apfel und Purzel in der Frühe fast allein gehörten. Purzel hatte sich daran gewöhnt, um sechs Uhr an die Leine gehakt zu werden und dann die Straßenrunde zu machen, vorbei an all den wohlbekannten Ecken, wo er verhielt, schnupperte und das Bein hob zur Markierung. An diesem Morgen aber war er unfähig, zerrte an der Leine, seine Rückenhaare sträubten sich, seine schnüffelnde Nase zeigte auf ein altes Haus, das seit einem Jahr leerstand, zum Abbruch bereit. Davor stand ein großes Schild: Betreten verboten! Einsturzgefahr.

Ferdinand Apfel sah seinen Purzel mißbilligend an, sagte: »Nun spinn mal nicht! Komm weiter!« und zerrte an der Leine. Aber der Hund, eine Mischung aus Dackel und Spitz, stemmte seine kleinen Beine dagegen, knurrte aus tiefem Hals und benahm sich zum ersten Mal seit langer Zeit aufsässig gegen seinen Herrn. Rentner Apfel ließ die Leine locker und folgte Purzel, der ihn in das verfallene Haus zog. Dort blieb er an dem offenen Niedergang zum Keller stehen und verbellte, als sei er ein scharfer Jagdhund. Apfel zögerte erst, stieg dann doch die knirschende Holztreppe hinunter, sah im Kellerflur eine zusammengekrümmte Gestalt liegen und lief sofort wieder zurück auf die Straße. Von einer Bäckerei, zwei Straßen weiter, es war das einzige Geschäft, das um diese Zeit schon geöffnet hatte, rief er die Polizei an.

So wurde Freddy gefunden. Der Tatbestand war auch ohne große Untersuchung klar. Unter dem jugendlichen Toten, der so friedlich zu schlafen schien, fand man eine beim Sturz zerbrochene Plastikspritze.

»Nummer 369 in diesem Jahr!« sagte der Polizeimeister und alarmierte das 1. Dezernat. »Wenn die Statistik stimmt... Es ist zum Kotzen!«

Was folgte, war Routinearbeit. Der Polizeiarzt stellte Tod durch Atemlähmung fest, hervorgerufen durch eine injizierte Überdosis Heroin. Der Goldene Schuß, einwandfrei. Nach ein paar Fotos wurde die Leiche in einem Zinksarg aus dem Haus getragen und in das Gerichtsmedizinische Institut der Universität gefahren.

Dort untersuchte man Freddy gründlich, stellte fest, daß seine Leber und seine linke Niere zerstört waren und sein Allgemeinzustand dem eines notorischen Fixers angemessen war. Auch die Personalien konnte man anhand von verschmutzten Papieren feststellen: Fritz Hartmann, Musiker, ohne festen Wohnsitz.

Bei der morgendlichen Lagebesprechung der einzelnen Dezernate im Polizeipräsidium stand Freddy bereits auf der Liste. Der Chef einer seit einem Jahr arbeitenden Sonderkommission »H«, der Kriminalhauptkommissar Herbert Döhrinck, referierte über diesen 369. Toten der deutschen Drogenszene.

»Der Tod von Fritz Hartmann erfolgte nach einem Schuß mit fast 90prozentigem Heroin, wie Rückstände in der Injektionsspritze beweisen. Bei Razzien haben wir bereits festgestellt, daß ein neuer Typ von H in den Handel gekommen ist. Nachdem es der Hamburger und Amsterdamer Polizei in Zusammenarbeit mit Interpol gelungen ist, den größten und gefährlichsten Heroinring zu sprengen, den von Singapur-Chinesen beherrschten Geheimbund ›Ah Kong‹, was ›Gemeinsamer Topf‹ bedeutet – an dessen Spitze stand der in Hamburg einsitzende Khen Lim Lin –, hat der Heroin-Nachschub aus dem sogenannten Goldenen Dreieck' Laos–Burma–Thailand merklich nachgelassen. Die sogenannten Hongkong-Rocks, minderwertige Destillate des Schlafmohns von nur 35prozentiger Reinheit, die über Hongkong und Singapur auf dem Flug-, Schiffs- und Landweg vor allem nach Amsterdam und London kamen, sind heute für die Drogenszene uninteressant geworden. In die Lücke sprangen voll die Türken ein, unterstützt von Afghanistan, Pakistan, dem Iran, Irak und Libanon. Vor allem die Türkei lieferte H in einer solchen Reinheit und zu einem solch niedrigen Kampfpreis, daß ein Schuß heute so billig ist wie eine Flasche Sekt. Ein Volksvergnügen! Die Folgen, die furchtbaren Folgen sehen wir mit fast ohnmächtigem Zorn: Die Fixerszene wächst und wächst. Bis heute haben wir 60000 jugendliche Drogenabhängige registriert; die Dunkelziffer ist dreimal höher! Vor allem aber: Die Opfer des Goldenen Schusses werden immer zahlreicher, weil die neue Ware in ihrer Reinheit die Abhängigkeit vom H potenziert, so daß es geradezu lächerlich einfach ist, sich in die Ewigkeit zu katapultieren.«

Herbert Döhrinck, der über drei Jahre Fronterfahrung in der Frankfurter Drogenwelt hatte, nahm eine Rolle von seinem Stuhl, ging nach vorn und entrollte eine Landkarte des Vorderen Orients. Ein Polizeibeamter hielt sie hoch, da man keinen Kartenständer bereitgestellt hatte. Döhrinck griff in Ermangelung eines Zeigestocks nach einem Bleistift.

»Unsere Recherchen und die Verhöre von Türken, die H nach Frankfurt brachten – es handelt sich da um Gastarbeiterfamilien, die dadurch ihr Einkommen aufbessern und von einem eigenen Haus und Betrieb in Anatolien träumen –, vor allem aber auch türkische Einsatzkommandos geben uns ein klares Bild von der völlig veränderten, neuen Drogenszene. Die ›Aktion H‹ ist ein Politikum geworden. Militärisch organisierte und geführte Rauschgiftorganisationen sind sämtlich fest in der Hand von Kurden türkischer Provenienz. Mit dem Millionenerlös aus dem H-Schmuggel finanzieren sie die Waffenkäufe für ihren Freiheitskampf gegen den Iran und den Irak. Wir haben das zweifelhafte Glück, daß hier in Frankfurt die Zentralen liegen, von denen aus die ganze Bundesrepublik und Westeuropa beliefert werden! Mit anderen Worten: Unsere Jugend zahlt mit ihrer Gesundheit und ihrem Tod für den Nationalismus der türkischen Kurden!«

Döhrinck hob seine Hand und zeigte mit dem Bleistift auf die Karte. Der Chef der Kriminalpolizei, der in der ersten Reihe saß, blickte mit ernstem Gesicht auf seine Hände. Er wußte genau, wie hilflos die Polizei zur Zeit noch war. Man rannte gegen Gummiwände. Man griff die kleinen Zubringer, die in geruchsdicht verschweißten Plastikbeutelchen einige armselige Gramm H bei sich hatten. Die Hintermänner, die großen Chefs, die Massenmörder im weißen Kragen kannte niemand.

»Wir wissen«, sagte Döhrinck, »daß heute in der Türkei über 26000 Hektar Schlafmohn, der ›weiße Mohn‹, angebaut werden. Das ergibt 600 Tonnen Opium! Aus zehn Kilo Opium macht man in den fabrikähnlichen Labors ein Kilo Heroin höchster Reinheit. Ein Schuß, ein normaler von dieser hochwertigen Ware, braucht 0,25 Gramm. Nun rechnen Sie bitte aus, was damit allein aus der Türkei auf uns zukommt! Man verarbeitet 600 Tonnen Opium zu Heroin! Damit kann man für ein Jahr den gesamten Verbrauch der deutschen Fixer abdecken! Hinzu kommen dann noch die Hongkong-Rocks' aus dem Goldenen Dreieck, wo 300000 Tonnen Rohopium in die Sudküchen verschickt werden. Genug, um 750000 Heroinsüchtige ein Jahr lang täglich high zu machen! Diese Zahlen zeigen deutlich, wie groß die Gefahr ist, die auf uns zukommt, und wie armselig wir dastehen mit unseren Gegenmaßnahmen.«

Er blickte den Chef der Kriminalpolizei und den Polizeipräsidenten an. »Das soll kein Vorwurf sein. Ich weiß, daß wir alles tun, was in unserer Kraft steht – aber diese Kraft genügt nicht mehr! Die Methoden des Rauschgifthandels sind zu raffiniert geworden, die Kontrolle entgleitet unseren Händen. Jeder zurückkehrende Gastarbeiter, jedes Auto aus dem Orient, jedes Schiff, jedes Flugzeug, jede Frachtkiste, jeder Karton, jedes Fellbündel, praktisch alles kann ein potentieller Rauschgiftträger sein. Wie will man das überwachen? Razzien – damit wird allenfalls die oberste Schicht abgeschöpft. Der Verlust wird sofort aufgefüllt. Festnahmen? Wen trifft das schon? Den kleinen türkischen Straßenkehrer, den Chemiearbeiter, den Eisenbieger, den Betonmischer ... Der große Boß bleibt unbekannt. Er muß unbekannt bleiben, weil der kleine Verteiler ihn ja gar nicht kennt. Bis die Ware bei ihm landet, ist sie durch viele Hände kreuz und quer gelaufen; da sind alle Spuren längst verwischt.«

Kriminalhauptkommissar Döhrinck tippte mit dem Bleistift auf die türkische Karte. Hier waren, über das Land verstreut, rote Kreuze eingezeichnet, die meisten an der Grenze zum Iran und Irak. Kurdengebiet. Der Feuertopf des Orients. Das rauhe Land der Menschen, die seit Jahrhunderten um ihre Freiheit kämpfen. Ein typisches Schauspiel voller Elend und Gewalt, das die Menschheit vergessen hat.

»Wir kennen heute die wichtigsten Orte, wo der weiße Mohn auf riesigen, aber unzugänglichen Feldern angebaut wird. Die Großgrundbesitzer dieser Mohnfarmen – auch hier kristallisiert sich wieder eine Oberschicht heraus! – unterhalten eigene schwer bewaffnete Privatarmeen, die es unmöglich machen, daß staatliche Kontrolleure in diese Gebiete kommen. Auch ein türkischer Beamter ist nicht lebensmüde! Bekommt eine Behörde Wind von solch einem Mohnfeld, dann schweigt sie aus Angst – oder die alte orientalische Methode, sich überzeugen zu lassen, bewährt sich wieder: die offene Hand! Wir kennen die Städte, in deren Umgebung der Mohnanbau fast schon industrialisiert ist: Maras, Malatya, Diyarbakir, Silvan, Erzerum und der Süden von Trabzon. Fast die gesamte Ernte dieser Gebiete fließt nach Deutschland! Natürlich nur als reines Heroin, das in den südtürkischen Städten Iskenderun und Gaziantep in Großlaboratorien gekocht wird. Dann übernehmen kurdische Großhändler die Ware. Diese kurdischen Rauschgifthändler sind die gefährlichsten, die bis heute aufgetaucht sind. Den Chinesen ging es nur um Geld – aber hier haben wir es mit Fanatikern zu tun, denen jedes Mittel recht ist, um Geld für ihre Waffen und für die Befreiung ihres Volkes zu bekommen!

Das Heroin ist zum politischen Kampfmittel geworden!«

Döhrinck trat von der Karte zurück.

In dem großen Raum war es still. Jeder der anwesenden Beamten war ein Fachmann auf seinem Gebiet. Frankfurt galt als ein Pflaster, auf dem sich die großen internationalen Verbrecher wohlfühlten. In Frankfurt wurde das Geld verwaltet, hier hatten die Bankzentralen ihre Hochhäuser in den Himmel wachsen lassen, hier war die Drehscheibe des großen Kapitals. Das Manhattan Deutschlands – so nannten Insider die aus allen Nähten platzende Stadt am Main. Es war fast selbstverständlich, daß auch der internationale Rauschgifthandel, verwaltet wie ein Industriebetrieb, über Frankfurt in die anderen Länder lief, nachdem Amsterdam und Hamburg sich als zu provinziell erwiesen hatten. Die Ausweitung der Drogensucht verlangte eine straffe Organisation. Der Stoff für die Heroinsüchtigen kam aus verschiedenen Kanälen hereingeströmt: aus dem Goldenen Dreieck das H Nr. 3 mit einem »miesen« Reinheitsgrad, gebraut in den Dschungelküchen von Mae Salong und Ban Hin Taek, am Mekong und im Hochland von Laos, das neuerdings sofort weitergeleitet wurde in weniger verwöhnte Länder als Deutschland, und das H Nr. 4 »Afghanen« und »Türken«, das von Frankfurt aus weit verzweigt nach Mitteleuropa floß.

Der Chef der Kriminalpolizei, ein leitender Kriminaldirektor, blickte zu seinem Hauptkommissar auf. Es war eine stumme Frage. Döhrinck verstand sie und wischte sich über die Stirn.

»Wir haben deutliche Hinweise darauf«, sagte er, »daß hier in Frankfurt eine der Zentralgestalten der Rauschgiftszene lebt. Während die kurdischen Anlieferer als Freiheitskämpfer privat keinerlei finanzielle Interessen haben, sondern nur Waffen kaufen wollen, kommt das Heroin hier in Frankfurt in absolut kommerzielle Hände. Hier werden Millionengewinne gemacht, die kaum abschätzbar sind! Auch wenn das türkische Heroin die Weltmarktpreise total ins Wanken gebracht hat und jeder Fixer sich heute eine reine Nadel leisten kann, ist das Geschäft phänomenal. Ein einziger Mann – das haben wir bei den Verhören herausbekommen – soll hier das ganz große Geld machen. Seinen Namen kennt niemand, keiner hat ihn gesehen, es gibt auch keine Spur, sondern nur das fast mystische Wissen, daß es ihn gibt! Er ist eine Sagengestalt geworden: Der Große Bruder! – Es ist wie immer; der Große Bruder kann hier irgendwo in einem Bürohochhaus sitzen, ein beliebter Boß sein, ein allseits geachteter Mann mit einem ehrenwerten Beruf. Wenn uns nicht der Zufall hilft ... «

»Der liebe Kollege Kommissar Zufall!« sagte der Polizeipräsident. »Was hat der nicht schon alles geleistet!«

».... oder ein Wink aus der Unterwelt«, fuhr Döhrinck fort, »die klassische Form des Konkurrenzkampfes. Die andere klassische Form haben wir schon gehabt: Die Liquidation von unsicheren Mitarbeitern auf offener Straße. Es gibt also einen Machtkampf in der Frankfurter Rauschgiftszene – und das ist unsere große Chance! So zynisch es klingt: Man sollte sich wünschen, daß die alte Chikagoer Zeit wieder auflebt, wo sich die Konkurrenten gegenseitig umbrachten. Dann können wir vielleicht klarer sehen! Im Augenblick ist Mattscheibe!«

Nach einer Stunde löste sich die morgendliche Lagebesprechung auf. Was die anderen Kommissariate zu berichten hatten, war gegen Döhrincks Vortrag fader Alltag. Selbst der Überfall auf einen Juwelier in der Innenstadt, ohne Blut, mit einer Beute im Werte von schätzungsweise 650000 Mark, konnte keinen mehr aufregen. Der Juwelier war voll versichert. Aber was Döhrinck gesagt hatte, lastete allen Zuhörern auf der Seele: Schon heute sind über zwei Prozent der 17 bis 30jährigen in Frankfurt abhängig vom Heroin! Opfer des weißen Giftes, deren Aussichten auf Rettung gleich Null sind! Und die Lawine wächst von Tag zu Tag, von Druck zu Druck. Jede Nadel in die Vene schafft einen neuen Unheilbaren...

Im Büro der neuen Sonderkommission H saß Döhrinck einem blassen, hageren, verwildert aussehenden Menschen gegenüber, den der Streifenwagen gerade mitgebracht hatte. Unbemerkt lief im Nebenraum ein Tonband mit; das kleine, hochempfindliche Mikrofon war in einem Bilderrahmen versteckt, der auf dem Schreibtisch stand. Das Foto zeigte eine junge blonde Frau mit einem einjährigen Jungen auf dem Arm: Döhrincks Frau Dorothea und Söhnchen Felix.

Der vorläufig Festgenommene lümmelte sich auf dem Stuhl, wälzte einen Kaugummi im Mund und blickte Döhrinck herausfordernd an. Die rotumrandeten Einstiche an beiden Armen waren Beweis genug, daß auch er von der Nadel abhängig war.

»Sie haben im ›Number Sex‹ geschlafen?« fragte Döhrinck und übersah das provozierende Grinsen. Er wußte, was sein Gegenüber jetzt dachte: Blöder Hund! Dusseliger Bulle. Mir kannste gar nichts beweisen! Ich kann pennen, wo ich will!

»Ich putze da!« sagte der Blasse. »Jeden Morgen. Ich bin die männliche Putzfrau. Der Boden-Kosmetiker.«

»Aber Sie haben auf einer Eckbank geschlafen, als man Sie fand.«

»Mein Dienst fängt später an als der von euch Bullen!«

»Sie heißen Friedrich Lammel.«

»Fips!« Der Blasse grinste. »Sie können auch Fips sagen, Herr Kommissar.«

»Sie schlafen grundsätzlich im ›Number Sex‹?«

»Steht in meinem Kosmetiker-Vertrag.«

»Sie waren also auch gestern nacht in der Disko?« »Ja.« Der

Blasse musterte Döhrinck mißtrauisch.

Was soll das, fragte sein Blick. Was läuft da? Gestern war doch 'n stiller Tag! Stinknormal.

»Sie kennen Fritz Hartmann?«

»Freddy the Tiger? Der bläst in der Show die Trompete. Den kennt doch jeder.«

»War 'n Drücker, was?«

»Möglich.« Der Blasse wurde noch fahler, ganz plötzlich. »›War‹, sagten Sie, Herr Kommissar?! Was – was ist denn mit Freddy los?«

»Goldener Schuß, Fips!« »O Scheiße! Wann?« »Heute nacht.« »Da hat er doch noch gespielt!«

»Das eben wollten wir wissen, Fips! Wie lange hat Freddy gespielt?«

»Bis 2 Uhr morgens.« Der Blasse überlegte. Sollte er's sagen oder nicht? Freddy ist an der Nadel hängengeblieben, jetzt hat er Ruhe, keiner kann ihm noch was. Warum soll man das nicht sagen? »Dann ging er weg mit seinem Mädchen.«

Döhrinck ließ sich nicht anmerken, wie wichtig diese Mitteilung war. »Natürlich ging er mit seinem Mädchen weg«, sagte er leichthin. »Er wohnte ja mit Erika zusammen.«

»Monika...« verbesserte Fips. Die Falle hatte funktioniert. »Aber er wohnte nicht mit ihr. Freddy hatte 'ne Bude in einem Abbruchhaus. Eines von den besetzten Häusern, die kennt ihr doch alle. Da wohnte er allein. Monika tauchte immer in der Disko auf und war nur für Freddy da.« Der Blasse lächelte. »Fragen Sie nicht, Herr Kommissar, ich kenne ihren Nachnamen nicht. Keiner kennt den! Freddy ließ ja keinen an die Kleine heran. Auch wo sie herkommt keine Ahnung! Sah gut aus. Knackige Figur. Muß was Besseres sein, so aus feinen Kreisen, wissen Sie. Wenn Freddy auf Turkey war und hatte keine Kohlen, dann kaufte sie ihm den Schuß. Die hatte immer Geld.« Er kniff die Augen zusammen.

»War Monika dabei, als Freddy sich den Goldenen Schuß knallte? Die konnte sich immer astreine Dope leisten.«

»Genau das wollten wir wissen, Fips!« sagte Döhrinck. »War Freddy allein, oder hat Monika mitgeholfen und ist dann abgehauen, als sie sah, wie Freddy umkippte?«

»Wären Sie hocken geblieben?« fragte der Blasse. Er erwartete darauf natürlich keine Antwort und kaute an seinem Gummi herum. »Noch was?«

»Diese Monika ist wichtig, Fips! Sie allein kann darüber Auskunft geben, wie das mit Ihrem Freund gekommen ist.«

»Freddy war nicht mein Freund. Er hatte überhaupt keine Freunde. War 'n Einzelgänger und 'n Spinner! Sagte immer: Einmal komm' ich von der Nadel los, und dann spiel' ich in 'ner großen Band! Dabei konnte er nur spielen, wenn er vollgedrückt war! Nee, mit Monika läuft nichts. Die kennt man nur vom Sehen.«

Döhrinck schickte den Blassen wieder weg. Die Ausbeute war mager und doch sehr interessant. Es gab also ein Mädchen, das Monika hieß und aus »besseren Kreisen« kommen sollte, mit dem Freddy bis zu seinem Tod zusammen gewesen war. Diese Monika, ohne daß man mehr von ihr wußte, in Frankfurt zu finden, war unmöglich. »Sie ist längst für immer untergetaucht«, sagte Döhrinck, »wenn sie wirklich an Freddys Goldenem Schuß beteiligt war. Ins ›Number Sex‹ kommt die nie wieder!«

»Aber vielleicht woanders hin.« Einer der Beamten von der Sonderkommission blätterte in einem Aktenordner. »Wir kennen in Frankfurt und Umgebung 97 Lokale, wo sich Fixer mit Dope versorgen. Hinzu kommen die Freiplätze, die Straßenecken und Plätze, wo die fliegenden Dealer rumstehen. Nehmen wir an, Monika hängt auch an der Nadel, dann muß sie irgendwo auftauchen und Stoff besorgen. Und irgendein Lokal wird dann ihre Stammstehe. Fixer haben ihre Reviere wie die Wildtiere. Sie verlassen sie nur selten. Da müßte Monika eines Tages auftauchen ... «

»Also wieder der Zufall!« sagte Döhrinck mit Bitterkeit in der Stimme. Er blätterte in den Berichten auf seinem Schreibtisch, in der Hauptsache Telefonmeldungen, die eine Sekretärin aufgeschrieben hatte. Vierzehn Beamte, junge Burschen, hervorragend trainiert, waren als Gammler im Großraum Frankfurt unterwegs und hatten in die Fixerkreise einsickern können. Sie observierten – wie es im Polizeideutsch heißt – die Drogenszene. Was sie jeden Morgen meldeten, war immer das gleiche: Kleine Dealer, mit ein paar Gramm H in der Tasche, arme Teufel, selbst süchtig, oder Gastarbeiter, die sich damit das Geld verdienten, um einen Puff in der Mosel- oder Elbestraße zu besuchen. Die Hintermänner, vor allem der große geheimnisvolle Boß, blieben ein Mythos. Man suchte ein Monster und fand nur dreckigen Staub.

Seltsamerweise wurde an diesem Morgen nirgendwo, auch nicht bei der Mordkommission, der Mord an Holger Mahlert aktenkundig. So einsam lag Mahlert nicht neben seinem Auto, daß man ihn übersehen konnte...

In den Mittagsnachrichten des Hessischen Rundfunks hörte man es: Der Rockmusiker Fritz Hartmann, genannt Freddy the Tiger, starb in der vergangenen Nacht an einer Überdosis Heroin.

Holger Mahlert hörte die Meldung auf der Couch seines Freundes Peter Roßkauf. Peter war cand. med., also Medizinstudent in den letzten Semestern; er wollte sich einmal als Chirurg spezialisieren. Als Holger bei ihm erschien, blutbesudelt, die rechte Hand gegen die Brust gedrückt, schwankend vor Schwäche, hatte er nicht viel gefragt und ihn sofort versorgt. Der Einstich war unter dem linken Schulterblatt in den Muskel gedrungen, ohne eine wichtige Blutbahn zu treffen. Ein paar Zentimeter tiefer – und das Messer hätte ins Herz getroffen.

Erst als Holger behandelt und verbunden war, eine Zigarette rauchte und ein Glas Rotwein trank, fragte Peter Roßkauf. »Nun schweig dich nicht aus! Wer wollte dich abstechen?«

»Komme ich durch?« fragte Mahlert zurück.

»Würde ich dir sonst eine Zigarette und Wein geben? Besser wäre eine Transfusion, aber dafür bin ich nicht eingerichtet. Wer rechnet denn auch damit, daß plötzlich ein abgestochener Kommilitone auftaucht? – Also, was ist passiert?«

»Kein Kommentar!« sagte Holger Mahlert.

»Also cherchez la femme!«

»Ja!«

»Mit Messerstecherei?! Eine ausländische Schöne mit Blutrache-Verwandtschaft?«

»Nein.«

Freddy ist tot, dachte Holger Mahlert. Eine Überdosis Heroin. War es eine Flucht? Weil er glaubte, mich getötet zu haben? War Monika dabei, als es passierte? Er hätte sie an diesem Abend nicht aus den Augen lassen sollen, aber das war unmöglich gewesen. Den ganzen Nachmittag, die ganze Nacht bis zum nächsten Morgen hatte er sterbensmatt gelegen, nachdem er in sein Auto zurückgekrochen war. Auf den Hintersitzen lag er, andere Wagen fuhren auf der nahen Straße, er hörte die Flugzeuge zum Airport donnern, zweimal ratterte ein Bauerntrecker nahe an ihm vorbei, aber keiner kümmerte sich um den an der Buschgruppe abgestellten Wagen. So kann man unter den Augen der Öffentlichkeit verrecken, hatte Mahlert gedacht. Und: Es war klug, mich tot zu stellen. Wer weiß, ob Freddy nicht noch einmal zugestochen hätte. Dann kam die Ohnmacht über ihn, und als er am frühen Morgen erwachte, fror er vor Kühle und Blutverlust, hatte aber wieder die Kraft, bis zu Peter Roßkauf zu fahren und ihn aus dem Bett zu klingeln. Erst in der Wohnung brach er zusammen.

»Soll ich die Polizei informieren?« fragte Peter.

»Um Himmels willen – nein! Was soll denn die Polizei?!«

»Schließlich wollte man dich ermorden. So alltäglich ist das nicht.«

»Es war eine Aussprache, Peter.«

»Und der andere hatte die besseren Argumente, wie?!« Roßkauf schüttelte den Kopf. »Muß ein tolles Mädchen sein, daß sich so etwas lohnt!«

»Ich liebe sie.«

»Klingt ungeheuer altmodisch.« Roßkauf fühlte Mahlert den Puls; er war noch sehr flach. »Kommt es jetzt öfter zu exzessiven Aussprachen? Dann schaffe ich mir einen Tropf, Blutplasma und ein chirurgisches Besteck an. Ein weißbezogenes Bett wird bereitgehalten.«

Mahlert lächelte schwach. Diese Mediziner! Sie gleichen sich alle, die Medizyniker. »Es ist vorbei!« sagte er. »Er wird zu keiner neuen Begegnung mehr kommen.«

»Bist du sicher?«

»Absolut sicher.«

»Und woher diese Sicherheit?«

»Er – er ist in ein anderes Land gegangen.«

»Also doch! Und das Mädchen?«

»Ich werde es wiedertreffen.«

»Holger, du bist ein verrückter Hund! Gibt es nur die eine?«

»Ja, nur sie!« Holger Mahlert lächelte verträumt. »Nur sie allein ...«

Dann fiel er wieder in einen tiefen Erschöpfungsschlaf.

Makaroff-Petrescu hatte auf dem gleichen Weg, auf dem er die Leiche Freddys in dem Abbruchhaus abgeladen hatte, auch Monika nach Hause gebracht. Das Grauen, Freddy mit einem Goldenen Schuß getötet zu haben, war auf seltsame Weise von ihr gewichen. Während sie in tiefer Ohnmacht gelegen hatte, hatte Petrescu ihr vorsichtig ein Viertel der Normaldosis H Nr. 4 injiziert. Bei einem schußgewohnten Fixer hätte das nur eine müde Reaktion bewirkt – für Monika aber war es ein Druck, der ihr Wesen veränderte und sie von dem Gefühl befreite, in der Tiefe eines Abgrunds zu vegetieren. Als sie erwachte, fühlte sie sich unheimlich frisch, betrachtete den auf der Couch liegenden Toten und nahm sogar von Petrescu ein Glas Gin-Tonic an, das sie mit ruhiger Hand zum Mund führte. Petrescu beobachtete jede ihrer Bewegungen und war zufrieden.

Monika Barrenberg war sein Geschöpf geworden.

»Es wird nie jemand erfahren, was hier geschehen ist!« sagte Petrescu und streichelte Monika den Rücken. »Es bleibt unter uns.«

»Es war ein Unfall.« Sie trank das Glas leer und hielt es Petrescu hin. »Noch einen, bitte. Meine Kehle ist wie verdorrt. Und in meinem Kopf summt es. Herr Makaroff, wie konnte das bloß passieren?« Sie sah Freddy wieder an. Er lag da, als ob er schliefe und angenehm träumte. »Ich begreife das nicht.«

»Eine Überdosierung, ganz einfach.«

»Aber Freddy wußte doch ganz genau, was er vertrug.«

»Freddy war gar nicht mehr ansprechbar. Du hast ihm den Schuß aufbereitet und verpaßt. Viel zu viel!«

»Warum haben Sie das nicht verhindert?!«

»Ich?« Makaroff-Petrescu legte beide Hände auf sein Herz. Sein Blick drückte betroffenes Staunen aus. »Wie konnte ich?! Ich habe doch nicht die geringste Ahnung, wieviel man für einen normalen Druck nimmt! Das mußte ich euch überlassen.«

»Ich habe doch auch keine Ahnung!«

»Woher sollte ich das wissen? Aber klagen wir jetzt nicht die Häufung der Mißverständnisse an! Wir müssen uns einig sein, Monika, daß wir Freddy nach seinem Auftritt im ›Number Sex‹ nicht mehr gesehen haben. Falls uns jemand fragen sollte ...«

»Ich werde nie mehr in diese Disko gehen«, sagte Monika leise. »Nie mehr!« Sie setzte sich neben den toten Freddy in einen Sessel und starrte ihn an. »Er war so begeistert von Ihrem Plan, ihn nach Las Vegas zu schicken.«

»Du hast ihn gern gehabt?« »Ja.« »Hast mit ihm geschlafen?« »Das geht Sie nichts an, Herr Makaroff.«

Petrescu grinste begütigend. »Deutlicher kann man nicht antworten.«

»Ich wollte ihn aus dem Dreck holen! Ich habe geglaubt, daß man ihn wieder vernünftig machen kann. Ich wollte ihm das schreckliche H abgewöhnen.« Sie schauderte zusammen. »Nun ist es ganz vorbei. Das H hat ihn besiegt.«

»Du hast ihn erlöst ...«

»Müssen Sie das immer sagen?« Sie fuhr hoch und rannte in dem prunkvollen Zimmer herum. »Ich habe es nicht gewollt. Ich wollte genau das Gegenteil! Er sollte leben!«

»Ob du das je geschafft hättest?« Petrescu lehnte sich an die Bartheke. »Mich interessiert eine Frage: Was treibt ein Mädchen wie dich in diese Kreise? Warum fällt ein Stern in einen Sumpf?«

»Durch Zufall. Freddy lag auf der Straße, blutend, total auf Turkey, wie es heißt. Sie hatten ihn aus einem Dealerlokal hinausgeworfen, weil er kein Geld hatte. Er fiel mir fast vor die Füße. Da tat er mir leid. Ich habe zu mir gesagt: Den holst du aus dieser Hölle! Das mußt du schaffen.«

»Und jetzt steckst du auch drin!« Petrescu stieß sich von der Bar ab. »Jetzt drückst du selber!«

»Ich habe es nur einmal versucht. Um Freddy zu beweisen, daß man nicht an der Nadel hängen bleiben muß.«

»Und wie sieht die Wahrheit aus, Monika?«

»Genau so! Ich gewöhne mich nie daran!« Sie ging mit weiten, glasigen Augen an Petrescu vorbei, mit einem Lächeln, über das sie keine Kontrolle mehr hatte. Sie kam sich durchaus nicht elend vor, sie war in einer gelösten Stimmung, sie hätte jetzt tanzen können. Der tote Freddy lag da, sie konnte ihn ansehen ohne Schauder, es war, als erwarte sie, daß er jeden Augenblick aufspränge und riefe:

»So 'n Scheiß! Hab' ich alles verpennt?«

»Was machen wir mit ihm?« fragte sie ohne Anteilnahme.

»Wir bringen ihn weg. Petrescu legte den Arm um sie, küßte sie in die Halsbeuge und strich mit der linken Hand über ihre Brust. Sie drückte die Hand weg und sagte mit etwas leiernder Stimme:

»Da läuft nichts, Herr Makaroff. Lassen Sie den Blödsinn!«

»Du könntest dir wünschen, was du willst, Monika.«

»Ich möchte weg von hier!« »Ich komme an das beste Nr. 4 heran.« »Ich brauche nichts. »Sie befreite sich aus seinen Armen und ging zur Tür. Ihr Gang war unsicher, aber ihr kam es vor, als schwebe sie. Die Vierteldosis reines H machte sie euphorisch. Es war, als schlüpfe sie in eine neue, verjüngende Haut.

Petrescu lachte sie an. Er ging in das nebenan liegende Schlafzimmer und kam mit einem kleinen verchromten Kästchen zurück. Man konnte es in jede Jeanstasche stecken.

Monika nahm es mit spitzen Fingern entgegen. Sie klappte den Deckel hoch und sah dann Makaroff an. Nichts fehlte, geradezu aufreizend war es in weißen, weichen Zellstoff gebettet: eine Plastikspritze, fünf Nadeln, in Cellophan eingeschweißt, ein Klapplöffel, zwei niedrige runde, in Metalltöpfchen gegossene Kerzen, sogenannte Hindenburg-Lichter, ein zusammengerollter Abbindegürtel und eine besondere kleine Dose für das Wichtigste: das H.

»Was soll das?« fragte Monika.

»Ein Geschenk. Vielleicht kannst du es brauchen.«

»Ich denke, Sie haben von dem ganzen Zeug keine Ahnung?«

»Ich habe Freunde und Freundinnen«, sagte Makaroff und löschte das diffuse Licht in der Hausbar. Jetzt beschien nur noch die schwache Tischlampe das bleiche Gesicht von Freddy. »Sie lassen so etwas liegen oder schenken es mir, um mich zu animieren, in ihren Kreis einzutreten. Aber ich finde nichts dabei, mich durch Heroin zu betrügen. Ich will die Welt nicht anders sehen als sie ist.«

»Ich werde es nachher wegwerfen.« Monika steckte das Chromkästchen in die Tasche ihrer Diskohose. Makaroff nickte.

»Tu das! Wirf es weit weg!«

Er wußte, daß sie es nicht tun würde. Wenn die Wirkung des Druckes, den er ihr, als sie besinnungslos war, gegeben hatte, nachließ, würde sie merken, wie nötig sie eine neue Nadel hatte. Sie war gefangen, das wahnsinnige Verlangen ihres Körpers nach neuem Gift würde sie überwältigen. Es gab keine Flucht mehr, nicht aus eigenem Antrieb. Solange Monika schwieg, führte jeder Tag mit jeder Spritze nur noch tiefer in den Abgrund.

Gemeinsam hatten sie dann Freddy in den Keller des Abbruchhauses gebracht und alles so hergerichtet, daß man glauben mußte, er habe sich hier den Goldenen Schuß gegeben. Dann setzte Petrescu Monika unweit der Barrenberg-Villa ab und gab ihr zum Abschied einen Kuß. Sie ließ es über sich ergehen.

»Auf Wiedersehen, Komplizin!« sagte Petrescu. »Meine Adresse kennst du?«

»Nein. Irgendwo am Main. Die Straße habe ich mir nicht gemerkt. Warum auch?« Sie sah ihn abweisend an. »Mich wollen Sie ja nicht nach Las Vegas bringen ...«

Petrescu atmete auf. Das war sein einziger Fehler gewesen; er hatte ihn erst später entdeckt: Eine seiner Wohnungen hatte er selbst aus der Anonymität herausgehoben. Er nahm sich vor, das sofort zu bereinigen, obwohl Monika sich vermutlich nur noch schwach erinnern konnte. Auf jeden Fall konnte sie beschreiben, wie das Haus ausgesehen hatte, und daß es am Main lag. Für einen Kriminalbeamten war die Identifizierung eine Kleinigkeit. Petrescu beschloß, die Wohnung sofort aufzugeben und schon am nächsten Tag zu räumen.

»Ich hole dich ab!« sagte er.

»Von hier? Unmöglich!« Sie warf die Haare aus dem Gesicht und stieg aus dem Wagen. »Was wollen Sie noch von mir? Vergessen wir alles!«

»Wenn du das kannst ...«

»Ich kann es!« antwortete sie. Freddy hätte gesagt: Du bist cool wie 'n Eiszapfen. »Ich möchte Sie auch nicht wiedersehen!«

Sie wandte sich ab und ging mit schnellen kleinen Schritten der Villa zu, die hinter einer halbhohen Mauer und dichten Taxushekken wie ein weißer Fels in der Nacht lag.

Petrescu sah auf die Autouhr. Vier Uhr morgens. Ein paar Stunden Schlaf neben einem warmen weichen Körper waren noch möglich.

Er wendete und fuhr in die Stadt zu Bettina Ahrendsen.

In Florenz mußte es wirklich trostlos sein. Eduard Barrenberg rief täglich mindestens zweimal an. Vor Bettina bedauerte er, daß sie nicht bei ihm war, schilderte sein Schlafzimmer mit dem breiten Bett und erzählte ihr von seinen unerfüllten Wünschen. Bei Maria beklagte er sich über das Tagungsprogramm, nannte die Planer einer auf EG-Basis einheitlichen Bauordnung blinde Traumtänzer und versprach, zu den nächsten Kongressen, ganz gleich wo sie tagen würden, Maria mitzunehmen; eine Einladung, die Maria mit einem milden Lächeln anhörte, sie wußte, daß Eduard nie mehr darauf zurückkommen würde.

Einmal setzte sie zu einer Beichte an, aber schon im Ansatz erkannte sie, daß ein Bekenntnis per Telefon unmöglich war. Eduard reagierte mit einer Frage, die alles weitere abschnitt.

Sie sagte: »Es ist schwer, Eduard, aber ich muß dir etwas gestehen...«

Eduard unterbrach sie: »Ist Ljuba beim »›Sterbenden Schwan‹ hingefallen? Sie sollte ihn nicht mehr tanzen. Der ›Nußknacker‹ wäre in ihrem Alter besser.«

Maria gab es auf.

So oft sie konnte, verließ sie das Haus und lief ziellos durch die Stadt, aus Angst, Makaroff könne anrufen. Wie es weitergehen sollte, wußte sie nicht, es gab wohl keinen Ausweg... Makaroff besaß die widerlichen Fotos, mit denen er sie fest in der Hand hatte. Sie gab sich keinen Illusionen hin; es hatte auch keinen Sinn, auf die Herausgabe der Negative zu hoffen oder sich einzureden, alles würde sich von selbst lösen. Makaroff verlangte sie. Er konnte mit diesen Fotos einen Besitzanspruch stellen. Wie die Bilder entstanden waren, das war, ebenso wie alle Erklärungen und Beteuerungen, zunächst unwichtig. Eduard würde nie verstehen, weshalb sie sich überhaupt mit Makaroff im Café getroffen hatte, und schon gar nicht, daß sie bereit gewesen war, mit ihm nach Bad Homburg zu fahren. Sie selber hatte ja dafür kaum eine Erklärung. Aber aus dem ersten Nachgeben war alles weitere erwachsen. Noch immer überlief sie ein eiskaltes Entsetzen, wenn sie an ihr Erwachen in dem

Hotelzimmer dachte.

Monika sah sie nicht oft. Das Kind hatte so viel mit den Vorbereitungen zum Abitur zu tun, daß Maria sie so wenig wie möglich stören wollte. Vor kurzem hatten einige Mädchen eine Arbeitsgemeinschaft gebildet, um miteinander zu lernen und sich gegenseitig abzuhören. Maria fand das großartig. »Du siehst blaß aus, Spätzchen«, sagte sie. »Hast ganz verquollene Augen. Wie lange arbeitest du nachts?«

»Es wird immer spät, Mutti!« hatte Monika geantwortet. »Aber es muß sein. Ohne anständiges Abitur hast du keine Chance, in den nächsten drei Jahren zu studieren. Dieses Punktsystem ist mörderisch. Wenn das früher so gewesen wäre, hätte es Deutschlands große Männer nie gegeben: keinen Bismarck, keinen Sauerbruch, Einstein, Thomas Mann oder Nietzsche. Heute züchten sie auf den Schulen nur Streber, bestimmt keine tüchtigen Menschen, von Genies ganz zu schweigen. Man muß eben mitmachen, Mutti ... «

Auch als Monika an diesem Morgen nach Hause kam, hörte das niemand. Sie stieg mit merkwürdig steifen Beinen die Treppe hinauf, duschte sich und bekam danach rasenden Durst. Als sie Mineralwasser trank, wurde ihr speiübel, ihr Magen zuckte und verkrampfte sich, sie setzte sich auf die Bettkante und drückte beide Hände auf den Leib. Minuten später erst war sie fähig, aufzustehen. Ihr Gaumen war trocken, in ihrem Kopf kribbelte es, als ziehe eine Armee von Ameisen über ihre Nerven. Auf Zehenspitzen schlich sie die Treppe hinunter, klappte Eduards Hausbar auf und goß sich ein großes Glas mit Kognak voll. Sie nahm es mit nach oben, dort trank sie mit einer unbezähmbaren Gier die Hälfte in einem Zug.

Merkwürdigerweise fühlte sie sich danach ernüchtert. Sie setzte sich aufs Bett. Freddy fiel ihr ein, der tote Freddy, der bleich, aber mit einem glücklich lächelnden Gesicht auf der Couch lag. Freddy, den sie dann in den verrotteten Keller getragen und sich seiner entledigt hatten, als wäre er Abfall, Müll. Freddy, der von der Nadel wegwollte und in der Stunde seines Entschlusses an der Nadel starb. Freddy tot. War das zu begreifen?

Sie begann zu weinen, ließ sich auf das Bett fallen und stürzte damit in das Gefühl einer Ausweglosigkeit, das von Minute zu Minute unerträglicher wurde. Die Welt schien rundum vergittert, die Luft zum Atmen wurde immer dünner, das Angstgefühl steigerte sich bis zur Panik. Ich breche auseinander, dachte sie. Helft mir doch... ich zerfalle in lauter kleine Stücke...

Mühsam richtete sie sich auf, trank den Kognak vollends aus und blickte auf ihren mit Schulbüchern übersäten Schreibtisch. Neben dem Lehrbuch für Mathematik der Oberstufe und einem Band mit Kafkas Erzählungen schimmerte der kleine verchromte Kasten.

Er schien auf einmal sprechen zu können. Sie hörte ihn ganz deutlich. Eine weiche, angenehme Stimme. Ich bin immer da, sagte diese Stimme. Ich bin immer bereit, wie der Geist aus der Flasche. Ich bin der Geist aus der Spritze – das ist die moderne Version. Wünsch dir was – ich erfülle es! Du brauchst nur den Deckel zu öffnen und zuzugreifen. Baue dir eine neue, schöne Welt, eine Welt für dich ganz allein!

Monika Barrenberg ließ sich wieder zurückfallen und preßte beide Hände vor das Gesicht. Sie heulte gegen ihre Handflächen, biß sich in den Handballen und hatte grenzenlose Sehnsucht nach einem Menschen, mit dem sie reden könnte. Der Vater war in Florenz und hätte doch nur getobt, die Mutter würde sie nie verstehen, Freddy war tot...

O Gott, wer hilft mir denn?!

Seite 9 des neuen Tagebuches:

»Ich gab mir einen Druck. Zum erstenmal allein!

Es war nicht mehr auszuhalten. Der Kognak, den ich getrunken habe, der zuerst so angenehm war, ließ eine Hölle in mir ausbrechen. Fast die gleichen Symptome wie bei Freddy: Magenkrämpfe, Schweiß aus allen Poren, Zittern in den Gliedern. Nur nicht so heftig wie bei Freddy. Und dann diese Sehnsucht nach Ruhe! Diese irre Sehnsucht, alles zu vergessen, alles, was einen belastet, einfach abzustreifen wie eine alte Haut. Ich bin seelisch ganz unten – und ich weiß, ich könnte seelisch ganz oben sein, wenn ich mir eine Spritze gebe.

Jetzt habe ich es getan! Wie ein alter Fixer. Ich habe mir von dem weißen, reinen H, das in dem kleinen Innenkasten lag, eine Löffelspitze herausgenommen und in Wasser aufgelöst. Ich habe mir den Arm abgebunden, die Nadel aufgesetzt, die Luft aus der Spritze gedrückt, die Nadel in die Vene gestochen, ein bißchen Blut aufgezogen, um zu sehen, ob der Einstich gut sitzt, und dann habe ich hineingedrückt.

Freddy sagte immer: Das ist ein Gefühl, als wenn es in deinen Adern donnert. Entweder hat er untertrieben oder ich habe zuviel genommen. Mir war es, als explodierte ich. Ich fiel einfach um, krachte auf das Bett und blieb liegen. Jetzt bist du geplatzt, dachte ich ganz klar. Du denkst zwar noch, aber du bist nicht mehr vorhanden. Am Morgen wird jemand kommen und dich von der Wand und den Möbeln kratzen.

Sieben Uhr morgens. Ich muß runter zum Frühstück und dann in die Schule. Mama wird noch nicht auf sein, aber unser zweites Mädchen hat heute Frühdienst und wird mir alles hingestellt haben.

Ich fühle mich hervorragend. Ich sprühe vor Freude! Nach der Explosion in meinem Hirn kam eine Phase der Taubheit, dann folgte langsam dieses verrückte Glücksgefühl. Und es hält an! Ich werde heute in der Schule gut sein, das weiß ich. Ich habe keinerlei Hemmungen vor Problemen. Es ist alles so leicht. Ich kann jetzt verstehen, daß Freddy nur dann so phantastisch Trompete blasen konnte, wenn er seinen Schuß weghatte. Ohne Dope muß er sein Instrument gehaßt haben!

Trotzdem verspreche ich: Das war das letztemal! Ich weiß, wohin das führt. Ich will ein freier Mensch bleiben. Frei vom H! Nur heute mußte ich es tun, weil ich vor Angst fast verrückt wurde. Das soll nie wiederkommen! Nie! Ich habe doch meinen festen Willen!«

Um halb acht fuhr Monika mit ihrem Moped in die Schule. In ihrer Ledermappe lag, neben den Schulbüchern, einem Schinkenbrot in Pergamenttüte und ihrem Make-up-Täschchen, auch der schmale Chromkasten.

Eduard Barrenberg war wieder in Frankfurt, aber das wußte keiner.

Aus Florenz war er geflüchtet. Ohne Bettina war Italien für ihn ein Dreckland, ohne Bettina war auch die Renaissance-Hochburg Florenz nur ein Kaff. Die Vorträge auf dem Kongreß langweilten ihn, eine italienische Nutte für diese vier Tage wollte er sich nicht anschaffen, und so saß er mißmutig und brummend herum, betrank sich und flog am dritten Tag zurück nach Frankfurt.

Maria hatte er vorher angerufen; er fahre jetzt nach Ravenna, um sich das Grabmahl des Gotenkönigs Theoderich anzusehen. Er kehre dann nicht mehr nach Florenz zurück, sondern wolle über Bologna und Mailand nach Frankfurt.

Ein Tag und eine Nacht mit Bettina... Das war jede Lüge, jeden Umweg wert.

Vom Airport rief er bei Bettina an, aber es meldete sich niemand. Macht nichts, dachte er und freute sich auf die Überraschung. Ich habe ja einen Schlüssel. Wenn sie zurückkommt, werde ich im Morgenmantel dasitzen und sagen: »Auf der Sehnsucht Flügel kam ich daher... Nun schließe die Wunde der Liebe!«

So ein Blödsinn! Barrenberg kaufte im Blumenladen des Flughafens einen großen Rosenstrauß und im Delikatessengeschäft französischen Champagner. Das ist es, dachte er. Ein Champagnerfrühstück mit der nackten Bettina auf dem Schoß...

Er bekam Herzklopfen bei dieser Vorstellung, ging zu einem Kiosk, nahm eine Kreislauftablette mit etwas Orangensaft und winkte ein Taxi heran.

Zur gleichen Zeit verließ George Petrescu Bettinas Wohnung. Zu dem klingelnden Telefon hatte Bettina nicht gehen können, weil sie gerade in Petrescus Armen gelegen hatte.

Sie verpaßten sich um neun Minuten.

Bettina hob den Kopf, als sie Geräusche aus der kleinen Diele hörte. Sie glaubte, Petrescu habe etwas vergessen und sei zurückgekommen. Sie wollte schlafen, wenigstens eine Stunde noch, nachdem die Nacht so kurz und heiß gewesen war. Dreimal hatte er eine Pause eingelegt, hatte ein großes Glas Whisky mit viel Wasser getrunken, eine Zigarette geraucht und zu ihr gesprochen, als sei sie eine Katze, der man alles erzählen kann, weil sie es doch nicht versteht. Dabei hatte er sie gestreichelt, hatte mit ihren Brüsten und ihrem Schoß gespielt, bis sie stöhnend nach ihm verlangte. Da fiel er wieder über sie her, und sie bewunderte seine Urkraft, die sie versklavte, die ihre Willenskraft tötete.

Eduard Barrenberg hörte, wie Bettina im Schlafzimmer die Kissen zurechtklopfte. Sie rief etwas, was er nicht verstand. Auf Zehenspitzen schlich er ins Wohnzimmer. Er hatte sich etwas Schönes ausgedacht, eine Überraschung, die Bettina sprachlos machen würde. Hinter der großen Couch zog er sich aus, legte Anzug und Unterwäsche ordentlich zusammen, wickelte fast geräuschlos den Blumenstrauß aus dem Papier und hielt ihn vor seinen Bauch. Der Spiegel über dem imitierten offenen Kamin war leicht geneigt, so daß er den ganzen Raum wiedergab. Eduard Barrenberg betrachtete sich darin und kam sich sehr originell vor.

Er war keine Schönheit mehr, oh nein, das konnte selbst Eduard bei allem Selbstbewußtsein nicht behaupten. Aber es gab immerhin bedeutend mehr Männer in seinem Alter, die sich nicht mehr so freizügig zeigen konnten. Er hatte keine Krampfadern, was ihn immer wieder freute, wenn er Kollegen, die jünger waren als er, in der Badehose sah und an ihren Waden dicke blaue Stränge entdeckte. Auch sein Brusthaar war noch nicht weiß, und sein Schamhaar war dunkelbraun, wollig und gelockt, wie ein Karakulfell. Was ihn allein störte, war der Bauchansatz, dieses Biergrab, wie er's nannte, eine Wampe, die nach einem guten Essen straff war wie ein Paukenfell, im normalen Zustand aber etwas wabbelig. Vom Magen aufwärts wirkte Barrenberg sogar athletisch mit seinen breiten Schultern, den muskulösen Oberarmen, dem kräftigen Hals, dem massigen Brustkorb. Und seine Beine sahen Säulen ähnlich, die sich bei jedem Schritt in den Boden zu verankern schienen. Nur das Mittelstück also war etwas mangelhaft, und davor hielt er jetzt den Blumenstrauß, nicht aus Scham, sondern um einen erotischen Witz zu machen: Laßt Blumen sprechen.

Er schlich zur Schlafzimmertür, die nur angelehnt war, und stieß sie auf. Bettina lag auf der Seite, nur halb zugedeckt und natürlich nackt, wie sie immer schlief. Barrenberg hatte das schon immer fasziniert: Wenn Bettina mit dem Bett in Berührung kam, verwandelte sich die elegante, selbstbewußte Frau in ein Wesen, das mit jeder Pore ihres herrlichen Körpers nach Nehmen und Geben verlangte.

Eduard Barrenberg hatte so etwas nie für möglich gehalten, sich nie erträumt. Marias Liebe war die Hingabe einer Untergebenen, die Bestätigung eines Rechts, das er sich vor dem Standesbeamten und dem Altar erworben hatte. Es war die eheliche Pflicht, gemischt mit Zärtlichkeit und einer scheuen Zurückhaltung, der nie einfallen, die auch nie zulassen würde, was für Bettina zum Liebesalltag gehörte.

Eduard Barrenberg räusperte sich und raschelte mit dem Blumenstrauß. Bettina dehnte sich mit geschlossenen Augen. Ihre Hand zog die Decke über ihren Körper. Vorhang zu... Ich habe genug, du hast genug! Ich will nicht mehr...

»Da bin ich, Betty«, sagte Barrenberg.

Mit einem erstickten Aufschrei fuhr Bettina hoch, stützte sich ab und starrte Barrenberg fassungslos an. Erst dann kam ihr zum Bewußtsein, welch eine kurze Spanne zwischen Petrescus Weggang und Eduards Eintreffen gelegen haben mußte.

»Mein Gott! Wo kommst du her?!«

»Direkt aus Florenz!«

»Bist du verrückt?!«

»Ja! Ich halte es ohne dich nicht mehr aus! Ich habe dich vom Flughafen angerufen, aber keiner ging ans Telefon. Du hast sicherlich fest geschlafen.«

Das Klingeln... dachte sie und ließ sich ins Bett zurückfallen. Er war es also. Welch ein Glück, daß ich nicht abgehoben habe.

»Gestern war ein harter Tag für mich. Meine Ausstellung bei Bieringer, es ist noch so viel zu tun. Aber du? Konntest du so einfach von Florenz weg?«

»Ich bin heute in Ravenna.« Barrenberg lachte, riß die Decke herunter und legte Bettina die Blumen zwischen ihre schönen Brüste. Mit spitzen Fingern knipste er eine Federchrysantheme ab und ließ sie in ihren Schoß fallen. Bettina zuckte unmerklich zusammen. »Ich besichtige das Grabmal des Theoderich.« Barrenberg setzte sich auf ihr Bett und strich mit den Fingerkuppen über ihre Brüste. »Ein sehenswerter Kuppelbau...« Seine Stimme wurde dunkler und melodischer. »Vollendete Formen, von ergreifender Harmonie und unsterblicher Schönheit...«

Sie dehnte sich unter seinen Händen, obgleich sie müde und erschöpft war und ihr Leib noch brannte. Doch die geheimnisvolle

Kraft ihres Körpers erlahmte nie. Sie spürte das unwiderstehliche Zucken in den Innenseiten ihrer Schenkel, das berauschende Wärmegefühl in ihrem Leib, das Kribbeln an allen Nervenenden. Sie wußte, wie das enden würde, und sie sah auch Barrenbergs Erregung. Sie schnippte die Chrysanthemenblüte von ihrem Schoß. Als Eduard nach ihr greifen wollte, hielt sie seine Hand fest.

»Soll das heißen ... ?« fragte sie. Barrenberg nickte.

»Ich bleibe einen ganzen Tag und eine ganze Nacht bei dir! Morgen kehre ich dann aus Italien heim. Ich habe zu Hause schon die Termine genannt.«

»Das ist unmöglich, Voice!« Sie legte den Blumenstrauß vor das Bett auf den hochflorigen Teppich und rückte nach hinten, weil Eduard ins Bett drängte und sich neben sie legte. Seine Hände nahmen das beliebte Spiel wieder auf; er atmete schneller und bekam rote Ohren. »Ich bin den ganzen Tag unterwegs.«

»Streichen!«

»Ich habe Termine!«

»Absagen!«

»Das geht nicht. Hätte ich nur eine Ahnung gehabt, daß du... Voice, sei vernünftig. Willst du den ganzen Tag hier herumhocken? Ich muß in zwei Stunden bei Bieringer sein.«

Barrenberg wandte sich ihr zu und schob seine Hände unter ihre Schultern. Ihre Brüste hoben sich ihm entgegen. Er sah ihre Augen weit, fast ängstlich werden. »Ich werde warten auf die Nacht!« sagte er rauh. »Ich werde durch die Wohnung laufen und schreien: Ich liebe sie! Ich liebe sie! Ich werde vor deinem Bild sitzen und mit dir reden. Ich werde einkaufen und Champagner und Kaviar holen, Austern und Tatar – alles, was du gern ißt.

Und wenn du nach Hause kommst, ist der Tisch gedeckt, du ziehst dich aus, und wir werden soupieren wie die alten Pompejaner auf den hinterlassenen Mosaiken: Bacchus und die Mänade... «

Barrenberg nahm Bettinas Seufzen als Einverständnis. Er beugte sich über sie und gestand sich ein, daß er jetzt ein Mann war, der das Glück mit beiden Händen hielt. Er war überzeugt, der männlichste aller Männer zu sein.

Seite 11 aus dem Tagebuch:

»Es ist furchtbar, aber ich muß es niederschreiben, ich kann es nicht verschweigen, und ich will auch nicht lügen, wenigstens nicht auf diesen Seiten: Ich habe mir einen neuen Druck gemacht.

Ich schreibe diese Zeilen auf der Toilette unserer Schule. Hier, in der kleinen, abgeschlossenen, nach Urin und Kot riechenden Kammer, gut verriegelt durch das Drehschloß, auf dem draußen »Besetzt« steht, bin ich allein und sicher. In der Klasse habe ich gesagt, mir sei übel, und man hat es mir sofort geglaubt. Ich muß bleich und hohläugig ausgesehen haben, wenigstens sagte mir das mein Spiegelbild. In mir brannte alles, mein Kopf war hohl wie eine taube Nuß, die Fingerspitzen waren taub, ich hörte alles wie durch Watte. Es war mir unmöglich, dem Unterricht zu folgen, ich verstand überhaupt nichts mehr! Aber ich spürte eins – und das war so stark, daß ich mit den Zähnen klapperte vor Gier, vor Gier nach der Nadel. Ich dachte nur noch daran, wie schön es war, als ich voll Dope war. Alles war so klar, so leicht, so unkompliziert. Jetzt alles so bergeschwer! Da bin ich aus der Klasse weg, auf die Toilette, habe mich eingeschlossen. Und dann habe ich das Kästchen angesehen, das mir dieser widerliche Makaroff geschenkt hat.

Reines H, eine Spritze, ein Löffel, eine Kerze, Ascorbinsäure als Pulver, dazu noch ein wenig Wasser, das Ganze aufzulösen über der Flamme bis es flüssig wird.

Ich habe mich gewehrt, glaubt es mir doch, ich habe nein! nein! nein! gesagt... Aber dann war das andere stärker, und ich habe auf dem Spülbecken des Klos die Kerze angezündet.

Merkwürdig – ich habe dabei an Freddy gedacht, aber nicht daran, daß er nun tot ist, getötet von diesem weißen Gift, sondern daß ich vieles bei ihm falsch gemacht habe, vor allem die vielen Ermahnungen, er müsse von der Nadel runter! Was soll das Reden? Ich spüre es jetzt selbst: Worte sind ein einziger Scheiß! Nicht Worte helfen, es hilft nur ein Druck. Wenn man auf Turkey kommt, ist einem alles so egal, so ekelhaft. Man müßte einen Fixer kasernieren und langsam von der Nadel entwöhnen. Nicht plötzlich: Schluß, es gibt nichts mehr... Da drehen sie alle durch, da werden sie verrückt und brechen aus wie wilde Tiere. Nein, man müßte sie vielleicht – das ist nur so ein Gedanke von mir – in eine Art Heilschlaf versenken, sie müßten zwei oder drei Wochen schlafen, bis sich der Körper daran gewöhnt hat, daß es kein Dope mehr gibt. Doch was kostet das alles? Ich habe neulich gelesen – ob's stimmt, wer weiß das? –, daß es jetzt in Deutschland fast 100000 Fixer gibt, in Frankfurt allein über 4000. Und eine Langzeittherapie, von der man noch nicht einmal weiß, ob sie hilft, kostet für jeden zwischen 300000 und 500000 Mark! Wer soll das bezahlen? Das wären ja Milliarden Mark, nur für Fixer! Die ganze Wirtschaft käme durcheinander. Wer kann das verlangen, wer will das verantworten? Da ist es doch einfacher, sie drücken sich den Goldenen Schuß und entheben die Gemeinschaft damit aller Probleme. Soll die gesamte Weltordnung an H zugrunde gehen? Sollen sie sich doch gegenseitig umbringen, diese kaputten, zu nichts mehr nützen Typen! Das Furchtbare ist nur, daß jeder Fixer vier oder fünf neue Fixer heranzieht, daß ein Dealer wie ein Honigtopf ist, zu dem sich die zuerst nur Neugierigen drängen, bis sie zum erstenmal einen Schuß weghaben. Dann sind sie gefangen, dann gibt es kein Zurück mehr, dann ist es wieder einer mehr, der den Staat 300000 Mark kosten könnte. Wo soll das hinführen?

Was ich getan habe, will ich nicht so oft tun. Nur ab und zu, wenn ich völlig im Tief schwimme. Ich werde mich nie von Dope abhängig machen lassen. Nie! Fast alle, die nach einem Druck nicht mehr zurückkonnten, waren ja schon im Ansatz irre Typen, waren kraftlos und labil. Wir haben beim Roten Kreuz darüber gesprochen. Es gibt genug, die nach einem Probieren wieder zurück sind und nie mehr eine Nadel angerührt haben, weil ihnen kotzübel wurde. Sie waren nicht high, sie lagen völlig auf dem Kreuz.

Ich kenne das alles, und ich weiß, daß ich jederzeit zurück kann. Aber heute mußte ich mir einen Schuß setzen, es ging nicht anders. Während Dr. Bernhardi am Pult über die Wirkung marxistischer Literatur nach 1919 sprach, mußte ich immer an diesen Petro Makaroff denken. Wer ist er? Ich habe Angst vor ihm. Warum, das kann ich nicht sagen, das fühle ich bloß. Aber es ist wirklich Angst!

Als Mann ist er mir gleichgültig, ich schätze, er ist doppelt so alt wie ich, außerdem ist er von einer Sorte Mann, die mich abstößt: Zu schön, zu sehr auf seine Wirkung fixiert, zu eitel. Die Unwiderstehlichen! So etwas hasse ich. Da war Freddy anders. Er war wie ein ausgesetzter, hungernder, herumstrolchender, getretener Hund, ein Tier, das ein wenig Wärme sucht, Anhänglichkeit, Verständnis, Freundschaft. Die ganze Welt war feindlich, weil er nicht in das bürgerliche Schema paßte. Früher, als Papa noch jung war und der Hitler regierte, nannte man Picassos Bilder »entartete Kunst«. Heute zahlt man Millionen dafür und nennt Picasso das größte malerische Genie des Jahrhunderts. Wer hat denn nun recht? Freddy war wie ein Picassobild: ein Auge oben links, ein Fuß unten rechts, dazwischen wirre Linien. Aber wenn man zurücktritt und sich etwas Mühe gibt, erkennt man doch den Menschen in seiner ganzen Zerrissenheit. Freddy war so. Er lebte außerhalb der glatten Ästhetik.

Oder Holger Mahlert. Wie komme ich jetzt auf Holger? Er ist das andere Extrem. Sohn reicher Eltern. Akademiker mit Couleurband und Bierzipfel an der Uhr. Sonst aber ein netter Bursche, klug, sportlich, weltgewandt, diskussionsbereit, verständig. Rundum ein guter Mensch, soweit ich das nach so kurzer Zeit beurteilen kann. Freddy, der vor Eifersucht fast zersprang, als ich mit Holger tanzte, nannte ihn nur »das goldbesprühte Arschloch«. Dabei hatte Freddy alle Chancen, auch so zu sein, aber er wollte nicht.

Es ist fast sicher, daß ich Holger Mahlert wiedersehe. Er wird mit seinem Auto – meinem Traumwagen, den ich mir von Papa zum Abitur wünsche! – wieder vor der Schule warten. Ich muß ihm dann von Freddys Tod erzählen. Irgendeinem muß ich das alles sagen! Zu Papa und Mama zu gehen, ist völlig sinnlos. Aber Holger wird mich anhören. Soll ich auch von Makaroff erzählen, von dem Chromkasten? Ich weiß es nicht. Auf keinen Fall darf er wissen, daß ich mir einen Druck gemacht habe.

Es schellt. Die Schulklingel. Pause. Jetzt habe ich über eine halbe Stunde auf der Toilette gesessen. Aber der Druck hat mir gut getan. Ich fühle mich prächtig. Die ganze miese Stimmung von vorhin ist wie weggeblasen. Mein Kopf rauscht zwar etwas, und ich weiß, wenn ich jetzt aufstehe, schwanke ich bei den ersten Schritten, und wenn ich in den Spiegel blicke, habe ich große, glänzende Augen, wie ein Schaukelpferd, und ein Lächeln um die Lippen, das auch nicht weggeht, wenn ich ernst sein will. Es ist alles so erträglich geworden!

Morgen werde ich den Chromkasten von Makaroff in den Main werfen! Und wenn mir später übel wird, lege ich mich ins Bett und feiere so lange krank, bis ich diesen kleinen Anfall überwunden habe. Ich will ja kein Fixer werden... Freddy steht als Warnung immer neben mir.«

Petrescu war es nicht möglich gewesen, Monika von der Schule abzuholen, wie er es geplant hatte. Seine Geschäfte hatten ihn daran gehindert.

Als er von Bettina ins Büro zurückgekommen war, das in einem der Frankfurter Geschäftshochhäuser mitten in der Stadt lag, ein Drittel der neunzehnten Etage, mit weichen Teppichen ausgelegt, mit Mahagoni im englischen Stil getäfelt, mit einem Blick über die Mainwindungen, mit Klimaanlage und geräuschisolierten Türen, warteten im Vorzimmer in den breiten schwarzen Ledersesseln bereits drei Herren auf ihn.

Die Sekretärin hatte ihnen Tee serviert, sie tranken mit leisem Schlürfen und süßten ihn mit einem Teelöffel Honig.

Petrescu, der durch einen separaten Eingang sein Büro betreten hatte, betrachtete seine Besucher auf einem kleinen Bildschirm neben dem Schreibtisch. Zwei versteckte, in die Türtäfelung eingebaute Kameras überblickten jeden Winkel des Vorzimmers. Die drei Besucher trugen leidlich gute Anzüge und korrekt gebundene Krawatten, aber die buschigen Schnurrbärte und die wettergegerbten Gesichter paßten nicht so recht dazu, auch nicht zu ihren eleganten, mit Safeschlössern versehenen Aktenkoffern aus feinstem Leder.

Petrescu überlegte, was der Besuch bezwecken sollte. Es kam höchst selten vor, daß Abgesandte sich in mitteleuropäischer Verkleidung bis nach Frankfurt wagten. Außerdem hatte er nichts davon gehört, daß drei Delegierte unterwegs wären; sie waren nicht angekündigt worden. Es mußte sich also um einen Sonderfall handeln, um eine sehr wichtige Ansprache.

Es gibt Gesprächspartner, die umarmt man wie einen guten Freund. Anderen gibt man korrekt die Hand. Es gibt aber auch Partner, bei denen man sich nicht im klaren ist, wie sie reagieren, so daß man ihnen besser mit einer Pistole gegenübertritt. Ein solcher Partner ist keinesfalls beleidigt, denn auch er trägt in der Tasche eine Waffe. Petrescus Geschäftsfreunde jedenfalls gehörten zu der Sorte, die nicht beleidigt ist, wenn man an seinen Selbstschutz denkt.

Petrescu drückte auf einen Knopf am Schreibtisch. Es gab da mehrere Knöpfe, die Lichtsignale erzeugten. Leuchtete im Sekretariat ein rotes Lämpchen auf, dann hieß das: Besucher zu mir! Ein gelbes Lämpchen bedeutete: Ruhe. Ein grünes: Zum Diktat. Ein anderer Knopf signalisierte in einem Raum direkt neben Petrescus Büro mit einem großen flackernden Rotlicht: Alarm! Was dann geschehen sollte, hatte man übungsweise schon oft praktiziert, jedoch war es noch nie ernst geworden: Drei Männer mit Maschinenpistolen stürzen in das Chefbüro und schießen ohne Warnung auf die Besucher.

Da dies noch nie vorgekommen war, hatten die drei einen äußerst langweiligen Job. Sie saßen neben ihren MPs herum, spielten Karten, hörten Radio, lasen Pornomagazine, tranken Fruchtsäfte – Alkohol war im Dienst verboten – und rauchten ununterbrochen.

Petrescu klappte den Bildschirm in den kleinen Schrank zurück, der jetzt aussah wie ein Schreibmaschinentischchen, und setzte sich bequem. Die Sekretärin ließ nach kurzem Anklopfen die drei Besucher eintreten. Sie blieben jedoch an der Tür stehen, sahen Petrescu an und warteten auf sein erstes Wort.

»Guten Morgen!« sagte Petrescu auf englisch. »Sie sprechen doch Englisch? Mein Türkisch ist nicht sehr gut, mein Kurdisch miserabel. Wie geht es Akbar Görynjö? Was macht sein Rheuma?«

Die drei kamen näher und setzten sich in die Sessel, die vor dem Schreibtisch standen. Der Mittlere schien am besten Englisch zu sprechen. Er war der Wortführer. Seinen Aktenkoffer legte er auf die Knie wie ein Jäger sein Gewehr.

»Kennst du Kemal?« fragte er.

»Ich habe von ihm gehört. ›Kemal der Türke‹ heißt er bei den Jungs.« Petrescu hob die Schultern. »Mehr weiß keiner. Er spielt

Phantom. Mal ist er da, mal dort. Ein geschickter Mann! Aber für uns unbedeutend.«

»Er heißt Kemal Özdogan. Er ist ein Verräter.«

Petrescu zog das Kinn an. So einfach ist das. Da kommen drei Mann aus dem Kurdenland und sagen schlicht: Er ist ein Verräter! – Was das für Kemal bedeutete, ist kein Rätsel. Mit dieser Feststellung war er bereits von der Liste der Lebenden gestrichen. Die Zeit, die er noch atmen durfte, war bemessen.

»Was ist mit Kemal Özdogan?« fragte Petrescu.

»Er hat betrogen. Er hat Gelder unterschlagen oder weniger abgerechnet als er mußte. Er sagt, die Preise seien sehr gefallen.«

»Das sind sie, Gentlemen ... «

»Wenn Kemal einen Gewinn von über 1000 Prozent macht, kann er die Ankaufpreise immer halten! Aber er denkt nicht an die große Sache, er denkt an sich selbst. Er verrät uns wegen des Geldes.« Der Abgesandte klopfte mit der flachen Hand auf seinen Aktenkoffer. Die beiden anderen schielten zu ihm hin und legten ebenfalls ihre Hände auf ihre Koffer. »Jeder von uns vier Kilo ... «

Petrescu atmete mit geblähten Nasenflügeln. »Zwölf Kilo?« fragte er ungläubig.

»Ja.«

»Im Aktenkoffer? Seid ihr total verrückt? Wenn euch die Polizei kontrolliert hätte!«

»In jedem Koffer ist eine Bombe, die sofort explodiert, wenn ein Fremder ihn öffnet. Es gibt keine Spuren!« Der Wortführer sah Petrescu forschend an. »Der normale Preis weniger zehn Prozent. Für diese zehn Prozent wollen wir von dir hören: Das Problem Kemal ist gelöst ... «

Petrescu rechnete. Zwölf Kilogramm reines H aus der Küche von Gaziantep – das war so ungeheuerlich, daß er seine Berechnung abbrach. Wenn man das 90 Prozent reine H nur auf 80 Prozent Reinheit herunterdrückte, lohnte es sich schon, Kemal zu suchen und zu jagen.

»Wir haben siebzehn Kuriere unterwegs«, sagte der Wortführer der Kurden. »Diese arbeiten wieder mit eigenen Kurieren. Wenn sie alle durchkommen, bieten wir dir 120 Kilo an.« Der mittlere ließ seinen Koffer aufschnappen und nahm ein Bündel Papier heraus. Er erhob sich, trat an den Schreibtisch und zählte Petrescu siebzehn halbe Geldscheine auf den Tisch. Zerrissene Ein-Dollar-Noten. Petrescu kannte diesen Ritus des absoluten Schutzes. Nur wenn der Kurier die andere, passende Hälfte vorlegen konnte, war er der richtige Mann. Ein eingeschleuster V-Mann der Kripo hätte gar keine Chancen, als Großhändler aufzutreten. Er würde sich nur lächerlich machen – und vielleicht für immer stumm.

»Warum gerade ich?« fragte Petrescu und starrte die Geldscheine an. Jeder war anders zerrissen, so wie jeder Sicherheitsschlüssel einen anderen Bart hat. Natürlich kam es auch darauf an, daß beide Teile dieselbe Notennummer trugen.

»Du bist der einzige, der uns sofort bezahlen kann«, sagte der Kurde. »Ein Schiff mit Waffen ist unterwegs und wird bei Iskenderun landen. Wir können die Waffen nur gegen bar übernehmen – wie du unsere Ware. Sage nicht nein, Bruder, wir wissen, daß du es bezahlen kannst. In der Schweiz, in Monaco und auf den Bahamas liegen die Gelder von deinem Geschäft mit Ban Hin Taek und Knun Sha. Bruder, es geht um die Freiheit.« »Ich bin Rumäne«, sagte Petrescu.

»Was spielt das für eine Rolle?« Der Wortführer lächelte breit. »Unsere Gegner im Irak werden von sowjetischen Offizieren beraten! Mußt du lange überlegen?« Er sah Petrescu ernst an. »Du weißt jetzt sehr viel ... «

Petrescu war lange genug im Geschäft, um diesen Satz zu verstehen. Er schob die siebzehn zerrissenen Dollarnoten zusammen und steckte sie in die Schublade seines Schreibtisches. Der Abgesandte klappte seinen Koffer zu.

»Wie wird bezahlt?« fragte Petrescu. »Sofort in bar.« »Und wenn die Kuriere nicht durchkommen?« »Welches Geschäft ist ohne Risiko?«

»Mit 120 Kilogramm könnt ihr doch kein Schiff voll
Waffen kaufen?! Wer vertreibt die andere Ware?«

»Sie geht nach Amerika und Südfrankreich.«

»Und wen beliefert ihr noch in Deutschland?«

»Zu viele!« Der Wortführer setzte sich wieder und nahm den Aktenkoffer auf den Schoß. »Wenn du unser Freund bist, könnte das deutsche Geschäft allein bei dir bleiben.«

»Ohne Ausnahmen?«

»Ohne Ausnahmen!«

»Ich gebe euch einen Schweizer Barscheck mit. Ich muß noch ausrechnen, wieviel ... «

»Nicht nötig. Wir haben die Rechnung mit.« Der Kurde reichte Petrescu einen Zettel über den Tisch. Es war eine Summe, bei der Petrescu leicht zusammenzuckte. Es war das größte Geschäft seines Lebens – wenn die Kuriere durchkamen. Und es würde ein Traumgeschäft in den nächsten Jahren werden, wenn er allein den deutschen Handel kontrollierte. Die asiatische Konkurrenz hatte dann keinerlei Chancen mehr und fiel völlig aus dem Markt. Auch die türkische »Kleinindustrie«, die Familienunternehmen der Gastarbeiter mit ihren paar Gramm im hohlen Schuhabsatz, konnte den Markt nicht mehr gefährden. Schon gar nicht, wenn Kemals Schicksal ihnen zur Warnung diente ...

»Vergiß Kemal nicht!« sagte der Wortführer, als könne er Gedanken lesen.

»Wir werden uns um ihn kümmern.« Petrescu holte aus einem kleinen Tresor ein Scheckbuch und füllte einen Barscheck aus. Im gleichen Augenblick drehten die drei Kurden an ihren Kofferschlössern und öffneten die Deckel. Dreimal vier Kilo reinstes H Nr. 4, in Plastiktüten geruchsicher eingeschweißt, stapelten sich auf Petrescus Tischplatte. Petrescu schüttelte wieder den Kopf.

»Ihr seid wirklich verrückt!« sagte er mit belegter Stimme. »Wie habt ihr die hereingebracht?!«

»In diesen Taschen!« sagte der Kurde. »Wir haben einen Diplomatenpaß. Wir sind Mitglieder der Türkischen Nato-Delegation in Brüssel.« Er lächelte unter seinem gewaltigen buschigen Schnauzbart. Die Augen in dem wetterzerfurchten Gesicht glitzerten. »Wenn Kurdistan ein eigenes Land sein wird, wirst du unser Generalkonsul in Frankfurt, Petro-Bruder. Wir danken dir.«

Ein paar Minuten später saß Petrescu wieder allein in seinem eleganten englischen Büro und hatte die siebzehn Dollarhälften vor sich liegen. Die ersten Kuriere sollten übermorgen eintreffen, die letzten in zehn Tagen. Dann hatte er 132 Kilo 90prozentiges H auf Lager, genug, um schlagartig den Markt an den Brennpunkten zu besetzen: Frankfurt – Hamburg – Berlin – München – Düsseldorf – Hannover – Bremen – Stuttgart – Nürnberg. Und Duisburg als Tor zum gesamten Ruhrgebiet.

Die Dope-Szene in einer Hand. Der Schnee-Kaiser.

Petrescu schloß die siebzehn Dollarhälften wieder ein und griff zum Telefon. Irgendwo in dieser Stadt Frankfurt, in der nichts mehr unmöglich war, meldete sich eine gelangweilte Stimme: »Gebäude und Fassadenreinigung ›Blitzblank‹. Bottreck am Apparat.«

»Gib mir mal Wiesnack«.

»Wer spricht?«

»Frag nicht so dämlich. Ich will Wiesnack haben!«

Es knackte ein paarmal, dann meldete sich eine noch jugendlich klingende Stimme: »Wiesnack.«

»Makaroff.«

»Ich höre Ihre Stimme gern. Brauchen Sie einen Fensterputzer?«

»Es gibt da einen Flecken, der muß entfernt werden. Er sieht so häßlich aus.«

»Wir verwenden nur die besten Fleckenmittel.«

»Kemal Özdogan. Ein Türke. Adresse unbekannt. Rauschgifthändler.«

»Ein hartnäckiger Flecken, Herr Makaroff...«

»Die doppelte Taxe.«

»Wir werden uns bemühen.«

Petrescu legte auf. Es lohnte sich nicht mehr, weiter über Kemal nachzudenken. Die Zukunftsaussichten berauschten Petrescu geradezu. Er holte sich aus der kleinen ausklappbaren Bar ein großes Glas Kognak und setzte sich mit ihm an das Panoramafenster.

Frankfurt lag unter ihm. Das Bankenviertel mit seinen kühnen Wolkenkratzern, die Skyline am Main, der Fluß und drüben Sachsenhausen und das Äppelwoiviertel. Ein bleicher Dunst lag über der Stadt: von der Sonne durchweichte Wolken aus Abgasen und gesättigter Luft.

Petrescu war nie sentimental, selbst nicht in Bettinas Armen. Aber in diesen Minuten, da er still am Fenster sitzend mit kleinen Schlucken seinen Kognak trank, überkam ihn die sanfte Wehmut eines Mannes, der in seinem Leben das Höchste erreicht hat.

Am Nachmittag stellte sich Fieber ein. Nicht sehr hoch, aber immerhin war Holger Mahlerts Kopf heiß, die Wunde bekam gerötete Ränder und war äußerst druckempfindlich. Peter Roßkauf injizierte noch einmal hohe Dosen Antibiotika und nahm ihm Blut ab, um es im Labor gründlich untersuchen zu lassen.

»Man konnte nicht erwarten, daß dein Messerstecher die Klinge zuvor sterilisierte«, sagte Roßkauf sarkastisch. »Ich habe damit gerechnet, daß es nicht ganz so komplikationslos abgeht. Junge, das muß ich dir sagen: Wenn du anfängst, septisch zu werden, kommst du in die Klinik!«

»Auf gar keinen Fall!« Mahlert versuchte sich aufzurichten, aber seine Schwäche war so groß, daß er sofort wieder zurückfiel. Der Blutverlust war noch nicht kompensiert worden, trotz der beiden Transfusionen von Kochsalzlösung. »Ich fühle mich stark genug.«

»Das sieht man.«

»Ich will nach Hause!«

»Um damit den ganzen Behördenapparat in Bewegung zu setzen! Du wirst deinem alten Herrn nicht einreden können, das sei ein Wespenstich. Es hat mich schon Mühe genug gekostet, ihm beizubringen, daß du mit vier anderen Kommilitonen nach Köln zu einer gewaltigen Corps-Kneipe gefahren bist. ‚›Wieso?‹ hat dein Herr Papa gefragt, ›Holger hat doch sein Band und die Mütze hiergelassen! Was sind denn das für neue Kneipsitten‹?«

»Eine Klinik kommt nicht in Frage.«

»Ärzte haben Schweigepflicht, das weißt du!«

»Darum geht es nicht.« Mahlert starrte an die Zimmerdecke. »Mein – Gegner lebt nicht mehr.«

Peter Roßkauf schluckte und setzte sich auf das Bett. »Sag das noch mal!«

»Er ist tot!«

»Holger! Bist du wahnsinnig? Weißt du, was du getan hast?! Wenn das herauskommt ... «

»Man hat die Leiche bereits gefunden.«

»Du lieber Himmel! – Hast du – Spuren hinterlassen?«

»Nein!«

»Bist du sicher?«

»Ganz sicher. Ich habe ihn doch nicht umgebracht. Peter, du bist ein liebes, treues, aber großes Rindvieh. Traust du mir so etwas zu?«

»Du hast selbst gesagt...«

»Er ist tot, habe ich gesagt. Es gibt auch andere Todesarten als Mord oder Totschlag. Er hat sich selbst umgebracht.«

»Nachdem er dich...«

»Logisch.« Mahlert lächelte spöttisch. »Ein Toter kann nicht mehr mit einem Messer stechen. Aber das ist erledigt. Das war eine Aussprache zwischen uns, ich habe überlebt, womit er nicht gerechnet hatte und auch nicht rechnen konnte. Nun ist er tot, und damit ist der ganze Fall abgeschlossen.« Mahlert hob die Hand. »Peter wenn du mich nicht schnellstens wieder auf die Beine kriegst, bist du ein miserabler Mediziner. Ich muß morgen wieder auf dem Damm sein.«

»Unmöglich! Nicht mit Fieber und einer beginnenden Wundinfektion.«

»Übermorgen. Das ist meine letzte Konzession! Ich muß mich um Monika kümmern.«

»Aha! Monika heißt die Dame! War sie der Duellgrund?«

»Ja!« Mahlert versuchte, sich wieder aufzurichten. Roßkauf drückte ihn sanft, aber bestimmt in die Kissen zurück. »Ich weiß, wie nötig Monika jetzt eine feste Stütze braucht.«

»Und das bist ausgerechnet du!«

»Du hast ja keine Ahnung, was draußen wirklich los ist, Peter! Du machst deinen Dr. med., du ochst fürs Staatsexamen, jeder erwartet, daß du es mit summa cum laude machst, und das schaffst du auch, und dann steht der junge Herr Doktor so hoch über den Realitäten, daß ihn Hilferufe aus der Tiefe nicht mehr erreichen. Der Halbgott in Weiß...«

»Du bist ein Arschloch!« sagte Roßkauf genüßlich. »Natürlich mache ich meine examina mit Glanz und Gloria. Aber schließt das aus, daß ich mich um den Sumpf der Gesellschaft kümmere? Gerade als Arzt –«

»Da haben wir's ja! Sumpf der Gesellschaft! Wer solche Vorurteile hat, bleibt immer draußen, bleibt immer nur der distanzierte Moralprediger! Er rennt nie Türen ein – er baut nur immer neue Wälle!«

»Wieso hast du eigentlich Chemie studiert und nicht Theologie? Dein Talent zum Seelsorger ist enorm!« Peter Roßkauf fühlte noch einmal den Puls; er war etwas flach, aber kaum beschleunigt. Das Fieberthermometer zeigte 37,9. Noch nichts, was zur Besorgnis Anlaß gab, aber übersehen durfte man es auch nicht. »Eine Frage: Gehört diese Monika zu den Fixerkreisen, die du als Prophet eines reineren Lebens beglücken willst?«

»Auf solch ironische Fragen gebe ich dir keine Antwort.«

»Konkreter: Ist Monika ein Nadel-Typ?«

»Nein. Noch nicht.«

»Noch nicht? Das klingt sehr dünn...«

»Ist es auch.«

»Monika ist also gefährdet?«

»Ja. Wenn keiner sich um sie kümmert. Gerade jetzt, in ihrem Zustand.«

»Teufel auch! Du hast sie geschwängert?!« »Du bist ein Ferkel, Peter!« »Was für Zustände hat sie dann?«

»Monika weiß natürlich von... vom Tod meines Gegenspielers.«

»Den Namen willst du mir nicht nennen?«

»Nein! Sein Name ist jetzt nicht mehr wichtig. Aber begreif doch endlich, Peter!« – Mahlert schlug die Fäuste zusammen– »Ich muß zu Monika! Sie braucht mich dringend.«

»Wenn du mir sagst, wo ich sie finde, bringe ich sie hierher.«

»Wieder unmöglich. Sie darf nie erfahren, daß der... der andere mich umbringen wollte.«

»Du willst ihr also gegenübertreten als strahlender Prinz! Als Supermann, der sich den Ring des Saturn um den Hals legt.«

»Nicht ganz so kitschig.«

»Und deine Stichwunde spielt mit, glaubst du?«

»Sie muß es. Das ist deine Aufgabe. Du bist der Arzt.«

»Ich bin kein Wunderheiler. Ich bin nicht Parsifal; ich habe keinen Speer, dessen Spitze jede Wunde schließt!«

»Bis übermorgen!« sagte Mahlert fest. »Mein letztes Wort! Länger kann ich nicht warten. Ich muß Monika sehen, ich darf sie jetzt nicht allein lassen.«

Übermorgen.

Das war bereits zu spät.

Morgen wollte Eduard zurückkommen.

Maria hatte das Datum auf dem Reklamekalender, der in ihrem Damensalon neben dem Sekretär hing, mit einem roten Kreis angestrichen. Heute besichtigte er das Grabmal des Theoderich in Ravenna, übernachtete in Mailand und flog morgen früh nach Frankfurt zurück.

Bis morgen mußte noch allerhand geschehen. Makaroff hatte sich noch nicht wieder gemeldet. Das war kein gutes Zeichen. Maria wäre es lieber gewesen, wieder mit ihm reden zu können, um noch einmal zu versuchen, an die Negative heranzukommen. Sie war bereit, dafür alles zu geben, wobei sie sich nicht darüber im klaren war, was ›alles‹ bedeutete. Viel Geld hatte sie nicht, weil Eduard ihr jeden Wunsch sofort erfüllte. Wozu braucht Maria ein dickes Konto? sagte er sich. Ich bezahle ja doch alles!

Außerdem hatte Makaroff deutlich gesagt, daß ihn Geld nicht interessiere, davon habe er genug. Er wollte sie, die Frau, die Geliebte, den Körper, ihren Hunger nach Lust... es war wahnsinnig, daran zu denken, wie sie sich, wenn auch in der Ohnmacht, benommen hatte, und wie ihr Körper, dieser so selten in Ekstase versetzte Leib, auf Makaroffs Leidenschaft reagiert hatte. Es war beschämend und alarmierend zugleich. Wenn sie an die Fotos dachte, an diese ungeheuerlichen Bilder, lief ein Zittern durch ihre Nerven. Aber es war kein Beben aus Entsetzen allein, es war ein untergründiges Frieren, das sich nach Wärme sehnte, nach Hingabe, nach betörender Erregung. Das brachte sie am meisten in Panik: dieses jähe Ausbrechen geheimer Wünsche, eindeutiger Phantasien... Die Fotos waren unbeschreiblich, aber wenn sie sich in diesen Situationen sah, wurden ihre Augen groß und glänzend.

Es war gegen sechs Uhr abends – Monika saß oben in ihrem Zimmer und paukte Mathematik –, als das Telefon klingelte. Maria hob ab und wußte, ohne daß noch ein Laut aus dem Hörer drang, wer anrief. Ihr Herz begann zu hämmern.

»Ja?« sagte sie. »Hier Maria Barrenberg.«

»Mein einziger Liebling!« Makaroffs Stimme war seidenweich. »Wie geht es dir, meine Schöne?«

»Was wollen Sie?« fragte Maria stockend. Sie mußte sich neben das Telefon auf einen Hocker setzen.

»Ich wollte dich nur hören. Vor mir liegen deine Fotos. Sie erregen mich so, daß ich mich mit einem großen Whisky besänftigen muß.«

»Wir – wir sollten uns noch einmal treffen...« sagte sie mit belegter Stimme.

»Aber sofort! Wo? Oh, Maria, jetzt nehme ich eines der Fotos und küsse es. Es ist das Bild, wo du über mir liegst und -« »Können wir uns heute noch sehen?« »Solche Sehnsucht hast du?«

»Ich möchte, daß du die Negative mitbringst!«

»Ausgeschlossen! Ich beraube mich doch nicht der größten Glückseligkeit!«

»Bitte!« Ihre Stimme wurde weicher. »Ich bin bereit, alles dafür zu bezahlen.«

»Was heißt alles?« fragte Makaroff interessiert.

»Nenn einen Preis!«

»Ich könnte sagen: eine Million Dollar. Aber das wäre blöd!«

»Es wäre unrealistisch.« Sie lehnte den Kopf gegen die Seidentapete und schloß die Augen. »Heute müssen wir uns sehen. Ich bin allein. Mein – mein Mann ist in Florenz oder Ravenna, jedenfalls irgendwo in Oberitalien. Er kommt morgen früh zurück. Was verlangst du für die Negative?«

»Dich!«

Es war eine klare Forderung. Ein Preis, den man nicht mehr herunterhandeln konnte.

»Laß uns darüber reden, Petro...«

»Dich. Und ohne Betäubung, Maria. Ich will dich, bei vollem Bewußtsein, mit ganzer Seele, bei klarem Verstand.«

»Wann?« fragte sie mit schwerer Zunge.

»Du sagst zu?« rief Makaroff. »Ich werde kommen.« »Um 20 Uhr hole ich dich ab.«

»Hier in Sachsenhausen? Bist du verrückt?! Ich warte auf dich im ›Frankfurter Hof‹. In der Halle.«

»Einverstanden. Ich bestelle im Schloßhotel Kronberg unser Zimmer.«

Maria Barrenberg legte auf. Sie blieb auf dem Hocker sitzen, preßte die Hände flach gegen ihr Gesicht und erwartete von sich, daß sie sich schämte. Aber das Gefühl stellte sich nicht ein. Statt dessen dachte sie: Was ziehe ich an? Welchen Lidschatten und welchen Lippenstift nehme ich? Soll ich mir auch die Unterlider dunkel umranden? Noch habe ich zwei Stunden Zeit, es könnte noch für eine schnelle Gesichtspackung reichen. Meine Haut ist straff und fast fältchenfrei – fast. Mit 45 Jahren darf man ein paar Krähenfüßchen haben. Soll ich sie mit Make-up zuschmieren?

Sie erhob sich, ihre Unterlippe bebte, sie ging die Treppe hinauf und klopfte bei Monika an.

»Spätzchen!« rief sie. »Störe ich?«

»Ein bißchen, Mami. Ich mache Mathe.«

»Bei Frau Direktor Eppenkamp ist heute eine Soiree. Da muß ich hin, schon wegen Papa, weißt du. Eppenkamp will die Fabrik erweitern; Papa soll die Entwürfe machen. Es kann spät werden, vielleicht schlafe ich auch bei Eppenkamps und komme erst morgen heim. Ich weiß es noch nicht. Du weißt ja, ich fahre nicht gern mit Alkohol. Spätzchen?«

»Ist schon gut, Mami.«

»Brauchst du mich noch?«

Eine Sekunde Schweigen. Dann kam die erhoffte Antwort: »Nein, Mami. Es ist alles in Ordnung. Viel Vergnügen!«

Maria Barrenberg atmete auf und ging in ihr Schlafzimmer. Dort zog sie sich aus, hockte sich auf das Bett mit dem Spitzenhimmel und schlug die Arme um sich, als friere sie.

Viel Vergnügen, Mami... So kindlich ahnungslos und zutraulich. So unbekümmert. So sorglos. Viel Vergnügen, Mami. Bin ich jetzt ein schlechter Mensch? fragte sich Maria Barrenberg. Bin ich besser als eine Hure? Ich sitze hier nackt und bereite mich auf einen anderen Mann vor. Ich werde mich baden, parfümieren, eincremen, schminken, in ein besonders schönes Kleid schlüpfen, ich werde mit klopfendem Herzen wegfahren zu einem heimlichen Treffen und weiß, daß in Kronberg ein Zimmer für uns bestellt ist. Ich fahre hin und weiß, was geschehen wird...

Viel Vergnügen, Mami.

Sie kam sich erbärmlich vor, verachtenswert. Nur ein Gedanke brachte ihr ein wenig Trost: Die Negative. Ich will die Negative haben. Ich werde sie ihm abkaufen mit dieser Nacht! Und dann wird alles gut sein, alles so wie früher. Dann sind wir wieder eine glückliche Familie. Die sind wir doch! Keiner weiß und keiner wird es je erfahren, daß ich einmal ausgerutscht bin.

Kurz nach 19 Uhr fuhr Maria Barrenberg mit ihrem kleinen Sportwagen in die Stadt. In ihrem Abendtäschchen aus Goldplättchen lagen ein Lippenstift, ein winziger Parfümspray, ein hauchdünnes Taschentuch, eine Make-up-Dose und eine kleine Pistole mit Perlmuttgriff. Sie sah wie ein Spielzeug aus, aber auch ihre Kugel, wenn sie die richtige Stelle traf, konnte tödlich sein.

Nicht gerade stimmungsfördernd für einen Tag und eine Nacht, die man voll der Liebe widmen will, ist das Warten auf einen unbekannten Nebenbuhler, der jede Minute in die erotische Idylle hineinplatzen kann. Eduard Barrenberg hatte für diesen Fall vorgesorgt. Während Bettina in seinen Armen etwas verkrampft und nicht so bedingungslos wie sonst reagierte und einen geradezu erschöpften Eindruck machte, lag auf dem Nachttisch unter der venezianischen Lampe seine geladene und entsicherte Pistole.

Auch Barrenberg empfand diese Nachbarschaft als ein wenig beklemmend. Er war zu nicht viel mehr in der Lage, als seinen Besitzanspruch zu demonstrieren, das Recht des Platzhirsches wahrzunehmen, zu bekunden, daß er der Sieger war.

Ob Barrenberg wirklich der Sieger war, wagte er selbst nicht zu entscheiden. Bettina weigerte sich aus unerfindlichen Gründen immer noch, den Namen des anderen Mannes zu nennen. Sie hatte Angst, tierische Angst, das sah Barrenberg. Die Mißhandlungen, die sie erduldet hatte, bis sie endlich Eduards Geheimnis preisgeben mußte, um nicht totgeschlagen zu werden, bewiesen Barrenberg, daß sein Gegner von jener Sorte war, die man nur mit noch brutalerer Gewalt bezwingen konnte.

Auch heute, nach dieser etwas verunglückten, von der Pistole bewachten Liebesstunde, beschwor Bettina den mürrisch neben ihr hockenden Barrenberg, zu gehen.

»Du kennst ihn nicht!« sagte sie und stellte sich noch einmal unter die Dusche. Ohne Make-up und übermüdet, wie sie war, sah sie älter aus als einunddreißig, die beiden Falten an den Mundwinkeln waren schärfer gezeichnet. Der Körper allerdings war makellos. Manchmal ließ Barrenberg Bettina eine ganze Weile nackt im Zimmer herumgehen, oder sie mußte vor ihm stehen und sich langsam um ihre Achse drehen, damit er genießerisch ihren Körper betrachten und sich immer wieder versichern konnte: Das gehört mir! Ich werde mich nie von diesem Körper trennen können.

»Ich möchte ihn kennenlernen!« sagte Barrenberg und beobachtete Bettina, wie sie sich frottierte und die Nässe unter ihren Brüsten wegwischte. Er hätte das gerne für sie getan, es war ihm immer eine Freude gewesen, sie abzutrocknen, wenn sie tropfnaß aus der Wanne oder von der Dusche kam und die Wassertropfen auf ihrer Haut wie Perlen schimmerten. Ein paarmal hatte er sie trocken geküßt – dann wand sie sich unter seinen Händen, ihre Muskeln spielten, sie kam ihm entgegen und entglitt ihm wieder, bis sie mit hochgereckten Armen stehenblieb und sich seinen Zärtlichkeiten hingab.

Zu diesem reizvollen Spiel hatte Barrenberg heute keine Lust. Er ahnte, daß Bettina nicht mitmachen, daß sie starr wie eine Puppe sein würde. Also blieb er im Bett hocken; aus Bettinas Perspektive mußte er aussehen wie ein nackter Buddha mit seinem runden, gespannten Bauch. Er sah Bettina zu, wie sie das große Badetuch zur Seite legte und den Slip überstreifte.

»Warum nennst du mir den Namen nicht?« fragte er wieder, wie so oft in den vergangenen Tagen. Bettina sah ihn kopfschüttelnd an.

»Warum quälst du mich?«

»Ich will mit ihm sprechen! Ich muß ihm sagen, daß ich nie auf dich verzichten werde! Es ist idiotisch, daß zwei Männer sich bis aufs Blut befehden, wenn sie sich arrangieren könnten.« Barrenberg zog die Decke über seinen Bauch. »Ich werde dir einen schicken Bungalow am Ortsrand von Bad Soden kaufen. Du kannst ihn einrichten, wie du willst – modern oder mit Stilmöbeln, auch südländisch heiter und verspielt, orientalisch – mir ist es gleich. Du sollst nur für mich da sein!«

»Wie lange?« Sie streifte eine hellblaue Bluse über.

»Solange ich lebe, Betty.«

»Und deine Frau?«

»Das ist etwas anderes. Das ist die andere Seite des Lebens. Diese Seite wird uns nicht berühren.«

»Also ein Doppelleben?«

»Das klingt so abgedroschen! Doppelleben. Das klingt so kriminell. Liebe ist nicht kriminell, sie ist göttlich! Lächle nicht! Die Götter der Griechen und Römer gaben ein Beispiel dafür!«

»Bist du Zeus, der jeder Frau in einer anderen Gestalt gegenübertritt? Mal als Schwan, mal als Stier, mal als Wolke?«

»Betty! Ich mache keine Witze! Ich weiß genau, welchen Bungalow ich dir kaufen werde. Er steht in einem großen Garten, auf einer Anhöhe, mit einem zauberhaften Blick zum Taunus. Der Große Feldberg liegt wie ein Gemälde vor dir. Wer kann dir das sonst noch bieten?«

Bettina zog enge schwarze Hosen an, die wie eine zweite Haut saßen. »Er – er ist auch sehr reich«, sagte sie. »Ein Bungalow imponiert ihm nicht. Wenn er sich überhaupt auf eine Diskussion mit dir einließe, würde er sagen: In Ihrem Bungalow kann der Gärtner wohnen, das Schloß daneben ist für Bettina angemessen!«

»Betty!« Barrenberg sprang aus dem Bett und schlang das nasse Badetuch um seine Hüfte. »Mein Gott, wie redest du plötzlich!«

»Er würde so reden. Nicht ich!«

»Zum Teufel! Wer ist er?!« schrie Barrenberg.

Sie sah ihn traurig an. »Voice, begreif es doch: Ich möchte noch ein bißchen leben ... «

»Unter diesen bedrückenden Bedingungen?!«

»Wir können nichts ändern. Nicht mit Gewalt! Gewalt hat nur er.

»Irrtum! Gewalt erzeugt Gewalt! Das ist ein physikalisches Grundgesetz: Druck erzeugt Gegendruck. Um es klar zu sagen: Ich beuge mich keinem Terror! Eher erzeuge ich Gegenterror! Du bekommst den Bungalow, du ziehst ein, und ich miete eine Leibwache, die den sauberen Herrn das Fürchten lehrt.«

»Der Bungalow wird eines Tages abbrennen, in deinem Bürohaus wird eine Bombe hochgehen, du wirst auf offener Straße beschossen werden ... «

»Sind wir in Chikago?!«

»Ja! Er schreckt vor nichts zurück! Er kann es sich leisten. Er wird nie persönlich in eine Aktion verwickelt sein. Er bezahlt sie nur.«

»Und du – du bist ... « Barrenberg sprach es nicht aus. »Betty, wie kommst du an solch einen Mann?!«

»Wie komme ich an dich?«

»Das ist doch kein Vergleich, keine Antwort!« Er warf das nasse Badetuch weg, zog seine Unterhose an und schlüpfte schnell in die Hose; ein Mann in seinem Alter und mit seiner Figur wirkt auch in moderner, farbiger Unterwäsche leicht komisch. »Ich liebe dich. Ich stehe zu dir!«

»Nicht bis zur letzten Konsequenz.«

»Das Wort Scheidung haben wir aus unserem Sprachschatz gestrichen, darüber waren wir uns von Beginn an einig. Aber bis auf das, was du die letzte Konsequenz nennst, ist mein Leben mit deinem Leben für immer fest verbunden. Da läßt sich nichts herumdeuteln, und da gibt es keine Zweifel. Ich liebe dich, Betty. Das ist die Tragik aller Männer in meinem Alter: Wir treffen endlich die Frau, die alle Lebensträume erfüllen könnte – aber uns fehlen zwanzig oder fünfundzwanzig Jahre ...«

»Und wenn deine Frau genauso denken würde?« Sie hatte die halbhohen Stiefel angezogen und kämmte sich mit einer Drahtbürste. Sie hatte schöne, feste, dichte Haare, die sie zu allen möglichen Frisuren legen konnte.

»Maria?« Barrenberg streifte das Hemd über den massigen Oberkörper. »Ausgeschlossen! Maria und ein jüngerer Mann? Absurd! Du bist genau zwanzig Jahre jünger als ich... Wenn jetzt Maria mit einem, der entsprechend jünger ist... Maria mit einem Jungen von fünfundzwanzig?! Das wäre doch geradezu pervers! Undenkbar!«

»Aber bei Männern ist es normal?«

»Ein Mann ist seiner ganzen Natur nach polygam. Wenn du dich umsiehst...«

»Komm mir nicht mit der Rudeltheorie! Hirsche, Löwen, Wölfe...« Sie legte ein zartbraunes Make-up auf und puderte ihre Lider mit einem Altgoldschimmer. »Was würdest du tun, wenn Maria zu dir sagte: Ich habe mich verliebt?!«

»Ich würde sie für verrückt halten. An so etwas denke ich nicht.«

»Und wenn?«

»Ich würde mir den Knaben ansehen.«

»Und dann?«

»Ich würde ihn fragen: Wie denken Sie sich das, mein Lieber?«

»Und er wird antworten: Ganz einfach, ich liebe Ihre Frau, Herr Barrenberg, und will sie – vielleicht – heiraten!«

»Für das ›vielleicht‹ würde ich ihm sofort eine runterhauen!

»Und wer ohrfeigt dich?!« Sie sah ihn mit geneigtem Kopf an. »Du liebst mich und sagst nicht einmal ›vielleicht‹. Du sagst ganz klar: Nie!«

»Betty!« Barrenberg schnürte seine Schuhe zu. »Man kann mit dir nicht logisch und leidenschaftslos diskutieren! Das ist doch unmöglich, was du da sagst. Unsere Liebe läßt sich doch nicht mit einem derart konstruierten Fall vergleichen!«

»Wieso? Deine Frau könnte sich auch einen verheirateten Liebhaber zulegen.«

»Für so geschmacklos halte ich sie nicht.«

»Danke!«

Barrenberg zuckte zusammen: »Mein Gott, Betty, versteh das bloß nicht falsch! Es ist grauenhaft, mit so emotionell denkenden Frauen zu streiten! Frauen wie du sind eine Ausnahme, ein Göttergeschenk! Maria ist eine ganz normale Frau, ein mütterlicher Typ. Ihre Welt – das sind die Kinder und ihre Musik! Für andere Lebensformen hat sie gar keinen Sinn. Also auch kein Verlangen danach!«

»So siehst du sie!«

Barrenberg schwieg. Blitzartig überkam ihn die Erinnerung an jenen Nachmittag, als er auf Ischia von der Massage zurück in den Hotelpark kam und Maria als schönste Mutter der schönsten Miß gewählt worden war. Sie hatten sich später den Film »Sommerwind« im Kino angesehen, ein honigsüßes Schnulzenstück mit viel Schlagermusik, einer dummen Handlung und noch dümmeren Dialogen. Als die Schwimmbadszene mit der Mißwahl kam und Maria mit Monika verzückt in die Kamera grinste, hatte Eduard in seinem Kinosessel aufgeschnauft und gesagt: »Jetzt bin ich beruhigt. Eine Greta Garbo wird nicht aus dir!«

Auch das Fernsehen hatte den Film gebracht, alle Bekannten hatten ihn gesehen. Pausenlos schellte das Telefon, man gratulierte, lobte, war begeistert. Nur Frau Dr. Marburger von der Konservenfabrik Marburger & Söhne in Bad Vilbel sagte »Sehr schön, meine

Liebe, sehr schön. Diese Maskenbildner sind wirklich große Künstler ...«

Barrenberg schüttelte energisch den Kopf. »Wir schweifen ab. Maria steht nicht zur Diskussion. Du wirst deinen Bungalow bekommen, du wirst umziehen, und spätestens dann werde ich den geheimnisvollen Schläger kennenlernen. Immer vorausgesetzt« – er sah sie fast bettelnd an –, »daß du mit mir zusammenbleiben willst. Daß du mich wirklich liebst.«

»Du weißt es doch«, sagte sie und stand wartend an der Tür zur Diele. Es war eine stumme Aufforderung: Mach schnell, zieh die Jacke an und komm! Ich muß gehen. Du kennst Bieringer, er haßt nichts mehr als Unpünktlichkeit.

»So sicher ist man sich nie.« Barrenberg band etwas umständlich seine Krawatte. Seit Jahren änderte sich da nichts, trotz aller modischen Varianten. Ob schmal oder breit, rund oder oval en vogue war: Barrenberg machte immer seinen Windsorknoten. Das zeugte von Beharrungsvermögen. Er war ja auch ein sehr konservativer Mensch mit festen Grundsätzen, von denen er um keinen Schritt abwich, auch wenn er sich überzeugen ließ, daß auch andere Ansichten ernst zu nehmen waren. Diese Sturheit war ihm auch gut bekommen. Nur in einem Punkt wich er weit vom herkömmlichen Wege ab: wenn es um Bettina ging und seine verzehrende Leidenschaft zu ihr. Er konnte sich nicht dagegen wehren, er wollte es auch gar nicht und hatte auch nie den Versuch unternommen, sich von ihr zu lösen. Sie beherrschte sein Denken außerhalb seines beruflichen Alltags. Sie wurde zu seiner zweiten Welt, für die er in seinem Betrieb ebenso schuftete wie für seine erste Welt, die aus Maria und Monika bestand. Beide schlossen sich für ihn zu einer unteilbaren Einheit zusammen, wie jene berühmten Magdeburger Halbkugeln, die auch niemand voneinander trennen konnte. Es war ein schicksalhafter Zustand, aus dem es – aus Barrenbergs Sicht kein Entrinnen mehr gab.

Er hatte seinen Windsorknoten gebunden und setzte sich ostentativ in den Sessel, von dem aus er die Tür zur Diele sehen konnte. Bettina blickte auf ihre Armbanduhr.

»Ich muß gehen«, sagte sie. »Ich komme eine halbe Stunde zu spät.«

»Ich warte hier auf dich.« Barrenberg lächelte bemüht. »Wenn der große Unbekannte kommen sollte, findet die Aussprache ohne dich statt. Das ist mir auch lieber.«

»Das ist Wahnsinn, Eduard!« Seit langem nannte sie ihn wieder beim Vornamen. Ihre Angst um ihn war echt. Er fand das rührend: Angst hat man nur um etwas, das man liebt.

»Er hat einen Schlüssel, nicht wahr?«

»Ja.«

»Es ist alles so verrückt!« Barrenberg klopfte auf seine prallen Schenkel. »Kümmere du dich nur um deine Ausstellung, Betty, ich komme schon allein zurecht. Ich kann mich nicht gut woanders verstecken, ich bin doch heute in Ravenna! Wenn mich zufällig jemand auf der Straße sähe... Ich bin viel zu bekannt, um mich in der Stadt herumzutreiben.«

Bettina zögerte. Sie könnte Petrescu anrufen und ihm sagen, daß sie fast den ganzen Tag nicht zu Hause sein würde. Dann kam er bestimmt nicht. Er haßte leere Wohnungen – wohl weil er instinktiv wußte, daß Alleinsein für ihn Gefahr bedeutete. Überall wo er wohnte, und Bettina kannte einige seiner Schlupfwinkel, saßen Leibwächter in Nebenräumen, allzeit bereit, einzugreifen. Das war es auch, was Bettina jetzt lähmte. Wo sollte sie anrufen? Wo hielt sich Petrescu heute auf? Wo zu dieser Stunde? Sie hatte es ein paarmal versucht, ihn zu erreichen, aber überall, wo sie anrief, blieb die Antwort aus. Später lachte Petrescu darüber: »Auch die klügsten Füchse sterben immer an derselben Dummheit: Sie benutzen immer nur einen einzigen Bau! Mehr erklärte er nicht. Wenn Bettina vier Adressen wußte, so waren das schon vier zuviel.

»Voice!« bettelte sie. »Ich komme vor Angst um, wenn du hierbleibst!«

»Mir passiert nichts!« sagte Barrenberg selbstsicher. »Wenn er kommt, ist der Überraschungseffekt auf meiner Seite.«

Bettina verließ die Wohnung, fuhr zu Bieringer, der in den Ausstellungsräumen seiner Galerie viel Wind machte und die Anstreicher beschimpfte, weil sie seiner Meinung nach für die beweglichen Wände ein zu starkes Gelb genommen hatten. Von seinem Apparat rief Bettina sofort der Reihe nach die ihr bekannten Adressen an.

Wie erwartet, meldete sich niemand. Von dem Bürohaus in der Innenstadt hatte sie keine Ahnung.

Dort saß Petrescu um diese Zeit, sah die Post durch, rief einen Vertrauensmann in der Schweiz an, der verschlüsselt die Geldeingänge auf den verschiedenen Konten durchgab, empfing dann einige sehr exotisch wirkende Besucher – Malaien, Indonesier, Halbchinesen, Japaner und einen Mestizen aus Venezuela – und wickelte Geschäfte ab, über die keinerlei Notizen angefertigt wurden. Verträge ohne schriftliche Fixierung. In den beiden Büros nebenan allerdings klapperten die Schreibmaschinen. Dort wurde über den Import von Hemden aus Hongkong, Spielzeug aus Taiwan und Schnitzereien aus Indonesien verhandelt. Ein Sachbearbeiter hatte diese Sparte übernommen, die Petrescus Firma auch den Namen gab: Internationaler Geschenkartikel-Service. Ein hervorragendes Geschäft – von der Elefantenbrücke bis zur bunten hölzernen Kinderrassel. Petrescu importierte alles, was die Wohlstandsgesellschaft zur Ausgestaltung ihrer Heime brauchte. Sogar Hanse-Koggen waren dabei, bis ins Detail genau als Modell nachgebaut – made in Taiwan. Der Absatz in Norddeutschland war enorm. Allerdings ahnte die deutsche Einfuhrkontrolle nicht, daß jedes zehnte dieser an Petrescu gelieferten Schiffsmodelle den Bauch voll Heroin hatte. Und in den schönen thailändischen Buddhas und den Tempeltänzerinnen aus massiver Bronze, mit Halbedelsteinen besetzt, steckte eine Metallröhre, die mit Heroin gefüllt war. Gelegentliche Kontrollen erbrachten nichts; den deutschen Beamten tat es leid, ein so schönes Schiffsmodell zu zerstören, und die Bronzefiguren waren so schwer, daß man sie lieber in den Kisten mit Holzwolle liegen ließ und nur ganz selten einmal eine mit dem tragbaren Röntgengerät untersuchte. Da die obenliegenden Figuren immer einwandfrei waren, blieben diese Stichproben ergebnislos. War sie erst einmal aus dem Freihafen herausgeholt und in Containern nach Frankfurt gebracht, kümmerte sich niemand mehr um diese Ware aus dem Fernen Osten.

Gegen Mittag, kurz vor dem Besuch der drei kurdischen Unterhändler, hatte Petrescu bei Bettina angerufen. Sie hatte sich nicht gemeldet. Bei Bieringer war Bettina erreichbar.

»Nein«, sagte Petrescu zu der Sekretärin von Bieringer. »Rufen

Sie Frau Ahrendsen nicht an den Apparat, ich will sie nicht stören. Und sagen Sie ihr auch nicht, daß ich angerufen habe. Es ist nicht so wichtig. Ich melde mich später noch einmal.« Dann kamen die Kurden, und die Geschäfte nahmen ihren dramatischen Verlauf.

Barrenberg las die Zeitung, kochte sich einen starken Kaffee und ließ sich den Kuchen aus dem Kühlschrank schmecken, obwohl er wußte, daß er ihn wegen seiner Gewichtsprobleme nicht essen durfte, saß herum, langweilte sich zu Tode, spielte eine Platte von Mantovani, den er sehr liebte, obwohl ihn kaum noch einer kannte. Das süße Singen der Geigen hatte ihn immer begeistert, mehr als das Gekreische der Disko-Musik, die er ab und zu aus Monikas Zimmer hörte. Das hatte ihn immer verwundert: da spielte sie Viola da Gamba und fand doch auch Gefallen am Geschrei und Gestöhn aus verrenkten Körpern. Die Jugend war von schizophrener Flexibilität, wie er es nannte.

Gegen Mittag läutete das Telefon. Barrenberg nahm den Hörer nicht ab. Er überlegte. Es konnte Bettina sein, die sich nach ihm erkundigte; vielleicht war es aber auch ein völlig Fremder, ein Auftraggeber für die Graphikerin Bettina. Dann wäre Betty kompromittiert, wenn sich ein Mann meldete und sagen mußte: Nein, sie ist nicht hier. So etwas hinterläßt immer eindeutige Gedanken; ihm wäre es nicht anders gegangen.

Als er endlich abhob, hatte der Anrufer gerade aufgelegt.

Auch Bettina rief zweimal an, aber Barrenberg nahm den Hörer nicht mehr auf. Petrescus Mitteilung, daß er heute nicht mehr kommen könne, blieb ebenfalls ohne Echo. Barrenberg saß vor dem Fernsehgerät und freute sich über einen Zeichentrickfilm der Kinderstunde. Er hatte beschlossen, die Anrufzeiten zu notieren, sich aber nicht zu melden. Er rief jedoch bei Bieringer an. Bettina war sehr aufgeregt und doch hörbar glücklich, daß er noch lebte.

»Ich komme um vor Angst!« sagte sie. »Bitte, bitte, geh in ein Hotel und ruf mich von dort aus an! Ich komme dann zu dir. Ich verspreche es. Nur bleib nicht in der Wohnung!«

»Ich fühle mich pudelwohl!« sagte Barrenberg. »Bisher wurde viermal angerufen.«

»Das war ich«, log Bettina. Zweimal mußte also Petrescu angerufen haben. »Warum hast du nicht abgehoben?«

»Aus Rücksicht auf dich! Wußte ich, daß du es warst?«

Bettina atmete auf, schickte einen Kuß durchs Telefon und sagte noch einmal: »Geh in ein Hotel! Bitte, bitte...«

Barrenberg versprach, sich das zu überlegen, obwohl er wußte, daß es nichts zu überlegen gab.

Gegen 7 Uhr abends erreichte Petrescu Bettina noch bei Bieringer und sagte: »Meine Rose, ich bin unglücklich. Ich muß gleich nach München. Ich rufe schon vom Airport an. Ein Exporteur auf der Durchreise will mich unbedingt sprechen. Er fliegt morgen früh weiter nach London; München ist die einzige Möglichkeit, ihn zu sehen. Wir werden die ganze Nacht konferieren. Ich nehme dann die Frühmaschine nach Frankfurt und schlafe mich bei dir aus. Bist du böse?«

»Ja!« sagte Bettina. Ihr Herz zitterte bis in die Kehle. »Alles so plötzlich.«

»Und Eduard Barrenberg ausgerechnet jetzt in Florenz! Ist das ein Pech für ihn!« Petrescu lachte spöttisch.

»Du bist gemein, Petro!«

»Ich lebe ohne Illusionen! Was soll ich dir aus München mitbringen? Was wünschst du dir?« Er sprach wie ein untreuer Ehemann, der mit Geschenken sein Gewissen beruhigen will.

»Ich will nichts!« sagte sie. »Ich will nur Frieden.«

»Das ist das teuerste, was man sich wünschen kann!« Petrescus Gedanken waren bei Maria Barrenberg und der Zerstörung der angesehenen Familie. »Und man bekommt es nicht einmal! Frieden ist ausverkauft, meine Rose. Ich bringe dir statt dessen eine schöne Anstecknadel mit Brillanten und Rubinen mit. Schlaf gut, mein Liebling!«

Für Barrenberg war es vielleicht die schönste Stunde seines Lebens, als Bettina von Bieringer zurückkam und ihm in der Diele ihrer Wohnung mit einem Freudenschrei um den Hals fiel.

»Ich liebe dich!« sagte sie und küßte ihn mit einem Überschwang, den er bisher an ihr noch nicht in solchem Maße erlebt hatte. »Oh, ich liebe dich! Ich – ich kann gar nicht sagen, was mit mir los ist...«

Was Eduard Barrenberg in dieser Nacht, der ersten vollen, ungestörten Nacht mit Bettina erfuhr, veränderte ihn völlig. Er spürte es von Stunde zu Stunde, von Umarmung zu Umarmung: Was er festhielt, was er an sich preßte, diese Muskeln, diese Haare, diese Haut, diese Hüften, dieser Atem, diese Wärme, alles, alles, was sich ihm so rückhaltlos hingab, war wert, daß er es mit dem Einsatz des eigenen Lebens verteidigte. Alle Sehnsüchte fanden Erfüllung.

Makaroff-Petrescu überraschte Maria mit einer Umdisposition. Er begrüßte sie in der Halle des ›Frankfurter Hofes‹ mit einem Handkuß und bewunderte wiederum ihre Eleganz und Schönheit. Die Erregung in ihren Augen, diesen gehetzten Blick, übersah er.

»Ich habe es mir anders überlegt, du schönste aller Frauen«, sagte er pathetisch, wie es Maria von ihm gewöhnt war. »Ich könnte mir denken, daß du im Schloßhotel Kronberg vielleicht Bekannte triffst – und das wäre peinlich für dich. Ich habe für uns ein kleines, nettes Hotel in Königstein ausgesucht. Einverstanden?«

»Mir ist alles egal!« sagte Maria Barrenberg gepreßt. »Von mir aus kannst du mich hier in der Halle ausziehen ...«

»Aber Liebling!« Makaroff streichelte ihren Arm. »Diesen Anblick gönne ich nur mir, nicht den anderen.« Er lächelte sie mit strahlenden Augen an. »Das klingt alles so resignierend. Was ist passiert?«

»Das fragst du noch? – Hast du die Negative bei dir?« »Ja.« »Zeig sie her! Ich will sie sehen, bevor ich mitfahre.« Er klopfte auf seine Brusttasche. Sein Anzug war beste Maßarbeit, in Rom geschneidert, stahlblau mit winzigem Punktemuster. Hemd und Krawatte, auch die Strümpfe paßten dazu. »Hier ruhen sie. An meinem Herzen.«

»Hol sie heraus. Ich glaube dir nicht.«

»Aber Maria!« Er schüttelte den Kopf, holte einen Umschlag hervor und ließ sie hineinblicken. Es waren fünf Streifen Kleinbild. »Warum so mißtrauisch?«

»So viel? Wieviel Bilder hast du gemacht?«

»Einen ganzen Film voll. Du warst ein Modell von seltener Ausdruckskraft.«

»Hätte ich Monika nicht – vielleicht hätte ich mich umgebracht!« sagte sie dumpf. »Ich habe daran gedacht, wirklich. Aber dann habe ich mir gesagt: Das ist dieser Schuft von Makaroff nicht wert! Ich habe mehr Aufgaben im Leben, noch immer. Ich denke nicht daran, mich von diesem Lumpen unterkriegen zu lassen.«

»Das ist aber kein würdiger Auftakt für eine selige Nacht.« Makaroffs Gesicht zeigte Betroffenheit und Trauer. »Maria, diese Fotos sind mein größter Schatz.«

»Was bist du doch für ein Heuchler!« Sie sah mit zitternden Lippen, wie er das Kuvert mit den Negativen wieder in seine Rocktasche steckte. »Du weißt genau, daß diese Nacht nur ein Geschäft ist! Um klare Voraussetzungen zu schaffen: Erst bekomme ich die Negative, und dann erst ... « Sie verschluckte den Rest des Satzes und sah zu Boden.

Makaroff blickte sie mit herrlich gespielter Verwunderung an. »Glaubst du, ich betrüge dich?«

»Ja!«

»Und wer garantiert mir deine Gegenleistung – um bei dem häßlichen Geschäftsdeutsch zu bleiben?«

»Ich habe noch nie mein Wort gebrochen. Doch jetzt tue ich es. Ich habe Treue geschworen, als ich Eduard heiratete. Aber jetzt bin ich in einer Zwangslage. Du kannst beruhigt sein. Der – der Warenaustausch findet statt!«

Auf der Fahrt nach Königstein sprachen sie kaum ein Wort miteinander. Makaroff hatte das Autoradio angestellt, der automatische Sendersuchlauf fand ein Klavierkonzert. Rachmaninoff, Emil Gilles am Flügel.

»Muß das sein?« fragte Maria gequält.

Makaroff blickte sie kurz an. »So nervös? Ich schiebe eine Kassette ein. Was darf es sein? Tanzmusik der 30er Jahre? Swing? New-Orleans-Jazz? Alles vorhanden.«

»Nichts!« sagte sie hart. »Gar nichts.« Ihr Profil wirkte wie versteinert. Sie preßte ihre Abendtasche gegen ihren Schoß und fühlte durch die Goldpailletten den Umriß der kleinen Pistole. »Musik ist etwas Schönes, Edles. Das gehört nicht hierher.«

Makaroff zuckte mit den Schultern, konzentrierte sich auf die Fahrt und sah Maria erst wieder an, als sie auf der Landstraße waren, die in den Taunus führte.

»Sollen wir einen Umweg über Schloß Mespelbrunn machen?« fragte er.

Sie blickte starr geradeaus, die Hände über ihrem Täschchen gefaltet. »Von mir aus.«

»Es soll dir Spaß machen!«

»Spaß?« Ihr Rücken straffte sich. »Mir ist alles gleichgültig.«

Sie fuhren nicht nach Mespelbrunn. Königstein erreichten sie bei Einbruch der Nacht. In einem rustikalen Restaurant aßen sie, fuhren dann zum Hotel und gingen auf ihr Zimmer. Es war ein diskretes Hotel; man verlangte keine Eintragung, auf dem runden Tisch im Zimmer stand eine Flasche Champagner im Eiskübel und eine üppig gefüllte Obstschale aus Kristall.

Maria Barrenberg ließ es über sich ergehen, daß Makaroff sie küßte, mit beiden Händen über ihren Körper strich und mit vibrierender Stimme sagte: »Ich bin so glücklich ...« Vielleicht meinte er es sogar ehrlich.

Sie blieb mitten im Zimmer stehen, betrachtete das französische Bett, das einladend aufgeschlagen war, bemerkte, daß der große Standspiegel genau die Breitseite des Bettes wiedergab also nicht allein zur Kontrolle des Anzugs aufgestellt war. Makaroff band seine Krawatte ab, hängte den Rock über eine Lehne und ließ sich in den Sessel fallen.

»Wo sind die Negative?« fragte Maria hart.

»Zuerst einen Schluck Champagner, mein Liebling!«

»Die Negative!«

Makaroff stieß einen Seufzer aus, griff in die Rocktasche und warf das Kuvert neben den Sektkühler. »Zufrieden?«

Maria gab keine Antwort. Sie zog die fünf Filmstreifen aus dem Kuvert und hielt sie gegen das Licht. Obgleich auf den kleinen Negativen mehr zu ahnen als zu sehen war, lief ein Schauer über ihren Rücken. Sie erkannte die Umrisse, die Situationen ...

Mit versteinertem Gesicht steckte sie das Kuvert in ihre Abendtasche, neben die kleine Pistole mit dem Perlmuttgriff. Dann ging sie ins Badezimmer und verriegelte hinter sich die Tür. Mit einer

Nagelschere zerschnitt sie die Streifen und spülte sie in der Toilette weg. Sie starrte dem gurgelnden Wasserstrudel nach und bediente noch dreimal den Druckspüler. Dann setzte sie sich auf einen fellbezogenen Hocker und schloß die Augen.

Der Gegenwert war fällig. Fast mechanisch zog sie sich aus, besprühte ihren nackten Körper mit Parfüm, legte ihre Ringe – auch den Trauring – in eine Glasschale über dem Waschbecken, nahm das goldene Medaillon mit dem Kettchen vom Hals und war nun entblößt von allem – bis auf die Abendtasche aus Goldplättchen. Auch die hatte sie geleert, bis auf die Pistole. Sie stand vor dem Spiegel und betrachtete sich in ihrer weißhäutigen Schönheit.

Ein Vergleich fiel ihr ein: Judith geht zu Holofernes. Oder Madame Corday zu Marat. Dem einen wurde im Liebesbett der Kopf abgeschnitten, der andere wurde im Bad erstochen. Sie würde Makaroff erschießen. Ich muß mich nicht schämen, dachte sie. Ich habe berühmte Vorbilder. Judith rettete ihr jüdisches Volk, die Corday die französische Revolution. Um so viel geht's bei mir nicht – aber mir ist es wichtiger als alles andere: Ich rette meine Familie!

Maria Barrenberg griff in das Täschchen, legte den Sicherungsflügel der Pistole herum und machte sie damit schußbereit. Sie mußte mehrmals schlucken, ihr Gaumen war wie Leder; wenn sie tief atmete, wurde es glühend heiß in ihrer Brust.

Noch einmal betrachtete sie sich im Spiegel. Sie war wirklich noch eine schöne Frau.

Als sie die Tür aufschloß und in das Schlafzimmer kam, lag Makaroff ausgezogen auf dem Bett, neben sich zwei Gläser mit Champagner. Die Vorfreude hatte ihn bereits erregt, sie sah es mit aufsteigender Übelkeit.

»Komm her!« sagte Makaroff und winkte mit beiden Händen. »Du schönste aller Frauen! Wie dein Körper glänzt, wie die Sehnsucht aus dir strahlt.«

Wie eine aufgezogene automatische Puppe ging sie quer durch das Zimmer zum Bett und blieb vor Makaroff stehen. Er griff nach ihr, zog sie näher zu sich und küßte die Innenseiten ihrer Schenkel. Es war, als schlitze ein glühendes Messer sie auf.

Maria Barrenberg schlug die Zähne aufeinander, preßte die Lider zusammen, ließ die goldene Tasche fallen und überließ sich ohne weiteres Zögern Makaroffs überwältigender Erfahrung.

Eintragung in das neue Tagebuch, Seite 12:

Und wenn ihr mich alle verflucht: Ich habe mir einen Druck gesetzt. Schon wieder! Ich kam einfach nicht mehr in das Gleichgewicht, das ich brauche. Die Mathe-Aufgaben sprangen mich an wie wilde Tiere, dann Mamas Stimme draußen vor der Tür, schon wieder eine Soiree bei irgend so einer gackernden, aufgetakelten Tante, die soooo wichtig ist für Papa, weil der Alte seine Fabrik erweitern will. Und dann sind sie alle da in langen Kleidern und mit Schmuck behangen wie Weihnachtsbäume in Hollywood, quatschen saudämliches Zeug, ziehen über die Nachbarn oder die Dienstboten her, schildern dramatisch ihre Krankheiten, beschweren sich über die hohen Steuern und sind entsetzt über die Jugendkriminalität – »Das hätte es unter Hitler nie gegeben!« – immer dieser blöde Satz, immer anwendbar, wenn man Kritik üben will! Und dann stehen sie am Kalten Büffet (von den Gebrüdern Lottmann geliefert), fressen und schmatzen, saufen und gickern, und die Gewerkschaften müßten als erstes verboten werden, und die Löhne seien mittlerweile Wahnsinn, man käme ja nicht mehr auf die Beine, die Konkurrenzfähigkeit zum Ausland, vor allem zu Japan, schrumpfe immer mehr, man brauche wieder drei Millionen Arbeitslose, damit die Roten endlich munter werden und die Arbeiter die Gewerkschaften in den Arsch treten, überhaupt, diese Zeit ist typisch für einen schleichenden Untergang, es fehlt die starke Hand, einer, der auf den Tisch und gegen die Köpfe haut, überhaupt Köpfe... Diese Kriminalität überall, Todesstrafe her, Köpfe runter, Rübe ab, das hilft, das schreckt ab, unter Hitler, das sei bewiesen... Und dann erzählt Herr Direktor Dr. Pertzele von seinen Zeiten als Wehrwirtschaftsführer und wie man die Industrie an die Kandare nehmen kann. Augenleuchten, Schulterklopfen, Kameraderie, Kumpanei, wenn wir könnten, wie wir wollen... Der Russe liefe vor Angst die Wände hoch...

Die Gesellschaft. Mamas und Papas Welt, die Auftraggeber, die

Repräsentanten. Und ich sitze hier allein, sehe Freddy tot auf der Couch liegen, er lächelt so glücklich... Und kann keine Mathe mehr, mir dreht sich der Magen rum, ich muß kotzen, wenn ich daran denke, daß Mama jetzt am Kalten Büffet steht und Papa in Florenz vielleicht mit einer nach billigem Rosenparfüm stinkenden, wuschelköpfigen Hure im Bett liegt und ihr erzählt: Meine Frau ist kalt wie ein Gletscher. Und wenn er morgen nach Hause kommt, schleicht er wieder zu seiner deutschen Geliebten, Mama aber bringt er todsicher aus Florenz irgendein sehr teures Schmuckstück mit und nimmt ihren ahnungslosen Dank mit vor Stolz geschwellter Brust entgegen.

Wie verlogen, wie widerlich das alles ist! Sind andere Familien auch so? Ist das die Norm einer Familie im 20. Jahrhundert? Einer deutschen Nachkriegs-Wirtschaftswunder-Familie?!

Ich habe in der Schule die anderen gefragt, so reihum in meiner Klasse. Sie haben alle die gleiche Meinung: Was geht das mich an? Das ist Sache der Alten! Wenn sie selber bumsen, stören sie wenigstens unser Bumsen nicht. Mein Vater und eine Geliebte? Möglich! Er spielt ja Golf, und frische Luft hält potent. Mutter? Warum nicht. Ist ja im besten Alter. Trägt auch enge Hosen und tiefausgeschnittene Pullis, und die Haare färbt sie sich wie Irma la Douce. Sieht im Bikini noch klasse aus, ehrlich. Alt wird man schnell genug. Mensch, Monika, stell nicht so dämliche Fragen. Was soll's!

Ich komme da nicht mehr zurecht. Tut mir leid. Ich bin kein Engel mehr, ich habe mit Freddy geschlafen, ja, und ich mache mir gleich einen Druck, weil ich es nicht aushalten kann – aber ich frage mich immer: Warum muß das alles so sein? Warum sind wir alle so morsch?! Warum betrügen wir uns gegenseitig immer und immer wieder? Können wir ohne Lüge und Betrug gar nicht mehr leben?

Eine halbe Stunde später. Mama ist weg, ich habe gehört, wie sie losfuhr. Ich hätte ihr heute, gerade heute so vieles sagen wollen, ich habe so viele Fragen, so viele Sorgen. Aber mit keinem kann man sprechen, keiner gibt einem Antwort.

Ich habe mir einen Schuß gegeben. Fast bin ich schon ein Fachmann, ich mische und koche wie ein alter Fixer, habe das richtige Quantum schon im Gefühl, empfinde unbeschreibliche Freude, wenn die Nadel in die Vene gleitet und der erste Ruck durch den ganzen Körper fährt. Dann hat der Druck gesessen, dann war das Dope gut. Und dann wartet man ein wenig, bis die Welt sich verändert und alle Probleme gar keine Probleme mehr sind, sondern Seifenblasen, die man aufstechen kann.

Ich bin direkt fröhlich, verdammt! Ich könnte jetzt in eine Disko gehen, herumtoben und mir einen Typ ins Bett holen! Eine tierische Lust habe ich dazu! Aber ich muß noch die Mathe für morgen machen und die Soziologie für Dr. Bahrfeld. Studien-Assessor Dr. Bahrfeld, 30 Jahre alt. Ein irrer Typ mit langen Beinen und blonden Locken. Die ganze Klasse ist in ihn verliebt. Elke will ihn beim Abschluß-Ausflug – es soll nach Stratford-on-Avon, wegen Shakespeare, gehen – vernaschen. Die schafft das. Neulich trug sie einen hochrutschenden Rock – und darunter nichts. Dr. Bahrfeld konnte den Blick nicht von ihr wenden... Versprach sich mehrmals bei seinem Vortrag. Zeigte Wirkung.

Ich bin richtig happy! Der Schuß war fabelhaft! Ich leg mir gleich eine Platte auf, so was ganz Irres, und rocke durch die Bude. In eine Disko gehe ich erst wieder in drei Wochen, wegen Freddy. Kann sein, daß sie sich dort erkundigt haben und dann auf mich kommen. Da hat Makaroff recht. Überhaupt Makaroff. Ich muß bald wieder zu ihm. Der Vorrat an H reicht noch für drei Nadeln. Was dann? Makaroff wird bestimmt gute Dope haben. Ich kann diesen Kerl nicht leiden, aber ich werde ihn brauchen. Wo er bloß wohnt?! Ich habe keine Erinnerung mehr an die klotzige Wohnung. Irgendwo am Main. Ganz oben, so eine Art Penthouse. Oder nicht? Ich weiß es nicht mehr. Aber ich hoffe, daß er sich von selbst meldet. Ich habe gesehen, wie geil er auf mich ist. Aber da läuft nichts. Er ist mir widerlich.

Hier brach das Tagebuch ab. Das Telefon klingelte neben Monikas Bett. Bevor Maria Barrenberg gegangen war, hatte sie den Apparat zu ihrer Tochter umgestellt.

Monika, die gerade ihre irre Platte aufgelegt hatte und mit im Nacken verschränkten Händen und geschlossenen Augen herumgetanzt war, blieb stehen und starrte das Telefon feindselig an. Wer rief kurz nach 23 Uhr noch an? Makaroff?

Sie stellte den Plattenspieler leiser, hob ab und sagte ungnädig:

»Gucken Sie mal auf die Uhr!«

»Genau 23 Uhr, 9 Minuten und – boiing – zehn Sekunden. Hier ist Holger.«

»Holger!« Das war fast ein Aufschrei. Monika lehnte sich gegen die Wand und zerwühlte ihr Haar. Ihr Atem flog noch vom Tanz, aber Holgers Stimme machte, daß sie sich leicht, befreit von allem Ballast fühlte und in der Stimmung, alles zu umarmen. »Holger! Wie schön, daß du anrufst. Wo bist du? In einer Disko?«

»Nein, bei einem Freund. Ich stecke mitten in einer chemischen Arbeit. Mir brummt der Schädel.« Das war die Wahrheit, denn Holger Mahlert saß im Bett, hatte starke Antibiotika geschluckt und war soeben mit einer Sulfonamid-Salbe eingerieben worden. Die Wundränder waren noch stark gerötet, aber Peter Roßkauf hoffte, die beginnende Infektion unter Kontrolle zu bekommen. Holger empfand seinen Kopf wie einen Mehlsack, der den Hals eindrückte. Nur mit Drohungen hatte er von Roßkauf die Erlaubnis zu einem kurzen Gespräch erpreßt. Der Freund saß mit einem zweiten Hörer daneben und nahm an dem Gespräch teil. »Wie geht es dir, Monika?«

»Blendend! Hörst du die Platte? Irre, sag ich dir...« Sie hielt den Hörer einen Augenblick zum Plattenspieler. »Warum rufst du an?«

»Warum wohl?« sagte Holger Mahlert. »Ich möchte dich wiedersehen.«

»Ja?«

»Ich glaube, es ist nötig, daß wir uns sehen.«

Und plötzlich brach es aus ihr heraus. Sie umklammerte mit beiden Händen den Hörer und schrie hinein. »Ich brauche dich, Holger! Ich brauche dich! Ich muß irgend jemanden haben, mit dem ich reden kann. Holger – ich weiß nicht, was ich tun soll...«

Wie ein heißes Eisen ließ sie den Hörer fallen, rannte zum Plattenspieler und drehte auf höchste Lautstärke. Dann warf sie sich auf das Bett und hämmerte mit den Fäusten in die Kissen.

Holger Mahlert rief noch ein paarmal ihren Namen, ehe er auflegte. Entsetzt starrte er seinen Freund an.

»Hast du das gehört?«

»Ich bin zwar ein Idiot, wie du sagst, aber nicht taub.« »Monika ist in Not.«

»Nana, das dürfte übertrieben sein.«

»Du bist als Arzt eine Null! Du mußt doch die Verzweiflung in ihrer Stimme gehört haben! Sie braucht mich! Sie hat um Hilfe gerufen! Ich muß zu ihr!«

»Wenn du aufstehen darfst ... «

»Morgen!«

»Stell dich nicht so an. Du hast eine Wunde – und keine Hirninfektion.«

»Ich hole Monika morgen von der Schule ab! So wahr ich hier liege!«

»Und liegen bleibst! Ich binde dich fest, du Selbstverstümmler!«

»Es geht um mehr als diese dumme Infektion. Monika ist in eine Grenzsituation geraten. Wenn ihr jetzt keiner hilft, stürzt sie ab!«

»Du hast doch gar nicht die Kraft, sie aufzufangen. Noch nicht! Du kommst mit deiner Schwäche nicht mal bis zur Tür, geschweige denn mit dem Auto zur Schule. Sieh das doch ein, Holger! Aber bitte! Demonstrieren wir das mal!« Roßkauf riß ihm die Decke weg. »Los! Raus! Steh auf! Wandle! Denk an Lazarus, der auch sofort herumspringen konnte.«

Holger Mahlert biß die Zähne zusammen, schob seine Beine über die Bettkante und stemmte sie auf den Fußboden. Dann sah er Roßkauf an.

»Nein!« sagte Roßkauf. »Ich helfe dir nicht! Du bist doch so stark ... «

»Und wie!« Mahlert stützte sich ab, quälte sich hoch und stand. Er schwankte bedrohlich, seine Knie zitterten, er mußte sich am Bettpfosten festhalten und holte ein paarmal tief Atem.

»Bis zur Tür sind es drei Meter fünfzig. Bis zu Monika einige Kilometer«, sagte Roßkauf ungerührt. »Hopphopp, du kühner Held!«

»Rindvieh!« Mahlert machte den ersten Schritt. Sein Körper schien knochenlos zu sein, seine Muskeln waren weich wie Brei. Schon der zweite Schritt mißglückte, die Beine konnten den Körper nicht mehr halten. Roßkauf fing den Freund auf, bevor er hinstürzte und die Wunde wieder aufplatze. Mahlert klammerte sich an ihm fest und ließ sich zurück zum Bett schleppen.

»Wunder gibt es nur in der Bibel!« sagte Roßkauf, als Mahlert schwer atmend auf der Matratze lag. »In der Medizin nennt man sie Spontanheilungen. Aber noch keine Stichwunde ist spontan verheilt. Und verlorenes Blut ist durch eine große Schnauze nicht zu ersetzen. Siehst du's endlich ein?«

»Ich fahre morgen mittag zu Monika!« sagte Mahlert stur und legte die Hand auf seine Brust. Die Wunde brannte und stach. »Ich habe die ganze Nacht und den halben Tag Zeit, zu trainieren. Ich kann Monika nicht hängen lassen. Ich darf es nicht. Ich – ich habe Angst um sie.«

Morgens gegen fünf Uhr wachte Peter Roßkauf von einem Geräusch auf und stürzte in Mahlerts Zimmer.

Holger Mahlert tappte herum. Er schob einen Stuhl als Stütze vor sich her. Aber er stand aufrecht und ging. Sein Gesicht war schweißüberströmt und verzerrt.

»Ich kann es!« sagte er. »Mensch, ich schaffe es! Bis Mittag kann ich vielleicht an einem Stock gehen.«

Es war vorüber.

Maria Barrenberg saß neben dem Champagner-Tischchen in einem Sessel. Die goldene Abendtasche lag, ein glitzernder Fleck, auf den dunklen Locken ihres Schoßes. Sie starrte Makaroff an, als sei er ein Tier, das sich in ihr Bett gedrängt und sie vertrieben hatte. Er lag auf dem Rücken, Schweißperlen glänzten in seinem dichten, schwarzen Brusthaar; zufrieden und gelöst rauchte er eine Zigarette. Auch eine marmorkühle Maria war eine herrliche Geliebte gewesen.

»Wieviel Bilder hatte dein Film?« fragte sie plötzlich.

»Sechsunddreißig. Ein normaler Kleinbildfilm.«

»Du hast mir fünf Streifen gegeben. Fünf Streifen mit je sechs Bildern. Das sind erst dreißig.«

»Gegen diese Rechnung läßt sich nichts sagen.«

Der Bügelverschluß des Goldtäschchens knackte. Marias Hand umfaßte den Griff der Pistole. Er war warm, warm von der Hitze ihres Schoßes.

»Du hast mich also doch betrogen!« sagte sie alarmierend ruhig. Jetzt hob Makaroff den Kopf und sah sie an. Er grinste und winkte ihr, mit der Zigarette zwischen den Fingern, zu.

»Eine Vorsichtsmaßnahme, meine Herrliche! Du kamst mit so viel Mißtrauen zu mir. Billige also auch mir zu, daß ich ein wenig mißtrauisch war. Wußte ich denn, ob du den Kaufpreis voll bezahlst?«

»Wo sind die letzten sechs Bilder?« Maria Barrenberg spürte einen Haß in sich, der sie frösteln machte, als tauche sie in ein kaltes Becken. Auf ihrer Haut bildeten sich Frierpöckchen, sträubten sich die feinen Körperhärchen.

»Darüber kann man noch reden, Liebling«, sagte Makaroff. »Ich schlage vor, du schenkst uns jetzt ein Glas Champagner ein.«

Maria erhob sich. Das Täschchen polterte zu Boden, in der Hand behielt sie die Pistole. Ganz langsam hob sie den Arm und streckte ihn gegen Makaroff aus.

»Wo sind die Negative?« fragte sie.

Makaroff blieb liegen. Sein Lächeln gefror.

»Maria, laß diesen Blödsinn!« sagte er rauh. »Steck das dumme Spielzeug weg! Damit kann man sich unglücklich machen. So etwas paßt nicht zu dir.«

»Du bist ein Schwein!« sagte sie. »Ein ungeheures Schwein! Du wolltest mich betrügen, du hast nicht geglaubt, daß ich rechnen würde. Du wolltest sechs Bilder zurückbehalten, um mich immer und immer wieder zu erpressen.«

»Dazu brauche ich keine Negative!« Makaroff lachte abgehackt. Sein Blick kontrollierte ihre Hand. Sie war ruhig, der Zeigefinger lag am Abzug, leicht gekrümmt. »Ich habe von allen Fotos genug Abzüge behalten. Sie liegen in einem Banktresor.« Makaroff setzte sich aufrecht. Die Beine zog er an, um blitzschnell aus der Schußlinie wegzuschnellen und Maria zu überrumpeln. Liebling, leg das dumme Ding weg! Du machst dich lächerlich.«

»Ich hätte es wissen müssen«, sagte Maria Barrenberg ruhig. Es war jetzt wirklich eine tiefe Ruhe über sie gekommen. Keine Hast mehr, keine Bedenken, keine Gefühle. Das Töten wurde zur Selbstverständlichkeit. Sie hätte es nie für möglich gehalten, daß ein Gewissen so absterben kann. Makaroff spürte es mit feinstem Instinkt.

Zum erstenmal stieg Angst in ihm hoch, eine Ahnung von Wehrlosigkeit...

Mit ruhigem Arm zielte sie auf ihn, ihr Finger krümmte sich zum Druckpunkt.

»Maria – »sagte Makaroff tonlos und rührte sich nicht mehr. Die Möglichkeit eines Gegenangriffs war vertan. »Du begehst eine Wahnsinnstat. Hör mir noch einen Satz lang zu. Nur einen einzigen Satz...«

Sie schoß nicht, aber sie ließ keinen Zweifel daran, daß sie es sofort tun würde, wenn Makaroff sich so bewegte, daß sie sich gefährdet fühlen mußte. Sie stand vor dem Bett, nackt und unerotisch wie eine Marmorstatue.

»Du hast Angst« sagte sie langsam. »Es ist herrlich zu sehen, wie groß deine Angst ist. Zum erstenmal zeigst du menschliche Züge. Das muß man auskosten, genießen... Vielleicht kommt es nie mehr vor. Nein, es wird sicherlich nicht mehr vorkommen, denn ich werde dich erschießen.«

»Was hättest du davon?! Maria, ich –« Makaroff hob beide Hände. Sie zitterten sogar ein wenig. Sein Blick haftete noch immer auf ihrer Hand, der Zeigefinger hatte sich vom Abzug noch nicht getrennt. Nur noch ein kleiner Druck, ein nervöses Zucken des Fingers – und der Schuß löste sich. Makaroff sah in die Mündung – er wußte genau, wo ihn die Kugel treffen würde. Es würde auch keinen Sinn haben, sich zur Seite zu werfen. Der erste Schuß würde ihn vielleicht nur verwunden, aber der zweite, dem er nicht mehr entweichen konnte, wäre absolut tödlich. Und wenn Maria erst einmal schoß, dann drückte sie das ganze Magazin leer, das ahnte er. Sie würde sicher gehen wollen, daß er nicht überlebte.

»Ich muß dich töten!« sagte sie mit eisiger Ruhe. »Wenn du logisch denkst, siehst du das doch ein?«

»Du verlangst von mir, daß ich in einer solchen Situation auch noch logisch denke?« rief Makaroff. Er drückte die Zigarette in einem Aschenbecher aus, der auf dem Nachttisch stand. Dabei überlegte er, ob er sie überraschen könnte, indem er den schweren gläsernen Aschenbecher nach ihr warf. Die Sekunde des Erschrekkens konnte genügen, um sich aus dem Bett fallen zu lassen und ihr die Pistole aus der Hand zu schlagen.

Aber Makaroff verzichtete auf diese letzte Chance. Das Risiko war zu groß. Die kleine Pistole war stärker als sein Mut, sein männlicher Stolz. Er verließ sich lieber auf sein Verhandlungsgeschick, seine Beredsamkeit, seine Überzeugungskraft.

»Maria«, sagte er. »Du bist für mich die herrlichste Frau, auch mit einer Pistole in der Hand. So, wie du jetzt dastehst, sollte man dich fotografieren.«

»Wo sind die restlichen sechs Negative?« fragte sie kalt.

»In der unteren Reißverschluß-Innentasche meiner Jacke.«

»Das war meine letzte Frage, Petro! Wenn du wieder gelogen hast...«

»Sieh nach, überzeuge dich!«

Er erwartete, daß sie sofort zu dem Rock lief, der über einer Stuhllehne hing. Aber wie ein Profi ging sie rückwärts, behielt ihn im Visier und suchte mit der Linken in seiner Jackentasche, während die Rechte die Waffe auf ihn gerichtet hielt. Makaroff begriff: Es gab kein Ausbrechen aus der Gefahr. Maria benahm und bewegte sich, als sei es ihr Beruf, Menschen zu töten. Ihre Nacktheit in dieser Situation steigerte alles zu einer schrecklichen Groteske.

Diesmal hatte Makaroff nicht gelogen. Maria Barrenberg fand den Filmstreifen in der Innentasche und hielt ihn neben die Pistole. Es waren die fehlenden sechs Aufnahmen.

»Zufrieden?« fragte er.

»Nein!«

»Was willst du denn noch?« In ohnmächtiger Wut hockte er auf dem Bett und kam sich lächerlich vor.

»Die Abzüge aus deinem Tresor.«

»Aber bitte! Nur – wer garantiert dir, daß ich sie alle abliefere!«

»Du!« Sie verzog den Mund zu einem zitternden Lächeln. »Man kann von den Negativen Ausschnittvergrößerungen machen. Zum Beispiel solche, die nur den nackten Petro Makaroff zeigen. Und man könnte dieses Bild an gewisse Zeitungen verkaufen. Die Hobbys eines Millionärs – das wäre ein guter Titel.«

»Ich habe dich gründlich verkannt.« Makaroff ballte die Fäuste. Nichts war abträglicher für seinen Beruf, als plötzlich im Mittelpunkt der Öffentlichkeit zu stehen. Wenn jeder Mann sein Gesicht kannte, wurde es gefährlich. Das Geschäft mit den Kurden konnte daran zerbrechen – mehr noch: Es konnte den Kurden einfallen, ihn auf dieselbe Liste zu setzen wie Kemal Özdogan. Makaroff fröstelte. Die Spezialisten der »Gebäudereinigung« waren bereits unterwegs, Kemals geheime Adresse zu erforschen. In absehbarer Zeit würde man ihn irgendwo in oder bei Frankfurt finden. »Neues Opfer der Unterwelt«, würden die Zeitungen schreiben.

»Du bist wahrhaftig ein Aas!« sagte Makaroff dumpf. »Wer hätte das gedacht? Die sanfte, nach Unschuld duftende Maria. Das Blümchen im Schatten. Was für verborgene Talente kommen da zum Vorschein!«

Sie nickte, aber sie dachte dabei: Wenn du wüßtest, wie groß meine eigene Angst ist. Wenn du wüßtest, woher ich diese »Routine« habe, du würdest dich vor Lachen krümmen! Alles, was ich hier tue, hat es schon mal gegeben. Ich habe es gesehen und mich jetzt daran erinnert. Ein amerikanischer Fernsehfilm, ich habe ihn zufällig gesehen, aus Langeweile. Es klingt idiotisch, ich weiß. Aber ich hatte Erfolg damit, ich habe die Negative, ich habe Makaroff vor Angst fast sterben sehen, und vor allem: Ich habe meine Familie gerettet! So simpel ist das alles, so erbärmlich lächerlich. Ich spiele einen Fernsehfilm nach – und ein Gauner zittert vor Todesangst.

Sie ging rückwärts zum Badezimmer, stieß die Tür auf, huschte hinein und riegelte ab. Im selben Augenblick hechtete Makaroff aus dem Bett. Er trug nie eine Waffe bei sich, aber das würde sich ändern, das schwor er sich. Seine Niederlage, diese schmähliche Kapitulation vor einer Frau, von der er geglaubt hatte, ihr ganzes Wesen sei nur Unterwürfigkeit und Angst, war auch eine verlorene Schlacht gegen Eduard Barrenberg. Daran änderte nichts, daß Maria zweimal aus ihrer bürgerlichen Geborgenheit ausgebrochen war und in seinen Armen gelegen hatte. Mit den Negativen konnte sie beweisen, daß Makaroff sie willenlos gemacht hatte, und diese heutige Nacht würde ihr sogar Barrenberg verzeihen, weil sie einen Sieg über Makaroff bedeutete. Er war in eine ganz simple Falle getappt, und das ärgerte ihn, den eiskalten Rechner, am meisten.

Keinen Augenblick zweifelte Makaroff am Ernst der Situation, in der er sich bis vor wenigen Minuten befunden hatte. Maria Barrenberg war wirklich bereit gewesen, die Pistole abzudrücken, als allerletzte Konsequenz, die ihr auch die Sympathie der ganzen Welt gesichert hätte, wenn es zum Prozeß gekommen wäre.

Makaroff zog sich an, trank einen Schluck Champagner aus der Flasche. Der »Fall Maria« war für ihn erledigt. Selbst wenn er Barrenberg wirklich ein paar Abzüge schicken wüurde, die Familie würde daran nicht zerbrechen. Die große Ehetragödie spielte sich nicht ab. Im Gegenteil: Maria würde die bewunderte Heldin sein. Barrenberg aber würde wissen, daß er in einem gnadenlosen Vernichtungskampf stand, während er jetzt noch darauf hoffte, in einer persönlichen Konfrontation mit seinem Gegenspieler alle Probleme lösen zu können Eine Begegnung aber wollte Petrescu-Makaroff auf jeden Fall vermeiden.

Es wäre einfach für ihn gewesen, Barrenberg in die Kundenkartei der »Gebäudereinigung« eintragen zu lassen. Aber das wäre eine zu schnelle Bereinigung gewesen. Petrescu wollte das Spiel, das grausame Spiel der Katze, die eine Maus aus den Krallen läßt, ihr die Illusion der Freiheit schenkt, sie wieder einfängt und mit jedem neuen Hieb ein Stückchen Leben aus ihr schlägt, bis sie zu Tode geschunden liegenbleibt und der letzte Biß eine Erlösung ist. Genauso sollte es Eduard Barrenberg ergehen: Zunächst ahnungslos, dann wissend und sehend, sollte er wie eine Maus nach einem Ausweg suchen und doch immer wieder in die Krallen fallen.

Makaroff hob den Kopf. Im Badezimmer rauschte ein paarmal die Toilettenspülung. Maria vernichtete die sechs letzten Negative, nachdem sie die Bilder gegen das Licht am Spiegel gehalten und noch einmal genau betrachtet hatte. Es waren die gemeinsten Fotos der Serie; ihr wurde übel bei ihrem Anblick, sie mußte sich auf den Badehocker setzen und ekelte sich plötzlich vor ihrem eigenen Körper, der zu so etwas fähig gewesen war. Erst nach Minuten fühlte sie sich in der Lage, auch diesen Streifen mit der Nagelschere zu zerschneiden und die Schnipsel wegzuspülen.

Als sie angezogen zurück ins Schlafzimmer kam, saß Makaroff, ebenfalls korrekt bekleidet, am runden Tisch und rauchte. Er blickte auf die Pistole, die Maria wieder in der Hand hielt, und schüttelte den Kopf.

»Ich habe keine Negative mehr«, sagte er. »Steck endlich das dumme Ding weg! Oder willst du mit mir nur noch unter Feuerschutz sprechen?«

»Wir werden nie mehr miteinander sprechen!«

»Den Eindruck habe ich auch.« Makaroff zeigte auf die Champagnerflasche. »Sie ist noch halb voll. Stoßen wir an auf deinen Erfolg!«

»Nachdem du wieder K.o.-Tropfen ins Glas getan hast?

»Du kannst aus meinem Glas trinken.«

»Ich verzichte.« Sie ging zur Tür, wo ihr Trenchcoat hing, warf ihn über die Schulter und schloß die Tür auf.

»Wo willst du hin?« fragte Makaroff.

»Nach Hause. Ich nehme ein Taxi.«

»Jetzt? Um 2 Uhr nachts?«

»Es wird doch auch in Königstein um diese Zeit ein Taxi geben.«

»Ich bringe dich nach Hause.«

»Bleib sitzen!« Sie hob die Pistole. »Komm mir keinen Schritt näher!«

Makaroff gehorchte. »Du benimmst dich lächerlich, Maria. Fürchtest du, ich könnte dir den Hals umdrehen?«

»So ähnlich.« Sie legte eine Hand auf die Türklinke. »Ich wünsche dir ein Ende, das selbst deine gemeinsten Phantasien übertrifft.«

»Wir treffen uns wieder«, sagte Makaroff.

»Das solltest du verhindern.« Sie blickte ihn groß an, und er war sich im klaren, daß sie die volle Wahrheit sagte. »Ich habe nichts mehr zu verlieren –wenigstens das hast du fertiggebracht. Mein Mann, mein Kind, meine Ehe; das sind Werte, die du nie begreifst. Für mich sind sie etwas Heiliges. Aber ich kann mich auch von ihnen lösen, wenn ich dich dadurch vernichten kann! So weit hast du mich gebracht. Das muß dich doch stolz machen! Ich rate dir, Petro Makaroff: Lauf mir nicht noch einmal über den Weg!«

Sie verließ das Zimmer und drückte die Tür leise hinter sich zu, um die Hotelgäste nicht zu wecken. Wie wären sie hochgefahren, wenn sie die Schüsse gehört hätten... Makaroff blieb sitzen und rauchte seine Zigarette zu Ende. Dann leerte er die Champagnerflasche und griff zum Telefon. Es war kurz nach halb drei. Maria mußte eine Taxe bekommen haben.

Makaroff wartete. Dann hörte er die Stimme, die genauso klang, wie er es erwartet hatte, aus tiefem Schlaf gerissen.

»Ich bin es«, sagte er. »Wie geht es dir?«

Bettina schrak hoch, als neben ihrem Kopf das Telefon klingelte. Eduard Barrenberg lag auf der Seite, schnarchte leise, hatte die Hände zum Bett hinausgestreckt und schien auch im Schlaf rundum zufrieden. Die vergangenen Stunden hatten ihm die Erfüllung aller Wünsche beschert, ohne Zeitdruck und ohne die lästige Zeremonie des Wiedersehens hatte er es endlich genossen, Bettina nicht nur »leihweise« zu besitzen, sondern als sein Eigentum festzuhalten. In ihren Armen war er eingeschlafen, hatte ihre Wärme, ihre Haut, ihre Weichheit gespürt und in den Traum die Erkenntnis mitgenommen, daß die vollkommene Hingabe einer Frau vielleicht das einzige Wunder ist, das ein Mann erleben darf.

Bettina blickte auf die Uhr und stieß Barrenberg an. Er räusperte sich, knurrte Unverständliches und schlief weiter.

»Wach auf!« sagte Bettina und rüttelte ihn. »Das Telefon! Du darfst doch nicht schnarchen, wenn ich spreche! Wach doch auf!«

Barrenberg gab einen schnarrenden Ton von sich, hob den Kopf, blinzelte, sah Bettinas nackten Busen und lächelte glücklich. »Mein Engel...«, sagte er schlaftrunken. »So zu erwachen ist himmlisch...«

»Das Telefon!«

Barrenberg setzte sich. Jetzt erst hörte er das Klingeln. Auch sein Blick fiel sofort auf die Uhr. »Um diese Zeit? Das muß ein Besoffener sein, der sich verwählt hat.«

Bettina legte den Zeigefinger auf die Lippen und hob ab. Barrenberg atmete verhalten, aber Bettinas Körper reizte ihn, mit den Fingerspitzen die Linien nachzuziehen. Ihre Muskeln strafften sich, sie schüttelte den Kopf, und ihre Augen bekamen einen entsetzten Ausdruck, als sie hörte:

»Ich bin es. Wie geht es dir?«

»Ich – ich habe geschlafen!« antwortete sie. Ihre vom Schreck erwürgte Stimme klang, als käme sie von weit her. »Wo bist du? Warum rufst du an?«

Barrenberg nahm seine Hände zurück. Flehend sah Bettina ihn

an. Bitte, bitte, mach jetzt keine Dummheit! Bleib ganz still. Vernichte nicht diese Nacht, die so zauberhaft war!

Petrescu lehnte sich im Sessel zurück. »Ich bin bei einem Geschäftsfreund«, sagte er. »Hier in München. Die Verhandlungen waren sehr erfolgreich. Und nun hätte ich eine Überraschung für dich: Der Geschäftsfreund hat eine Privatmaschine. Wir könnten in einer halben Stunde aufsteigen, Flugzeit cirka eine Stunde und zwanzig Minuten. Das heißt, ich könnte gegen 5 Uhr bei dir sein und mich bei dir ausruhen. Was hältst du davon?«

»Es wäre wunderbar!« sagte Bettina und gab ihrer Stimme einen freudigen Klang. »Aber es wäre doch nur eine Hetze. Bis gegen 23 Uhr habe ich bei Bieringer geschuftet und bin fast ins Bett gefallen, so müde war ich. Bin ich noch! Sei nicht böse, aber ich glaube, du schläfst jetzt in München besser, als durch die Nacht zu jetten. Wann würdest du denn sonst zurückkommen?«

»Mit dem Flugzeug um 8 Uhr 35.«

»Ich mache dir einen starken türkischen Kaffee und hole die frischesten Croissants.«

»Und du wirst mir gegenübersitzen, wie du am Telefon sitzt?«

Sie nickte. Er wußte genau, daß sie jetzt nichts am Körper trug. Sie schlief nackt, auch im Winter, eingekuschelt in ein federleichtes, abgestepptes Oberbett, das die Haut streichelte.

»Es wird ein schönes Frühstück werden«, sagte sie und legte ihre Hand auf Barrenbergs Mund. »Soll ich alles vorbereiten?«

»Du bist meine unsterbliche goldene Rose«, sagte Petrescu zärtlich. »Schlaf dich aus, mein Liebling! Auch ich hab' jetzt Ruhe nötig. Gute Nacht, meine Rose.«

»Gute Nacht.«

Sie legte auf und preßte die Hände vor ihre Brüste, als habe sie Angst, Barrenberg könne sie schlagen. Er schlug tatsächlich zu, aber er hieb mit der Faust nur auf die Matratze. In seinem Gesicht zuckte es.

»Ich mache das nicht mehr mit!« sagte er grob. »Das kann keiner verlangen, auch du nicht. Das geht einfach über meine Kräfte und meine Nerven! Wer ist der Kerl?! Betty, ich muß das jetzt wissen! Jetzt sofort! Wer ist der Bursche, und wieso hat er eine solche Macht über dich?! Warum oder wovor hast du Angst! Ich will wissen, endlich wissen, wieso er dich in der Hand hat! Ich glaube, ich habe ein Recht dazu! Seit heute mehr denn je!«

»Ich kann es nicht sagen, Voice.«

»Du *mußt* es!«

Sie ließ sich nach hinten auf das Bett sinken und lag in ihrer herrlichen Nacktheit ergeben vor ihm. »Willst du mich schlagen?« fragte sie. »Willst du es aus mir herausprügeln – wie er deinen Namen?! Dazu mußt du einen Gürtel nehmen und mit der Metallschnalle zuschlagen, abwechselnd auf Brust und Unterleib ... Aber das kenne ich schon. Du mußt dir etwas Neues einfallen lassen ... «

»Betty!« Barrenberg saß mit mahlenden Kiefern vor ihr. Zum erstenmal sah sie, daß an der linken Stirnseite eine Ader hervorquoll, die wie eine Strieme wirkte. »Ich will dir doch nur helfen!«

»Du hilfst mir, indem du nichts weißt.«

»Aber das ist unerträglich! Ich gehe von dir weg, und du bereitest alles vor für einen galanten Morgenkaffee. Türkisch gekocht, mit frischen Croissants, Butter, Honig ... «

Barrenberg schob sich aus dem Bett. »Und nach dem Kaffee geht's zur Sache ... Ich drehe durch, Betty!«

Bettina blieb liegen und sah Barrenberg zu, wie er einen Bademantel überwarf. Nervös lief er in dem großen Schlafzimmer hin und her, griff nach einer Bürste, glättete seine abstehenden Haare und warf die Bürste an die Wand. Das tat ihm gut. Zerstören wollte er jetzt, vernichten, bereinigen, ordnen, die Welt von etwas Überflüssigem befreien. Dieses Unnütze war der Mann, dessen Namen er nicht kannte, dessen Bild er nicht gefunden hatte, als er allein ganze Stunden in Bettinas Wohnung gewartet hatte. Aber da gab es nichts. Petrescus Abscheu vor jedem Foto erwies sich immer wieder als lebenserhaltend.

»Das alles hört auf, wenn du in den Bungalow ziehst!« schrie er. »Ich gebe dir einen Hund dazu, einen Dobermann, der alles anfällt, was nicht nach mir riecht! Ich setze dir eine Wache ins Haus!«

»Schenkst du mir ein Haus oder ein Gefängnis?« fragte sie ruhig.

»Ich will dich befreien, Betty!«

»So nicht, Voice. So wird es dir nie gelingen.«

»Wie denn?« Er blieb vor ihr stehen. »Wie kann man dir helfen?«

»Du müßtest das tun, was er mit dir auch tun würde, wenn du nicht nachgibst. Ihn vernichten!«

»Das will ich ja!« schrie Barrenberg. »Aber wie kann ich etwas vernichten, wenn ich nicht weiß, wie es aussieht und wo ich es pakken kann? Wie kann ich ein Phantom greifen?! Er ist da besser dran, er kennt meinen Namen! Er kann mich vernichten!« Barrenberg blickte auf Bettina hinunter. Ihre Nacktheit lenkte ihn nicht mehr ab, sie verstärkte nur seinen Entschluß zu einer Radikallösung. »Findest du das fair, daß nur er seinen Gegner kennt?!«

»Schlag den Namen aus mir heraus! Ich habe dich ja nicht freiwillig genannt!«

Er rannte wieder hin und her und blieb vor Bettina stehen. Er wußte genau, was er sagte, er hörte jedes seiner Worte, und er zögerte nicht, sie auszusprechen.

»Ich verspreche dir, dich von ihm zu befreien«, sagte er. »Für immer zu befreien.«

»Das heißt Mord.«

»Ich betrachte es als Selbstschutz. Du hast gesagt, er wäre fähig, mich zu töten!«

»Ja.«

»Man kann mir nicht verübeln, wenn ich ihm zuvorkomme. Wir leben in einem Krieg miteinander. Und im Krieg muß man zuerst schießen, wenn man überleben will!«

»Und mit diesem Wissen sollen wir weiter zusammenleben? Wir sollen eine ganzes Leben lang gemeinsam die Schuld tragen, einen Menschen getötet zu haben?!«

»Es wäre Notwehr, Betty! Ginge ums nackte Überleben!«

»Ich weiß nicht, wo er wohnt ...«

Barrenberg starrte sie ungläubig an. »Du weißt es nicht?«

»Er kommt zu mir.« »Du warst nie bei ihm?«

»Doch. Ein paarmal. Aber immer woanders. Wohnungen, Häuser – ich weiß bis heute nicht, ob sie ihm gehören oder ob es Wohnungen von Freunden waren. Es gibt keine Adresse, keine Telefonnummer – nichts. Er ruft an, er bestimmt, wohin wir gehen. Er allein weiß alles! Ich weiß nicht einmal, ob sein Name richtig ist. Er steht in keinem Telefonbuch.«

»Es gibt ein Einwohnermeldeamt!« sagte Barrenberg.

»Und wenn man dort den Namen nicht registriert hat?«

»Dann ist er falsch.«

»Und was nützt dir dann das Wissen? Du kannst ihn nicht greifen – nicht so, daß du ihm überlegen wärst, daß du ihn töten könntest. Er wird immer schneller und immer listiger sein als du. Du kannst diesen Krieg nur verlieren.«

»Wie heißt er?« fragte Barrenberg laut.

»Petrescu. George Petrescu.«

Es war heraus. Bettina schloß die Augen. Sie hörte, wie sich Barrenberg über sie beugte, sie spürte, wie er sie küßte, zuerst auf die Lider, dann auf den Mund, später auf beide Brüste, aber sie empfand nichts dabei. Erst, als er sich wieder von ihr abwandte, schlug sie die Augen auf. Barrenberg stand mit dem Rücken zu ihr am Fenster und blickte in die fahle Nacht hinaus. Er sah auf Dächer, auf schwarz blinkende Fenster, Schornsteine und Fernsehantennen.

»Ein Rumäne?« fragte er.

»So etwas Ähnliches.«

»Es klingt rumänisch. Petrescu. Wenn du auch noch ein Foto hättest ...«

»Es gibt kein Bild von ihm.«

»Womit verdient er sein Geld?« »Import, sagte er.«

»Was importiert er?«

»Ich habe ihn nie danach gefragt. Ich weiß nur, daß seine Partner in Asien sitzen müssen. China, Taiwan, Hongkong, Thailand, Philippinen, Indonesien, Singapur, Malaysia, Korea... Manchmal erzählt er von ihnen und dann macht er sie nach, wie sie sprechen; die meisten können ja kein R. Liebel leich, als ehllich und allm. – Ein dummer Witz.«

»George Petrescu.« Barrenberg wandte sich vom Fenster ab und zog seinen Bademantel wieder aus. Er legte sich neben Bettina und strich mit den Fingern über ihren flachen, glatten Leib. »Natürlich ist der Name falsch. Aber ich werde herausbekommen, wer sich dahinter versteckt! Und dann schlage ich zu!«

Sie dehnte sich, hielt seine Hand fest, zog sie an ihren Mund und küßte sie. Dann löschte sie das Licht, drehte sich auf die Seite und kroch näher an ihn heran. »Danke«, sagte sie leise.

»Wofür?«

»Daß du mich nicht auch geschlagen hast.«

»Ich kann keine Frau schlagen! Mit der Faust gegen eine Frau argumentieren, ist das größte Armutszeugnis, das ein Mann sich ausstellen kann. Solche Männer sind erbärmlich. Und sie wissen das auch!«

»Und noch einmal Danke!«

»Wofür jetzt?« Barrenberg atmete den Duft ein, der aus ihrer Haut drang.

»Daß du bereit bist, George zu töten...«

Er gab darauf keine Antwort, dachte nur, mein Gott, was ist aus mir geworden. Ich bin entschlossen, einen Menschen zu töten und habe keine Skrupel, keine Bedenken, mein Gewissen ist tot. Er schob den Arm unter Bettinas Hüfte und legte sein Gesicht auf ihren Leib.

Am Morgen kam Eduard Barrenberg offiziell aus Italien zurück.

Er war von Bettinas Wohnung erst zum Flughafen gefahren, rief von dort zu Hause an und war zufrieden, daß Stimmengewirr und Motorengeräusch ihn umgaben, so daß kein Zweifel daran bestehen konnte, daß er vom Airport anrief.

Maria war sofort am Apparat, nachdem das Hausmädchen »Der gnädige Herr!« in den Salon gerufen hatte. »Der gnädige Herr...« Barrenberg mochte das gar nicht, er betonte immer, er sei nicht »gnädig«, sondern der Herr Barrenberg, der auch mal losdonnern könnte, aber das Hausmädchen hatte Maria von Frau Generaldirektor Dr. Flutger empfohlen bekommen; es war frei geworden, weil die Herrschaft nach Nizza umgezogen war. Das »gnädige« hatte sie von dort mitgebracht und nicht mehr abgelegt. Wenn Gäste im Haus waren, trug sie ein schwarzes Kleid mit angestärkter weißer Spitzenschürze. Barrenberg hielt das alles für überlebten Blödsinn, aber wenn es Maria gefiel, tat er gut daran, es zu dulden.

»Hallo! Hier bin ich!« rief Eduard heiter. »Soeben gelandet. Von Mailand nach Wien, von Wien nach hier. Ab Wien 7 Uhr 15 Nonstop! Bin schrecklich müde, kann ich dir sagen! In Mailand haben wir noch einen draufgemacht, daß sich die Stuhlbeine gebogen haben! Ich nehme mir jetzt ein Taxi und komme! Das ist besser, als daß ich hier warte, bis du mich abholst. Koch mir einen starken Kaffee, Maria!«

»Es ist schön, daß du wieder da bist«, sagte Maria fast demütig. »So allein – das ist gar nichts für mich.«

»Auch ich fühle mich zu Hause am wohlsten!« Barrenberg starrte gegen die Wand der Telefonkabine. Jemand hatte mit Bleistift einen säuischen Spruch darauf geschrieben, garniert mit einer linkischen Zeichnung. »Bis gleich, Maria!«

Maria legte auf und überlegte. Vom Flughafen bis Sachsenhausen brauchte ein Taxi fast eine halbe Stunde. Es blieb Zeit, frische Brötchen, Parmaschinken und grobe Gewürzleberwurst zu kaufen, ein Frühstück, das Eduard in seiner ungeschliffenen Art einen »halben Orgasmus« nannte. Sie sprang auf, rief das Mädchen und schickte es mit dem Moped zum Einkauf.

Monika war schon in die Schule gefahren. Maria hatte sie nicht mehr gesehen, und sie war froh darüber. Als sie gegen vier Uhr morgens ins Haus geschlichen war, als käme sie von einer Diebestour, hatte sie hinter Monikas Tür noch Licht gesehen, und der Plattenspieler lief, anscheinend auf Dauerbetrieb. Maria wollte klopfen, aber dann unterließ sie es, aus Angst, Monika könnte bei ihrem Anblick Fragen stellen. Sie ist bei Musik eingeschlafen; dachte sie, und schläft jetzt weiter unter dieser Berieselung. Bewundernswert, die Nerven der Jugend!

Maria war in ihr Schlafzimmer gegangen. Hätte sie Monikas Tür geöffnet, dann wäre ihr Blick auf ihre Tochter gefallen, die seltsam verkrümmt, aufgedunsen und hastig atmend in einer Art Betäubungsschlaf lag. Und sie hätte die Plastikspritze gesehen, die neben ihrem Bett auf dem weißen Berberteppich lag, den Fingern entglitten, als der etwas stärkere Schuß mit H 4 in Monika explodiert war und sie umgeworfen hatte.

Am Morgen meldete sich der Körper mit Schweißausbrüchen und Zittern. Würgende Angst beherrschte Monika, wenn sie an die Schule dachte, an Mathe, englische Literatur und Soziologie. Sie verkroch sich im Bett, starrte auf die Uhr und wußte, daß sie aufstehen und wegfahren mußte. Es gab kein Ausweichen. Für das Abitur war jede Stunde wichtig.

Bevor sie herunterkam ins Frühstückszimmer, wo ihr Tisch bereits gedeckt war, machte sie sich wieder einen leichten Druck, nur so viel, daß es die Angst bezwang, daß sie ruhiger wurde und gleichgültig gegenüber dem »Scheißleben«, wie es Freddy genannt hatte.

Nüchtern trug sie in ihr Tagebuch ein:

Heute morgen wieder ein Druck. Ein halbes Halbe H 4, mit Ascorbinsäure und Milchpulver vermischt. Es flutschte nur so in die Ader, tat gut, ich fühle mich super! Wenn ich heute in Mathe drankomme, können die was erleben! Da drehe ich vielleicht auf! Mir ist, als ob ich Flügel hätte!

Bestandsaufnahme: Nur noch zwei Drucke im Kasten. Wo bekomme ich neue Dope her? Ich kann mich noch nicht in der Disko sehen lassen, auch nicht beim Straßenstrich an der Hauptwache oder in den Anlagen, wo die Dealer herumlungern. Freddy hängt mir noch am Kleid, da wird noch zuviel gefragt. Es ist ja bekannt, daß die Kripo von der Sonderkommission Typen herumlaufen hat, die genau so aussehen, als gehörten sie zur Szene, und schon ist man hops! Nein, lieber noch warten! Aber was mache ich mit nur noch zwei Drucken?! Ich kann daraus vier ganz dünne machen, die helfen wenigstens halbwegs über den Turkey weg, aber dann? Dann stehe ich voll auf 'm Schlauch! Da muß vorher noch was geschehen, sonst gehen die Dachpfannen hoch ... «

Monika war dann fröhlich in die Schule gefahren. Vom Hausmädchen hörte sie, daß die »Gnädige Frau« noch schlafe. Mama ist also brav zu Hause, dachte Monika. Und heute kommt auch Papa zurück; die Familie ist wieder komplett. Diese mustergültige, eiserne, angesehene Familie.

O du liebe Scheiße, wie beknackt ist doch das Leben!

Vor der Schule bremste Monika so abrupt, daß sie fast über die Lenkstange geflogen wäre und nur mit Mühe das Gleichgewicht behielt, um die Beine seitlich auf die Straße zu stemmen. Nur ein paar Meter vom Schultor entfernt, vor einem grünen Luxusauto stehend, winkte ihr Makaroff zu. Er sah blendend aus in seiner Sportkombination, der Wind zerzauste seine schwarzen Locken, das Hemd trug er drei Knöpfe weit offen. Ein großes goldenes

Doppelkreuz, wie es die Ostkirche verehrt, glänzte auf seiner dicht behaarten Brust. Hollywood in Frankfurt.

Monika schob das Moped vor sich her, als wäre es ein Schutzschild. Makaroff kam ihr zwei Schritte entgegen und streckte die Arme nach ihr aus. Sie ignorierte die Vertraulichkeit und musterte ihn mit Zurückhaltung.

»Was wollen Sie denn hier?« fragte sie. »Wollen Sie die Abiturklasse verrückt machen?!«

»Ich mußte dich wiedersehen, Monika.« Makaroffs Stimme hatte einen melodischen Klang, der seinen Akzent noch verstärkte. »Ich mußte immer wieder an dich denken. Was war da einfacher, als hierherzukommen?«

»Ich habe Ihnen gesagt, es hat keinen Zweck mit uns!« Monika blickte sich um. Sie war spät dran, die Klassenkameradinnenwaren schon längst im Gebäude. Einige Nachzügler kümmerten sich nicht um die beiden.

»Wir waren schon per du, Monika.«

»Wenn's Ihnen Spaß macht.« Sie hob die Schultern. Makaroff betrachtete sie mit größtem Interesse. Sie ist anders als ihre Mutter, das hatte er schon längst festgestellt. Hätte sie sich sonst mit einem Typ wie Freddy eingelassen? Und doch paßte das Abenteuer Freddy in gewisser Weise auch zu Maria Barrenberg: Fürsorge, Opfer für die anderen, Hilfe. Freilich war Monika, ohne es verhindern, ohne an Flucht denken zu können, in den Strudel gezogen worden, dem sie Freddy hatte entreißen wollen; ihr Abstieg vollzog sich schon nicht mehr stufenweise – sie stürzte in den Abgrund ohne Chance, sich irgendwo anzuklammern. Das unterschied sie von der Mutter. Maria hatte die Leidenschaft des Kampfes bewiesen. Monika demonstrierte die Leidenschaft des Unterganges. Aber sie hatte noch nicht begriffen, wie es um sie stand.

»Was willst du hier?« fragte sie. Sie blickte auf den Wagen. »Hattest du nicht einen weißen Schlitten?«

»Das wechselt.« Makaroff lächelte. »Ich habe einige im Stall. Du solltest sie dir einmal ansehen.«

»Warum? Das ist kein Speck, mit dem man Mäuse fängt.«

»Ich würde dir einen schenken.«

»Bekloppt! Mein Vater fragt dann: Ist der dir zugelaufen?!«

»Du könntest immer mit ihm fahren, wenn du Lust hast. Er steht für dich bereit, er gehört nur dir! Du kannst dir einen aussuchen. Ist das ein Angebot?«

»Wofür?« Sie schüttelte den Kopf. »Denkt ihr schönen reichen Männer eigentlich alle, wir Mädchen warten nur darauf, von euch vernascht zu werden? Mag sein, daß es solche Mädchen gibt, genug sogar. Die leben davon, daß sie durch den Jet-Set rutschen. Aber hier ist eine total falsche Adresse, Petro Makaroff. Ich mag Männer wie dich nicht. Kann man's noch klarer sagen?«

»Nein!« Makaroff war keineswegs beleidigt. Er sah in Monikas Augen den unnatürlichen Glanz, die erweiterten Pupillen, das hektische Flackern. Er sah auch ihre etwas eckigen Bewegungen und wußte genau, daß sie wieder auf der Nadel war. Ihr jetzt etwas übelzunehmen, wäre lächerlich. In ein paar Stunden verwandelte sie sich in ein bebendes Bündel, das nach neuer Dope schrie.

»Trotzdem möchte ich mit dir jetzt wegfahren«, sagte er.

»Ausgeschlossen. Ich habe Schule! Da – es klingelt! Du kannst mich ja abholen. Halb eins ist Schluß.«

»Da bin ich längst geschäftlich unterwegs.«

»Hast du Dope?« fragte Monika unvermittelt. Die Frage kam so plötzlich und scheinbar unmotiviert, daß selbst Makaroff einen Augenblick stutzte.

»Schon alles weg?« fragte er zurück.

»Ist für einen Freund.«

»Natürlich!«

»Hast du was?«

»Nicht hier! Ich fahre doch nicht mit dem Mistzeug spazieren. Da mußt du schon mitkommen.«

»Raffiniert und doch dämlich!« Monika lachte rauh. Ich bezahle in bar, nicht mit Arbeit auf Raten. Ich habe 150 Mark bei mir.«

»Das sind drei Nadeln vom besten H 4. Absolut reinste Ware. Mehr brauchst du nicht?«

»Ich habe nur 150 Mark, und mehr ist nicht da. Gehört eigentlich in die Urlaubskasse.«

»Und dann?« fragte Makaroff.

»Was dann?«

»Nach den drei Schüssen?«

»Mal sehen. Wir sind keine arme Familie. Keine Hoffnung für dich, Makaroff. Auf diese Art bin ich nicht käuflich.«

Sie sah sich wieder um. Die Schule hatte begonnen. Aus dem Musiksaal erklang ein Volkslied mit Klavierbegleitung. Gesangsstunde bei Studienrat Dr. Mocker, genannt Pfff-Pfff, weil er unter einem Dauerschnupfen litt und ständig schniefte. Monikas Klasse las jetzt englische Literatur. Zu spät kommen ist blöd, dachte sie mit der alten Schülerweisheit: Wenn schon, dann gar nicht ...

»Geht das Moped da hinein?«

»Mit Leichtigkeit.«

Makaroff schloß auf, sie wuchteten das Moped in den Kofferraum und setzten sich in das Auto. Die Sitze waren mit gelbem Leder bezogen. Auf der Mittelkonsole stand ein kleiner Fernseher. Auch das Autotelefon fehlte nicht.

»Wohin?« fragte Monika. »Natürlich zu dir. Aber ich schwöre dir: Wenn du mich anpackst, lasse ich dich hochgehen! Da mußt du mich schon umbringen.«

»Daran sollte man denken«, antwortete Makaroff gemütlich. »Monika, du bist ein Kindskopf. Ich kann andere Frauen haben, reifere, erfahrene, hungrige, gegen die du nur ein zwitscherndes Vögelchen bist! Ich bin hier, weil ich mich für dich verantwortlich fühle.«

»Du als Ersatzvater? Das ist zum Brüllen!«

»Ich will mich um dich kümmern, nachdem diese Panne mit Freddy passiert ist. Das liegt mir auf der Seele. Wir beide stecken da tief drin! Verstehst du das nicht?«

Monika nickte und schwieg. Sie lehnte sich in die Lederpolster zurück und genoß die Fahrt in diesem Luxusauto. So eines könnte sich Papa auch leisten, dachte sie. Aber nein – er fährt aus Tradition diese bürgerlichen Schlitten. »Ich habe kein Statussymbol nötig!« sagte er immer, wenn darauf die Rede kam. »Ich weiß, wer ich bin! Ein Auto ist für mich ein Untersatz, der meinen trägen Hintern mobilisiert.« Mit Papa war nicht zu diskutieren.

Makaroff hielt weit draußen, nach Hanau zu. Das war hier kein luxuriöses Penthouse, sondern eine schlichte Dreizimmer-Wohnung in einem Reihenhaus am Waldrand. Monika sah Makaroff verblüfft an.

»Was soll denn das?« »Auch das ist eine Wohnung.«

»Deine?« »Nehmen wir es an ...« »Und das Penthouse von damals?«

»Die Welt hat viele Gesichter. Ungezählte ...«

»Wer bist du eigentlich, Petro?« »Ein Agent für Künstler, das weißt du doch.« »Mit so viel Geld?« »An jeder Schallplatte, an jedem Piepser von meinen Schützlingen verdiene ich.«

Er sah, daß Monika ihm nicht glaubte, und es war ganz nach seinem Sinn, daß sie kritisch wurde. So etwas erzeugt Neugier, und Neugier macht unvorsichtig. Unbefriedigte Neugier kann sogar zu einer Krankheit werden, die die Vernunft auffrißt.

In der Wohnung tranken sie brav Tee mit einem Schuß Rum, rauchten eine Zigarette, und Makaroff holte ein Tütchen mit der 90 Prozent reinen Dope. Als Monika ihm 150 Mark hinlegte, nahm er sie nicht an.

»Das ist ein Geschenk, Monika!«

»Ich will aber bezahlen.« Sie erhob sich, steckte das Tütchen in die Tasche und verspürte ein unendliches Glücksgefühl. Drei absolut reine Nadeln. Daraus kann man sechs normale machen. »Ich lasse mir von dir nichts schenken. Können wir jetzt wieder fahren?«

»So schnell?« Makaroff ließ die 150 Mark auf dem Tisch liegen, ohne sie anzurühren. »Willst du dir nicht dein Auto aussuchen?«

»Steht es hier?«

»Nein. Da müssen wir weiter nach Stockstadt.

»Verrückt! Später vielleicht.« Sie sah Makaroff forschend an. »Wie kann ich dich erreichen?«

»Überhaupt nicht.«

»Du hast doch Telefone genug.«

»Trotzdem.«

»Dein Autotelefon!«

»Vergiß es, Monika.« Makaroff öffnete ihr die Tür. Ihre Neugier wuchs, er sah es an ihren Blicken, mit denen sie alles musterte, alles in sich speicherte. Es war vergebliche Mühe; Makaroff hatte diese möblierte Wohnung über einen Mittelsmann lediglich für eine Woche gemietet. Zum »Probewohnen«, als »interessierter Käufer«. – »Ich stehe ab und zu vor der Schule. Ich weiß, daß du mich brauchen wirst.«

Sie fuhren in die Stadt zurück, ziemlich schnell, denn die Stunde, in der Makaroff bei Bettina seinen türkischen Kaffee mit individueller Bedienung genießen wollte, war bereits angelaufen. Er würde sich um eine halbe Stunde verspäten. Zur Entschuldigung mußte er noch einen großen Strauß Rosen kaufen. Am Main, in der Nähe des Römer, setzte er Monika ab und wartete, bis sie mit ihrem Moped davongeknattert war. Petrescu war mit diesem Vormittag sehr zufrieden. Dreierlei war ihm gelungen: Er hatte sich überzeugt, daß Monika unrettbar in den Sog des weißen Giftes geraten war; er registrierte, daß sie von ihm abhängig wurde, und er hatte somit die Garantie, Eduard Barrenberg so furchtbar zu schlagen und zu zerstören, wie es sein Haß befahl. Und das bereitete ihm eine satanische Lust.

Von halb zwölf bis halb zwei nachmittags wartete Holger Mahlert vor dem Mädchengymnasium auf Monika Barrenberg. Er saß in seinem Wagen, dick bandagiert, mit zwei Spritzen aufgeputscht. Peter Roßkauf saß neben ihm. Das war die Voraussetzung, daß Holger Mahlert aus dem Bett durfte und nicht darin festgebunden wurde, wie Roßkauf es angedroht hatte. Man hatte sich darauf geeinigt, daß Mahlert aus dem Wagen steigen würde, wenn er Monika kommen sah. Er sollte nur ganz kurz mit ihr sprechen, eine neue Verabredung eingehen und dann sofort wieder zurückgefahren werden und sich ins Bett legen.

Aber Monika kam nicht. Scharen von Mädchen verließen die Schule, all die jungen hübschen Damen, denen keiner mehr ansah, daß sie noch Schülerinnen waren. Aber Monika war nicht unter ihnen. Um halb zwei hielt es Mahlert nicht mehr aus. Gestützt auf seinen Freund, humpelte er über die Straße und traf in der Eingangshalle des Gymnasiums auf den Hausmeister.

»Keiner mehr hier!« sagte der griesgrämige Mann. Mahlert nickte. Es würde ihm ein Rätsel bleiben, warum Schulhausmeister immer so aussehen, als seien sie gallenkrank. Auch diesem Pedell stand das Leid im Gesicht.

»Alle Klassen sind leer!« sagte der Mann. »Da ist keiner mehr drin. Stehen ja alle Türen schon offen fürs Putzen.«

Mahlert humpelte zum Auto und fiel auf den Sitz.

»Fehlanzeige!« sage Roßkauf. »Diese Gewalttour war idiotisch.«

»Sie hat mich um Hilfe gerufen!« sagte Mahlert und lehnte den Kopf weit zurück. Ein Schwächeanfall machte ihm zu schaffen. »Sie hat so kläglich geklungen. Peter, irgend etwas stimmt hier nicht.« »Die Prima hat heute frei, das ist alles!«

»Das hätte sie mir gesagt.« Mahlert starrte auf die Schule, als Roßkauf anfuhr, vorsichtig, um Holgers Wunde zu schonen. »Ich habe Angst, Peter. Ich habe Angst um Monika! Da stimmt etwas nicht. Da paßt vieles nicht mehr zusammen. Wir fahren morgen wieder hierher!«

»Erst, wenn du dich per Telefon fest verabredet hast! Und überhaupt wollen wir erst mal sehen, ob du morgen noch auf den Beinen stehen kannst.«

Kurz vor 11 Uhr kam Kriminalhauptkommissar Herbert Döhrincks vom Sonderdezernat H in den Nebenraum zu seinen Kollegen. Dort trank man Kaffee, rauchte und bearbeitete die Berichte der Außenbeamten, die als Fixer in der Szene lebten und auf den Fall Freddy-Fritz Hartmann angesetzt waren.

»Der Dschungel lichtet sich etwas«, sagte Döhrinck. »Wir haben die erste heiße Spur von dieser geheimnisvollen Monika. Fips hat gerade angerufen. Er hat Monika vor zehn Minuten an der Paulskirche gesehen. Auf einem grünen Moped, Marke Yamaha. So viel wissen wir also schon: Sie hat ein Moped und kurvt damit durch die Stadt. Durchgabe an alle Streifenwagen: Mädchen auf einer grünen Yamaha anhalten und zum Präsidium.«

Die Falle klappte nicht zu, obwohl sich gerade im Gebiet um Römer, Paulskirche, Altstadt und Hauptwache die Streifenwagen konzentrierten, so daß es eigentlich unmöglich war, daß ein derart auffälliges Moped ungesehen durchschlüpfen konnte. Hauptkommissar Döhrinck, der unmittelbar mit der Einsatzleitung der uniformierten Polizei verbunden war, verstand nicht, daß diese heiße Spur wieder erkaltete.

»Ist es denn denkbar«, rief Döhrinck ziemlich beleidigend ins Telefon, als eine halbe Stunde nutzlos verstrichen war, »daß heute zufällig in Ihren Streifenwagen Blinde sitzen?! Man sollte das kontrollieren!«

»Es gibt viele Möglichkeiten, vom Römer aus durch die Stadt zu fahren«, bekam er zur Antwort. »Vor allem mit einem Moped.«

»Aber nicht mit einer grünen Yamaha!«

»Es könnte sein, daß die gesuchte Person sich kurz nach der Anzeige in ein Kaufhaus oder ein Geschäft begeben hat.«

»Mit dem grünen Moped auf dem Rücken, wie 'n Rucksack, was? Wenn das Mädchen irgendwo Station gemacht hat, muß die grüne Yamaha an der Hauswand lehnen. Haben Sie Ihren Beamten das auch gesagt?«

»Davon war in Ihrem Suchauftrag keine Rede. Es hieß nur: Wir sollten ein *Mädchen auf* einem grünen Moped, Marke Yamaha, suchen! Nicht ein Moped...«

»Es ist gut«, sagte Döhrinck mit erstaunlicher Selbstbeherrschung. »Dann ergänze ich meinen Auftrag: Auch ein grünes Moped wird gesucht.«

»Ich gebe es sofort an alle Wagen durch.«

»Sie sind rührend, Herr Kollege...«

Döhrinck warf den Hörer auf die Gabel und sah seine Mitarbeiter an. Einige grinsten, andere tippten sich an die Stirn. Einig war man sich in der Beurteilung der Lage: Das Mädchen, das der Fixer Fips gesehen hatte, das Mädchen, das Monika hieß und des toten Freddy Freundin gewesen war, der Mensch, der zuletzt bei ihm gewesen sein mußte, als er sich den Goldenen Schuß gegeben hatte, war für heute entwischt. Man mußte schon sehr viel Glück haben, um jetzt noch ein grünes Moped irgendwo an einer Hausmauer zu entdecken.

Döhrinck ließ sich einen starken Kaffee aus der Kantine bringen und überflog die neuesten Meldungen von der Rauschgiftfront. Nach verschiedenen Razzien und Verhaftungen drängte, das wurde immer deutlicher, ein neuer Konkurrent auf den Markt: das Kokain. Waren die Drücker noch zu erkennen, weil jede Nadel Spuren hinterläßt, so wurde der Kampf gegen die Kokser eine Art Schattenboxen. Kokainsüchtige reagieren anders, einen Schnupfer erkennt man nicht sofort, und außerdem gab es Kreise, vor allen bei Künstlern und im Jet-set, wo Kokain ins tägliche Leben integriert war wie Whisky, Kognak oder ein williges Mädchen.

»Es wird in Deutschland immer schöner«, sagte Döhrinck. »An irgend etwas muß es doch liegen, daß gerade wir auserwählt wurden, der große Umschlagplatz für Rauschgift zu sein. Da stimmt doch was nicht mit unseren Gesetzen. Im Ausland lachen die doch nur über die Liberalisierung unseres Strafrechts. Trittst du einen Polizisten in den Hintern, kannst du ein Jahr kriegen, wegen schwerer Körperverletzung. Erwischt man dich mit ein paar Gramm Heroin, bekommst du zwei Jahre, und keiner spricht von Mordversuch. Ist das vielleicht ein Verhältnis?!«

Das Telefon schellte. Döhrinck hob ab und stellte die Mithöranlage an. Es war die Zentrale. Der Leiter der Streifenwagen meldete sich.

»Hier Zimmerle«, rief die forsche Stimme. »Kollege, Sie haben vorhin den Eindruck hinterlassen, als seien wir alle Idioten.«

»Aber nicht doch«, sagte Döhrinck milde. »Nicht alle!«

»Dann leisten Sie jetzt Abbitte. Wir haben einen vollen Erfolg!«

»Sie haben Monika?« rief Döhrinck und schlug mit der flachen Hand auf den Tisch. »Fabelhaft!«

»Wir haben fünf grüne Mopeds, Marke Yamaha, sichergestellt«, sagte Zimmerle etwas zögernd. »Vier Mädchen und ein Junge. Sie sind alle zu Ihnen unterwegs. Der Junge heißt Thomas, die Mädchen Erika, Inge, Barbara und Ludovica. Komischer Name, was?«

»Ist jugoslawisch, Kollege Zimmerle.« Döhrinck ließ seinen Bleistift über den Tisch tanzen. »Die wir suchen, heißt Monika!

»Vielleicht finden wir die auch noch.« Zimmerle war enttäuscht. Er hatte ein Lob erwartet. »Können wir alle grünen Mopeds, die nicht von einer Monika gefahren werden, wieder wegschicken?«

»Ja, das können Sie. Noch viel Glück, Kollege!«

In Abständen von fünf Minuten trafen die Festgenommenen ein. Verschüchtert, weinend, ratlos. Nur Thomas war aufsässig. Er wollte in Gegenwart der Mädchen den Helden spielen. »Die Bullen haben mir den Arm auf den Rücken gedreht!« schrie er sofort, als er Döhrinck sah und in ihm einen Vorgesetzten erkannte. »Das ist Körperverletzung im Amt! Ich kenne mich da aus! Mein Vater ist Rechtsanwalt!«

»Du dickes Ei, auch das noch!« Döhrinck winkte, die Streifenpolizisten verließen das Zimmer. Döhrinck warf Thomas eine Schachtel Zigaretten hinüber, die dieser geschickt auffing. Er grinste.

»Wie im Fernsehen bei dem Amis. Zigaretten und Freundlichkeit. Der zweite Grad. Investieren Sie nicht zuviel, Herr... Was sind Sie eigentlich?«

»Hauptkommissar.«

»Hui, das ist schon was!« Thomas steckte sich eine Zigarette an. »Kann ich mit meinem Vater telefonieren? Ich weiß, daß ich nur in Gegenwart meines Anwalts auszusagen brauche.«

»Es war ein Irrtum, Thomas«, sagte Döhrinck milde. »Vergiß es.«

»Das mit dem Arm rumdrehen?«

»Auch. Sicherlich hast du 'ne große Schnauze gehabt.«

»Scheißbullen, habe ich gebrüllt. Da sind Hunderte auf der Straße stehengeblieben.«

»Na siehst du.«

»Wie hätten Sie reagiert, wenn man Sie ohne Begründung vom Moped reißt?! Ich habe gefragt: Was ist denn los? Und die Bullen haben gesagt: Halt die Schnauze, sonst bumst es!«

»Alle Menschen machen mal Fehler«, sagte Döhrinck begütigend. »Wir haben gar nichts gegen dich. Wir suchen ein grünes Moped, Marke Yamaha.«

»Das habe ich. Ehrlich gekauft von Lennacher & Co. Mein Vater hat's gekauft, für mich als Belohnung, weil ich im Ruderclub den Zweiten gemacht habe. Ich rudere einen Zweier ohne.«

»Gratuliere. Du kannst gehen, Thomas. Ich entschuldige mich hiermit offiziell bei dir! Wir suchen ja auch keinen Jungen, sondern ein Mädchen, das Monika heißt.«

Thomas, der sich erhoben hatte, hielt mitten in einer Drehbewegung inne und sah Döhrinck verblüfft an. »Monika? Die kenne ich...«

»Ach?« Döhrinck blieb ruhig. Er sah Thomas mit größter Freundlichkeit an. »Mit einem grünen Moped?«

»Ich weiß nicht... Ich glaube, ja. Es war immer dunkel. Sie war ein paarmal in der Disko ›Number Sex‹. War die Freundin von Freddy the Tiger.«

»Das ist sie«, sagte Döhrinck tief durchatmend. »Ich muß sie sprechen. Wegen Freddy.«

»Goldener Schuß. Hab's gelesen.« Thomas kaute an der Unterlippe. Er strengte sich an, wollte sich erinnern. »Den Nachnamen kennt keiner. Auch wo sie wohnt – unbekannt. Freddy hat sie vor allen abgeschirmt.«

»Das stimmt alles. Ganz genau.«

Thomas blickte Döhrinck plötzlich voller Angst an. »Mein Gott, werden Sie meinem Vater jetzt sagen, daß ich in der ›Number Sex‹ war? Der enterbt mich ... «

»Wir sagen nichts, wenn du uns was sagst. Wer ist diese Monika?«

»Irgendwo in Frankfurt oder Umgebung arbeitet sie als Friseuse ... «

Thomas wußte es nicht anders, denn Freddy hatte es so erzählt. Er hatte eine Wand um Monika gebaut, aus glaubwürdigen Lügen.

»Das ist schon eine Menge«, sagte Döhrinck zufrieden. »Eine Friseuse. Damit kann man etwas anfangen. Es wird nicht so viele Friseusen geben, die eine grüne Yamaha fahren. Thomas, du hast uns sehr geholfen.«

Kurze Zeit später wurde dem Computer eine Liste aller Frankfurter Friseure, einschließlich der Hotelfrisiersalons, entnommen. Bald danach schwärmte das Sonderdezernat aus. Die kriminalistische Kleinarbeit begann: das unverzagte Suchen nach einer Spur. Die Friseure in der Umgebung Frankfurts wurden telefonisch befragt:

»Haben Sie eine Friseuse, die Monika heißt?«

Döhrinck staunte. Monika schien ein überaus beliebter Name zu sein. Bei zweiunddreißig Friseuren waren Monikas beschäftigt, im Alter von fünfzehn bis dreiundfünfzig Jahren. Aber keine besaß ein grünes Moped, Marke Yamaha. Nur die Dreiundfünfzigjährige erzählte stolz, daß sie heute noch jeden Morgen und jeden Abend mit dem Fahrrad zweiundzwanzig Kilometer zur Arbeit fahre. »Auf diese Weise habe ich nie Krampfadern bekommen«, sagte sie.

Döhrinck beglückwünschte sie und beendete die Aktion bei Einbruch des Abends. Auch diese Maßnahme war ein Fehlschlag gewesen.

Das Mädchen Monika blieb ein Phantom...

Eduard Barrenberg hatte seiner Tochter aus Italien ein Geschenk mitgebracht: Eine Miniaturmalerei, die eine Renaissancedame zeigte, Viola da Gamba spielend. Monika fiel ihrem Vater um den Hals, küßte ihn und freute sich wirklich. Auch Maria war nicht leer ausgegangen; nicht nur an den üblichen Strauß aus gelben Teerosen hatte der treue Barrenberg gedacht, sondern auch an den Winter. Also hatte er seiner Frau einen Schal mitgebracht. In Wahrheit handelte es sich um einen zum Schal verarbeiteten hellbraunen geschorenen Nerz, federleicht, aber behaglich wärmend.

»Der letzte Schrei einer wild gewordenen Modediktatur!« sagte Barrenberg, wie immer dröhnend und spöttisch. »Ist doch typisch für diese Idioten: Erst zieht man Nerze groß mit dem besten Fell, dann rasiert man das Fell und nimmt auch noch das Doppelte an Preis! Stellt euch vor, ich baue ein Haus: Außenputz nach innen und die Tapeten nach draußen! Da steckt man mich doch sofort in eine Gummizelle! Aber in der Mode ist alles erlaubt. Gefällt dir der Schal?«

»Er ist wundervoll!« sagte Maria. »Daß du so etwas für mich kaufst, Eduard...«

»Für meine zwei Weiber verleugne ich manchmal sogar meine Vernunft!« sagte Barrenberg und entkorkte eine Flasche Chablis. Zum Mittag gab es Loup de Mer, in der Folie gebacken, mit Kräutern der Provence. Dazu war ein Chablis die richtige Abrundung. Barrenberg kannte sich aus. »Ein Weinkenner ist auch ein Frauenkenner – und umgekehrt!« pflegte er bei passenden Gelegenheiten zu verkünden.

Beim Essen erzählte Barrenberg von Italien, von Florenz, vom Grabmal des großen Theoderich, und mokierte sich über den sozialen Verfall dieses alten Kulturlandes. »Aber sie leben mit Freuden!« sagte er. »Davon kann man etwas lernen. Sie besingen ihre Pleite, sie machen aus ihrem Konkurs eine Oper! Man muß diese Italiener bewundern; sie haben die Lebenskunst perfektioniert.«

Es wunderte keinen, daß Eduard Barrenberg sich nach dem Mittagessen hinlegte und in einen gesunden Schlaf fiel. Schließlich strengt eine Reise an, und mit einundfünfzig ist auch ein bulliger Barrenberg kein gußeiserner Weltenbummler mehr.

Maria fuhr am Nachmittag zu ihrer Freundin Ljuba Antonowna Rolle, um eine Stunde lang ihren Tanz zu begleiten und ihr den Nerzschal zu zeigen. Monika verzog sich auf ihr Zimmer, schloß die Tür ab und verlor alle Beherrschung. Sie biß sich in den Handballen, begann heftig zu zittern und sehnte sich nach einem Druck.

Die Miniatur, die Barrenberg mitgebracht hatte, warf sie von sich, als erzeuge ihr Anblick würgenden Ekel. Den Nerzschal hatte sie gar nicht angefaßt, hatte nur mit gesenkten Lidern beobachtet, wie ihre Mutter ihn um den Hals legte und vor dem Spiegel in der Diele posierte, als sei sie ein Mannequin. Barrenbergs Kommentare dazu klangen wie blanker Hohn, aber Maria erkannte das nicht.

Plötzlich haßte sie ihren Vater. Bei allem, was Barrenberg jetzt tat oder sagte, überwog in Monika der Gedanke: Was hat er wohl seiner Geliebten aus Italien mitgebracht? Wann wird er ihr die Geschenke überbringen? Es wird kein Schal aus geschorenem Nerz sein; damit gibt sich eine Geliebte nicht zufrieden. Er wird ihr Schmuck gekauft haben, wertvollen Schmuck aus Brillanten und Rubinen oder Smaragden oder Saphiren, darunter tat es Eduard Barrenberg nicht; immerhin kannte sie den Schmuck ihrer Mutter, den sie nur bei Festlichkeiten tragen konnte, denn für den Alltag war er zu wertvoll und auffällig. Dann war Maria Barrenberg die von allen Frauen Beneidete, dann blitzte und glitzerte sie, dann trug sie ein Vermögen zur Schau und lief Reklame für den Fleiß ihres Mannes. Dann sonnte Barrenberg sich in dem Brillantenglanz, stand bullig stiernackig am Kalten Büffet und sagte auf Maria weisend zu seinen Freunden: »Habe ich nicht den schönsten Lichterbaum?!«

Monika holte mit fliegenden Fingern eine der winzigen Papiertütchen von Makaroff aus der Schultertasche, wog eine kleine Menge des weißen Giftes ab, kochte sie mit Ascorbinsäure und Wasser und zog ihre Plastikspritze auf. Ihr Gaumen war trocken geworden, ledern, das Schlucken machte Beschwerden, der Würgegriff sich verkrampfender Muskeln schnürte die Kehle ab. Erst, als sie die Nadel in der Vene spürte, ein wenig Blut aufsaugte und dann das H langsam hineindrückte, ließ das Flimmern, das ihren Körper völlig beherrschte, nach. In den Hirnwindungen erklang ein helles Rauschen, ein wundervolles Hitzegefühl durchrann sie bis hinunter in ihren Schoß, und es war so stark und fordernd, so uneindämmbar und nicht beherrschbar, daß sie ihre alte große Puppe, die in einer Ecke des Bettes lehnte und seit vierzehn Jahren zu ihrem Leben gehörte, zwischen die Beine preßte und stöhnend nach hinten auf das Bett fiel, der Illusion hingegeben, ihre Schenkel umklammerten einen Mann.

Gegen drei Uhr rief Maria nach oben, per Haustelefon. Monika lag noch immer auf dem Bett, ruhiger geworden, selig, in der Hochstimmung gespritzter Lebensfreude. Die englische Übersetzung für morgen hatte sie in einer halben Stunde geschafft, die lateinische Lektüre hatte die Schrecken der Grammatik verloren; es war, als sei das Gehirn ein noch ungefütterter Computer, der jede Eingabe gierig aufnahm.

»Ich gehe zu Tante Ljuba!« sagte Maria. »Was hast du heute vor, Spätzchen?«

»Viel Vergnügen, Mama!« Monikas Stimme klang forsch und lustig. »Ich? Ich weiß noch nicht. Vielleicht fahre ich eine Stunde zum Hallentennis. Was tanzt Tante Ljuba denn heute?«

»Die Soli aus ›Coppelia‹. Willst du nicht mitkommen, Spätzchen?«

»Das nächste Mal, Mama. Ich werde doch lieber Tennis spielen. Und Papa?«

»Er schläft fest. So eine Tagung strengt doch sehr an. Ich bin froh, daß er wieder gesund zu Hause ist.«

Monika blickte starr gegen die Wand und nagte an der Unterlippe. Soll ich es ihr sagen? Soll ich Mama sagen: Gib es auf, diesen Mann zu bemuttern, zu bemitleiden, zu trösten! Wirf alle Sorgen um ihn weit von dir, er ist es nicht wert! Er betrügt dich! Er hat eine Geliebte! Eine viel Jüngere! Eine Superelegante mit langen Beinen und einem wackelnden Arsch! Riesensonnenbrille! Hochgeschnürte Brüste. So ein Typ, der Männer zu hechelnden Hunden macht! Mit so etwas betrügt er dich, Mama! Frag ihn doch mal, was er ihr aus Italien mitgebracht hat! Sieh mich nicht so entsetzt an –, ich konnte es auch nicht glauben. Aber ich habe mit Papas Nebenbuhler gesprochen, auch so etwas gibt es bei dieser ›Dame‹. Sie teilen sich die Geliebte, ein paar Stunden er, ein paar Stunden Papa. Ist das nicht zum Kotzen, Mama? Weißt du, wie man so etwas nennt? Ich habe mal Papa mit seinen Freunden belauscht, vor zwei Jahren, im Wintergarten bei uns, sie brüllten vor Lachen, und Papa sagte von einem anderen Mann, er sei von Peter Lahring der Lochschwager. Papa hat gelacht, bis er knallrot wurde. Damals habe ich das nicht verstanden, heute weiß ich, was das bedeutet. So einer ist Papa geworden! Und ich habe diese Geliebte gesehen, sie haben sich am Zoo getroffen, Papa hat sie umarmt und um die Hüfte gefaßt. Und von so einem Mann sagst du noch: Ich bin froh, daß er gesund wieder zu Hause ist ... ?!

Aber das alles sagte sie nicht. Sie sagte: »Soll ich Papa zu Tante Ljuba schicken, wenn er aufwacht und ich bin noch da?«

»Nein. Du weißt doch, Spätzchen, wie er über diese Tanzerei denkt. Seine Aphorismen regen Tante Ljuba immer so auf.«

»Es ist gut, Mama«, sagte Monika. »Vielleicht fahre ich nach dem Tennis noch zu Ingeborg. Sie kommt mit ihrer Mathe nicht zurecht.«

»Bleib nicht so lange, Spätzchen.«

»Bestimmt nicht, Mama.«

Das Telefon knackte, Maria Barrenberg hatte sich verabschiedet. Mit steifen Fingern ließ Monika den Hörer auf die Gabel fallen. Das ist nun unser Leben, dachte sie voll Bitterkeit. Man lebt unter einem Dach, Vater, Mutter und Tochter. Aber man unterhält sich per Haustelefon. Als läge nicht eine Treppe dazwischen, sondern ein Meer, ein ganzer Kontinent. Ob ein Gespräch nach Australien oder nur nach dem ersten Stock, das bleibt sich gleich: Die Stimme kommt aus dem Telefon ...

O Gott, welch eine glückliche Familie sind wir doch!

Eine halbe Stunde später meldete sich Eduard Barrenberg. Er lag noch im Bett, hatte mit Bettina telefoniert, die bei Bieringer letzte Hand an ihre Ausstellung legte, und hatte ihr noch einmal versichert, wie unendlich glücklich er sei. Noch heute wollte er zur Baustelle fahren und nachsehen, wann der Bungalow, den er ihr schenken wollte, bezugsfertig wäre.

»Hier ist ein Gespräch bei mir«, knurrte Barrenberg seine Tochter an. »Martha hat es zu mir durchgestellt. Ein Knabe ist dran, der will Monika Barrenberg sprechen.«

»Ich kenne keinen Knaben«, antwortete Monika abweisend.

»Er nennt sich Holger Mahlert.«

»Holger?!« Monika zuckte hoch. »Das ist für mich, Papa!«

»Also doch! Wer ist das?«

»Ein Bekannter ... «

»Was heißt Bekannter?«

»Ist das ein Verhör?«

»Stell nicht so dusselige Fragen!«

»Ich darf doch wohl mit 18 Jahren Bekannte haben. Auch Männer!« sagte Monika in einer sie selbst überraschenden Aufsässigkeit. Auch Barrenberg schien verblüfft zu sein. Er schwieg einen Moment, dann brüllte er ins Telefon:

»Was du darfst, das sage ich dir: Du darfst noch bei mir von einer Hand in die andere fliegen, wenn du frech wirst! Auch wenn du schon Großmutter bist und ich Urgroßvater! Mit achtzehn hängt dir noch der Rotz unter der Nase! Also, wer ist Holger Mahlert?! Wenn du mir keine Auskunft gibst, scheiß' ich ihn gleich auf der anderen Leitung zusammen!«

»Wenn du das tust, Papa –«

»Was dann, he? Stellst du deinem Vater ein Ultimatum? Das habe ich gern. Streckt die Beine unter meinen Tisch, lebt aus meiner Tasche – aber renitent werden! Überschrift: Moderne Jugend! Melkt die Alten, aber sonst tretet sie in den Hintern! Nicht mit mir! Hier bestimme ich, solange ich eure Ärsche am Kacken halte!«

»Er ist Student der Chemie«, sagte Monika. Sie war es leid, sich mit ihrem Vater über die moderne Jugend zu streiten. Für Barrenberg war das ein abendfüllendes Thema, er konnte dann so ausfällig werden, daß er die Sprache seiner Bauarbeiter noch übertrumpfte, die gewiß nicht zimperlich war. Die heutige Jugend – das war für Barrenberg der Beweis für die Notwendigkeit einer starken Hand, der Beleg für den Konkurs der Demokratie.

»Wer?« fragte Barrenberg verblüfft. Er hatte sich ganz auf einen Disput mit seiner Tochter eingestimmt.

»Holger Mahlert. Wer sonst?«

»Akademiker?«

»Wenn er seinen Doktor machen will, muß er das wohl sein.«

»Warum ruft er an?«

»Ich vermute, das will er mir sagen.«

»Woher kennt ihr euch?«

»Vom Tennis.« Sie log mit einer Gewandtheit, die sie selbst bewunderte. »Aber frag ihn doch selbst!«

»Weshalb? Meine Tochter hat mich noch nie belogen. Ich vertraue ihr voll. Wenn sich das ändern sollte, bitte ich um Mitteilung. – Spätzchen?«

»Ja, Papa?« Monika starrte ins Leere. Er vertraut mir. Er wird nie glauben, daß ich ihn belügen könnte. Er erwartet Ehrlichkeit – er, der nur noch lügt! Oh Himmel, ist das furchtbar! Ist das unerträglich! Wie kann ein Mensch sich so aufspalten?

»Soll man diesen Holger Mahlert mal zu uns einladen?«

»Warum?«

»Zum Abendessen. Zu einem gemeinsamen Theaterbesuch. Oder Mama gibt ein Klavierkonzert. Sonaten und Nocturnes. Wenn er dabei einnickt, ist mir der Junge sofort sympathisch.«

»Papa!«

»Ich möchte ihn kennenlernen. Ich möchte wissen, mit wem meine einzige Tochter, mein Spätzchen, mein Kikak, ihre Freizeit verbringt.«

»Darum hast du dich früher nie gekümmert. «

»Eben drum! Aber du hast mich gerade daran erinnert, daß du achtzehn bist! Und da wird es allerdings erforderlich, daß ich mich für deine Bekanntschaften interessiere.«

»Ich sehe das völlig anders.«

»Natürlich. Das mußte ja kommen! Die moderne Jugend mit ihrem Drang nach absoluter Freiheit! Nur Rechte, aber keine Pflichten!«

»Papa! Fang nicht schon wieder damit an! Bitte, schalte um. Was soll denn Holger denken, wenn er so lange warten muß!«

»Wenn er ein Junge mit Geist und Bildung ist, wird er sich denken könne, daß jeder Vater ein großes Informationsbedürfnis hat, wenn es um seine Tochter geht. Also gut, ich schalte jetzt um.«

Es knackte zweimal, dann rauschte es im Apparat. »Holger! Wie schön, dich zu hören!« Mahlerts Stimme klang frei und frisch. Er hatte vor einer Stunde eine neue Infusion bekommen; sie hatte ihn sehr gekräftigt. Peter Roßkauf hatte die Stichwunde mit Antibiotika ausgewaschen und eine kleine Drainage gelegt, aus Vorsicht, falls sich wirklich Eiter ansammeln sollte. Auf den wiederholten Vorschlag, doch noch in eine Klinik zu fahren, hatte Mahlert nur mit Sturheit reagiert. »Wo warst du, Monika? Ich wollte schon auflegen.«

»Papa hatte mir noch etwas zu sagen...«

»Heute mittag?«

»Mittag?« Monikas Herz schlug schneller. Sie verstand die Frage nicht, aber sie fürchtete sofort, Holger könnte sie mit Makaroff gesehen haben. »Wieso mittag?«

»Ich wollte dich von der Schule abholen. Du warst nicht da.«

»Ach das?!« Sie lachte hell. Es war wirklich eine Befreiung für sie. »Ich habe heute geschwänzt. Hatte einfach keine Lust. Das Abitur habe ich so gut wie in der Tasche. Was wir jetzt machen, hat wenig Einfluß auf die Noten. Ist fast alles nur Training fürs Mündliche.« Sie lachte wieder. Holger Mahlert sah seinen Freund Roßkauf glücklich an. Er saß im Bett, von vier Kissen gestützt, in der linken Vene, mit Leukoplast befestigt, noch immer die abgedichtete Infusionsnadel, so daß man jederzeit eine neue Flasche anschließen konnte. »Morgen habe ich schon um zwölf Uhr frei.«

»Da stehe ich vor der Schule.«

»Ich freue mich, Holger.«

Roßkauf tippte sich an die Stirn. »Du liegst morgen um zwölf mit dem Arsch im Bett!« flüsterte er. »Ich Übernehme keine Verantwortung mehr!«

Holger beachtete ihn nicht. »Gestern abend, da – da hat deine Stimme so verzweifelt geklungen. Es war wie ein Hilfeschrei. Was war denn los, Monika?«

»Nichts!« Sie stieß einen Pfiff aus, der Wurstigkeit demonstrieren sollte. »Ich hatte ein Tief. Das kommt vor. So einen Moralischen, weißt du?! Das ist so bei uns. Wir sind eben hysterische Weiber.«

»Aber Monika!«

»Papas Worte!« Sie lachte wieder. »Was machst du jetzt, gleich, am Abend?«

»Ich – ich sitze über einer chemischen Arbeit.«

»Keine Zeit?«

»Warum?«

»Ich wollte zum Hallentennis. Aber wenn du Lust hast, können wir uns auch treffen.«

»Wo?« »Wo du willst!«

»Ich komme zur Tennishalle, einverstanden? In einer Stunde?«

»Fabelhaft. In einer Stunde, Holger!«

Mahlert legte auf und lehnte sich in die Kissen zurück. Dabei streckte er seinen linken Arm aus.

»Noch eine Pulle, Peter.«

»Wenn, dann nur Zyankali in dein Hirn!«

»Ich muß das durchhalten! Sie darf nie erfahren, daß mich der – der Andere niedergestochen hat. Ich muß ihr gegenübertreten, als sei alles normal.«

»Und auch noch Tennis spielen, was? Oben hüpft der Ball, unten tropft der Eiter! Das ist ausnahmsweise kein säuischer Medizinervers.« Roßkauf wedelte mit beiden Händen. »Ich weigere mich! Hörst du, ich weigere mich!«

Mahlert nickte und sank noch tiefer in die Kissen zurück. Roßkauf betrachtete ihn mißtrauisch. Daß Mahlert jetzt kapitulierte, war völlig unglaubwürdig.

»Glotz mich nicht so an!« sagte Mahlert grob. »Verschwinde in die Anatomie und schneide Leichen auf! Laß mich allein.«

»Du willst mich loswerden?«

»Ja.«

»Damit du keinen Zeugen hast, wenn du Idiot auf Tour gehst.«

»So ist es.«

»Kann ich sonst noch was für dich tun?«

»Besorge mir unten aus der Parfümerie Make-up. Mittelbraun.«

»Bei dir dreht sich wohl ein Hammer hinter der Stirn?«

»Monika soll nicht sehen, wie bleich ich bin. Ich brauche etwas Farbe.«

»Vielleicht auch Parfüm gefällig? Schlage vor: Extrakt aus der Stinkdrüse des Moschusochsen.«

»Man soll nie glauben, daß man Freunde hat!« sagte Mahlert

müde. »Hau ab und laß mich endlich allein…«

An diesem Nachmittag geschah ein Unfall. Passanten, die ihn miterlebten, begriffen gar nicht so schnell, was sich vor ihren Augen abspielte.

Auf der Bockenheimer Landstraße wurde ein hellgrauer Mercedes von einem lichtblauen BMW überholt. Das ist nichts Außergewöhnliches, auch nicht, daß beide Wagen ein paar Sekunden nebeneinander herfuhren, als sei der Überholende nicht schnell genug. Ungewöhnlich war allerdings, daß in den Fenstern des BMW die Läufe von zwei Maschinenpistolen erschienen und vier kurze Feuerstöße abgaben. Es knatterte wie eine Reihe Fehlzündungen, so kam es den Leuten auf der Straße vor. Der BMW beschleunigte und raste an dem Mercedes vorbei.

Erst, als der andere Wagen plötzlich ausbrach, Schlangenlinien fuhr und voll und ungebremst über den Gehsteig und gegen eine Hauswand fuhr, ganz knapp neben dem Schaufenster eines Gardinengeschäftes, mit einem ohrenbetäubenden, entsetzlich knirschenden Knall sich verformte, während die Hupe dröhnte, kochendes Kühlwasser aus dem zusammengedrückten Kühler schoß und die Türen aus den Angeln sprangen, begriff man, daß soeben etwas Ungeheuerliches in aller Öffentlichkeit geschehen war.

Ein Mann mit einem Hund schrie zuerst: »Das war der blaue BMW! Da ist geschossen worden!« Aber das war auch alles, was sich noch feststellen ließ. Die Nummer des davonrasenden Wagens war unleserlich, sie war mit Lehm beschmiert.

Minuten später sperrten vier Streifenwagen diesen Teil der Bockenheimer Landstraße ab und leiteten den Verkehr um. In dem Gardinengeschäft lag die Inhaberin mit einem Herzanfall hinter der Theke, umsorgt von drei Kunden, die nach einem Arzt riefen. Durch das Fenster konnte man in den zerfetzten Wagen blicken. Dort hingen zwei Männer in den Sicherheitsgurten, blutüberströmt, die Gesichter von dicht beieinander liegenden Einschüssen völlig entstellt. Ein Polizist schlug mit einem abgesprungenen Blechteil in den Motorraum, um die Hupe abzustellen, bis er auf den Gedanken kam, an den Toten vorbeizugreifen und den Zündschlüssel herumzudrehen. Der entnervende Ton verstummte.

Die Mordkommission kam eine Viertelstunde später. Kurz darauf ein amtlicher Leichenwagen mit den berühmten flachgewölbten Zinkwannen. Bevor noch die Beamten in Tätigkeit traten, schoß der Polizeifotograf die ersten Bilder von der Unfallstelle, fotografierte die beiden Toten, machte Großaufnahmen der entstellten Köpfe und hielt auch die Umgebung im Bild fest. Erst dann beugte sich der Chef der Mordkommission in das Autowrack und besichtigte die Toten. Die Spurensicherung begann.

Es gab nicht viel zu sichern. Auf der Straße fand man, verstreut, zehn ausgeworfene Patronenhülsen von MP-Munition. Alle Augenzeugen wußten das Tatfahrzeug zu beschreiben: Ein hellblauer BMW. Der Polizeiarzt, der eine halbe Stunde später eintraf, sagte lakonisch: »Sie sind tot!«

»Bravo!« Hauptkommissar Engelbrecht klopfte dem Arzt auf die Schulter. »Auf diesen Gedanken wäre ich nie gekommen!«

Der Polizeiarzt grunzte. Es war vergeudete Zeit, sich mit Engelbrecht anzulegen. Man kannte seinen Sarkasmus: er war geschult am kriminalistischen Alltag Frankfurts. Wer sich hier noch einen Funken Glauben an Menschlichkeit bewahrte, war ein gottgefälliger Idealist.

»Die Obduktion bekommen Sie morgen früh! Oder muß ich Ihnen auch sagen, daß sie erschossen wurden?« Der Polizeiarzt gab die Leichen frei. Die Träger mit den Zinkwannen marschierten heran. »Nachmittags, um 17 Uhr 23, aus einem fahrenden Auto mit MPi-Garben liquidiert. Wer waren die zwei?«

Engelbrecht blätterte in den Ausweisen, die man den Toten aus den blutigen Jacken gezogen hatte. »Kemal Özdogan und Ismail Gögök.«

»Türken?«

»Mit Sicherheit keine Grönländer.«

»Witzbold!« Der Polizeiarzt beobachtete, wie die beiden Zinksärge in den Leichenwagen geschoben wurden. Die Klapptüren knallten zu. »Ich rieche da etwas.«

»Auslaufendes Öl.«

»Rauschgift, mein Lieber. Türken, die so einen Wagen fahren, handeln entweder mit Teppichen oder mit Heroin. Na, sagen wir, meistens. Aber wegen Teppichen wird man nicht umgelegt. Das ist die Umgangssprache einer härteren Branche.«

»Doktor, ich habe Sie wirklich verkannt«, sagte Hauptkommissar Engelbrecht. »Sie haben am Seziertisch nicht vergessen, wie das Leben so spielt. Natürlich ist das ein Bandenkrieg, und was für einer! Darauf habe ich längst gewartet, um ehrlich zu sein. Auf der Szene war es mir seit Monaten viel zu ruhig! Da hing etwas in der Luft. Jetzt haben wir den ersten frischen Wind.«

»Sie meinen, das ist erst der Anfang?!«

»In diesen vornehmen Kreisen herrscht Bibeltreue: Auge um Auge, Zahn um Zahn! Das Auge wird gerade abtransportiert – nun muß der Zahn folgen. Ich werde den Kollegen Döhrinck in die Sache einbeziehen, der ist mit den feinen Herren fast per Du! Bestimmt kennt er diesen Özdogan.«

Natürlich kannte Döhrinck den Türken Kemal. Sofort nach dem Anruf von Engelbrecht fuhr Döhrinck mit drei Mitarbeitern zum gerichtsmedizinischen Institut, wo die beiden Toten bereits auf den Marmortischen lagen, fertig zur Obduktion. Die Karteikarten hatte Döhrinck gleich mitgenommen. Es war leicht, die Toten zu identifizieren. Die Gesichter, soweit noch vorhanden, stimmten mit den Fotos der Kartei überein, vor allem aber stimmten die Fingerabdrücke. Döhrinck verließ nach einem langen Blick auf die Toten den Obduktionsraum.

Draußen wartete Engelbrecht und rauchte eine dicke schwarze Zigarre. Sie war von seinen Mitarbeitern fast ebenso gefürchtet wie sein Sarkasmus.

»Jetzt atmen Sie auf, was?« sagte er. »Dicker Fisch?«

»Das weiß man nicht.« Döhrinck lehnte sich in die Fensternische. »Man konnte Kemal nie etwas nachweisen. Und Ismail Gögök kam nur in die Kartei, weil er, laut Flüsterinformation, der Leibwächter von Kemal sein soll. Das muß ja alles blitzschnell gegangen sein.«

»Sekundensache!«

»Voll-Profis also.«

»Und wie! Da tränen einem die Augen vor soviel Präzision.« Engelbrecht paffte eine dicke blaue Wolke gegen die Decke. Eigentlich hätte er schon dreimal gestorben sein müssen. Einmal an Lungenkrebs, das zweite Mal an Bronchienverteerung, zum dritten an Nikotinvergiftung. Aber Engelbrecht galt als kerngesund, was seinen Hausarzt total frustrierte. »Wie wird's weitergehen, Kollege Döhrinck?« sagte er. »Was meinen Sie? Bekommen wir jetzt einen knalligen Bandenkrieg nach Frankfurt?«

»Nein!« antwortete Döhrinck.

»Sie enttäuschen mich.«

»Das war ein Einzelfall. Wäre Kemal ein Chinese gewesen ... «

»Bloß das nicht!« Engelbrecht hob beide Hände. »Ich kann nicht gut 700 Millionen kontrollieren!«

Döhrinck lachte. »Auf der Rauschgiftszene spielen jetzt die Türken die erste Geige«, sagte er und klopfte seine Taschen nach einer Zigarette ab. »Und in dieser Gruppe vor allem die Kurden. Sie haben den Handel aus dem Goldenen Dreieck, der in chinesischer Hand war, aus Deutschland verdrängt. Die Asiaten bearbeiten jetzt in Europa nur noch Frankreich und England, vereinzelt die nordischen Staaten. Ihr Hauptgeschäft ist der amerikanische Kontinent, Vorderasien und Südamerika. Mitteleuropa ist für sie verloren. Warum sollten sie also einen Türken umlegen? Nein, dieser Feuerüberfall galt nur Kemal und kommt aus den eigenen Reihen. Es muß eine Bestrafung sein. Özdogan hat irgendein krummes Ding gedreht, und der große Boß im Hintergrund hat den Daumen nach unten gestreckt. Ich glaube, wir haben jetzt wieder Ruhe.«

»Ihre Nerven möchte ich haben!« sagte Engelbrecht bitter. »Ich habe die Morde am Hals. Wo soll ich ermitteln? Der blaue BMW war natürlich geklaut. Stand später friedlich an der Zeppelin-Allee. Kollege Döhrinck, was wissen Sie von dem großen Boß?«

»Nichts!« sagte Döhrinck und hob die Schultern. »Sehen Sie mich nicht so kuhäugig an, Engelbrecht. Ich weiß nichts. Ich weiß nur, daß es ihn gibt, daß er da ist, daß er mitten unter uns in Frankfurt sitzt. Das ist ja das Elend: Wissen und doch nichts wissen!«

Gegen 18 Uhr klingelte in dem vornehmen Büro auf der 14. Etage des Hochhauses in der Frankfurter City das Telefon. Die Sekretärin verband weiter. George Petrescu hob ab.

»Die Fenster sind sauber geputzt!« sagte eine freundliche Stimme. »Ich hoffe, Sie sind mit unserer Firma zufrieden.«

»Der Scheck liegt für Sie bereit.« »Bargeld bitte.« »Natürlich.«

»Ein Bote ist in zwanzig Minuten bei Ihnen. Wir stehen Ihnen immer gern zu Diensten. Ihre Gebäudereinignng.«

Petrescu lehnte sich in seinen dicken Ledersessel zurück und faltete die Hände. Der Weg war frei. Er hatte bewiesen, wie schnell und sicher er arbeiten konnte. Das große kurdische Geschäft gehörte ihm. Der Drehpunkt für ganz Mitteleuropa. Ein jährliches Volumen von 400 bis 600 Millionen! Jeder H-Schuß im Kernland Europas klingelte in Petrescus Kasse wider. Er war der unsichtbare stumme Herrscher geworden.

Mit leicht bebenden Fingern – er hatte ein Recht, jetzt erregt zu sein – drehte er die Wählscheibe und rief Bettina bei Bieringer an. Ihre Stimme klang gehetzt. Fünf Minuten vorher hatte sie mit Barrenberg gesprochen. Er hatte von der Baustelle angerufen und ihr mitgeteilt, daß der Bungalow in drei Wochen bezugsfertig sein würde. Nächste Woche sollte man gemeinsam die Möbel aussuchen. Lampen, Teppiche, Gemälde... Nur das Beste und Schönste. »Du sollst wie in einem Märchen leben, weil du selbst ein Märchen bist!« hatte Eduard Barrenberg reichlich schmalzig gesagt.

Nun sagte Petrescu:

»Meine Rose! Ich habe heute großes Glück gehabt, an dem du teilnehmen sollst. Wünsch dir, was du willst! Ich erfülle es dir blanko! Soll ich dir eine Insel in der Südsee kaufen? Einen Weinberg in Frankreich? Die schönste Motoryacht des Mittelmeeres? Eine Hazienda in Uruguay?

Wünsch dir etwas, was noch keine Frau bekommen hat – du hast es morgen zu deinen Füßen liegen!«

Ich möchte Ruhe, dachte Bettina. Nur Ruhe! Ruhe vor dir, George, Ruhe vor dir, Eduard Barrenberg. Ruhe, nur Ruhe! Aber genau das kann mir keiner von euch schenken.

»Ich überlege es mir«, sagte sie und versuchte, mit freudigem Ton zu sprechen. »Versprich nicht zuviel. Ich haue ’rein!«

»Schon erfüllt!« Petrescu lachte. Es klang wie eine Siegesfanfare. Erschrocken zog Bettina die Schultern nach vorn. Das war eine Tonart, die sie von Petrescu noch nicht kannte. »Mich kann kein

Wunsch mehr erschrecken. Wann kommst du nach Hause, meine Rose?«

»Spät! Übermorgen ist doch die Eröffnung. Morgen kommt schon die Presse zur Besichtigung. Mir ist ganz schlecht vor Lampenfieber.«

»Ich warte auf dich«, sagte Petrescu. »Komm nicht zu spät. Ich möchte heute abend mit dir essen gehen, als sei es ein Hochzeitsdinner.«

Später stand er an dem großen Panoramafenster, blickte auf das verzaubert glitzernde abendliche Frankfurt und prostete der Stadt mit Champagner zu.

Das alles gehört mir, dachte er, von dieser Vorstellung zutiefst ergriffen. Ich beherrsche es: Dies – und alles drumherum .... von den Alpen bis zur Nordsee, von der Ostsee bis zur Biskaya. Ich habe es in meinen Händen, und keiner weiß es. Ich sitze in ihrem Blutkreislauf, und jeder Herzschlag macht mich reicher!

Er hob noch einmal sein Champagnerglas, grüßte das Lichtermeer und trank. Dann warf er den Kelch gegen die getäfelte Wand, wo er mit einem schrillen Laut zerschellte.

Eduard Barrenberg!

Er starrte auf die Glasscherben, trat näher, zermalmte sie unter seinen Schuhsohlen und fragte sich, ob es nicht einfacher und eleganter sei, Barrenberg die gleiche Aufmerksamkeit zuteil werden zu lassen, wie sie Kemal Özdogan genossen hatte.

Monika Barrenberg hatte sich gerade umgezogen und wartete in ihrem weißen kurzen Tennisrock und einer luftigen weißen Bluse am Rande des Spielfeldes III, als Holger Mahlert die Tennishalle betrat. Er blieb an der Tür stehen, atmete ein paarmal kräftig durch und versuchte dann, aufrecht und ohne Schwanken zu gehen.

Peter Roßkauf hatte ihn bis zur Halle begleitet und geführt. Jetzt saß er in der ›Tennisschenke‹ bei einem Bier, starrte mißmutig in sein Glas und machte sich Vorwürfe, daß er Holger nachgegeben hatte. Er hatte einen Notarztkoffer bei sich und wartete jeden Augenblick auf eine aufgeregte Stimme: »Schnell einen Arzt!«

Mahlert winkte Monika zu und ging ihr mit ziemlich forschen Schritten entgegen. Aber als er zwei Meter vor ihr war, stach es entsetzlich in seiner Brust. Mit einer Reflexbewegung griff er an die dick verpflasterte Wunde und wußte, daß er jetzt trotz des braunen Make-ups, kreideweiß aussah.

Monika reagierte sofort. »Was hast du?« fragte sie. »Du wirst ja ganz blaß! Ist dir nicht gut, Holger?«

»Eine dumme Geschichte, Moni.« Er küßte sie auf beide Wangen und übersah dabei, daß ihre Augen unnatürlich weit und glänzend waren und ihr gesamtes Wesen von einer exaltierten, überdrehten Fröhlichkeit beherrscht war. Der kleine Schuß, den sie sich vor dem Tennisspiel gegeben hatte, tat seine Wirkung. Das Leben war so schön wie selten, der ganze Jammer über ihre Familie verwehte wie dünner Morgennebel nach dem Aufsteigen der Sonne.

»Ein Autounfall...« sagte Holger Mahlert.

»Mein Gott, der schöne Wagen ist hin?«

»Nur ein Scheinwerfer, vorn links.« Mahlert lächelte begütigend, obwohl ihm der stechende Schmerz schwer zu schaffen machte. »So ein blöder Kerl setzt an der Ampel zurück, weil er zu weit nach vorn gefahren ist, und – rumms – knallt er auf meinen Kühler. Ich falle nach vorn und pralle auf das Lenkrad. Rippenquetschung, natürlich. Als ich wieder ganz klar bin, ist der Bursche bei Grün abgezischt, ohne sich um mich zu kümmern.«

»Den kann man kriegen! Die Autonummer...« »Ich war in diesem Augenblick durch den Aufprall so verwirrt, daß ich an eine Autonummer gar nicht gedacht habe. Hinter mir hupten sie wie verrückt, ich stand ja auf der Kreuzung, blockierte alles. Da bin auch ich weiter und sofort ins Krankenhaus. Röntgen, drei Rippenbrüche, Bandagen, Bettruhe.«

»Und statt dessen stehst du jetzt hier?!«

»Ich mußte dich sehen, Monika!«

»Du gehörst ins Bett!«

»Ich weiß. Aber –« »Zurück ins Kissen!« Monika streckte den Arm aus. »Du fährst sofort nach Hause und legst dich wieder hin! Wenn du mir das am Telefon gesagt hättest...«

»Dann hätte ich dich nicht gesehen.«

»Doch! Ich wäre nicht zum Tennis gegangen. Ich wäre sofort zu dir gekommen!«

»Daran habe ich nicht gedacht«, sagte Mahlert. Er spürte, wie seine Knie nachgaben. Um das zu überspielen, stützte er sich auf die Lehne eines Stuhles, der am Rande des Spielfeldes stand. »Darauf habe ich nie gehofft...«

»Das wäre doch selbstverständlich gewesen, Holger.«

»Was ist heute noch selbstverständlich?!« Er blickte auf das Spielfeld, wo gerade ein Matchball das Spiel beendete. Die beiden Herren in Weiß kamen an das Netz, drückten sich sportlich die Hand, legten Frottee-Handtücher um ihren schwitzenden Hals und gingen schnell zu den Duschen. »Bist du jetzt dran, Moni?«

»Eigentlich ja. Aber ich kann verschieben, ich sprech mal eben mit meinem Trainer. Geh schon voraus in die ›Klause‹, ich komme sofort nach. Und dann fahren wir zu dir, und du legst dich ins Bett!«

Mahlert nickte, das Sprechen fiel ihm schwer, er konnte den Mund nicht öffnen, weil er die Zähne zusammenbiß, um nur den Schmerz nicht hinauszustöhnen.

Mit tastenden Schritten ging er weg. Monika blickte ihm nach, dann rannte sie in das rundum verglaste Büro, wo der Trainer sich gerade zur Lehrstunde einen weißen Pullover über den Kopf zog.

Peter Roßkauf schoß von seinem Stuhl hoch, als Holger Mahlert hohlwangig und bleich in die »Tennisklause« kam. Völlig konsterniert war er, als sich Holger an einen anderen Tisch setzte, weit entfernt von ihm, und laut einen Kognak bestellte. Zögernd ging er zu ihm hinüber.

»Du bist wohl total bekloppt, was?« fragte er leise.

»Ich kenne dich nicht. Ist das klar?« Holger sah ihn
bittend an.

»Nein! Klar ist nur, daß du keinen Kognak trinken darfst! Und klar ist, daß du aussiehst wie Rotz in Malzbier.«

»Wann verschonst du mich endlich mit deinem widerlichen Medizinerdeutsch? — Hau ab, Peter, sie kommt gleich!«

»Ich denke, sie drischt kleine weiße Bälle durch die Luft?«

»Sie will mich ins Bett bringen!«

»Ein verdammt kluges Kind! Sie hat es sofort gesehen?«

»Ich habe ihr was von einem Autounfall mit dreifacher Rippenquetschung erzählt. Nun ist sie entsetzt. Peter, gib mir deinen Autoschlüssel und die Papiere. Mein Wagen ist ja offiziell in der Werkstatt.«

»Du fährst nicht! Verdammt nochmal!«

»Dann nehme ich ein Taxi.« Mahlert streckte die Hand aus. Sie zitterte ein wenig. »Gib mir die Schlüssel, bitte, Peter!«

»Benimm dich nicht wie ein bettelnder Hund! Ich fahre euch.«

»Und als was soll ich dich Monika vorstellen?«

»Als das, was ich bin: dein Freund! Sag die Wahrheit: Ich habe dich hierher gebracht, weil ich Angst hatte, dich allein fahren zu lassen. Das wird diese Monika verstehen. Sie scheint ein vernünftiges Mädchen zu sein, jedenfalls vernünftiger als du.«

»Aber dann verschwindest du, verstanden?«

»Keine Panik! Natürlich gehe ich! Und zwar völlig unbesorgt. In deinem Zustand sind erotische Kraftübungen nicht mehr drin. – Noch eine Frage: Wo fahren wir denn hin? Zu mir oder zu dir?«

»Zu dir natürlich. Für meine Eltern bin ich doch verreist.«

»Und wie lange sperrst du mich aus? Wann darf ich wiederkommen?«

»Sagen wir – bis zum Abend.«

Es gab keinerlei Komplikationen... Holger stellte Roßkauf vor, Monika machte ihm sofort Vorwürfe, daß er Holger hierher gefahren hatte, statt ihn im Bett zu lassen. Roßkauf gab sich zerknirscht. Aber man kenne ja Holgers Dickschädel, verteidigte er sich. Und dann stand man vor der Frage, wie man Monikas grünes Moped mitnehmen könne. Der Kofferraum von Roßkaufs Wagen erwies sich als zu schmal, man hätte das Rad schon zerlegen müssen.

»Lassen wir es auf dem Parkplatz stehen«, sagte Monika. »Sie fahren mich nachher zum Tennisclub zurück, und ich hole es ab. Ganz einfach.«

»Ganz einfach!« Roßkauf lachte, faßte Holger unter die Achsel und hob ihn vom Stuhl hoch.

»Sie sind herrlich unkompliziert, Monika.« Sein Blick glitt über sie, von den Haaren bis zu den Schuhspitzen. Es war ein Blick, den

Monika spürte wie einen elektrisierenden Strahl. »Bleiben Sie so!«

In Roßkaufs Wohnung war dann alles anders. Holger Mahlert wurde wieder ins Bett gepackt, nachdem die beiden Freunde Monika erklärt hatten, daß sie hier als Studenten zusammen wohnten, weil beider Elternhäuser zu unruhig und zu konservativ seien. Die Freiheit des Studiosus – man sollte sie auch haben, wenn die Familie am selben Ort wohnt. Dann verabschiedete sich Roßkauf, fuhr mit seinem Wagen zum Verbindungshaus und traf dort auf einen Kreis von Studenten, die bereits voll beim Kneipen waren. Auch ein alter Herr war da, ein emeritierter Medizinprofessor, der in der Corps-Gemeinschaft seinen letzten Lebensinhalt sah.

»Eine Frage belastet mich«, sagte Roßkauf zu ihm. »Kann ein Mann mit starkem Blutverlust zu sexuellen Handlungen fähig sein?«

»Aber mein Lieber!« Der Alte Herr wurde munter, seine Augen glänzten. Konsultationen in dieser Richtung belebten ihn ungemein. »Ein Mann kann immer. Es sei denn, er ist das Opfer einer Phallus-Amputation.«

Eine Auskunft, die Roßkauf nicht gerade beruhigte.

Die Sorge war völlig unbegründet. Monika saß brav an Holgers Bett, sie sprachen über Kunst und Film, über das Fernsehen und sogar über Politik – ein ausgesprochen dämliches Thema, wenn man sich liebt, ja auch wenn man noch nicht genau weiß, ob man sich liebt. Jeder vermied es, in die Nähe der Diskothek »Number Sex« zu kommen, wo alles begonnen hatte. Schließlich war es Monika, die geradeheraus fragte:

»Du hast auch die Sache mit Freddy gelesen?«

»Ja.« Mahlert trank vorsichtig einen Schluck leichten Weins, den Roßkauf ihnen herausgerückt hatte. Ich habe es im Rundfunk gehört. Er hat sich den Goldenen Schuß gesetzt.«

Monika nickte stumm. Die Wirkung des halben Druckes ließ nach, die schöne sorglose Welt sank langsam zusammen. Der Gedanke an Freddys Tod brannte wieder in ihr und verstärkte ihre Sehnsucht nach einer neuen Nadel voll H. Nein, dachte sie. Er hat sich den Schuß nicht gegeben. Ich habe ihm den Goldenen Schuß gedrückt. Ich habe ihn umgebracht! Freddy wollte nicht sterben, er hat nie daran gedacht, er stand vor einer großen Karriere, in Las

Vegas oder New Orleans oder sonstwo in den USA! Makaroff hatte schon die Verträge ausgefüllt. Er wollte drüben weg von der Nadel, er hatte den festen Willen, in den Entzug zu gehen – um meinetwillen. Und was tue ich? Ich setze ihm den Goldenen Schuß. Ich töte ihn! Wie soll ich das je verkraften, Holger? Da kannst du mir auch nicht helfen, das kann ich dir ja alles nicht erzählen, das muß ich mit mir allein ausmachen, das muß ich in mir vergraben, damit muß ich leben wie mit einer heimlichen, verzehrenden Krankheit. Davon kann mich keiner mehr heilen. Ich habe Freddy getötet! Mit einer Nadel! Und Makaroff hat es fotografiert, ganz zufällig. Er hatte ja keine Ahnung, wie stark die Dope war. Ich auch nicht, Holger, woher sollte ich das wissen? Aber ich habe Freddy zu Tode gespritzt. Da ist nichts mehr zu zerreden.

»Warst du dabei?« fragte Mahlert. Monikas Kopf fuhr zu ihm herum.

»Wie kannst du so was fragen?« antwortete sie viel zu laut und hastig.

»Ich dachte nur.« Mahlert lächelte sie begütigend an. »Freddy war doch dein Freund.«

»Ja.«

»Er wollte weg aus der Szene. Und plötzlich macht er so was!«

»Bei Freddy wußte man nie, was er wirklich wollte. Er war eigentlich immer unglücklich, wenn er ohne H war. Er haßte die Nadel, aber er konnte ohne sie nicht mehr leben.«

»So geht es vielen, Monika.« Mahlert trank wieder einen Schluck Wein. »Die meisten resignieren, weil sie glauben, sie kommen nie wieder vom Schuß los. Sie versuchen alles – aber schon bei der ersten Atemnot, bei den ersten Schweißausbrüchen, bei den ersten Entziehungskrämpfen bricht ihr Wille zusammen und sie drücken weiter. Sie sehen die Ausweglosigkeit und stumpfen ab vor diesem Anblick. Für sie hat der Tod keinen Schrecken mehr. Er ist zum Endziel geworden.«

»Ich – ich kann sie manchmal verstehen«, sagte Monika gepreßt. »Alles verliert an Wert, alles ist nur noch ekelhaft... Hat mir Freddy einmal gesagt. – Bist du glücklich, Holger?«

»Im Augenblick wunschlos. Du bist da!« Er tastete nach ihrer Hand und hielt sie fest. Sie war angenehm kühl. Mein Gott, ich habe wieder Fieber, dachte er. Hoffentlich merkt es Monika nicht.

»Und wenn ich wieder weg bin?«

»Dann zehre ich von den Gedanken an dich.«

»Und das reicht dir?«

»Es wäre schrecklich, wenn keine Wünsche mehr offenblieben...«

»Hast du nie das Gefühl gehabt, das ganze Leben sei ein einziger Betrug? Verlogenheit aller gegen alle? Der Mann belügt seine Frau, wie seine Frau ihn belügt, und gemeinsam belügen sie ihre Umgebung, und die Umgebung belügt wieder kreuz und quer alle anderen. Jeder betrügt jeden, selbst die Kinder werden belogen und betrogen und wachsen auf in einem fauligen Sumpf von Betrug und Heuchelei. Du belügst mich, und ich belüge dich – und das alles, diese unendliche Verlogenheit auf Erden, ist ganz normal! – Soll man da nicht verzweifeln?«

»Belügst du mich, Monika?«

»Ja!« sagte sie ehrlich und ohne Zögern. »Es gibt keinen Menschen, der alles sagt! Oh Himmel, wäre das furchtbar! Absolute Ehrlichkeit – das bedeutete Weltuntergang. Das wäre die ganz große Vernichtungskatastrophe. Wenn jeder die Wahrheit sagen würde, jeder Angestellte dem Chef, jeder Politiker seinem Volk, jeder dem anderen ins Gesicht... Es gäbe keine Existenzmöglichkeit mehr für den Menschen!«

»Warum belügst du mich, Monika?« fragte Mahlert ruhig. »Muß das sein?«

»Es geht nicht anders, Holger.«

»Wie ist es mit dem Vertrauen? Wir Menschen sollten Vertrauen zueinander haben wie ein Grashalm zu Sonne, Wind und Regen. Die Natur macht uns die absolute Wahrheit vor.« Er rutschte im Bett etwas höher, und Monika drückte das Stützkissen fester in seinen Rücken. »Pack aus, Monika! Spuck es aus, was du Lüge nennst!«

»Es ist unwichtig, Holger. Unwichtig für uns.«

»Jetzt lügst du schon wieder.«

»Mag sein.«

»Und noch einmal...« Mahlert zog Monika näher zu sich. Ihre großen glänzenden Augen faszinierten ihn. Er war jetzt nicht anders als alle verliebten Männer, er übersah alarmierende Anzeichen, er verlor den kritischen Blick. »Wir sollten all das Häßliche vergessen«, sagte er leise. »Man sollte häßliche Episoden nie zu ernst nehmen. Natürlich sollte man versuchen, etwas daraus zu lernen. Aber sie dürfen nicht unser ganzes Leben negativ beeinflussen. – Ich möchte dich jetzt küssen, Moni.«

»Deine Rippen, Holger!«

Sie beugte sich lächelnd über ihn, gab ihm einen schnellen Kuß auf den Mund und setzte sich dann wieder auf den Stuhl neben das Bett.

»Das war mager!« Mahlert lächelte schief. »Zu eurem Hund bist du bestimmt zärtlicher.«

»Der ist auch gesund!« Sie lachte hell, sprang auf, lief in die kleine Küche, klapperte mit den Gläsern, die auf einem Bord standen. Dann lehnte sie sich mit geschlossenen Augen an die Wand. Wie verdammt schnell der Schuß nachläßt, wie verflucht rücksichtslos der Körper nach neuem H verlangt! »Willst du Kaffee?« rief sie aus der Küche. »Oder Tee? Ich koche dir, was du willst.«

»Nichts. Komm und setz dich wieder neben mich. Ich habe ja noch Wein.«

»Darf ich mir einen Kaffee machen?«

»Aber natürlich. Warum fragst du?«

Sie ließ Wasser in einen Kessel laufen, stellte ihn auf den Elektroherd und atmete mit offenem Mund. Nicht jetzt, schrie sie in sich hinein. Nicht schon jetzt! Ich weiß ja, der letzte Druck war zu schwach, ich wollte ja nicht wieder voll auf der Reise sein. Aber jetzt mußt du durchhalten, du Mistkörper, hörst du, jetzt mußt du noch zwei Stunden warten können, bis du dein halbes Halbe bekommst. Zwei Stunden noch ... das kann die Hölle werden.

Sie schepperte mit der Blechdose, in der sie gemahlenen Kaffee gefunden hatte, und sie tat es extra laut, damit Holger es hörte und nicht mehr fragte. Sie suchte den Filter und die Kaffeekanne, aber als sie den Kaffee hineinfüllte, vier Teelöffel, wurde ihr schon von dem Geruch übel. Sie ging zum Fenster, riß es auf und saugte schnaufend die frische Luft ein.

Bei mir geht es schneller als bei Freddy, stellte sie mit der Nüchternheit eines Menschen fest, der beschlossen hat, sich selbst zu vernichten. Ich baue das H anscheinend schneller ab, und dann fordert der Körper ohne Übergang die neue Nadel. Aber ich will nicht, ich will nicht völlig abhängig werden, und wenn ich wieder auf Turkey komme, wenn es ganz tierisch wird, schwöre ich mir, daß ich mich zu Hause in die kalte Wanne lege, ins eiskalte Wasser! Ich will nicht!

Sie dachte an das Chromkästchen, das sie in ihrer Handtasche trug, und ihre Nerven begannen zu tanzen vor Sehnsucht. Ihr Mund wurde ledertrocken. Sie trank sofort aus der offenen Flasche einen Schluck Wein, aber es war, als verdunste die Flüssigkeit sofort in der Mundhöhle.

»Monika?« hörte sie Mahlert rufen. Sie nickte und blieb in der kleinen Küche.

»Das Wasser kocht gleich!« rief sie mit gepreßter Stimme zurück.

»Im Kühlschrank ist Pudding! Magst du Pudding?«

»Nein!« Allein der Gedanke an das wabbelige Zeug ekelte sie. Sie goß den Kaffee auf, würgte wieder bei dem Geruch und schluckte Luft in die trockene Kehle. »Gar keinen Hunger. – Kaffee mit Milch und Zucker?«

»Wie du, Moni.« »Ich trinke ihn schwarz.«

Sie balancierte zwei Tassen und die Kanne ins Zimmer, schenkte ein und schlürfte mit größter Willenskraft ein paar Schlucke des heißen Getränkes. So speiübel ihr auch war, der Kaffee milderte etwas ihre Sehnsucht nach einem neuen Druck. Sie lief unruhig im Zimmer herum, stellte den Plattenspieler an und vermied es, Holger anzusehen. »Wenn ich jetzt fit wäre, würde ich tanzen«, sagte er.

»Das wäre schön!« Sie drehte sich ein paarmal um sich selbst, es mußte grazil und aufreizend aussehen, denn Mahlert griff nach ihr, als sie in seine Nähe kam, und zog sie auf das Bett. Sie lachte etwas zu schrill, wehrte sich schwach und erlaubte, daß er sie richtig küßte und dabei seine rechte Hand auf ihren Brüsten kreisen ließ. Aber sie reagierte nicht auf die Liebkosung. Es war nur ein Drücken und Reiben, das ihr eher lästig war. Sie glitt unter seinen Händen weg, kniete sich neben das Bett und wehrte seine Hände ab.

»Gleich kommt dein Freund wieder«, sagte sie.

»Erst wenn es dunkel ist.«

»Ihr habt da also schon etwas eingeplant?!« Sie setzte sich auf einen Stuhl, außerhalb der Reichweite seiner Arme, und kämmte sich mit gespreizten Fingern das Haar. »Ihr seid doch alle gleich! Man trifft sich zufällig, sieht sich an und denkt von diesem Augenblick an nur noch ans Bumsen. Die große, alles umfassende neue Weltanschauung: Die Alleinherrschaft des Unterleibs! Der Horizontalismus!«

»Ich liebe dich, Monika!« sagte Mahlert laut, gegen die Musik aus dem Plattenspieler anschreiend.

»Das ist ein dummes Wort, Holger!« Sie drehte den Ton leiser und blieb neben dem Gerät stehen. »Was ist Liebe? Mein Vater hat eine Geliebte. Auch in diesem Wort steckt ›Liebe‹! Aber ist das wirklich Liebe? Und wenn du meinen Vater fragen würdest, ob er meine Mutter, seine Frau, liebt, wird er fast beleidigt antworten: Natürlich liebe ich sie! – Überall nur Liebe! Im Ehebett, im Hurenbett... Findest du nicht auch, daß gerade das Wort Liebe das verlogenste ist, das wir Menschen überhaupt aussprechen können?! Wäre es nicht ehrlicher, zu sagen: ich will mit dir ins Bett, das macht Freude, dir und mir, und hinterher geben wir uns die Hand, sagen: Schön war's! – und gehen weiter unsere getrennten Wege, bis wieder mal so ein Körperchen die Straße kreuzt und wir ihm zurufen: Halt! Stehenbleiben! Auf dich habe ich gerade Appetit! –« Sie sah Holger Mahlert mit unruhigen Augen an. »Wäre das nicht viel besser – und ehrlicher?«

»Nein! Mein Gott, Monika, du redest daher, als gäbe es keine Ideale!«

»Gibt es die wirklich?«

»Gibt es keine Silbernen und Goldenen Hochzeiten? Warum bleiben zwei Menschen 25 oder 50 Jahre zusammen?«

»Aus Gewohnheit! Aus Trägheit! Es ist ja so bequem, jemanden zu haben, der putzt und kocht, wäscht und stopft und immer vorhanden ist als Müllplatz der Launen. Den man zu jeder Tages- und Nachtzeit benutzen kann, ohne extra dafür zu zahlen oder mit Geschenken um diese Gunst zu betteln. Meine Eltern feiern in zwei Jahren ihre Silberne Hochzeit! Man sollte meinen Vater fragen, wie oft er in diesen 25 Jahren meine Mutter betrogen hat! Dann sollte man zusammenzählen, wieviel treue Tage oder Monate es in diesen 25 Jahren gegeben hat. Entweder würden die Gäste weglaufen oder Beilall klatschen! Die Männer vor allem würden applaudieren! Und dann sollte man weiter fragen: 25 Jahre Ehe – ist das Liebe? Bei dieser Rechnung?! – Nein! Man hat nur 25 Jahre lang eine Hafengebühr bezahlt, um sicher und ruhig zu ankern. Die reichen Fischgründe aber liegen weit draußen, anderswo...«

»Du haßt deinen Vater...« sagte Mahlert gepreßt.

»Das wäre ja auch ein Gefühl! Nein – ich mißachte ihn! Ich verabscheue ihn. Er hat die treueste Frau der Welt.«

»Das widerspricht voll deiner These von den ständig wechselnden Kopulationswünschen.

»Mama? Nie! Undenkbar!«

»Also gibt es doch noch ›das Gute‹ im Menschen! Also gibt es doch noch Liebe! Und ich liebe dich...« Mahlert sank in die Kissen zurück. Das Sprechen strengte ihn ungemein an, eine neue Schwäche überfiel ihn und das Gefühl, schwerelos zu werden, wie vor kurzem, als Roßkauf ihm nach einer Infusion ein starkes Schmerzmittel eingeflößt hatte, das seine Brust von dem versengenden Schmerz befreit hatte. »Bist du nicht wie deine Mutter?«

»Niemand kann so sein wie sie.«

»Hast du Angst vor dir selbst?«

»Ich glaube nicht.« Sie kam näher, setzte sich wieder auf sein Bett und küßte ihn mit Zärtlichkeit, aber ohne fordernde Erotik. »Ich habe mit Freddy geschlafen«, sagte sie plötzlich.

»Das habe ich angenommen.«

»Aus Mitleid habe ich mit ihm geschlafen.«

»Natürlich!« Er zog sie zu sich und streichelte über ihr Gesicht. »Du siehst so erwachsen aus und bist doch nur ein kleines Schaf! Hast du geglaubt, Freddy damit von der Nadel zu ziehen?«

»Ja...«

»Und was tut er? Er drückt sich den Goldenen Schuß!«

Sie antwortete nicht, stellte nichts richtig, brach ihre Beichte ab. Sie sagte nur: »Man muß auch Fehlinvestitionen verkraften können. – Ein Satz von meinem verlogenen Vater.«

Dann stand sie auf, ging in das kleine Badezimmer, zog sich aus, wusch sich und kam nackt ins Zimmer zurück. Nachdenklich, aber nicht enttäuscht, blieb sie vor dem Bett stehen und sah auf Holger hinunter.

Er schlief fest, mit leicht geöffnetem Mund, von der Schwäche besiegt.

Da kehrte sie um, kochte sich, nackt wie sie war, einen neuen Schuß auf und gab ihn sich, auf einem Küchenhocker sitzend, an die Tür des Kühlschranks gelehnt, bewußt genießend, wie er durch ihre Ader rann. Es war ein starker Druck. Zehn Minuten lang hielt das Rauschen in ihrem Hirn an, bis sie wieder klar und fröhlich denken konnte. Sie ging ins Zimmer zurück, beugte sich über Mahlert, gab ihm einen Kuß auf die Stirn, zog die verrutschte Bettdecke gerade und kleidete sich im Bad an. Vorher betrachtete sie sich im Spiegel, drehte sich in ihrer Nacktheit hin und her und stellte fest, daß sie sehr schön war. Ein zwar vergängliches Kapital, aber immerhin ein Kapital, das man als Einsatz gebrauchen konnte.

Als Peter Roßkauf zurückkam, saß Monika Barrenberg brav neben dem auf leise gestellten Plattenspieler und legte die Finger auf die Lippen. Sie hatte etwas Engelhaftes an sich, eine merkwürdige, unnatürliche Ausstrahlung.

»Er schläft«, flüsterte sie. »Ganz fest. Können Sie mich zu meinem Moped bringen?«

»Wollen Sie nicht warten, bis er wieder aufwacht?«

»Der Schlaf tut ihm gut.«

»Das bestimmt.« Roßkauf hielt die Tür auf. »Kommen Sie.« Im Treppenhaus blieb er stehen und musterte Monika fragend. »Hat es Komplikationen mit seinen – Rippenquetschungen gegeben?«

»Nein. Aber es war sehr anstrengend für ihn.«

»Er wollte es so. Himmel, war das ein Kampf, bis er mich doch noch überredet hatte. Kommen Sie morgen wieder?«

»Ich glaube.« »Kommen Sie! Holger liebt Sie sehr.«

»Ich weiß es. Er hat es mir gesagt.« »Sie lieben ihn nicht, Monika?« »Wie können Sie so etwas sagen?!«

»Mir kommt es vor, als nähmen Sie Holgers Liebe hin wie einen Drink.«

»Soll ich herumtanzen und Cheerioh singen?!« Sie blickte Roßkauf ernst an. »Ja! Ich liebe Holger. – Fahren Sie mich zu meinem Moped?«

Vor den Tennishallen, auf dem Parkplatz, suchten sie vergeblich nach der grünen Yamaha. Der Platz, wo Monika sie abgestellt hatte, war leer. Auch im Clubbüro wußte man von nichts.

»Geklaut!« rief Monika wütend. »So eine Sauerei! Die klauen Mopeds vor Clubhäusern!«

»Logisch. Da stehen immer die besten Autos. Aber die waren für den Liebhaber ein paar Nummern zu groß. Ihr Moped war wohl gerade das Richtige. Fahren wir zur Polizei!«

»Was soll denn die?« Monika schüttelte den Kopf. »Die lacht uns doch nur aus. In Frankfurt nach einem Moped suchen! Morgen früh ist es längst umlackiert und statt grün vielleicht blau. Ärger gibt es nur mit meinem Vater. Er wird wieder losdonnern und stundenlang behaupten, daß es so was früher nicht gegeben habe, daß so was beim Adolf unmöglich gewesen sei, da wurden solche Verbrecher entmannt oder in Sicherungsverwahrung gesteckt, überhaupt dieser lasche Betrieb heute, früher hieß es kurz und bündig Rübe ab, da hatte die Volksgemeinschaft Ruhe, da konnte man noch nachts durch die Straßen gehen, die ganze Rockerbrut gehört zur Arbeit ins Moor, aber die Deutschen lernen ja nie etwas, die bepinkeln sich die eigenen Hände und warten auf Applaus! Und er merkt gar nicht, wie lächerlich er sich damit macht, wie gründlich er sich selbst widerlegt. Nur davor habe ich einen Horror. Ein neues Moped kriege ich sowieso.«

»Sie haben einen Anti-Vater-Komplex?« fragte Roßkauf. Er fuhr Monika nach Sachsenhausen und setzte sie vor der Villa der Barrenbergs ab. »Oder reden Sie so nur, weil Sie das Generationen-Problem für modern halten?«

»Mache ich einen so dusseligen Eindruck auf Sie?« Monika lachte hell. Der neue Schuß wirkte voll, sie kam sich tierisch frei vor, und Roßkauf war genau so ein Spießer wie alle anderen, die sich eine Viertelstunde mit ihrem Schlipsknoten aufhielten. »Mein Vater ist zum Kotzen!«

»Aber was wären Sie ohne ihn?«

»Sicherlich eine Null!« Sie stieg aus und beugte sich noch einmal zur Autotür hinein. »Wäre das so schlimm? Überlegen Sie mal: Was wäre eine Zahl ohne Null? Wie jämmerlich ist eine 1... Aber mit sechs Nullen ist sie eine Million! Verachtet mir die Nullen nicht!«

Sie warf die Tür zu, winkte Roßkauf zu und hüpfte wie ein kleines Mädchen durch das Vorgartentor. In der Dunkelheit der Buschreihen tauchte sie unter.

Roßkauf wartete noch eine Minute, dann fuhr er nachdenklich davon.

Er traf Holger Mahlert außerhalb des Bettes an. »Wo ist Monika?« rief er. »Peter, du hast sie rausgeekelt!«

»Sie wollte gehen! Du hast geratzt wie ein Bock! Ich wollte sie hierbehalten, aber sie sagte: Lassen Sie ihn schlafen. Es tut ihm gut.«

»Ich liebe sie, Peter. Ich liebe sie wahnsinnig.«

»Bekannt!«

»Sie kommt morgen wieder.«

»Hoffentlich.« Roßkauf ging zum Tisch, goß sich den Rest Wein ein und stürzte ihn mit einem langen Schluck hinunter als sei er Wasser. Wie sage ich es, dachte er. Wie bringe ich ihm das bei? Als er das Glas absetzte, hatte er sich entschlossen, ohne Rücksicht die Wahrheit zu sagen. »Ist dir nichts aufgefallen?«

»Was?« Mahlert starrte ihn irritiert an. »An Monika?«

»Ja.«

»Sie ist schön wie ein Engel.«

»Ist es möglich, daß sie an der Nadel hängt?«

»Du bist komplett verrückt!« Mahlert wischte sich über die Augen. »Nur weil ich Monika in einer Disko getroffen habe... Das ist hirnrissig! Dann müßten ja alle Diskobesucher potente Drücker sein! Gerade beim Diskopublikum triffst du die ziemlich selten.«

»Gewiß. Nicht alle haben Einstiche in der Armbeuge«, sagte Roßkauf ruhig. »Und nicht alle haben ein Spritzenhämatom neben der linken Armvene...«

Mahlert sah seinen Freund aus entsetzten Augen an. »Das ist nicht wahr...« sagte er tonlos. »Peter, das hast du bei Monika nicht gesehen!«

»Wenn sie morgen kommt, laß dir ihre Arme zeigen.«

»Das werde ich! Darauf kannst du Gift nehmen!«

»Aber sie wird nicht kommen! Denn sie wird nachher sehen, daß sich das Hämatom gebildet hat. Es ist ganz frisch! Junge, ich habe als Mediziner einen Blick dafür. Glaub' es mir doch! Während du geschlafen hast, muß sie sich einen Schuß gesetzt haben. Hier in der Wohnung!«

»Das wäre schrecklich!« Mahlert legte die Hände aneinander und schluckte mehrmals, als sei er einem Würgegriff entronnen. »Wenn du recht hast, Peter, haben wir einen wahnsinnigen Kampf vor uns ...«

»... den wir verlieren werden!« Roßkauf starrte auf den Stuhl, auf dem Monika bei seiner Rückkehr gesessen hatte. »Die Chancen stehen 3:97! Ein verflucht eindeutiges Verhältnis.«

An diesem Abend registrierten die Streifenberichte in Frankfurt die Beobachtung von neun grünen Yamaha-Mopeds. Sieben wurden von jungen Männern gefahren, nur zwei von Mädchen, auf die eine Beschreibung der unbekannten Monika jedoch nicht zutraf. Nur eins war sicher – doch das konnte die Polizei nicht ahnen: Eines der neun grünen Mopeds gehörte Monika, und ein Dieb saß im Sattel. Er hätte Auskunft geben können, wo er es gestohlen hatte. Das weitere wäre dann sehr einfach gewesen.

So aber verlor auch das grüne Moped seinen Wert als brauchbare Spur.

Es blieb erstaunlicherweise alles ruhig im Umkreis der Familie Barrenberg.

Makaroff meldete sich nicht wieder, weder bei Maria Barrenberg noch bei Monika. Eine Woche lang hütete Maria das Telefon wie eine Glucke ihre Eier, vor allem, wenn Eduard im Haus war. Klingelte es, dann war Maria immer etwas schneller als ihr Mann und gab die Gespräche weiter. Eduard Barrenberg war viel zu ahnungslos, um in dieser Betriebsamkeit etwas Verdächtiges zu sehen. In den weiteren Tagen sagte er sogar: »Heb' du ab, Maria!« – blieb gemütlich in seinem Sessel sitzen, rauchte eine Zigarre, trank Bier oder Kognak, las die Zeitung, blätterte in den Fachpublikationen oder ärgerte sich maßlos über die Steuer. Meistens allerdings kam Eduard sehr spät nach Hause. Die Geschäfte gingen gut, sein Architekturbüro erstickte in Aufträgen, die Baufirmen, an denen er beteiligt war, stellten neue Arbeitskräfte ein, Barrenberg schwelgte in einem Bauboom, und jeder in der Familie begriff, daß er als Seele des Ganzen auch immer an den Brennpunkten des Geschäftes zugegen sein mußte. Man kannte das seit Jahren nicht anders.

Barrenbergs Hauptaufgabe war allerdings nicht die Überwachung der Baustellen, sondern die Einrichtung des Bungalows für Bettina Ahrendsen. Was schön und teuer war, trug er zusammen, ließ es auf Lager nehmen und schrie mit den Handwerkern herum, die noch in dem Neubau arbeiten und die Zeit von drei Wochen überzogen hatten.

Bettinas Ausstellung bei Bieringer war ein beachtlicher Erfolg. Zur Eröffnung drängten sich über zweihundert Besucher in der Galerie – alles geladene Gäste –, belagerten das große kalte Büffet, standen an der improvisierten Bar, ließen sich von den Zeitungsreportern knipsen und diskutierten über die Bilder der Ahrendsen.

Zwei Männer vermieden es, in die Kameras zu blicken: Barrenberg, der sich brav im Hintergrund hielt und Bettina lediglich am Eingang mit einem korrekten Handkuß begrüßt hatte, und George Petrescu, der meist in einer Ecke saß, in einem Korbsessel, eingerahmt von zwei künstlichen Palmen.

Petrescus Beschäftigung bestand darin, Barrenberg aus der Distanz zu beobachten. Da Eduard seinen Gegner nicht kannte, flanierte er ein paarmal ahnungslos an ihm vorbei, während Petrescu mit dem verlockenden Gedanken spielte, man müsse eine jener lautlosen Spezialpistolen haben, mit denen man nadeldünne vergiftete Pfeile abschießt, die nach und nach die Atmung lähmen und unaufhaltsam den Tod herbeiführen.

In der Nacht nach der Ausstellung – Barrenberg hatte widerwillig nach Hause fahren müssen, ohne daß es noch zu einem intimen Stündchen gelangt hatte, denn Bettina hatte die Feier bewußt bis in die Morgenstunden ausgedehnt – sagte Petrescu:

»Wenn es nicht bittere Wahrheit wäre, meine Rose, könnte man sich schieflachen, Barrenberg! Was ist an diesem Mann eigentlich dran? Er tapst wie ein Bär herum, eine Schönheit ist er bestimmt nicht, er versprüht weder Geist noch Charme. Er hat Geld – das ist alles!«

»Sein Geld interessiert mich nicht.«

Bettina saß in einem durchsichtigen Neglige aus cremefarbener französischer Spitze im Sessel, die Beine hochgezogen, ein Glas Sherry auf dem Knie balancierend, und blickte auf Petrescu – halb ängstlich, halb traurig. Petrescu lag nackt auf der Couch, in einer provozierenden Haltung, die für Bettina keinen sinnlichen Reiz hatte, sondern nur ihre Abwehrinstinkte mobilisierte.

»Nicht sein Geld?« Petrescu schüttelte den Kopf. »Da haben wir wieder das alte Problem, das große Rätsel bei den Frauen: Warum haben die miesesten Männer die schönsten Weiber?«

»Das frage dich mal vor einem Spiegel.«

»Ich weiß es!« Petrescu räkelte sich wohlig, seine Bewegungen hatten eine nachgerade tierische Unbefangenheit. »Ich habe eine der schönsten Frauen fest und für immer in meiner Hand, weil ich eine Mörderin schütze.«

»Es war kein Mord!« sagte Bettina dumpf. »Es war eine Dummheit, eine Panik, ein Schock ... «

»Wer will damit entschuldigen, daß dadurch drei Menschen starben?« Petrescu wedelte mit den Händen. »Kein Gericht nimmt das ab.«

»Es war ein Unfall ... «

»Zuerst ja. Ein ganz normaler Autounfall. Eine Bettina Ahrendsen biegt von der Auffahrt in die Autobahn ein, ohne in den Rückspiegel zu blicken. Sie sieht nicht, wie sich ein schwerer Wagen nähert. Sie jagt im spitzen Winkel auf die Autobahn. Der so geschnittene Fahrer erkennt die Gefahr, reißt seinen Wagen zur Seite, aber der Zwischenraum reicht nicht. Mit voller Wucht prallt er gegen die Leitplanke, wird zurückgeschleudert und rast führerlos, weil die Insassen schon betäubt sind, quer über die Fahrbahn, über die Standspur und einen Rasenstreifen in einen Wald. Dort, zwischen den Bäumen, überschlägt er sich und zerschellt an einer dicken Kiefer. Ein ganz dummer Unfall ... Es ist Sonntagnacht, die Autobahn ist auf dieser Strecke kaum befahren, niemand sieht das Drama, und niemand sieht auch den zertrümmerten Wagen seitlich im Wald zwischen den Bäumen. Die später kommenden Autos jagen an der Stelle vorbei. Wer blickt nachts schon um sich in einen dunklen Wald? Bettina Ahrendsen aber, die genau gesehen hat, was passiert ist, fährt mit Vollgas weiter. Zufällig kommt ein George Petrescu auf der Gegenfahrbahn vorbei, erkennt, was sich da abspielt, wendet an einer kleinen Baustelle auf der Autobahn – was auch strafbar ist, zugegeben – und verfolgt die flüchtige Fahrerin. Nach vierzehn Kilometern holt er sie ein und zwingt sie zum Halten. Aber er bringt sie nicht zur Polizei, wie er es erst als seine Pflicht angesehen hatte. Der Anblick dieser Bettina trifft ihn wie ein Blitz. Sie ist eine Frau, die nicht hinter Gefängnismauern verkümmern darf. – Erst vier Stunden später findet man den zertrümmerten Wagen und die drei Toten. Eine Obduktion ergibt, daß alle drei hätten gerettet werden können, wenn sie sofort in ein Krankenhaus eingeliefert worden wären... Sie sind innerhalb von vier Stunden verblutet!« Petrescu richtete sich auf. »Im übertragenen Sinne war das Mord. Dreifacher Mord! Dafür gibt es keine Entschuldigung.«

»Ein Irrtum. Ich habe einen Anwalt gefragt. Man kann auf Körperverletzung mit Todesfolge plädieren.«

»Dreifach! Wieviel Jahre Eingeschlossensein bedeutet das?« Petrescu setzte sich und goß sich einen Cocktail aus einem Mixbecher ein. »Da kommst du nicht raus, meine Rose. Da kann dich auch dein reicher Teddy nicht freikaufen. Wir sind für immer miteinander verbunden.«

Bettina schwieg. Vielleicht wäre es besser, ein paar Jahre abzusitzen und damit alle Schuld zu tilgen, dachte sie. Es war ein Gedanke, der ihr immer wieder gekommen war, eine Flucht in die Abgeschlossenheit, um sich von George Petrescu zu befreien. Aber was kam hinterher? Würde Eduard Barrenberg auf sie warten? War es möglich, die unterbrochene Karriere wieder aufzunehmen? Wie reagierte die Gesellschaft, auf die sie angewiesen war, auf eine entlassene Strafgefangene? Ein Mädchen, das drei Leben auf dem Gewissen hat...

»Willst du nicht ins Bett?« fragte Petrescu anzüglich.

»Nein! Ich bin nicht müde.«

»Von Schlafen war auch nicht die Rede.«

»Ich kann nicht... Ich will auch nicht...« Sie starrte Petrescu an, in der Erwartung, daß er jetzt aufspringen und sie schlagen würde. Tu es nur, dachte sie. Schlag mich zusammen. Vielleicht schlägst du eines Tages den Mut aus mir heraus, dich umzubringen. So kann ich nicht weiterleben...

Petrescu war zu guter Stimmung, um an Schläge zu denken. Nach dem Tode Kemal Özdogans und seines Leibwächters, über den die Zeitungen groß berichtet hatten, waren die drei Kurden nicht untätig geblieben. Ihr Dank war konkret und Millionen wert: die ersten Kuriere mit den anderen Hälften der Geldscheine und einigen Kilogramm reinsten und besten Heroins waren unterwegs. Über eine Schweizer Bank hatte Petrescu zunächst eine Garantie von 15 Millionen Dollar auszahlen lassen. Die kurdische Freiheitsbewegung konnte neue Waffen kaufen.

»Wir fliegen im Winter in die Karibik«, sagte Petrescu versöhnlich. »Auf St. Croix gibt es einen Strand, der zu den schönsten der Welt zählt. Wir werden uns eine Yacht chartern und kreuz und quer durch das Paradies fahren.« Er stockte und sagte ganz ernst: »Wir können auf St. Croix auch heiraten ... «

»Du bist verrückt, George!« Sie blickte ihn verwirrt an. Es war das erste Mal, daß er von Heirat sprach. Ein beklemmendes Gefühl behinderte ihren Atem: Plötzlich erkannte sie, daß er sie wirklich liebte, daß sie kein erpreßtes Spielzeug war, kein erotischer Zeitvertreib, keine ihm hörige Geliebte. Er betrachtete sie als seine Frau! Das war ein Aspekt, den Barrenberg nie in Erwägung zog. Für Barrenberg war und blieb sie die heimliche *zweite* Frau, die nur die Pflicht hatte, immer bereit zu sein, aber nie das Recht, in seinem öffentlichen Leben eine angemessene Rolle zu spielen.

»Überleg es dir, meine Rose«, sagte Petrescu fröhlich. »Ich bin bereit, eine dreifache Mörderin zu heiraten.«

»Das hättest du jetzt nicht sagen dürfen!« Sie stand auf, stellte ihr Glas beiseite und empfand eine wilde Lust, ihm mit irgendeinem massiven Gegenstand den Schädel einzuschlagen. »Nie hättest du das sagen dürfen!« »Es war eine dumme Redensart, ich weiß.« Petrescu streckte beide Arme aus. »Komm zu mir, meine Rose ... «

»Ich bin kalt wie ein Eisblock!« »Ich will dich um Verzeihung bitten ... « »Dann laß mich in Ruhe!« »Ich liebe dich.« »Auf deine Art.«

»Auf ganz altmodische Art liebe ich dich: Du sollst mir ganz allein gehören. Ich möchte dich nicht eines Tages umbringen müssen.«

»Das könntest du?«

»Ja!« Die Antwort war klar, und Bettina wußte, daß sie ehrlich war. »Du bist mein Eigentum, und wer sich dir nähert, greift mich an. Ich werde um mich schlagen ohne Rücksicht auf alles, was sonst noch dabei zugrunde geht.«

Die Vermutung von Peter Roßkauf bewahrheitete sich: Monika kam am nächsten Tag nicht zu Besuch. Mahlert wartete bis zur Dunkelheit, immer unruhiger werdend, bis ihm das Bett zum Gefängnis wurde, bis er sich herauswälzte und mit wackligen Beinen im Zimmer herumlief, von großer Sorge getrieben.

»Verstehst du das?« fragte er seinen Freund. »Sie hat es fest versprochen.«

»Ja«, antwortete Roßkauf.

»Was Ja?«

»Sie hat nun auch das Spritzenhämatom in ihrer Armbeuge entdeckt.«

»Ich glaube nicht daran! Monika ist kein H-Typ!«

»Verliebtheit macht blind. Diese Weisheit ist so uralt, daß man sich schämt, sie noch auszusprechen. Aber du demonstrierst das ideale Beispiel: Jedem Fixer siehst du es an der Nasenspitze an, aber bei Monika schlägt dich Blindheit!«

»Ich rufe sie an!«

»Tu es! Sie wird für etwa acht Tage ausfallen, so lange, bis man das Hämatom nicht mehr sieht. Oder sie kommt mit einem Verband um den Arm und erzählt dir, sie habe sich da verbrannt oder sonstwas.«

»Wenn Monika nicht kommt, fahre ich hin!« sagte Mahlert gequält. »Ich spreche mit ihren Eltern ... «

»Das Ende kannst du dir denken!« Roßkauf hielt Mahlert fest. »Du wirst sie zum letztenmal gesehen haben. Barrenberg ist der Typ Vater, der sofort die Notbremse zieht. Und die heißt: Entziehungsanstalt nach einem vorangegangenen Hagel von Ohrfeigen. Wir wissen noch nicht, wie tief deine Monika bereits in der Szene steckt. Wenn sie erst angefangen hat, ist jeder Zwang ihr sicherer Untergang.

Mahlert telefonierte dreimal mit Barrenbergs. Zweimal war Maria am Apparat und teilte mit, daß Monika bei einer ihrer Freundinnen sei, um für das Abitur zu arbeiten. Beim drittenmal nahm Eduard Barrenberg selbst ab und sagte mit dröhnender Stimme:

»Ja, ich weiß! Sie sind Holger! Angehender Chemiker. Schweres Studium, sehr schwer. Sie müssen ja starke Geruchsnerven haben. Immer der Gestank! Erinnere mich da an meine Schulzeit. Chlorwasserstoff! Bestialisch! Als wenn ein Bataillon auf Kommando furzt! Haha! Monika, nein, die ist nicht da! Büffelt Mathe bei einer Freundin. Mathe ist ihr Rubikon! Dafür spielt sie sehr gut auf der Viola da Gamba, aber das ist kein Abiturfach. Haha! Soll ich Monika etwas bestellen? Was hielten Sie davon, Herr Mahlert, wenn Sie mal zu uns kämen? Zu einem Plausch?! Würde mich sehr freuen. Ich diskutiere gern mit vernünftigen jungen Männern über unsere beschissene Politik ... «

Mahlert legte nach zehn Minuten auf und sagte: »Uff!«

Roßkauf lächelte. »Was habe ich dir prophezeit?«

»Dieser Barrenberg erdrückt einen mit seiner Persönlichkeit.«

»So kann man es auch nennen. Was ist mit Monika?«

»Büffelt Mathe bei einer Freundin.«

»Warten wir ab, ob sie sich meldet.«

Monika meldete sich drei Tage lang nicht. Aber das hatte mit dem nur schwach entwickelten Hämatom nichts zu tun, sondern mit ihrer wilden Jagd nach neuem H. Was sie von Makaroff bekommen hatte, war verbraucht. Dreimal hatte sie sich bei kleinen Dealern an der Hauptwache, einmal auch in einem Park neuen Stoff gekauft, für 40 Mark pro Schuß, und dann noch gemischtes H, in die Länge gezogen durch Puderzucker. Dann war ihr Erspartes aufgebraucht, und sie ließ sich von ihrem Vater 100 Mark geben, indem sie ihm vorlog, sie müsse für geometrische Zeichnungen noch ein paar Geräte kaufen.

Jeden Tag nach Schulschluß stand sie lange vor der Anstalt und wartete auf Makaroff. Aber er kam nicht. Nach einer intensiven Klage- und Anklage-Arie ihres Vaters hatte sie sich ein neues Mofa gekauft, braun lackiert, kein Vergleich zu dem gestohlenen Moped, aber Barrenberg überzeugte sie, daß die Investition in ein neues Moped sich nicht auszahlen würde, da Monika nach bestandenem Abitur sowieso mit ihrem Wunschauto rechnen könne. Es war, wie immer, sinnlos, gegen Eduard Barrenberg zu argumentieren.

So stand Monika drei Trage lang bis zwei Uhr nachmittags vor der Schule, erschien einmal auch eine halbe Stunde früher und wartete. Als der dritte Tag begann, geriet sie in eine kaum noch beherrschbare Panik. Ihre Augen nahmen einen gehetzten Ausdruck, ein unruhiges Flimmern an.

Die große Frage aller Drücker kam auf sie zu: Was wird, wenn ich die neuen Schüsse nicht mehr aus eigener Tasche bezahlen kann? Wer finanziert mir das H? Was kann ich verkaufen, um Geld zu bekommen? Fällt es auf, wenn ich Vater aus seiner Tasche einen Fünfzigmarkschein stehle? Aber auch das läßt sich nicht endlos fortführen. Und womit bezahle ich die nächsten Nadeln? Nicht morgen oder übermorgen, sondern in zwei Wochen, zwei Monaten – wenn alle Möglichkeiten von Verkauf und Diebstahl ausgeschöpft sein werden?

Womit bezahle ich...

Am Abend des dritten Tages – sie hatte nur ein Viertel Halbes noch in Reserve – machte sich Monika auf, um bei den alten Fachleuten Rat zu holen. Sie setzte sich an der Hauptwache auf die Stufen zur U-Bahn mitten unter die anderen Fixer. Ein neuer, fremder Vogel, der voll Angst ein Nest sucht.

Das Mißtrauen unter den Außenseitern der Gesellschaft ist groß. Man kennt sich genau bis in die hintersten Winkel der kaputten Seelen, man hat zuviel miteinander erlebt, von der zitternden Gier nach einem Schuß bis zur maßlosen Seligkeit nach einem guten, sauberen Druck. Es sind immer die gleichen Typen, die sich irgendwo in dieser Stadt treffen, immer auf der Jagd nach Geld für neue Dope, immer bereit, sich voll zu opfern für ein paar Stunden trügerischer Leichtigkeit des Lebens. Ob an der Hauptwache oder in den verschiedenen städtischen Anlagen und Parks, ob in bestimmten Diskotheken oder auf Plätzen und an Straßenecken, in der Bahnhofshalle oder in U-Bahn-Toiletten – überall trifft man Bekannte und immer wieder ein paar Neue, die von alten Fixern in die Szene eingeführt werden.

Denen fällt es natürlich auf, wenn ein junges Mädchen auf einer U-Bahn-Treppe sitzt und verstört um sich blickt. Es dauerte nicht lange, bis Monika Gesellschaft bekam. Ein dürres, blasses Mädchen mit langen schwarzen Haaren, in abgeschabten Jeans mit einem viel zu weiten Pullover, hockte sich neben sie und betrachtete sie mit offener Neugier. Ihre tiefliegenden, geweiteten Augen glänzten wie Glaskugeln.

»Was ist?« fragte Monika, da das Mädchen sie nicht ansprach, sondern nur stumm musterte.

»Das frage ich *dich!*»Ihre Stimme war kindlich hell. »Ich heiße Bibi. Natürlich ist das nicht mein Name, aber alle nennen mich nur Bibi. Kommt von Brigitte.«

»Ich bin Monika.«

»So einfach Monika?«

»Von mir aus kannst du auch Moni sagen.«

»Was willste denn hier?«

»Was will ich wohl?«

»Anschaffen...«

»So ähnlich.«

»Bist ganz neu hier, was?«

»Ja.«

»Wo kommste denn her?«

»Ist das so wichtig?«

»Von mir aus nicht. Aber die anderen.« Bibi beugte sich zu Monika hinüber. »Die haben mich vorgeschickt, um dich auszunehmen. Wenn so jemand allein hier auftaucht, ist er zunächst verdächtig. Wenn du von der Kripo bist – mir kannste nichts anhängen. War schon dreimal in einem Mädchenheim und bin dreimal getürmt. Scheiße, sage ich dir. Hunderttausend Worte, fromme Ermahnungen, stumpfsinnige Arbeit, kein Mann im Bett, und dann binden die dich fest, wennste durchdrehst und ganz tierisch auf Turkey kommst. Und ewig das Gequatsche: Da mußte durch, Zähne zusammenbeißen, das ist nur Willenssache, in ein paar Tagen hast du's geschafft, dann hat sich der Körper umgestellt... Alles nur blödes Gestammel. Da hilft nur eins: raus aus dem Kasten und wieder an die Nadel.« Bibi starrte Monika erwartungsvoll an. »So, jetzt weißte alles. Wennste nun von der Kripo bist, kannste mich mitnehmen. Dann mach' ich zum viertenmal 'ne Fliege. Das wissen deine Kollegen von der Fürsorge schon, die sind froh, wenn sie mich nicht mehr sehen. Außerdem hab' ich einen festen Wohnsitz!«

»Sehe ich aus wie eine von der Kripo?« fragte Monika erschrokken. »Bibi, ich brauche in zwei Stunden einen Druck, darum sitze ich hier! Eine gute Dope, kein gemischtes Zeug!«

»Haste genug Geld?«

»Noch ... «

»Was machste, wenn du kein Geld mehr hast?« Bibi lehnte sich zurück an die gekachelte Mauer.

»Das weiß ich noch nicht. Hast du Geld?«

»Nie!« Bibi lachte etwas exaltiert. »Am Tag brauche ich für dreihundert Mark H. Manchmal auch für vierhundert, wenn's mir ganz mies geht. Und das ohne Unterbrechung. Das sind bei 31 Tagen im Monat glatte neuntausenddreihundert Mark.«

»Das ist ja Wahnsinn!«

»Sagst du!« Bibi schlang die Arme um die angezogenen Beine. Sie sah aus wie eine verkrümmte, zerbrochene Puppe. »Ich muß mir mehr drücken als ein Direktor im Monat Gehalt kriegt. Da muß ich mich ranhalten, Moni!«

»Und wie bekommst du das Geld?!«

»Das bumse ich mir ehrlich zusammen.« Sie sagte es mit völliger Gleichgültigkeit, ohne die Stimme zu heben oder ihre verkrümmte Haltung zu ändern. »Das kennste noch nicht, was?«

»Nein.«

»Willste mitkommen?«

»Wohin?«

»Auf den Baby-Strich! Da ist vielleicht was los, sag' ich dir! Da kriegste dein Generaldirektorgehalt spielend zusammen! Mit dikken Wagen kreisen die alten Knacker herum, und je jünger du bist, um so mehr lassen sie springen. Ich sage immer, ich sei fünfzehn.«

»Und wie alt bist du wirklich?« »Gerade siebzehn. Und du?«
»Achtzehn.«

»Auch noch zu machen. Du kannst dich auf sechzehn trimmen. Zöpfchen flechten und die Lippen vorwölben ... da sind die Kerle scharf wie Rasiermesser.« Bibi blickte hoch. Ihr blasses Kindergesicht verzog sich zu einem Lächeln. »Bei den ersten Knackern habe ich hinterher gekotzt, so richtig gekotzt, weißt du. Was die alles verlangten für ihre Papierlappen! Aber dann gewöhnste dich daran, Moni. Später ist dir alles egal, machste alles mit, denkst nur: Der muß dafür einen Blauen hinlegen, und der geile Alte, der jeden Freitag an der Taunus-Anlage wartet mit seinem Superschlitten – Erna hat mal in seinen Paß geguckt, der ist schon 74 Jahre alt! –, der muß zwei Blaue Vorkasse hinlegen, sonst läuft da gar nichts. Man kann sich das gut einteilen. Vormittags einen, zwei am Nachmittag, einen am Abend... Das tut nicht weh, und du hast das Geld für'n Drucktag zusammen. Bleibt noch genug übrig für Essen, ein Paar Schuhe, 'nen neuen Fummel, 'ne Flasche Parfüm und fürs Kino. Du, da gehe ich gern rein. Die großen Liebesfilme, da heule ich richtig los! Wie schön das alles sein kann, das, was man Liebe nennt, auch wenn's am Ende doch immer im Bett endet. Aber wie sie das machen, so richtig mit Gefühl. Bei mir? Ich denke immer nur: Arbeite man, das kostet dich hundert Mark, mein Kerlchen! Und ich bin tot, innerlich, verstehst du das? Da ist nichts mehr. Da fühlste nichts, gar nichts. Das geht wie bei 'ner Maschine. Das ist wie bei einem Automaten, wo du Geld reinsteckst und der rappelt dann los.« Sie blickte wieder zu Monika hinüber. »Willste das mal mit ansehen?«

»Nein...«

»Wär aber gut. Kannst nur davon lernen. Bald biste doch auf'm Strich. Oder haste im Monat über neuntausend Mark zur Verfügung?«

»Wer hat das schon?«

»Na also!« Bibi stand von den U-Bahnschacht-Stufen auf und ordnete ihre langen schwarzen Haare. »Da mache ich mir gleich zwei Zöpfe draus. Das wirkt, sage ich dir. Die alten Böcke möchten mir am liebsten einen Dauerlutscher kaufen! Komm mit! Mir hat das vorher keiner gezeigt, mußte mir alles selbst beibringen. Vor allem Menschenkenntnis, Moni. Menschenkenntnis! Da mußte schon gleich beim ersten Blick wissen: Bezahlt der Heini, oder will der dich hinterher trampeln? Und: Wie hoch kannste steigern?! Ist der Kerl sauber? Wo kommt der her? Nur kein Kanake, Moni. Bei mir nicht! Nichts aus dem Ausland. Nur Deutsche oder andere Mitteleuropäer. Schon bei den Amis kriege ich Hautjucken. Und Neger? Nie!«

»Ich brauche in einer Stunde einen Druck!« sagte Monika zögernd. »Ich habe Geld bei....«

»Okay. Wir gehen zu Jussuf. Der hat reinen Stoff.« »Kennst du einen Makaroff?« »Nie gehört! Russe?«

»Bulgare.« Bibi starrte Monika mit plötzlicher Zurückhaltung an. »Doch'n Verhör?«

»Quatsch. Ich suche ihn. Er hatte superreine Dope!«

»Hier ist er noch nicht aufgetaucht.«

»Er ist Musik-Manager. Geht durch die Diskos und sucht neue Talente für andere Länder.«

»Sowas kenne ich nicht.« Bibi zog ihren weiten Pullover gerade. »Los, mach schon. Wir müssen zum Strich! Jetzt ist die beste Zeit. Jussuf verlangt 60 Mark, dafür hat er aber auch erstklassige Ware. Bist verwöhnt, was? Gutes Elternhaus?«

»Gehen wir!« sagte Monika laut und erhob sich. Zwei Jugoslawen, die die U-Bahn-Treppe hinaufkamen, pfiffen ihr zu und riefen: »Stähenbleiben! Zahlen gutt! Für einmall!«

»Haut ab!« sagte Bibi grob. »Geht zu euren Ziegen!« Sie faßte Monika an der Hand und zog sie die Treppe hinauf in das Menschengewühl der Hauptwache. Auf ein paar Blumenkübeln hockten eine Reihe Fixer, rauchten, diskutierten oder stierten bloß in die Gegend.

Bibi machte ein schnelles Handzeichen: alles in Ordnung. Ist eine Neue. Noch ein richtiges Schaf...

Die Jugoslawen riefen hinter ihnen her, belegten sie mit wenig schönen Namen, rannten dann aber über den Platz, als sich zwei in schwarzes Leder gekleidete Fixer von den Kübeln erhoben und auf sie zukamen.

»Ich stehe immer an den Bockenheimer Anlagen«, sagte Bibi. »Für dich ein guter Tip! Da kommen immer die ganz Großen hin. Ich mag dich, Moni, weiß nicht warum, aber ich mag dich. Wennste willst, kannste auch in meinem Revier stehen. Und noch was Wichtiges: Nie mit einem auf die Bude gehen! Und wenn er 'n Schloß hat! Am besten nur im Auto, oder in 'ner Pension, die ich gut kenne. Da passen sie auf dich auf, da kann dich keiner würgen! Ich zeig' dir nachher die Pension.«

Eine halbe Stunde später standen sie an der Bockenheimer Anlage und warteten. Ein paar Autos, die langsam an ihnen vorbeifuhren, wurden von Bibi weggescheucht. »Nicht meine Kragenweite«, sagte sie. »Die wollen alles für'n kleinen Braunen. Nicht bei mir. Ich weiß, was ich wert bin.«

Bibi sah auf den ersten Blick süß aus. Sie hatte die langen schwarzen Haare zu zwei dicken Zöpfen geflochten und nach vorn über die Schulter gelegt. Mit ihren engen Jeans und dem zu weiten Pullover wirkte sie tatsächlich wie ein kleines Mädchen, das erwachsen sein will. Wenn sie hin und her ging, wippte sie etwas auf den Zehen, oder sie stand herum und lutschte an einem Stückchen Holz, was den Eindruck des Infantilen noch verstärkte.

»Da kommt einer«, sagte sie plötzlich. Ein großer dunkelroter Jaguar bog ein und kam langsam auf sie zu. Monikas Herz begann wild zu hämmern, ihre Kehle krampfte sich zusammen. Ich würde das nie können dachte sie. Nie! Nie! So tief wird mich das H nicht reißen können, daß ich so etwas tue... »Das ist ein Stammgast!« Bibi spielte mit ihrem rechten Zopf, als sei er eine Puppe. »Dagobert von Ehrlingen heißt er. Verrückt, was? Ein richtiger Baron! Über Sechzig. Mit Glatze. Na, du siehst ihn ja gleich. Zahlt zwei Blaue, weil ich gerade fünfzehn bin! Und wenn er in Fahrt kommt, schreit er immer ›Amalia! Amalia!‹ Weiß der Teufel, wer Amalia ist! Aber wenn er das gebrüllt hat, ist er immer ganz glücklich und ich muß ihm die Glatze ablecken. Verrückt, was? Aber er blättert im voraus zwei Blaue hin...«

Der rote Jaguar hielt. Ein Herr mit einer karierten englischen Sportmütze musterte Monika. Er war elegant gekleidet, ein rüstiger alter Herr, der seine Kondition durch Golfspiel pflegte. Man sah ihm an, daß er sich viel in frischer Luft bewegte.

»Hier bin ich, Bertchen!« sagte Bibi und schob sich vor Monika. »Fahren wir wieder in den Biegwald? Trotz gestiegener Unkosten und Inflation noch der alte Preis für Stammkunden.«

»Wer ist das da?« fragte der Baron.

»Meine Freundin Moni.«

Der Baron winkte. »Steig ein, Moni!«

Monika blieb wie erstarrt stehen. Er ist älter als Papa, durchfuhr es sie. Er sieht fast so aus wie der Bankier Hähnischen, von dem Papa sagt, er behandele seine Gicht mit der animalischen Wärme von zwei jungen Mädchen. Ich habe mich bei dem Gedanken geschüttelt, und jetzt stehe ich hier auf dem Baby-Strich und erlebe selbst, wie das ist, wenn ein alter Kerl sich ein junges Mädchen kauft.

»Da läuft nichts!« sagte Bibi kalt. »Moni hat heute die rote Fahne gehißt.«

»Was hat sie?« fragte der Baron irritiert.

»Stell dich nicht so dämlich an, Bertchen.« Bibi riß die Beifahrertür auf. »Moni kann ja mitfahren und zugucken. Mal was Neues, was? Kostet 'nen halben Blauen mehr.« Sie winkte, zeigte auf die hintere Tür des Jaguar und stieg ein. Der Baron musterte Monika noch immer mit klebrigem Interesse.

»Wir werden uns noch kennenlernen«, sagte er und lächelte sie mit verblühtem Charme an. »Du bist genau das, was ich suche.«

Im Biegwald auf einem abseits gelegenen Weg verdiente sich Bibi in dem dunklen Auto ihre zweihundertfünfzig Mark. Monika saß wie gelähmt daneben, mußte sehen und hören, was ihr den Ekel in die Mundhöhle trieb, und preßte beide Hände gegen die Ohren, als der Baron wirklich »Amalia! Amalia!« schrie. Es war entsetzlich.

Sie blieb stumm, bis der Baron sie wieder an den Bockenheimer Anlagen absetzte, und machte sich steif, als Dagobert von Ehrlingen ihr zum Abschied über die Brust streichelte. Dann ließ sie sich fast aus dem Wagen fallen und rettete sich auf den Gehsteig.

»Ich könnte mich nie daran gewöhnen, Bibi«, sagte Monika mit heiserer Stimme.

»Und wovon willst du die Nadeln bezahlen?« Bibi raschelte mit dem Geld in ihrer Jeanstasche. »Ich habe heute genug eingenommen für zwei Tage. Morgen ruh' ich mich aus und lege mich in die Badewanne. Nie dran gewöhnen! Du bist gut! Wovon soll ich überleben?«

»Ich werde alles verkaufen, was ich habe.«

»Und eines Tages haste gar nichts mehr – außer dir selbst!«

»Dann höre ich eben rechtzeitig auf.«

»Bekloppt! Goldener Schuß, was?«

»Nein. Überhaupt mit der Dope.«

»Das schaffste nie, Moni, nie! Versuch's erst gar nicht, du gehst die Wände senkrecht hoch! Ich kenne das ja! Wir sind beide zu tief drin, da holt uns keiner mehr raus! Wir krepieren langsam, aber wir genießen das.«

»Genauso hat Freddy gesprochen.«

»Wer ist Freddy?« Bibi starrte Monika entgeistert an.

»Freddy the Tiger? Sag bloß, du kennst Freddy the Tiger!«

»Er war mein Freund. Er ist tot.«

»Du dickes Ei!« Bibi wischte sich über das bleiche Kindergesicht. »Dann bist du das ja! Dann bist du die Monika, die von den Bullen gesucht wird! Mensch, Moni, keiner von uns hat eine Ahnung, wer diese Monika ist! Die Bullen sind ganz scharf auf dich.«

»Wenn du mich nicht verrätst ...« In Monika war eine Kälte, die jedes Gefühl erstarren ließ. Sie suchen mich, war ihr einziger Gedanke. Sie haben eine Spur. Sie werden es mir nie glauben, daß es nur ein Unfall war. Ich habe ihm den Schuß gegeben, und ich habe ihn getötet, das allein gilt. Sie werden mich vernichten.

Plötzlich begann sie am ganzen Körper zu zittern. Ihr Gaumen wurde ledern, ihre Mundwinkel zogen sich nach unten. Ihre Beine wurden so schwer, als verwandele sich jeder Bluttropfen in ein Bleikorn. Sie klammerte sich an Bibis Schulter fest und begann zu schwanken.

»Jetzt kommste auf Turkey, was?« sagte Bibi. »Die Aufregung. Wir kochen uns gleich ein Süppchen. Mensch, Moni, die suchen dich und ein grünes Moped!«

»Das habe ich nicht mehr.«

»Fabelhaft! Dann kriegen sie dich nie! Ich halte dicht. Für die anderen heißt du Erika. Klar? Solange du bei uns bist, kann dir nichts passieren. Nur in 'ne Razzia darfste nie reinkommen. Brauchste ja auch nicht, du brauchst dir die Dope nicht an der Straßenecke zu holen. Jussuf fährt mit 'nem Wohnwagen herum und empfängt gute Kunden in seinem rollenden Einfamilienhaus.«

Hinter einem Busch kochten sie sich einen Schuß zurecht. Bibi hatte alles bei sich: einen Blechlöffel, einen Kerzenstummel, Streichhölzer und Ascorbinpulver. Monika steuerte die Injektionsspritze bei, eine sterile Einwegspritze, ein Mäppchen mit Nadeln.

»Huch, biste vornehm!« sagte Bibi, als sie Monika den Arm abband und über die Vene tastete. »Für jeden Schuß 'ne neue Pistole?«

»Ja! Das Geld hängt auch noch dran!«

»Noch! Später zählste jede Mark anders: Noch ein hundertstel ... und wieder ein hundertstel Gramm ...«

Nach dem Druck lag Monika zehn Minuten wie ein geplatzter Ballon auf der Erde hinter dem Gebüsch. Wieder war es ihr, als explodiere ihr Kopf und blähten sich alle Adern. Dann hatte sich der Körper daran gewöhnt, und die selige Phase begann.

»Vielleicht komme ich morgen wieder«, sagte sie zu Bibi, die ihren Schuß mit der Gelassenheit eines Profis hingenommen hatte. »Wo treffe ich dich?«

»Am besten hier auf'm Strich. Hauptwache wird immer gefährlicher. Da fotografieren die Bullen jeden für ihre Kartei. Jupp hat das selbst erlebt. Als sie den mitnahmen, zeigten sie ihm ein ganzes Poesiealbum voll von seinen Fotos. Da gab's keine Ausreden mehr. Aber hier, auf'm Strich, biste sicher. Außerdem ist das hier mein eigener geheimer Platz. Da kommen dicke Brocken her, von der Börse. Geldsäcke mit zwei Beinen, sag' ich dir! Die haben zu Hause ihre Brillantenmutti, aber mit uns Fixern klemmen sie sich in einsame Waldwege. Ganz schön pervers, was? Tschau, ...«

Barrenberg war schon im Bett und las in einem politischen Magazin, was ihn immer sehr aufregte, als Monika leise die Haustür aufschloß und auf ihr Zimmer schlich. Maria Barrenberg saß allein im Salon und übte leise auf ihrem Konzertflügel eine Sonate von Schumann. Irgendein Wohltätigkeitsfest war wieder geplant, bei dem Maria unter ihrem Mädchennamen Maria Sakrow auftreten sollte. Es waren geradezu idiotische Partys, Barrenberg hatte das einmal ausgerechnet: Für die Wohltätigkeit wurden 4734,25 DM eingespielt, aber allein der Kaviar am kalten Büffet, bester Beluga, kostete über 5000 Mark, und die gefüllten Wachtelbrüste mit frischen französischen Trüffeln waren auch nicht gerade das tägliche Brot. Barrenberg regte darauf einen Wechsel an, einen Tausch: Was man für die Wohltätigkeit sammelte, sollte man fürs kalte Büffet nehmen und die Kosten des bisherigen kalten Büffets der Wohltätigkeit zuführen. Das war das erstemal, daß man Barrenberg in seinen Kreisen einen verkappten Linken nannte. Ausgerechnet Barrenberg! Darüber ärgerte er sich so abgrundtief, daß er fortan solchen Veranstaltungen fernblieb.

In ihrem Zimmer schrieb Monika ins Tagebuch:

»Heute war ein irrer Tag. In der Schule klappte nichts, ich hatte einfach alles vergessen, was ich in fast neun Jahren gelernt hatte. 2 mal 5 – das war schon eine schwere Mathe-Aufgabe... 17 mal 19, das war unmöglich im Kopf zu rechnen. So etwas habe ich noch nicht erlebt. Totale Mattscheibe! Dabei mußte ich immer an Makaroff denken und an das große Problem: Woher bekomme ich das Geld für neue Dope?!

Ich werde alle Sachen, deren Fehlen bei uns nicht auffällt, verkaufen. Aber dann? Einmal hört das auf. Soll ich so werden wie Bibi? Nein! Nie! Vorher steige ich aus. Ich weiß, wie schwer das ist, aber ich behaupte immer noch, daß ich die Kraft dazu habe. Ich gestehe aber auch, daß das Leben nach so einem Druck unvergleichlich lebenswerter ist als im normalen Zustand. Da finde ich ja schon längst, genau wie Freddy, alles zum Kotzen.

Warum meldet sich Makaroff nicht? Er könnte mir vielleicht aushelfen, wenn ich kein Geld mehr habe. Nicht mit Scheinen, aber mit Dope. Kann doch sein, daß er mir ab und zu ein Gramm schenkt. Ich mochte Makaroff nie leiden, ich wußte nie weshalb, obgleich er ein schöner Mann ist. Jetzt aber vermisse ich ihn, und wenn ich an ihn denke, habe ich keinen Abscheu mehr vor ihm. Ob ich mit ihm ins Bett gehen könnte? Ich weiß nicht; noch bin ich nicht so weit, daß ich mich hinlege für ein Gramm H. Ich will es auch nie tun. Aber wenn ich daran denke, daß Makaroff und ich – ich wehre mich nicht mehr dagegen wie früher. Ist das nicht eine merkwürdige Wandlung?

Heute mittag rief Holger wieder an. Er war ganz unglücklich, daß ich ihn nicht besuche. Was soll ich ihm erzählen? Von ihm bekomme ich keinen Schuß, im Gegenteil, er würde mich sofort in die Kur nehmen. Aber dazu brauche ich ihn nicht. Ich bin stark genug allein!

Was soll mit Holger werden? Ich finde ihn nett, sympathisch, ein Kumpel, ein Bruder... Aber mehr?! Liebe mit Holger? Ich glaube, da hätte ich Hemmungen. Da wäre ich wie ein kleines dummes Mädchen, das hinterher weint. Warum? Holger ist so ganz anders als die Männer, mit denen ich schlafen könnte. Ich könnte an seiner Brust träumen, aber mit ihm ... ? Ich stehe da vor einem Rätsel ...

Eine Stunde später.

Ich möchte nicht alles durchstreichen – aber alles, was ich vorhin geschrieben habe, ist Blödsinn! Da war ich high, und da sagt man immer Dinge, die man hinterher als größte Dummheit erkennt. Nein! Nie Makaroff! Nie! Ich verachte ihn. Ich fühle, daß er eine Maske trägt. Er muß ein ganz großer Schuft sein. Mir wird übel bei dem Gedanken, daß er neben mir liegen könnte und seine Hände .... Nein! Ich will das nicht weiterdenken.

Holger? Er ist so ruhig, so überlegen, so besorgt. Aber ich glaube, er kann auch unnachgiebig sein. Davor habe ich Angst. Ich kann ihm nie sagen, daß Freddy mich zum Drücken gebracht hat. Da hat Freddy ein Erbe hinterlassen, an dem ich noch lange tragen werde. Wenn ich es genau betrachte – ich könnte Holger sogar lieben. Er ist der Typ, den ich immer gern mochte –, aber es geht nicht. Erst muß ich von der Dope herunterkommen. Nach dem Abitur. Das Abitur mache ich noch mit ein paar kräftigen Schüssen, da stecke ich die ganze Prüfungskommission in den Sack, so drehe ich auf. Aber dann ist Schluß! Schluß mit H, Schluß mit Makaroff, Schluß auch mit Bibi und allen anderen! Dann können wir uns darüber unterhalten, Holger, ob wir uns leiden mögen und zusammenbleiben wollen.«

Sie schloß das Tagebuch weg, ging hinunter in den Salon und störte Maria bei der Übung einer schweren Kadenz.

»Mama.«

»Was ist denn?« Das klang unwillig. Maria Barrenberg unterbrach das Klavierspiel. »Ich denke, ihr schlaft alle! Stört euch mein Spiel?«

»Oben höre ich gar nichts.«

»Gott sei Dank. Papa ist dreimal erschienen. Immer mit dem schaurigen Magazin in der Hand und hat mir vorgelesen. Einmal irgend etwas von den Gewerkschaften, dann von Atomgegnern und schließlich von einer Theaterinszenierung, in der ein Prinz von Homburg nackt zwischen Kartoffeln auf der Bühne steht. Gebrüllt hat er! Als ob ich dafür verantwortlich sei! ›Nur Bolschewisten‹, hat er geschrien. ›Überall nur Bolschewisten! Und was tut Bonn dagegen?!‹« Maria Barrenberg starrte auf das Notenblatt. Robert Schumann war schwer zu spielen. »Papa ist wieder sehr nervös. Sein Beruf wirft ihn eines Tages um!«

»Verreise doch mal mit ihm, Mama. So eine richtige Erholungsreise.«

»Bring ihm das mal bei! Papa will doch nie krank sein – und wenn er gelb im Gesicht ist. Ein Barrenberg kann Felsen beißen, du kennst doch seinen Spruch.«

»Es wäre gut, wenn ihr beide mal verreisen würdet«, beharrte Monika. »Ihr zwei allein. Weit weg ...«

»Dazu haben wir gar keine Zeit, Spätzchen.« Maria wandte sich wieder dem Flügel zu. Sie schlug ein paar Töne an, was bedeuten sollte: Geh jetzt, genug geredet, ich muß üben. Wir reden über Dinge, die nicht sein können.

Monika wartete noch einen Augenblick, dann hob sie die Schultern und verließ den Salon. In der Diele traf sie auf ihren Vater. Barrenberg war im Schlafanzug, blickte bedrohlich finster um sich und blieb an der Küchentür stehen.

»Ist Bier im Kühlschrank?«

»Möglich.« Monika betrachtete ihren Vater kalt. Er sieht lächerlich aus in seinem Popelinanzügelchen. Der Bauch drückt sich durch, die Hosenbeine sind zu lang und schleifen über den Pantoffeln. Kennt seine Geliebte ihn so? Natürlich nicht! Da springt er nackt herum, zieht den Bauch ein und bläht die Brust. Und solange er zahlt, wird sie auch keinen Anstoß daran nehmen. Solange er seine Lächerlichkeit mit Geldscheinen drapieren kann, darf sich ein Zwerg als Riese aufspielen.

»Im Kühlschrank wird was sein, Paps.«

»Mama klimpert noch immer!«

»Schumann.«

»Gräßlich! Übrigens, hast du schon gehört, daß auf der Bühne ...«

»... der Prinz von Homburg nackt zwischen Kartoffeln steht und seinen berühmten Monolog spricht.«

»Richtig!« Barrenberg schob das Kinn vor. »Was hältst du davon? Als Mensch mit ästhetischem Sinn?«

»Es braucht ja keiner in dieses Theater zu gehen!«

»Ist das alles?« »Was sonst noch?«

»Dieses Theater bekommt von unseren Steuergroschen jährlich 40 Millionen Subventionen! 40 Millionen dafür, daß die Schauspieler jeden Abend ihr Gemächt entblößen. Und keiner ist da, der diesen linken Stinkfritzen eine Stange über den Schädel haut. Wo kommen wir denn hin? Da spielt man an einem anderen Theater eine Szene, wo jemand auf offener Bühne auf den Lokus geht, sich die Hosen runterzieht und einen abdrückt! Das sind unsere gefeierten Autoren! Das nennt man in diesem Deutschland Kultur! So weit sind wir gekommen!« Barrenberg schien erst jetzt zu merken, daß seine Tochter noch angekleidet war. Er wollte auf die Uhr blikken, aber die lag auf seinem Nachttisch.

»Genau 23 Uhr 19, Papa«, sagte Monika.

»Wo kommst du jetzt her?«

»Von meiner Freundin Bettina.«

»Aha!« Barrenberg fiel auf den Trick nicht herein, mit dem Monika es wieder einmal versuchte. Sie hatte keine Freundin, die Bettina hieß. »Ihr müßt eine selten dämliche Abiturklasse sein, daß ihr jede Nacht ochsen müßt! Und dabei wißt ihr nur ein Drittel von dem, was wir gelernt haben! – Wer waren die Satrapen?«

»Du hast einen Sprachfehler. Es muß Attrappen heißen...«

»Man könnte heulen!« sagte Barrenberg, weit davon entfernt, diese Antwort als Provokation aufzufassen. Ohne erkennbaren Bezug auf die Satrapen fuhr er fort: »Diese Jugend von heute ist matschig bis auf die Knochen! Die steht kein Stalingrad durch!«

»Wir möchten auch keines erleben. Es reicht gerade, daß *ihr* euch nicht davon trennen könnt.«

»Geh ins Bett!«

»Genau das hatte ich vor. Schlaf gut, Papa.«

»Hoffentlich. Sofern deine Mutter nicht auch noch Brahms übt.«

In der Nacht saß Monika am Fenster und blickte in den fahldunklen Garten. Der Himmel war sternenklar, der Mond eine kleine dünne Sichel. Sie dachte an Bibi und an deren Monatsrechnung. Runde 10000 Mark für .... Jeden Monat. Es war für Monika völlig unmöglich, das aufzubringen. Sie begriff jetzt Freddys Not, täglich das Geld für seine Drucke herbeizuschaffen. Er hatte in der Disko nur gespielt, um seine Spritzen bezahlen zu können. Von Monat zu Monat hatte er mehr H gebraucht, aber das Geld vermehrte sich nicht im gleichen Tempo.

Wie entwickelte sich ihr eigenes Problem? Nun stand auch sie vor der Frage: Woher nehme ich das Geld?

Sie stützte den Kopf in beide Hände und blickte hinaus in die Nacht. Angst kroch in ihr hoch, das Gefühl unendlicher Verlassenheit. Und plötzlich hatte sie eine wilde Sehnsucht nach Makaroff. Sehnsucht, die dem Wunsch nach Selbstzerstörung glich.

Zwei Tage später – es war ein Sonntag – erzitterte das Haus Barrenberg in seinen Fugen.

Eduard, gerade zum Morgenkaffee heruntergekommen, in einem seidenen Morgenmantel, den er sich einmal aus Marokko mitgebracht hatte, brüllte wie ein Stier. Er hatte in seinen an der Garderobe hängenden Rock gegriffen, um aus der Brieftasche einen Notizzettel zu holen mit der Telefonnummer eines Bauherrn, der nur sonntags zu erreichen war. Dabei mußte er etwas vermißt haben, denn nachdem er die Brieftasche mehrmals durchgeblättert hatte, schlug er sie wütend in die andere Handfläche.

»Maria!« brüllte er mit einer Stimme, die keine Frage mehr zuließ. »Monika! Erna! So eine Sauerei! So eine Riesensauerei!«

Als Maria und Monika im Speisezimmer erschienen, stand Erna, das Hausmädchen, schon am Büffet und heulte. »Ich war es nicht!« schluchzte sie. »Ich schwöre, ich war es nicht. So etwas tue ich nicht!«

»Was ist denn passiert?« fragte Maria. Sie sah Eduard an. Er hatte einen hochroten Kopf, lief wie ein Raubtier um den Tisch herum und schlug mit der Brieftasche gegen seine dicken Schenkel.

»Hier wird geklaut!« schrie Barrenberg. »In meinem Haus wird geklaut! Aus meiner Brieftasche! Fünfhundert Mark! Am Stück! Ein Fünfhundertmarkschein! Er ist weg! Einfach weg!« Er hielt die Brieftasche Maria vor die Nase. »Geklaut! Einwandfrei geklaut!«

Monika setzte sich auf einen Stuhl und blickte Erna an. Das

Mädchen schluchzte ununterbrochen und war zu keiner Entgegnung mehr fähig.

»Überleg mal, Papa«, sagte Monika ruhig. »Überleg ganz nüchtern: Bist du auch sicher, daß du die fünfhundert Mark wirklich in der Brieftasche hattest?«

»Bin ich ein Idiot?« brüllte Barrenberg. Er knallte Monika die Brieftasche auf den Tisch. »Ich bin so sicher, wie ich einen Hintern habe! Ein einzelner Schein! Wären es hundert Mark, da wäre ich vielleicht unsicher. Aber fünfhundert?! Ich habe ihn gestern mitgebracht, bin seither nicht mehr aus dem Haus gegangen und heute morgen fehlt er! Er ist *hier* geklaut worden! Erna – heulen Sie nicht! Das nutzt Ihnen gar nichts! Der Rock hing an der Garderobe, auf dem Präsentierteller gewissermaßen! Und wer ist außer mir noch im Haus?! Meine Frau. Wollen Sie behaupten, daß meine Frau mich bestiehlt?! Oder meine Tochter? Erdreisten Sie sich zu sagen oder auch nur anzudeuten, Monika habe mir die Brieftasche ausgeraubt? Wer bleibt also noch übrig? Erna Sendenholt! Aus Hanau am Main! Vater ein braver Beamter, Mutter fleißig und redlich – aber die Tochter.«

»Ich war es nicht!« rief Erna und rang die Hände. »Wie soll ich das beweisen? Sie können alles bei mir durchsuchen. Weshalb sollte ich Sie bestehlen?«

»Warum werden Banken überfallen? Sicherlich nicht deshalb, um die Polizei zu blamieren. Das ist nur ein Nebeneffekt! Durchsuchen soll ich? Blödsinn! In diesem Haus gibt es genug Verstecke, die niemand findet! Oder glauben Sie, ich beklaue mich selbst?«

»Ich war es nicht!« Erna blickte Maria und Monika flehend an. »Ich schwöre es!«

»Schwören! Worauf will ein Dieb schwören!«

»Eduard!« sagte Maria tadelnd.

»Fünfhundert Mark am Stück!« schrie Barrenberg. »Ich verdiene mein Geld sauer genug!«

»Ich glaube nicht, daß Erna sie genommen hat«, sagte Monika mit großer Ruhe.

»Du glaubst es nicht?! Dann hat also eine chemische Reaktion stattgefunden, und der Geldschein hat sich zu Gas verflüchtigt.«

»Du kannst ihn verloren haben, Eduard…«

»In der Diele? Am Garderobenhaken? Ich rufe gleich den Papst an und melde das neue Wunder! Als ich gestern ins Bett ging, war der Schein noch da!«

Es half kein Nachdenken, es half auch keine Intervention von Maria und Monika. Barrenberg blieb dabei, daß nur Erna Sendenholt der Täter sein konnte. Alle anderen Überlegringen empfand er als absurd. Endlich hörte er auf zu brüllen, sagte, es habe ja doch keinen Sinn, auf einen letzten Rest von Anstand, nämlich ein klares Schuldbekenntnis zu hoffen und entließ Erna fristlos.

»Damit Sie mir nicht auch noch die Gewerkschaft auf den Hals hetzen – Typen wie Sie arbeiten ja mit diesen Brüdern zusammen, die nichts als stänkern können –, bekommen Sie für zwei Monate Ihren Lohn. Als freiwillige Leistung von mir! Ich könnte das auch gerichtlich klären lassen, aber dazu ist mir meine Zeit zu kostbar! Sie packen sofort Ihre Koffer und dann raus! Meine Frau wird Sie auszahlen. Kein Wort mehr! Zwingen Sie mich nicht, die Polizei zu rufen! Nur mit Rücksicht auf Ihre armen Eltern bin ich so human! Raus jetzt!«

Erna Sendenholt rannte weinend aus dem Speisezimmer. Maria folgte ihr sofort, während Monika sitzen blieb und ihren Vater musterte als sei er ein fremdes Tier. Sie empfand keinerlei Reue Erna gegenüber, allenfalls Mitleid. Und Wut – aber nicht auf sich.

»Du meinst also wirklich, daß du human gewesen bist?« fragte sie.

»Wie bitte?« Barrenberg, der wieder in seiner Brieftasche blätterte, als habe sich der Geldschein doch nur versteckt, fuhr herum. »Human?!«

»Das hast *du* gesagt! Wenn ihr das Humanität nennt, seid ihr eine total verbiesterte Generation.«

»Es geht um fünfhundert Mark! Sie sind verschwunden! Hier im Haus!«

»Und Erna *muß* sie haben, nicht wahr?« »Etwa deine Mutter?« »Bestimmt nicht!« »Dann du!« »Du kannst mich ja filzen...«

»Filzen! Was für ein Ausdruck! In der Gefangenschaft haben wir das so genannt.«

»Eben! Das verstehst du wenigstens! Was kannst du Erna beweisen? Nichts! Du denkst nur, daß sie ein Dienstmädchen ist, und daß Dienstmädchen selbstverständlich klauen. Das sind sie ihrem Stande schuldig.«

»Fünfhundert Mark sind weg!« sagte Barrenberg dumpf. »Jetzt quatsch keinen sozialistischen Brei! Wenn Mama und du sie nicht genommen haben, wer bleibt dann noch übrig? Das ist Logik! Und nur mit Logik kann man leben, merke dir das!« Barrenberg steckte die Brieftasche in seinen seidenen Morgenmantel. »Schluß! Für mich ist die Sache erledigt. Spätzchen, guck mal im Briefkasten nach, ob die Sonntagszeitung schon da ist.«

An diesem Nachmittag kaufte sich Monika für die »Fünfhundert am Stück«, wie es Barrenberg nannte, gutes H 4, das mit einiger Streckung drei Tage reichen konnte. Die halbe Woche war gerettet. Das Glücksgefühl war unbeschreiblich stark. Doch was folgte dann? Wer finanziert die kommenden Tage, Wochen und Monate? Es lagen nicht überall Geldscheine herum.

Der Sonntag war gründlich verdorben.

Barrenberg knurrte den ganzen Tag herum, ob vor dem Fernseher oder hinter Zeitschriften. Auf Anreden antwortete er wortkarg oder gar nicht. Ernas tränenreicher Fortgang – Maria fuhr sie sogar zum Bahnhof, damit sie den nächsten Zug nach Hanau bekommen konnte – war Barrenberg ein willkommener Anlaß, seinen Unmut darüber, daß er Bettina seit zwei Tagen nicht gesehen und gesprochen hatte, an seiner Familie auszulassen. Auch der heutige Tag, der dritte, würde ohne sie vorübergehen.

Maria und Monika zogen die Konsequenzen aus seiner schlechten Laune; sie ließen Eduard allein in der Villa. Maria besuchte ihre tanzende Freundin Ljuba Antonowna Rolle, die auch allein war, weil ihr Mann eine Delegation argentinischer Fleisch-Exporteure durch seinen Betrieb führte und, den Sonntag ausnutzend, hinterher gewaltig saufen würde. Monika ratterte auf ihrem neuen Mofa in die Stadt und kaufte bei Jussuf, der mit seinem Wohnwagen in der Nähe der Messe parkte, ihr H 4. Gleich danach gab sie sich auf einer öffentlichen Toilette einen guten Druck und fuhr sofort wieder nach Hause. Die Angst, die Polizei könne sie durch Zufall doch noch finden, war zu groß.

Am Abend rief Holger Mahlert wieder an. Als das Telefon

schellte, ahnte sie, daß er es war. Sie wartete darauf, daß er die Geduld verlor, aber er ließ es durchklingeln, und als das Amt automatisch auf besetzt schaltete, wählte er neu. Da hob sie ab und fragte grob: »Was ist los?!«

Im selben Augenblick tat es ihr leid. Sie schnalzte mit der Zunge und sagte dann: »Hast du das gehört?«

»Ja. Es klang, als wenn eine Tür zuschnappt«, antwortete Holger Mahlert.

»Du Dussel, das war ein Kuß!«

»Danke.«

»Fernmündlich bin ich immer großzügig«, sagte sie etwas flapsig. Ihr war ungeheuer euphorisch zumute; sie kannte diese Kurve nun genau: von der ersten Reaktion nach dem Druck bis zur Lebensleichtigkeit, die dann im späten Stadium überging in jenes Glücksgefühl, aus dem man nie wieder herausgerissen werden möchte. Dann folgte unerbittlich der Abfall, der Sturz in die Leere, auf den der Körper mit neuen Forderungen reagierte, mit Schweißausbrüchen, Zittern und inneren Krämpfen, die nur ein neuer Schuß beruhigen konnte.

»Warum kommst du nicht?« fragte Mahlert. »Mir geht es wesentlich besser. Ich bin schmerzfrei, habe kein Fieber mehr, laufe herum. Nächste Woche – sagt Peter – wäre ich wieder voll zu gebrauchen.« Das war gelogen. Roßkauf hatte von mindestens zwei Wochen gesprochen. Die Wundinfektion hatte er beherrschen können, die Wunde butterte nicht mehr – Mediziner haben für solche Vorgänge immer plastische Worte – aber jetzt, in der Heilphase, zeigte sich, daß Mahlert eben doch sehr geschwächt war. »Monika, wann sehen wir uns?«

»Ich weiß nicht. Die Schule, Holger... Und immer die Angst im Nacken: Das schaffst du nie! – Ich bin abends so müde, daß ich regelrecht ins Bett falle.«

»Eine Stunde nur, Monika! Nach der Schule. Wenn ich dich abhole, nur nach Hause bringe... Nur dieser kurze Weg, das genügt schon! Ich muß dich sehen!«

»Hol mich am Dienstag ab, ja?« Sie lachte, obwohl es nichts gab, worüber sie lachen konnte; ihr Freudenausbruch war völlig unmotiviert, auch als sie sagte:

»Um 13 Uhr habe ich frei! Schlaf gut, Holger.«

Sie legte auf, ohne seine Antwort abzuwarten. Peter Roßkauf sah seinen Freund fragend an. Mahlert hob die Schultern und wirkte ziemlich hilflos.

»Sie ist von einer umwerfenden Fröhlichkeit. Sie lacht grundlos. Als wenn sie getrunken hätte.«

»Oder gespritzt.«

»Das schaltet völlig aus!« Mahlert legte sich auf das Bett zurück und sah das Telefon an, als erwarte er, daß Monika zurückrief. »Aber wenn es dich beruhigt: Ich werde sie mir am Dienstag genau ansehen.«

Am Montag geschah dann etwas, was eigentlich mit Petrescus Sicherheitsvorkehrungen nicht mehr vereinbar war. Auch wenn man bedenkt, daß, wer unerkannt bleiben will, am besten in einer Großstadt lebt.

Wie immer, fuhr Petrescu in sein Büro, nachdem er sich liebevoll von Bettina verabschiedet hatte. Es war für ihn ein schöner Sonntag gewesen. Sie hatten in Bad Homburg gegessen, abends hatte Bettina am Roulette 4300 Mark gewonnen, und beim nächtlichen Champagnerabschluß hatte Petrescu wortlos eine kleine, mit schwarzem Samt bezogene Schachtel über den Tisch geschoben und sich wohlig zurückgelehnt.

Zögernd hatte Bettina den Deckel hochgeklappt und ihn dann sofort wieder geschlossen. »Du bist verrückt, George!« sagte sie nach einigen heftigen Atemstößen. »Total verrückt!«

»Ein Brillant River lupenrein von 2,5 Karat.«

»Der kostet doch ein Vermögen!«

»Du bist es mir wert.« Petrescu lächelte selbstgefällig. »Steck ihn an deinen Finger, meine Rose, und betrachte dich offiziell als verlobt.«

»Laß die Witze, bitte!«

»Ich stehe zu meinem Wort: Ich möchte dich heiraten!« Petrescu wartete, bis der Kellner die Sektgläser nachgefüllt hatte. »Ich weiß, was du sagen willst: Ich habe dich geschlagen, ich habe dich mißhandelt, ich habe dich erpreßt, ich habe mich dir gegenüber benommen, als seist du eine Hure. Das mag alles stimmen.«

»Es *ist* wahr!« sagte Bettina gepreßt.

»Zugegeben! Als ich dich kennenlernte, habe ich mir gedacht: Das wird ein schönes Spielzeug für dich werden! Und das warst du auch, bis ich begann, mich an dich zu gewöhnen. Etwas, was ich nie für möglich gehalten hätte, was mir noch nie mit einer Frau passiert ist. Und ich fragte mich: Liebst du sie?! Solche Fragen habe ich mir früher nie gestellt. Die Frauen lagen in meinem Bett, und damit erfüllten sie ihren Zweck. Aber bei dir spürte ich plötzlich, daß es so etwas wie ein Zuhause gibt. Ich begann, mich auf dich zu freuen. Nicht als Körper, sondern als einen Teil meines Lebens. Dann tauchte Barrenberg auf. Zuerst heimlich, unbemerkt von mir. Schlich sich in mein Leben ein und nahm mir meine Rose weg! Wer kann nicht verstehen, daß ich wahnsinnig vor Eifersucht und Enttäuschung war?! Ich platzte vor Rachelust!« Er wischte sich über die Augen, zog das Kästchen an sich und klappte es auf. »Nimm den Ring, meine Rose! Es ist wie die Überreichung einer Kriegsbeute: Du hast mich besiegt.«

»Ich weiß gar nichts von dir.« Bettina starrte auf den Ring. Ein unerklärlicher Drang verwehrte es ihr, den Ring von seinem Samtpolster zu nehmen und anzustecken. »Wer bist du? Was tust du? Wo wohnst du? Heißt du überhaupt George Petrescu? Auf alles hast du nie eine Antwort gegeben, und ich habe dich oft genug gefragt. Ich tue es jetzt wieder: Wer bist du?«

‚»Liebst du mich?«

»Ich weiß es wirklich nicht ... «

»Liebst du Barrenberg?«

»Das weiß ich noch weniger.« Sie lehnte sich weit zurück und blickte an die mit vergoldetem Stuck verzierte Decke des Restaurants. »Ich weiß nur ganz sicher, daß ich einen dicken Strich unter alles ziehen sollte. Unter das Gesamtkapitel Petrescu-Barrenberg. Ein neuer Anfang ... Die Ausstellung bei Bieringer wäre die Basis dafür. Am liebsten möchte ich von dir und von Barrenberg nichts, gar nichts mehr hören. Ich möchte euch beide anflehen: Laßt mich in Ruhe! Vergeßt mich! Streicht meinen Namen aus eurem Leben! Ich will euch auch vergessen, gründlich sogar, und in Zukunft besser und vor allem ruhiger leben. Warum ist das nicht möglich? Warum hängt ihr wie Kletten an mir? Der eine versucht es mit einem Landhaus, der andere mit Riesenbrillanten und einem Eheversprechen. George – ich kann nicht mehr! Verstehst du mich? Wir gehen alle zugrunde, weil wir keinen Schlußstrich ziehen können.«

»Ich ziehe ihn«, sagte Petrescu ruhig. »Den dicksten Strich unter alle Probleme: Ich heirate dich! Dann gibt es auch keinen Barrenberg mehr.« Er hob die Augenbrauen ein wenig. »Oder hast du Mitleid mit ihm?

»Ich muß ehrlich sein –«, sagte sie leise und legte beide Hände vor ihre Brüste, als schäme sie sich, daß sein Blick sie traf. »Ich habe Angst vor dir. Einfach Angst! Du bist mir unheimlich...«

»Wir werden das überwinden, meine Rose.« Petrescu beugte sich vor, zog Bettinas linke Hand zu sich und streifte ihr schnell den Ring über. Sie begann zu zittern, riß aber die Hand nicht zurück. »Morgen nehme ich dich mit.«

»Wohin?«

»Zu George Petrescu! Als meine Frau hast du das Recht, das Haus kennenzulernen, in dem du wohnen wirst. Dann werde ich dich wieder fragen: Willst du mich heiraten? Hast du noch immer Angst vor mir?«

»Und wenn ich sie noch habe?«

»Ich werde mein Leben dafür einsetzen, daß du glücklich wirst...«

Das war am Abend gewesen. Am folgenden Morgen, es war ein sonniger Montag, hielt sich Petrescu nur kurz im Büro auf, telefonierte mit den kurdischen Abgesandten und bereitete sich auf die Ankunft der Lieferanten vor, die halbe Dollarscheine als Ausweis vorzeigen würden. Dann setzte er sich in den Wagen und fuhr ohne Umwege zu seinem Haus.

Das war der unverzeihliche Fehler, der einem Petrescu nicht hätte unterlaufen dürfen. Auf dem Roßmarkt erkannte ihn Maria Barrenberg sofort, als er an ihrem Wagen vorbeifuhr. Er sah konzentriert auf die Straße, hatte die Seitenscheibe offen, der Fahrtwind zerrte in seinen schwarzen lockigen Haaren. Es war ohne Zweifel Makaroff, wenn auch der Wagen ein anderer war, nicht der weiße, sondern ein metallicgrüner.

Ohne zu zögern, fuhr Maria aus der Parklücke heraus und folgte

Makaroff. Sie blieb hinter ihm, als er in den großen Kreisel am Osthafen einfuhr und dann die Hanauer Landstraße entlangraste. Sie hielt sich in Sichtweite von Makaroff, als er nach Enkheim abbog und in Richtung Naturschutzgebiet weiterfuhr. Hier, in einer einsamen Waldgegend, in der Nähe des Hünengrabes, lagen verstreut einige Landhausvillen, von Parks umgeben, mit Mauern gesichert, durch meterhohe Hecken vor allen Blicken geschützt. Traumhäuser, von denen selbst Barrenberg sagte, dort müsse sogar aus der Lokusleitung goldgefärbtes Wasser rauschen.

Vor einem dieser Häuser hielt Makaroff. Das schwere Tor öffnete sich elektronisch auf Funksignal, er fuhr in den Park hinein, und das Tor schloß sich hinter ihm wie der Eingang zum Paradies, in dem nur er das Wohnrecht besaß.

Maria Barrenberg fuhr langsam an dem Besitztum vorbei, wendete in einiger Entfernung, kam zurück und las im Vorbeifahren die Nummer.

Nummer 4. Eine Straßenbezeichnung gab es hier nicht. Nummer 4 am Hünengrab...

Neunzig Tage, neunzig Tage und Nächte auf Jagd nach einer vollen Spritze, sind neunzig Höllen, neunzig Paradiese und neunzigmal ein Schritt ins eigene Leben. Neunzig Tage sind im Leben eines Fixers, wenn er nicht weiß, wie er den nächsten fälligen Druck finanzieren soll, wenn er nicht weiß, wie er ohne die Nadel noch bestehen kann, nichts als ein Zittern um die nackte Existenz, eine lähmende Angst vor dem Augenblick, an dem man eine Spritze braucht und nur einen leeren Glaskolben vor sich sieht. Da können neunzig Tage alle ethischen Werte, alle sittlichen Verpflichtungen sprengen und die Welt so gründlich verändern, daß eine Rückkehr in das normale Leben nur einem Wunder gleichzusetzen wäre.

Monika Barrenberg erlebte mit allen Sinnen im Vollbesitz ihrer geistigen Kräfte und mit gesteigerter Selbstbeobachtung, wie es sie jeden Tag tiefer in den Abgrund zog. Es war kein Sturz, es war eher, als rolle sie eine endlose Treppe hinunter, von Stufe zu Stufe, jeden Tag ein, zwei Stufen.

In ihr Tagebuch trug sie ein:

Ich habe versagt. Das gebe ich jetzt zu. Ich habe immer behauptet, ich sei stark genug, dem H zu widerstehen, es zu dosieren, mich nicht ihm, sondern es mir unterzuordnen. Welch eine Dummheit, welch eine idiotische Illusion! Das Gift packt einen wo und wann es will, je mehr man glaubt, man könne es kontrollieren. Heute ist es so, daß ich nur noch daran denke: Wie bekomme ich für den nächsten Tag meine Dope? Womit bezahle ich es? Und wenn ich dann auf Turkey bin, wenn der Körper aufschreit, bin ich bald so weit wie Freddy, bin ich bereit, das Unmöglichste anzustellen, um eine Nadel voll zu bekommen.

Ich bin ein paarmal mit Bibi losgezogen. Sie ist ein Jahr jünger als ich, aber wenn sie auf den Strich geht, wenn sie die Männer, die sie Böcke nennt, abschleppt und im Auto, in irgendeiner Grünanlage oder im Gravenbrucher Wäldchen für einen ganzen Blauen oder einen kleinen Braunen »verarbeitet«, dann ist sie ein eiskalter Profi, als wäre sie schon ein halbes Leben lang »im Geschäft«. Bibi hat immer Geld für ihre Drucke, sie ist jetzt sogar in den Handel eingetreten und legt einen Dealer hin, daß die auf der Szene nur so mit den Augen klimpern. Sie hat sich mit Jussuf zusammengetan, der seit einigen Tagen an eine phantastische Ware herankommt. 95 Prozent rein und zu einem Preis, der alle anderen in die Knie tritt. Bei den Fixern ist so etwas wie Weihnachten und Ostern an einem Tag ausgebrochen; statt ihrer schrecklichen Brühe drücken sie jetzt pures H und fallen um wie die vergasten Fliegen. Bisher hat es schon drei Goldene gegeben, wegen Überdosierung, aber unfreiwillig. Die drei haben einfach das frühere Quantum gezogen und sind mit Gloria in die Wolken. Seitdem wimmelt es von Polizeispitzeln auf der Szene. Keiner traut mehr dem anderen. Neue Gesichter sind von vornherein verdächtig und können nur bestehen, wenn sie vor allen einen vollen Schuß losballern. Das macht kein Bulle, die stehen nur herum und glotzen und warten auf eine Gelegenheit. In allen Zeitungen und Illustrierten schreibt man jetzt über die Fixer. Wie gut, daß es uns gibt; so können sich wenigstens ein paar Journalisten und Schriftsteller ein gutes Zeilenhonorar verdienen und ihre Entrüstung ausschwitzen. Ein unerschöpfliches Thema. Und immer zeigen sie Fotos von Bahnhofstoiletten, wo so ein Typ herumliegt und stramm tot ist. »Er wurde nur neunzehn, und seine Mutter weint Tag und Nacht!« - Wenn ich das lese! Diese Omatränentour! Wie es wirklich ist, weiß keiner von diesen Tintenpissern, von denen hat noch keiner einen Turkey erlebt.

Jussuf ist also groß da, vor allem, nachdem Unbekannte diesen feinen Kemal Özdogan umgelegt haben. Auch das ist nie herausgekommen, trotz Sonderkommission. Jussuf ist auch der einzige Kanake, mit dem Bibi ins Bett geht, um billig an die Ware zu kommen. »Bei jedem Geschäft muß man Kapital einsetzen!« sagt Bibi kalt. »Noch hab' ich was, an dem Jussuf wie an Honig kleben bleibt...«

Ich habe Bibi bisher immer als eine kleine miese Nutte angesehen, aber ich habe meine Meinung revidiert. Bibis Vater ist ein bekannter Sänger - als ich den Namen hörte, bin ich fast umgefallen. Ihre Mutter kommt vom Schauspiel und hat sogar mal das Gretchen im »Faust« gespielt. Der Vater hat erst neulich Boris Godunow gesungen und den König Philipp in »Don Carlos«. Und Tochter Bibi geht auf den Strich! Sie erfährt nur aus der Zeitung, was mit ihren Eltern los ist. Sie ist von zu Hause ausgerückt und hat sagen lassen: Ich bringe mich um, wenn ihr mich suchen laßt! Um keinen Skandal heraufzubeschwören, haben Sängervater und Schauspielmutter ihre Tochter Bibi fallen lassen wie eine faulige Apfelsine.

Viermal hat mich Bibi gebeten, mit ihr auf ein Hotelzimmer zu gehen, um einen Freier für Fünfhundert zu verwöhnen. Sie tut das nie allein. Sie hat Angst vor den Dirnenkillern. Aber wenn ich dabei bin, hat sie keine Angst. Dann sitze ich in der Ecke auf einem Stuhl und sehe zu, was sich da vor mir tut. Großväterchens Sexakrobatik! Wenn es nicht so zum Kotzen wäre, müßte man lachen! Meistens bleiben wir hinterher noch auf dem Zimmer, während Opa kurzatmig wieder abzieht, und geben uns gegenseitig einen Druck. Erst dann können wir darüber lachen, aber im Hals bleibt es bitter.

Ich frage mich jetzt immer: Wann bist du soweit? Wann mußt du mit Jussuf schlafen? Wann kannst du einen Druck nur noch bezahlen, wenn du an der Ecke stehst?! Ich zittere vor dem Gedanken. Aber die Stunde kommt. Kommt bestimmt. Was ich verkaufen konnte, habe ich abgesetzt. Die Sache mit Papas Brieftasche geht nur einmal. Auch Mama kann ich nicht immer beklauen, obwohl sie ihr Geld herumliegen läßt. Aber einmal fällt auch das auf, und es sind ja immer nur kleine Beträge. Bis heute habe ich mir von Bibi schon 400 Mark geliehen, aber die arbeite ich ab. Ich werde sagen: »Bibi, überall kostet Sicherheit ihr Geld! Wenn ich dir im Hotel zusehen muß, weil du sonst Angst hast, kostet das fünfzig Mark!« Ich werde da ganz clever und hart sein. Und Bibi wird mitmachen müssen. Aber was sind fünfzig Mark, wenn ich am Tag hundert brauche? Noch sind es hundert... Stellen wir jetzt ganz schnell das Denken ab...

Diese Eintragung erfolgte einen Tag, bevor Monika endgültig wußte, daß sie das Abitur nicht machen wuürde. Der ganze Winter und der kommende Frühling lagen noch vor ihr, und es wurde immer schwieriger, sich zu konzentrieren und das Gelernte zu behalten. »Die Luft ist weg!« sagte sie zu einer Mitschülerin. »Ich will nicht mehr. Mir ist alles zu blöd.«

Holger Mahlert erwies sich da als eine wenig brauchbare Stütze. Wie es sein Freund Roßkauf richtig sah: Seine Liebe zu Monika »verschob ihm alle Linsen«. Sein raffinierter Test fiel kläglich und buchstäblich ins Wasser. Holger hatte Monika an einem sonnigen Tag zum Schwimmen eingeladen, obwohl Roßkauf gewarnt hatte. Die Wunde war zwar zugeheilt, aber das Wasser der Strandbäder schien Roßkauf nicht vertrauenswürdig genug zu sein, um Holger jetzt schon darin schwimmen zu lassen. Er tat es trotzdem. Das Pflaster erklärte er mit einem Druckgeschwür, das sich bei der Prellung gebildet habe. Als er dann Monika im Bikini sah, vergaß er alles, was er sich vorgenommen hatte. Er küßte sie, und sie lag willig in seinen Armen, auch als er ihr das Bikini-Oberteil abstreifte und damit jegliche Kritikfähigkeit verlor. Als seine Hände tiefer tasteten, hielt sie sie fest, drückte ihn lachend von sich weg, sprang auf und rannte, halbnackt wie sie war, in den See. Wie ein weißglitzernder Fisch schwamm sie im sonnenüberflimmerten Wasser.

»Wundervoll!« rief sie und winkte. »Komm her, Holger! Kühl dich ab!«

Er sprang ihr nach, kraulte mit mächtigen Schlägen zu ihr und küßte sie, mitten im See. Sie wurde eine lachende, kreischende Nixe, die immer wieder seinen Händen entglitt.

»Na, was ist?» fragte Peter Roßkauf am Abend. Mahlert saß an einem kleinen Tisch und trank einen Cuba libre. Seine Augen glänzten, als spiegele sich das glitzernde Seewasser noch immer in seinen Pupillen.

»Ich liebe sie ... «

»Das ist nun allgemein bekannt! Hast du ihre Armvenen gesehen?«

»Sie hat Brüste wie ein Botticelli-Mädchen!«

»Zugegeben!« Roßkauf wurde ungeduldig. »Kein Fixer setzt sich einen Druck unter die Brustwarze! Du scheinst den falschen Körperteil abgetastet zu haben.«

»Stell bitte deine Medizinerferkeleien ein!« sagte Mahlert ernst. »Monika ist ein Zauberwesen. Mein Gott, wie liebe ich sie!«

»Und so etwas ist Chemiker mit einem analytischen Verstand! Du hast also gar nichts herausgebracht?!«

»Monika ist kein H-Typ! Absurd so etwas! Ihr ganzes Wesen, ihr Benehmen, ihr Charakter ... Wir brauchen darüber gar nicht mehr zu sprechen! Ich weiß doch aus unserer Aktion, wie die Typen aussehen!«

»Sie war in einer berüchtigten Disko, Number Sex. Da hast du sie kennengelernt. Was macht eine Heilige - und das muß diese Monika nach deinem Bericht ja sein - in dieser Disko? Und sie hatte einen Freund, der seine Unterhaltungen mit einem Messerchen führte. Zum dritten: Ich habe Monika auch kennengelernt. Nicht mit verschobenen Linsen wie du. Wie paßt das alles zusammen? Fixer-Disko, Messerheld, Madonna?!«

»Ist jeder, der mit dem Hintern in einer Disko wackelt, sofort ein Fixer?« sagte Mahlert grob.

»Es gibt Orte, wo man weiß, in welcher Gesellschaft man sich befindet. Wenn ich in Frankfurt in einen Privatclub gehe, weiß ich im voraus, daß ich die Hosen an der Garderobe abzugeben habe. Wenn ich ins Number Sex gehe, weiß ich, daß ich ... «

»Halt den Mund und gib mir noch einen Drink«, sagte Mahlert gequält. »Verabschiede dich geistig von Monika. Sie gehört mir und ist mein Problem! Und ich allein weiß, daß sie kein Problem ist!«

Von Makaroff hörte und sah Monika vier Wochen lang nichts. Sie brauchte ihn auch nicht. Die merkwürdige Bindung zu Bibi mit ihrem Hotelzimmer-Angstkomplex hielt Monika über Wasser. Sie hatte nun Dope genug, um viermal am Tag zu spritzen: Morgens um 7 und kurz vor 12 in der Schule, auf der Toilette, nachmittags zwischen 16 und 17 und spät abends gegen 23 Uhr. Das war immer der dickste Druck; er mußte bis zum nächsten Morgen halten. Jussuf war mit einem Angebot gekommen, auf das Monika schon gewartet hatte. Er erklärte ihr, daß er lendenstark genug sei, zwei Freundinnen zu verkraften. Ein Gramm H 4, lupenrein, für einmal Zärtlichkeit. Das war ein vortreffliches Angebot. Man konnte ein halbes Gramm abzweigen und verkaufen.

Eduard Barrenberg geriet in Panik. Er saß auf seinem Landhaus fest. Bettina Ahrendsen hatte ihm erklärt, daß sie das Geschenk nicht annehmen und keinesfalls in das Haus ziehen werde. Sie weigerte sich sogar, es zu besichtigen.

»Du hast Angst!« sagte Barrenberg und rannte herum wie ein gereizter Bär. »Pure Angst vor diesem Kerl! Wenn ich nur endlich wüßte, wer es ist! Wieso hat er solch einen Einfluß auf dich?!«

»Das sind doch abgegriffene Fragen!« Bettina schüttelte den Kopf. »Ich glaube, wir entfernen uns wieder voneinander. Es war eine wunderschöne Zeit mit dir - aber hat sie sich nicht schon etwas überlebt? Natürlich liebe ich dich noch; man kann einen Mann, der so tief im Herzen lebte, nicht wegdenken. Aber die Liebe kann sich verändern, sie kann zu einem herrlichen Schmuckstück werden - zu einer Erinnerung, die aus dem Leben nicht mehr fortzudenken ist ...«

»Blödsinn! »Barrenberg blieb stehen. Sein bulliger Körper bebte. »Noch lebe ich! Noch bin ich keine Erinnerung geworden! Noch kann ich angefaßt werden und kann selbst zupacken! – Was würdest du sagen, wenn ich mich von Maria trennte?«

»Das ist unmöglich.«

»Ich mache mich langsam mit diesem Gedanken vertraut. Dir

zuliebe würde ich es tun.«

»Und deine Tochter?«

»Das ist der einzige Haken. Wir müssen warten, bis sie ihr Abitur gemacht hat. Wenn sie erst einmal studiert, ist der Weg für uns frei. Dann habe ich meine Pflicht als Vater voll erfüllt. Mit Maria werde ich mich arrangieren. Sie wird für alle Zeiten sorglos ihren Chopin und Liszt spielen können.«

»Das war immer eine Qual für dich, nicht wahr?«

»Ich hätte es nie geglaubt. Aber wenn ich müde von der Arbeit nach Hause komme – was empfängt mich? Eine Klavierserenade! Oder ein Nocturne. Oder eine Etude in c-moll! Dann zittern mir schon an der Haustür alle Nerven.«

»Und wie wird es sein mit uns? Wenn du müde von der Arbeit nach Hause kommst, riechst du schon an der Haustür die Ölfarbe. Überall stehen Bilder herum, Zeichnungen, Collagen. An den Wänden hängen Plakatentwürfe. Das Tonband spielt lauten Jazz; ich kann am besten bei solcher Musik arbeiten. Ich habe einen farbverschmierten Kittel an, stinke nach Terpentin und sage zu dir: ›Liebling, hol dir was zu essen aus dem Kühlschrank. Ich muß unbedingt noch einen Entwurf fertig machen!‹ – Hört sich das besser an als Chopin oder Liszt?«

»Ich werde dir jeden Farbfleck aus dem Gesicht küssen!«

»Vielleicht einen Monat lang. Im zweiten Monat wirst du herumknurren, im dritten meckern, im vierten auf den Tisch schlagen.«

»Durchaus nicht! Weil es nämlich nicht mehr nötig wäre! Meine Frau braucht nicht zu arbeiten! Es gäbe keinen Auftraggeber mehr, der sagt: Das Plakat muß bis zum soundsovielten fertig sein!«

»Du bist eine tragische Figur.« Bettina ergriff Barrenbergs Hand und streichelte sie. »Du, der amusischste Mensch, der lieber einen Haufen Ziegelsteine betrachtet, als daß er eine Sinfonie von Beethoven hört, gerätst immer an künstlerische Frauen! Ein ungerechtes Schicksal! Die eine ist Pianistin, die andere malt. Voice, ich würde nie meinen Beruf aufgeben, auch an deiner Seite nicht. Meine Arbeit, Malen, Entwerfen, Gestalten – das ist keine Qual für mich. Es ist mein Leben. Begreifst du das?«

»Nein!« sagte Barrenberg ehrlich.

»Könntest du ohne deinen Beruf sein?«

»Aber ja! Sofort! Ein Haus am weißen Strand der Bahamas, faulenzen, lesen, dich lieben, das Leben voll genießen.«

»Das nennst du genießen?«

»Ich weiß, was es heißt, Sklave seines Berufs zu sein!«

»Kein Künstler betrachtet sich als Sklave seines Berufs. Er mag unter ihm stöhnen, aber er braucht diesen Druck. Er gehört zur Schöpfung.« Sie lachte, als sie Barrenbergs ratloses Gesicht sah, und plötzlich tat er ihr unendlich leid, wie er so dastand, mit hängenden Armen, ein Mann, der einer Liebe nachjagt, von der er glaubt, sie sei das letzte große Abenteuer, die Basis eines Neubeginns, der unter anderen Vorzeichen stehen würde als die mühevolle erste Hälfte seines Lebens. »Mein Armer!« sagte sie. »Wenn wir immer zusammenleben würden – es wäre die Hölle!«

»Mein Gott, wie redest du plötzlich!« rief Barrenberg.

»Nicht plötzlich.«

»Solche Ansichten hast du nie geäußert!«

»Du hast auch nie gesagt, daß du dich von Maria trennen willst«.

»Ich weiche Entscheidungen jetzt nicht mehr aus!«

»Deshalb lasse ich auch nichts im Unklaren. Du mußt wissen, für was du dich entscheidest. Später darüber zu klagen, würde dir nicht mehr helfen.«

»Ich liebe dich!« rief Barrenberg. »Was willst du noch mehr hören?«

»Ein vernünftiges Wort.«

Barrenberg starrte Bettina an, als habe sie in einer fremden Sprache gesprochen. Er strich mit beiden Händen über das Gesicht und schüttelte den Kopf.

»Was – was ist denn unvernünftig?« fragte er hilflos. »Betty, ich habe mein Leben auf dich eingestellt. Jetzt stehen wir vor dem entscheidenden Schritt: das gemeinsame Haus! - Und du weichst zurück!«

»Er will mich auch heiraten!« sagte sie langsam.

»Der – der andere?«

»Ja.«

»Auf einmal?!« Barrenberg ließ sich schwer in einen Sessel fallen. »Wann?«

»Sofort. Wenn ich ja sage ... «

»Aber du sagst nicht ja?!« Er blickte sie wie ein waidwund geschossenes Tier an. Das war kein Kraftprotz mehr; ein ratloser, dicklicher Mann saß da und versuchte vergeblich, die Welt zu verstehen. »Die Entscheidung liegt nur bei dir?«

»Ja.«

»Und sie fällt dir schwer?! Du lieber Himmel! Was war das dann zwischen uns?«

»Liebe.« »Darf ich jetzt lachen?!«

»Wenn du alles wüßtest ... «

»Warum weiß ich nicht alles?!«

»Weil ich dich liebe! Ich will, daß du weiterlebst.«

»Das ist doch alles nur Geheimnistuerei!« Barrenberg sprang auf. »Wie soll das mit uns weitergehen? Du nimmst das Haus also nicht? Endgültig?«

»Ich kann es nicht.« »Was soll ich damit tun?!«

»Verkauf es, vermiete es.«

»Ich habe es extra für dich eingerichtet! An den Wänden hängen echte Chagalls und ein Pissarro! In der Diele steht eine Plastik von Moore! So etwas vermietet man doch nicht!« Er vergrub die Fäuste in den Hosentaschen und zog das Kinn an. »Und was wird aus uns? Warum muß ich gegen ein unbekanntes Monster antreten?«

»Weil ich Angst habe ... « sagte sie leise.

»Aha! Also doch! Er bedroht dich?! Natürlich bedroht er dich! Er hat dich ja schon mißhandelt! Dieses Vieh! Und ein Feigling ist er auch! Warum kommt er nicht, wenn ich hier bin? Warum stellt er sich nicht?! Ich habe keine Angst!«

Wie immer in den vergangenen Wochen, kamen sie zu keinem Ergebnis. Alle Aussprachen endeten schließlich völlig inkonsequent im Bett und hinterließen nur wieder die erneute Illusion, daß ihre Liebe unzerstörbar sei.

Petrescu war in diesen Wochen viel unterwegs, in der Schweiz, in Südfrankreich, im Vorderen Orient. Die Lieferungen des kurdischen H trafen ein, die Kuriere mit den halben Dollarscheinen meldeten sich. Unbehelligt kam das Gift über die Grenzen; die Polizei war machtlos. Nur einmal gelang ihr an der deutschschweizerischen Grenze ein Fang, als sie einen türkischen Reisebus untersucht und dabei 19 Kilogramm Heroin herausgeholt hatte, genug, um 150000 Menschen für immer süchtig zu machen.

Das war die einzige kleine Panne. Was Petrescu in seinen Häusern und Wohnungen stapelte und über Großdealer verteilte, war eine ungeheure Menge. Selbst Hauptkommissar Döhrinck wäre bei aller Phantasie nie auf dieses Quantum gekommen. Eine Ahnung von dem, was da eingetroffen sein mochte, bekam er aber schon acht Tage, nachdem die ersten Kuriere ihre Ware abgeliefert hatten. Auf dem Frankfurter Drogenmarkt tauchte, genau wie in Berlin, Hamburg, Köln, München und Stuttgart, plötzlich ein Heroin auf, dessen absolute Reinheit die Chemiker in den Labors der Landeskriminalämter verblüffte. Was Döhrinck schon immer vermutet und vorgetragen hatte, bewahrheitete sich jetzt: Man hatte es mit einer neuen, weit gefährlicheren Gruppe zu tun, die den Markt beherrschte und die Chinesen vom Goldenen Dreieck verdrängte. Ein Verteilersystem war aufgebaut worden, das die Polizei gegen Gummiwände rennen ließ.

Petrescu rechnete nur noch mit Millionenzahlen. Über seine Schweizer Banken finanzierte er jetzt das Waffengeschäft der Kurden. Man war sehr zufrieden mit ihm. Die Liquidierung von Kemal Özdogan wurde als eine große Tat betrachtet, als eine nationale Notwendigkeit.

Ab und zu rief Petrescu bei Bettina an, aus Wien, aus Beirut, aus Ankara, einmal sogar aus Jerusalem.

»Meine Rose«, sagte er zärtlich. »Wir werden im Mai des nächsten Jahres heiraten. Es muß der Mai sein, denn erst dann ist mein Hochzeitsgeschenk für dich fertig. Ich habe dir eine schöne große Motor-Yacht gekauft, mit zehn Mann Besatzung. Sie kann mit der Yacht von Onassis konkurrieren!«

»Du bist verrückt!« sagte sie. »Total verrückt.«

»Ich habe dir einen Sternenhimmel versprochen«, Petrescus Stimme verströmte Zärtlichkeit, »ich hole ihn dir herunter!«

Eduard Barrenberg saß in diesen Tagen allein in dem neuen Landhaus, blickte mißmutig auf die luxuriöse Einrichtung und die echten Surrealisten und Impressionisten an den Wänden, stampfte über die Seidenteppiche und fragte sich immer wieder, wie eine Frau ein solches Geschenk ablehnen konnte – und doch gleichzeitig behauptete und es auch mit ihrem Körper bewies, daß sie ihn liebte. Mit dieser weiblichen Seelenverworrenheit kam er nicht mit. Er wußte nur eines sicher: Mit Maria konnte er nicht länger zusammenleben! Nach Monikas Abitur würde er den Schlußstrich unter eine dreiundzwanzigjährige Lebensgemeinschaft ziehen.

An einem grauen Herbsttag sagte Monika beim Frühstück zu ihrem Vater:

»Ich gehe nicht mehr in die Schule.«

Barrenberg, der sein Brötchen kaute und dabei die erste Zeitung des Tages las - im Laufe des Tages besorgte er sich sechs bis sieben Zeitungen und Zeitschriften - blickte nicht einmal auf. Er las einen Artikel über die Abschreibungsbranche und ärgerte sich über das Finanzministerium, das sich einen neuen Trick ausgedacht hatte, um hohe Abschreibungen zu verhindern.

»Wenn du krank bist, leg dich ins Bett«, sagte er.

Maria Barrenberg war um diese frühe Stunde noch nicht am Kaffeetisch. Sie lag oben im Schlafzimmer sah wie ein weißbemalter Clown aus und rührte sich nicht. Die morgendliche Hautstraffungsmaske durfte nicht reißen.

»Ich bin nicht krank«, sagte Monika lauter.

Barrenberg las weiter. Das negative Kapitalkonto sollte abgeschafft werden. »Ruf nachher Dr. Köschinger an«, brummte er.

»Ich gehe nie mehr in die Schule! Ich mache kein Abitur.«

Barrenberg ließ die Zeitung sinken und sah seine Tochter verwirrt an. »Wie war das eben?« fragte er.

»Ich verzichte aufs Abitur.«

»Ist die Schule abgebrannt?«

»Nein. Aber ich! Ich habe keine Lust mehr.«

»Wohl 'n Luftzug im Hirn, was?«

»Ich schaffe es nicht mehr.«

»Blödsinn! Du arbeitest doch Tag und Nacht wie ein Kuli!«

»Trotzdem! Ich kann es nicht mehr!«

»Das ist kein Argument! Selbstverständlich macht meine Tochter ihr Abitur! Und wenn es mit zwei Anläufen ist – aber sie macht es!«

»Nein!«

Barrenberg trank einen Schluck Kaffee, schenkte sich neu ein und rührte in der Tasse. »Brauchst du einen Nachhilfelehrer?«

»Wozu? Ich will nicht mehr!«

»Was heißt das: Ich will nicht mehr?« Barrenberg beugte sich vor. »Du hast zu wollen! Hat man so etwas schon gehört?! Kurz vor dem Abschluß gefällt es dem Töchterlein, hysterisch zu werden! Wieso wird kein Abitur gemacht? Dummheit ist es nicht, du warst immer eine der Besten in der Klasse! Und Barrenberg-Art ist es auch nicht, vor dem Ziel in Schlenkerschritt zu fallen, statt zum Endspurt anzutreten, mit allen noch in den Knochen steckenden Kräften!«

»Kräfte liegen in den Muskeln, nicht in den Knochen!« Monika sah ihren Vater herausfordernd an. »Ich will einfach nicht. Es hat keinen Sinn mehr.«

»Das habe ich schon zweimal in einer Minute gehört!« Barrenberg zog das Kinn an. Die Familie kannte das; es war die Kampfhaltung des Stieres. »Es hat wohl keinen Sinn, jetzt zu brüllen.«

»Überhaupt nicht. Brüllen ist lächerlich!«

»Wie herrlich. Meine Tochter wirft ihrem Vater Lächerlichkeit vor! Der Tisch, unter den du deine Beine steckst, bekommt von dir einen Tritt!«

»Auch das kenne ich! Das Hervorheben deiner Versorgungspflicht! Ich habe das nicht vergessen: Ich halte hier alle Ärsche am Kacken! - Barrenberg-Zitat!«

»Na und? Tue ich das etwa nicht?« schrie Barrenberg. Er schob die Tasse weg, zerknüllte die Zeitung und warf sie über seine Schulter. »Du weigerst dich also, ab heute in die Schule zu gehen?!«

»Ja.«

»Warum rege ich mich auf?« Barrenberg schlug mit der flachen Hand auf den Tisch. »Ich stecke dich in ein Internat.«

»Irrtum! Ich bin achtzehn. Man kann mich zu nichts mehr

zwingen!«

»Aber ich kann dir als Vater eine scheuern! Auch wenn du sechzig bist und ich das noch erlebe! Du kannst auch sofort eine haben!«

»Wage das nicht!« sagte Monika gepreßt. »Wage das bloß nicht!«

»Meine Tochter droht mir!« Barrenberg sprang auf. Auch Monika erhob sich und stellte sich hinter den Tisch. »Meine Tochter, ein Musterbeispiel für die antiautoritäre Jugend! Alle Menschen ab dreißig sind Trottel! Alle ab sechzig sind lebensunwert!«

Monika winkte ab. »Ich habe mich verpflichtet gefühlt, dir zu sagen, daß ich die Schule verlasse. Ich hätte es dir ja gar nicht zu sagen brauchen. Ich bin volljährig!«

»Eine Rotznase bist du! Und wie großzügig von dir: Du unterrichtest mich gnädig, daß du beschlossen hast, dein Leben zu versauen! Aber das sage ich dir: Solange ich noch ...«

»Stop!« Monikas Stimme klang schrill. »Mich hält hier nichts mehr! Ich kann jederzeit ausziehen.«

»Wohin denn? In die Gosse?«

»Man kann überall leben, auch in der Gosse!«

Barrenberg verschlug es den Atem, die Aufregung verkrampfte sein Herz. Es war zuviel in der letzten Zeit auf ihn eingeschlagen worden. Unter Bettinas Absage litt er noch immer. Und diese Ungewißheit, die Eifersucht, dieser schreckliche Zustand, eine Geliebte zu haben, die er mit einem Unbekannten teilen mußte. »Hast du das alles schon Mama gesagt?«

»Nein!«

»Maria!« brüllte Barrenberg mit nach hinten geworfenem Kopf. »Maria!!«

»Laß Mama in Ruhe!« sagte Monika kalt. »Sie hat ihre Packung aufliegen.«

»Sie soll sofort ... «

»Laß sie in Ruhe! Kommandierst du deine Geliebte auch so?«

Barrenberg zog den Kopf tief in die Schultern. »Sag das noch einmal!« keuchte er. Seine Augen verengten sich. Sie blufft, dachte er. Das verdammte kleine Luder will mich festnageln. Gleich geb' ich ihr eine Ohrfeige, daß sie eine Pirouette dreht!

»Heißt sie nicht Bettina? Groß, schlank, mit Riesensonnenbrille? So ein richtiger Walzertyp…«

Barrenberg war es, als überschütte man ihn mit eisigem Wasser. Aber dieser Zustand dauerte nur Sekunden. Ebenso plötzlich begann das Blut heiß in seinen Schläfen zu hämmern. Er stürmte um den Tisch herum, riß die flüchtende Monika an sich und gab ihr einen Schlag ins Gesicht. Sie taumelte gegen die Wand, etwas Warmes, Feuchtes lief über ihre Wange. Blut, dachte sie. Er hat dich blutig geschlagen. Dieser verdammte Kerl da, dieses fette Monstrum, das dein Vater ist, er hat dich blutig geschlagen. Sie drückte die flache Hand gegen die Wange und blieb an der Wand stehen.

Barrenberg war starr, als er das Blut auf Monikas Gesicht sah. Mein Ring, dachte er. Das war mein Ring. Er hat die Haut platzen lassen! Das wollte ich nicht, Monika! Das war ein Unglück, Spätzchen. Ich habe nicht gewußt, daß die Siegelplatte nach innen gerutscht ist…

»Spätzchen…« sagte er heiser. »Ich – ich…«

»Du Lump!« sagte sie kalt. »Du Schuft! Ich hasse dich! Du hast uns alle auf dem Gewissen, du allein! Gib die Tür frei! Ich will gehen!«

»Du bleibst!«

»Du kannst mich zu nichts mehr zwingen!«

»Ich will dir die Sache mit Bettina erklären.«

»Wozu? Was ist da zu erklären? Du liegst mit ihr im Bett, und Mama glaubt noch immer, den besten Ehemann der Welt zu haben! Ein Schwein bist du! Mein Vater ist ein Schwein! Geh aus dem Weg, du Schwein!«

Sie schlug mit beiden Händen Barrenbergs nach ihr ausgestreckte Arme zur Seite und flüchtete in die große Diele. Barrenberg folgte ihr nicht. Er ließ sich auf einen Stuhl fallen und riß sich das Hemd auf. Luft!

Plötzlich begann er zu schwitzen. Kalter, klebriger Schweiß. Sie tötet mich, dachte er mit erschreckender Klarheit. Meine Tochter, mein Spätzchen tötet mich! Sie hat mein Herz aufgerissen. Sie, für die ich alles getan habe, mein ganzer Stolz, meine Zukunft, mein Lebenssinn – sie bringt mich um. Läßt mich hier am Tisch verrekken. Zwischen angefressenen Brötchen und kaltem Kaffee krepiere ich!

Er schloß die Augen, ihm wurde kalt von den Zehen bis zur Kopfhaut, Frost schüttelte ihn, aber das ging erstaunlich schnell vorbei, er fiel nicht vom Stuhl, er hörte nicht auf zu atmen, das Herz machte weiter, die Lungen blähten sich wieder, er hörte, wie Monika das Haus verließ, wie die Tür hinter ihr zufiel, und er ahnte, daß er sie heute nicht wiedersehen würde, und morgen vielleicht auch nicht. Vielleicht überhaupt nicht mehr, das hatte sie ja angekündigt, irgendwo würde sie leben, wo bekam sie denn das Geld her, natürlich, bei einem Kerl würde sie leben, bei so einem Mistkerl mit Bart und langen zotteligen Haaren, aus der Wäsche stinkend, mit krummen Knochen und Marx im ausgeblasenen Hirn, man mußte sie finden, unbedingt finden, und dann würde man sich dieses Bürschchen zur Brust nehmen, daß dem die Zähne wackelten, die Polizei mußte her, eine Fahndung, aber das ging ja nicht, was sollten die Leute sagen, die feine Gesellschaft, die Bauherrn des Architekten Barrenberg, wie kann man bei dem Häuser bestellen, wenn er noch nicht mal in der Lage ist, sein eigenes Haus in Ordnung zu halten... Mein Gott, mein Gott, was soll man denn tun?!

Erst viel später erhob sich Barrenberg, als er Maria hörte, wie sie oben ins Bad ging, um ihre Raffungsmaske abzuspülen und ein Kräuterbad zur Durchblutungsförderung zu nehmen. Er knöpfte sein Hemd zu, kämmte sich in der Dielentoilette und verließ das Haus.

Ziellos fuhr er herum und empfand es zum erstenmal als Qual, mit keinem über sein Schicksal reden zu können. Er hatte keine Freunde, nur gute Bekannte. Er hatte keinen Vertrauten, nur Vereinsbrüder. Nicht einmal an den Pfarrer könnte er sich wenden, nachdem er dreimal nach einer Spendenbitte die Fotokopie seines Kirchensteuerbescheids ins Pfarrhaus geschickt hatte, mit der Bemerkung, er könne sich mit einem solchen Betrag einen eigenen Bischof halten...

Gegen Mittag fand er sich in einer Altfrankfurter Kneipe wieder, aß Eisbein mit Sauerkraut und trank ein Bier. Aus der Telefonzelle der Kneipe rief er die Kriminalpolizei an und ließ sich so lange hin und her verbinden, bis er an einen Beamten kam, der sich für zuständig erklärte, seine Fragen zu beantworten.

»Bitte nur einen Rat«, sagte Barrenberg gebrochen. »Meine Tochter ist weggelaufen.«

»Wie alt?« »Achtzehn Jahre und zwei Monate.«

»Hm!« machte der Beamte. »Was heißt hm?« fragte Barrenberg.

»Sie ist volljährig. Also hat sie eine Entscheidung getroffen. Von Weglaufen kann nicht die Rede sein.«

»Sie hat aber bis heute bei uns gelebt. Im Elternhaus! Behütet wie eine Prinzessin. Und plötzlich läuft sie weg ...«

»Das hört man jetzt oft. Die jungen Damen wollen keine Prinzessinnen sein, sondern moderne, selbständige Menschen. Ich glaube, Sie haben da einen Erziehungsfehler begangen.«

»Sie will ihr Abitur nicht mehr machen!«

»Keiner kann sie dazu zwingen.«

»Was ist das denn für ein Staat, wo Kinder einfach weglaufen können und haben auch noch recht!?«

»Ihre Tochter ist über 18. Für sie gilt auch das Grundgesetz: Die Würde des Menschen ist unantastbar ...«

»Sie ist doch noch gar kein Mensch! Sie ist eine unreife Göre! Sie ist ein Spätzchen ... Wo will sie denn hin? Sie hat doch kein Geld!«

»Das wissen die jungen Leute meistens ganz genau. Sie haben ihre eigene Welt.«

»Aber keine bessere!«

»Davon sind sie nicht so überzeugt.«

»Können Sie mir helfen?«

»Kaum.« Der Beamte von der Kripo räusperte sich. Das Gespräch wurde auf Tonband mitgeschnitten. »Wollen Sie eine Vermißtenmeldung aufgeben? Befürchten Sie ein Verbrechen?«

»Nein! Aber nein doch! Ein Verbrechen ist es, die heutige Jugend so leben zu lassen, wie sie will! Ich kann doch nicht einfach zulassen, daß meine Tochter wegläuft. Auch wenn sie über 18 ist! Sie bleibt doch meine Tochter!«

»Aber sie kann frei entscheiden. Es tut uns leid, aber hier kann die Polizei gar nichts für Sie tun. Oder verkehrt Ihre Tochter etwa in Fixerkreisen?«

»Sie meinen Heroin?«

»Ja.«

»Nie! Die Vorstellung ist absurd! Monika und Rauschgift?! Das wäre das letzte. Das hätte ich sofort gemerkt! Nein! Kein Gedanke!«

»Dann können wir Ihnen nicht helfen. Das ist dann ein rein familiäres Problem. Wie heißen Sie, bitte?«

Barrenberg legte auf. Er drückte die Stirn gegen die Wand der Telefonzelle und wartete ein paar Atemzüge lang. Dann rief er Bettina an. Sie war zu Hause, was ihn sehr verwunderte. Ihre Stimme klang erregt.

»Ich bin es«, sagte Barrenberg. »Betty, ich bin am Ende! Monika ist weggelaufen. Sie weiß alles von uns. Kann ich zu dir kommen?!«

»Nein! Jetzt nicht! Ich war schon draußen, als das Telefon läutete und bin zurückgelaufen. Ich muß sofort nach Offenbach. Ein Auftrag von einer Ledermäntelfabrik.«

»Und heute abend?«

»Ich rufe dich im Büro an, ja? Tschüß...«

Barrenberg nickte. Tschüß! Das war alles. Offenbach. Ledermäntelfabrik. Tschüß. Kein Wort für seine Qual. Kein Trost für sein zerspringendes Herz. Tschüß.

Er warf den Hörer hin und verstand zum erstenmal die Menschen, die nicht mehr leben wollten.

Bettina ließ ihre Hand auf dem Telefon liegen, nachdem sie die Gabel niedergedrückt hatte. Petrescu lag neben ihr im Bett und streichelte ihre Brüste; auch während sie mit Barrenberg gesprochen hatte, hatte er das Spiel nicht unterbrochen. Seine Fingerspitzen umkreisten die Warzen und machten sie toll.

»Das war Barrenberg, nicht wahr?« fragte er und zog sie näher an sich.

»Ja. Er war verzweifelt.«

»Ach nein?«

»Er ist am Ende.«

»Darüber sollte ich mich eigentlich freuen. Was hat ihn so umgehauen?«

»Seine Tochter ist ihm weggelaufen.«

Petrescu schob die Unterlippe vor und ließ seine Hände über

Bettinas Schoß kreisen. Das ist wirklich eine große Neuigkeit; dachte er. Darum muß man sich jetzt kümmern. Mit der Schnelligkeit eines vereisten Schlittens ist sie in den Abgrund gefahren. Man hat die Pflicht, sie zu suchen.

»Wohin weggelaufen?« fragte er scheinbar teilnahmslos.

»Das hat er nicht gesagt. Es hat ihn tödlich getroffen. Ich habe es gehört.«

»Mitleid?«

»Ja.«

Er zog sie ganz an sich und bedeckte ihren Leib mit Küssen. »Du verschwendest zuviel Gefühl. Unnütze Gefühle«, sagte er in einer Pause. »Ich betrachte es als gerechte Strafe dafür, daß er in mein Leben mit dir eingebrochen ist!«

»Er konnte es nicht allein! Dazu gehörten zwei.«

»Das stimmt!« Petrescu warf sie auf den Rücken und schob sich über sie. »Aber ich habe dich zurückerobert. Ich bin der Sieger! Du gehörst mir! Ich leiste mir den Luxus, dich fünf Minuten im Mitleid schwimmen zu lassen... Dann hole ich dich in meine Welt.«

Sie warf den Kopf zurück, stieß einen spitzen Schrei aus und biß ihm in die Schulter, als er sie in seine Welt holte...

Mit Bibi war an diesen Tagen nicht zu reden.

Jussuf hatte sie verhauen, weil ihm jemand erzählt hatte, daß sie mit einem Kerl, der einen dicken Wagen fuhr, im Hotel gewesen war. Bei dieser Auseinandersetzung bekam Bibi einen großen blauen Fleck an der rechten Halsbeuge. Jussuf war schlimmer dran. Ihm hatte Bibi, als er begann, sie zu würgen, in den Unterleib getreten. Seitdem lag Jussuf mit grünem Gesicht auf seiner Couch, kühlte mit Alkoholumschlägen sein Liebstes und drohte mit einer fürchterlichen Bestrafung, falls Bibis Tritt seine Funktionsfähigkeit beeinträchtigt haben sollte. Zwar beruhigte ihn ein herbeigerufener Arzt nach gründlicher Untersuchung, aber die Schmerzen waren so groß, daß Jussuf mit den Zähnen knirschte. »Geld habe ich nicht!« sagte Bibi, als sie Monika traf. »Wieso kommst du schon jetzt?«

»Ich bin weg von zu Hause.« Sie standen am Seitenausgang des

Hauptbahnhofs wie zwei Mädchen, die noch Zeit bis zur Abfahrt ihres Zuges haben. »Für immer.«

»Du bist bekloppt!« Bibi starrte Monika entgeistert an und tippte an die Stirn. »Wo willste denn hin?«

»Wenn es geht, zu dir.«

»Ich penne in einem Keller. Oder bei Jussuf. Oder bei Karlemann, das ist ein abgebrochener Theologe. Ein irrer Typ! Wenn der auf Trip ist, singt er Kirchenlieder und nennt mich beim Bumsen Maria Magdalena! Da kannste doch nicht immer mit! Du willst doch nur zugucken!«

»Ich brauche in drei Stunden einen Druck, Bibi.«

»Dazu reicht mein Geld nicht. Erst muß ich Jussuf wieder friedlich machen.«

»Du könntest nachher einmal –« »Hotel?« »Dachte ich!«

»Sag mal – bist du mein Zuhälter? Ich soll mich hinlegen, damit du dir einen Druck machen kannst?! Verdien es dir gefälligst selber! Oder trägst du deins nur als unantastbares Schaustück herum? Stell dich auf meinen Platz, in einer Stunde haste vier Halbe zusammen. Mit deiner Figur, mit deinem Aussehen... Moni, da kannste doch einen richtigen Laden aufmachen!« Bibi kicherte blöd, wurde dann aber sehr ernst. »Du bist also weg?«

»Ja. Ich halte es zu Hause nicht mehr aus. Ich bin voll bei euch...«

»Moni, du weißt, was das heißt!« »Ja.« »Du bist nur noch ein Scheißhaufen!«

»Ich kann's nicht mehr ändern, Bibi. Leih mir fünfzig Mark!«

»Es ist nichts da.« Bibi hob beide Arme. »Kannst mich abtasten!«

»Ich glaub' es dir auch so.« Monika gab Bibi die Hand. »Wo bist du heute Abend?«

»Bei Jussuf. Wo sonst? Vielleicht wird es besser, wenn ich ihn kühle. Wenn du willst, kannst du kommen.«

Monika überquerte den Bahnhofsvorplatz und bummelte die Kaiserstraße hinunter. Vor der Glasfront des Schauspielhauses blieb sie stehen, betrachtete die Szenenfotos und wollte weitergehen, als ihr eine Stimme direkt in den Nacken dröhnte.

»Ja, sowas? Ist das nicht das schöne Töchterlein von Eduard

dem Großen?«

Monika fuhr herum. Hinter ihr stand ein mittelgroßer, dicker Mann mit einem grinsenden rötlichen Gesicht und schütteren Haaren. Er trug einen Lodenmantel, darunter offenbar einen grünen Jägeranzug und derbe Stiefel. Aus seinen Kleidern strömte ein Geruch nach Erde und feuchtem Holz.

»Sie erinnern sich nicht, meine Schöne? Hubert Bollwitz aus Braunlage im Harz. Bollwitz wie Witzbold, haha!«

Monika erinnerte sich. Hubert Bollwitz, Fabrikant. Lebte seit zehn Jahren bei Frankfurt, hatte große Wälder gepachtet und lud zweimal im Jahr zur Jagd ein. Barrenberg hatte ihm eine zusätzliche Fabrikhalle und danach eine Villa in Gravenbruch gebaut. Monika erinnerte sich noch genau an die Worte ihres Vaters: »Da habe ich als Kunden ein wahres Arschloch an Land gezogen! Der will ein Landhaus bauen, das Görings Karinhall gleicht! Nur, umständehalber zwei Nummern kleiner! Soll er haben. Ich lasse ihm röhrende Hirsche in die Deckenbalken schnitzen, wenn er's will!«

»Vater hat viel von Ihnen erzählt«, sagte Monika. »Ich weiß, wer Sie sind, Herr Bollwitz.«

»Das glaube ich! Eduard hat mir ein Haus gebaut, das jeden umhaut, der es betritt. Sie kennen es nicht?« »Nein. Woher denn?«

»Hat Eduard keine Bilder gezeigt?«

»Fotos von Kundenbauten zeigt er uns nie. Da ist er diskret.«

»Sie haben einen tollen Vater!« Hubert Bollwitz betrachtete Monika mit listigen Froschaugen. Sie trug einen Parka, Jeans und einen Pullover. Ihr Haar war von der herbstlich feuchten Luft wie verklebt. »Haben Sie Zeit? Ich möchte nachholen, was Ihr Vater versäumt hat. Ich zeige ihnen mein Haus! Wir trinken einen Kognak, der uns wieder aufwärmt. Dann rufen wir Ihren Vater an. Der wird staunen!«

»Das glaube ich auch!« Sie lächelte schwach, was Bollwitz als Zustimmung deutete. »Aber das möchte ich nicht. Im Augenblick ist dicke Luft zwischen Vater und mir. Ich will selbständig werden.«

»Aha!« Hubert Bollwitz sah Monika neugierig an. »Was verstehen Sie darunter?«

»Alles ... «

Sie blinzelte ihm zu, wie sie es von Bibi gesehen hatte und wie es immer Wirkung, vor allem bei den älteren Kerlen, gezeigt hatte. Es fiel ihr nicht einmal schwer.

Hubert Bollwitz aus Braunlage im Harz, dachte sie. Du Witzbold wirst mir mindestens vier Gramm H 4 bezahlen! Oder mehr. Das soll mein Startkapital werden. Auch wenn ich hinterher kotzen muß. Du bist genau das, was ich für den Anfang suche.

»Ich freue mich«, sagte sie mit fast kindlicher Stimme. »Ich habe schon so viel von Ihrem Haus gehört.«

Zehn Minuten später fuhren sie hinaus nach Gravenbruch.

Es gibt Häuser, in denen man wohnen kann, und es gibt andere, in denen der Reichtum, der einen von allen Seiten und Ecken her anschreit, den Atem verschlägt. Das Haus von Hubert Bollwitz war von der Sorte, die trotz aller Weite und Großzügigkeit beengt. Was wertvoll und teuer war, hatte Eduard Barrenberg hier hineingebaut: Marmor, Kristall, alte geschnitzte Balken und kostbare Wandbespannungen - und das alles in solchen Ausmaßen, daß ein Mensch, der etwa in der Wohnhalle in einem Sessel saß, nahezu verschwand.

Bollwitz schien nicht unter Komplexen zu leiden. Er stiefelte durch die Halle, breitete die Arme aus und rief: »Na, was sagen Sie nun?! Ist das 'ne Wucht?«

Monika sah sich kopfschüttelnd um. »Hier hat mein Vater sich wohl mal richtig austoben können.«

»Sollte er ja! War meine Bedingung!« Bollwitz lehnte gegen eine der geschnitzten Eichensäulen, die der hohen, getäfelten Tonnendecke als Stütze dienten. »Sehen Sie, Monika – ich bin allein! Das glaubt mir keiner, aber ich bin's. Sehen wir mal ab von den Mädchen, die ich mir kaufen kann. Die sind nichts anderes als ein Gesundheitsbonbon, das ich ab und zu lutsche.«

»Ein hervorragender Vergleich!« sagte Monika spöttisch.

Bollwitz winkte ab. »Meine Frau ist mir vor sechs Jahren durchgebrannt. Mit meinem tunesischen Gärtner. Keine Annung, was aus ihr geworden ist. Interessiert mich auch nicht.« Er klatschte die Hände zusammen. »Was machen wir jetzt, Mädchen?«

»Das müssen Sie wissen.« »Ich wüßte schon was!« Na also!« »Zuerst an die Bar!«

»So fängt es meistens an. Nach zwei Champagnercocktails laufe ich zu großer Form an ...«

»Sie machen mir Spaß, Monika!« Bollwitz lachte meckernd, drückte auf einen Knopf, eine Wand der riesigen Halle bewegte sich, drehte sich um ihre Achse und fuhr eine große, verspiegelte Bar in den Raum. Gleichzeitig ertönte dezente, zärtliche Musik. »Das ist eine Schau, was? Habe ich aus Amerika kommen lassen, und Ihr Vater hat's eingebaut. Nebenan, im Speisesaal, kommt der Tisch aus dem Boden. Fertig gedeckt! Das hatte schon der Sachsenkönig August der Starke. Im Jagdschloß Moritzburg!«

»Und das Bett wackelt auch mechanisch?« fragte Monika. Sie ging zur Bar, setzte sich auf den Hocker und zog ihren Parka aus. Sie warf ihn einfach auf den Boden und öffnete die ersten drei Knöpfe ihrer Bluse, als sei ihr zu heiß geworden. Bollwitz sah sie mißtrauisch an, bemerkte ihren schönen Brustansatz und stellte fest, daß sie keinen BH trug. Er blähte die Nasenflügel, ging hinter die Bartheke, holte eine Flasche Champagner aus dem Kühlschrank und zwei flache Gläser für den Cocktail. Monikas Hände waren unruhig, die Finger trommelten auf die Theke oder glitten nervös über die polierte Fläche. Ihre großen Augen beobachteten Bollwitz, die Lippen hatte sie fest zusammengepreßt.

»Wenn es Sie interessiert«, sagte Bollwitz betont, »können wir nachher die anderen Räume besichtigen. Auch das Schlafzimmer.«

»Gern.«

»Der Raum hat sogar eine Spiegeldecke!«

»Toll!«

»Und einen Fußboden aus Spiegelkacheln. Das gibt eine Wirkung ...

»Glaube ich Ihnen!« Monika beugte sich etwas vor, ihre Brust kam Bollwitz entgegen. »Da kann es Perspektiven geben ...«

Bollwitz setzte die Champagnerflasche ziemlich hart auf die Platte und umklammerte sie mit beiden Händen, als müsse er sich an ihr festhalten. Das Kinn stützte er auf den noch vom Stanniol umkleideten Korken.

»Was ist eigentlich mit Ihnen los, Monika?« fragte er. »Ich kenne Sie immerhin als Tochter meines Freundes Eduard. Wäre das nicht so, dann könnte ich denken, ich hätte mir ein junges Flittchen aufgerissen, das einmal ganz groß auf den Putz hauen will. Für zweihundert Mark bist du dabei...«

»Fünfhundert!« sagte Monika ruhig und spielte mit ihrem Glas. »Über zwei Stunden das Doppelte.«

Bollwitz schluckte. »Mit sowas macht man keine Witze, Monika!«

»Ich habe von meinem Vater gelernt, daß Geldgespräche nie witzig sind.« Sie nahm Bollwitz die Flasche aus den Händen, entkorkte sie mit geübter Hand und goß sich und dem Fabrikanten ein. »Ich habe Ihnen gesagt, daß ich jetzt selbständig bin. Ich bin fort von zu Hause. Ich suche mir meinen eigenen Weg.«

»Und ausgerechnet in dieser Richtung?«

»Wollen Sie Moral predigen oder mit mir schlafen?« Sie trank einen Schluck und zog dann mit einem Ruck ihre Bluse aus. Mit entblößtem Oberkörper lehnte sie sich provozierend zurück, wobei sie sich an der Thekenkante festhielt. »Wenn Sie noch weiter fragen, können Sie mich gleich in die Stadt zurückfahren.« Das war auch ein Trick von Bibi. Damit hat sie immer das große Geld gemacht. Dreimal war ich ja dabei. Die Kerle wurden unruhig wie hungrige Wölfe, wenn man ihnen vom Weggehen sprach. »Oder ist Ihnen das einen Tausender wert?«

»Monika!« Bollwitz atmete schwer. Sein an sich schon rotes Gesicht hatte sich purpurn verfärbt und schien anzuschwellen. Die Äuglein über den feisten Backen blickten auf ihre Brüste. Wenn Eduard das wüßte, dachte er. Du lieber Himmel, wenn er jemals erfahren würde, daß ich mit seiner Tochter... er schlägt mich tot! Da hat es auch keinen Sinn, beweisen zu wollen, daß seine Tochter damit angefangen hat, daß sie sich angeboten hat, daß sie sich wie ein Vollprofi benommen hat, und daß man's einem Mann nicht übelnehmen kann, wenn er bei einem solchen Angebot an nichts anderes mehr denkt als an dieses weißhäutige Körperchen, das zum Spiel bereit ist. Eduard, du solltest deine Tochter totschlagen, aber nicht mich! Aber du wirst es ja nie erfahren. Ich frage mich nur: Wie kommt ein Mädchen wie Monika zu diesem Leben?

»Wenn du Geld brauchst, Monika«, sagte Bollwitz, »geb' ich dir auch zweitausend. Ja?«

»Einverstanden.« Monika nickte kurz. Zweitausend – das sind

vier gerettete Tage mit H 4. Vier Tage ohne Sorgen. Vier Tage mit sicheren Drucken. Vier Tage mit reinen Nadeln. Dafür kann man sich schon hinlegen und die Augen schließen. Nichts sehen von dem, was da mit einem geschieht. Versuchen, nichts zu fühlen, taub zu werden gegenüber allen Geräuschen, stumpf sein vor allen Gerüchen. Nur ein Stück Fleisch sein, etwas Weiches, das sich unter fremden Händen verformt, irgendein Gegenstand. Er sitzt auf einem Stuhl, er räkelt sich in einem Sessel, er wälzt sich auf einem Bett... Sei auch du nichts anderes als ein Möbelstück und denke nicht! Bloß nicht denken! Um Himmels willen nicht denken...

Nach drei Stunden war der Alptraum vorbei.

Sie hatte Bollwitz hundertfach in den Spiegeln gesehen, seinen schwabbeligen, nackten Körper mit dem Hängebauch. An der Dekke, verkürzt auf dem Spiegelboden, von allen Seiten zurückgeworfen: das rote Gesicht, die Affenarme, die kleinen dicken Beine, das fleischige....Und sie hatte, nur einen Moment lang, die Augen aufgeschlagen, als Bollwitz über ihr tobte, mit seinem Schweiß den Wald und Erdgeruch noch verstärkend, und sie hatte das fürchterliche Spiegelbild angestarrt, über ihr, an der Decke, und es war ihr so übel geworden, daß sie Mühe hatte, Bollwitz nicht in das keuchende Gesicht zu spucken.

Erst hinterher, als er von ihr abfiel, als er auf dem Rücken lag, den zitternden Bauch hochgewölbt, die Augen glotzig, die rechte Hand auf das Herz gepreßt, pfeifend atmend und naß von Schweiß, hatte sie sich aus dem Bett fallen lassen, war ins Bad gelaufen und hatte sich erbrochen. Dann hatte sie geduscht, sich mit herbem Herrenparfüm eingesprüht und war zurückgekommen, das breite Badetuch um den Körper gewickelt. Bollwitz lag noch immer reglos auf dem Bett, mit gespreizten Beinen.

»Sie haben noch anderthalb Stunden gut!« sagte sie und setzte sich an das Fußende. Auf das »Sie« legte sie Wert. Die Benutzung eines Körpers berechtigt noch nicht zu Vertraulichkeiten - einer von Bibis Lehrsätzen. »Soll ich etwas zu trinken holen?«

»Du bist phantastisch, Monika!« keuchte Bollwitz, der noch immer Atembeschwerden hatte. »Willst du bei mir bleiben?«

»Als Ihre Geliebte?« »Ja.« »Sie sind wohl verrückt?!«

»Du kannst dir wünschen, was du willst!«

»Das habe ich schon mal gehört! Hubert Bollwitz, Sie hätten keine Freude an mir. Ich bin nicht von zu Hause weg, um bei Ihnen hängen zu bleiben! Sie verkennen völlig die Situation. Ich will Ihr Geld, mehr nicht.«

»Du kannst bei mir unbeschränkt über Geld verfügen!« Bollwitz richtete sich auf und bedeckte seinen Unterleib mit beiden Händen.

»Ich will frei sein!« sagte Monika hartnäckig. »Was hätte ich bei Ihnen? Sie müßten mich vor allen Leuten verstecken, und ich dürfte immer nur warten, bis Sie kommen und mit den Fingern schnippen: Komm ins Bett, hopphopp! Ein Automat, in den Sie einen Schein stecken, und der dann Liebe machen muß. Das ist doch ein Leben zum Kotzen, nicht wahr? Sowas bieten Sie mir an?«

»Wo willst du denn hin?

»Irgendwo gibt es schon einen Platz für mich.« Sie blickte auf die goldene Uhr, die auf einer Konsole stand.

»Sie verreden die Zeit, Herr Bollwitz. Ihnen steht noch was zu.«

»Zieh dich an!« sagte Bollwitz grob.

»Schon am Ende?«

»Oh Gott, ich könnte dir jetzt eine schmieren!« Bollwitz rumpelte aus dem Bett und warf einen seidenen Morgenmantel über seine Nacktheit. Gleich kam er sich stärker und überlegener vor. Draußen goß es. Das Wasser klatschte gegen die großen Sprossenufenster und trommelte auf das Dach. »Hör dir das Wetter an! Du bleibst heute bei mir. Morgen früh sehen wir weiter.«

»Morgen früh? Das wird aber teuer für Sie.«

Bollwitz winkte ab. Er ging ins Badezimmer, ließ Wasser in die große Wanne laufen und kam ins Schlafzimmer zurück. Monika saß noch immer nackt, mit umgewickeltem Frottiertuch, auf der Bettkante. Sie hatte im Nachttisch etwas gefunden und blätterte darin herum. Dänische Porno-Magazine mit großen Farbfotos. Bollwitz drückte das feiste Kinn an. Monika klappte das Magazin zu und wedelte mit ihm durch die Luft.

»So was haben Sie gern?« sagte sie. »Paßt zu Ihnen!«

»Wir können uns die Bilder ja gemeinsam ansehen. Vielleicht lernst du noch was.«

»Wozu?« Sie warf das Magazin auf den Teppich. »Für sowas

würde Ihr ganzes Geld nicht reichen...«

Sie blieb tatsächlich bis zum Morgen, weil es so heftig regnete und Bollwitz wider Erwarten ein guter Gastgeber war. In der Küche, bald so groß wie in einem Hotel, bereitete Monika ein Abendessen. Im angebauten Kühlhaus fand sie alles, was sie brauchte. Sie entschied sich für Jägersteak, briet es in der Grillpfanne medium, garnierte die Steaks mit Steinpilzen und gebräunten Zwiebelringen, gebratenen Speckstückchen und Gurkenwürfeln, und Bollwitz holte einen köstlichen Bordeaux aus dem Regal neben dem Kamin und vergaß, glücklich, wie er war, daß ihn das alles zweitausend Mark kosten würde.

Später war Bollwitz so betrunken, daß er ins Bett schwankte und nur noch lallend nach Monika rufen konnte. Sie legte sich neben ihn, streichelte sein dickes, rotes Gesicht, duldete seine Finger an ihrem Schoß und ließ ihn schnell einschlafen. Dann stand sie auf, ging zurück in die riesige Wohnhalle, setzte sich an die Panoramascheibe und starrte in den nächtlichen Wald, der gleich hinter der Terrasse begann. In aller Nüchternheit zog sie Bilanz. Mit zweitausend Mark war eine ganze Woche gerettet. Eine ganze Woche lang würde es nicht nötig sein, sich wieder anzubieten. Sie war jetzt ganz unten gelandet, tiefer ging es nicht mehr, aber obwohl sie hatte erbrechen müssen und der Ekel sie durchschüttelte wie ein Frost, kam ihr dieser erste Verkauf ihres Körpers weniger dramatisch vor, als sie sich das vorgestellt hatte. Es waren ein paar Minuten gewesen, in denen sie eben völlig abgeschaltet hatte. Viel schlimmer hatte ihr die nachfolgende Diskussion zugesetzt. Bollwitz' Skrupel, sein Versuch, sich nach diesem Geschehen sogar noch väterlich zu gebärden und missionarische Reden zu halten – das hatte sie völlig entnervt – bis sie ihn angeschrien hatte: »Halten Sie doch den Mund! Verdammt, vergessen Sie endlich, daß ich die Tochter von Eduard Barrenberg bin! Ich will sie nicht mehr sein! Ich will in einer anderen Welt leben!«

Dann hatte sie sich im Badezimmer eingeschlossen und sich einen neuen Druck gegeben. Die innere Unruhe hatte ihr signalisiert, daß es wieder an der Zeit war. Danach fühlte sie sich ruhig und ausgeglichener, lachte sogar mit Bollwitz und benahm sich so, wie sie glaubte, so müsse sich eine Luxushure benehmen. Der Fabrikant starrte sie mit runden fassungslosen Augen an, schüttete, vom Schuldgefühl getrieben, den Alkohol nur so in sich hinein und bezwang, bevor er der Trunkenheit unterlag, den Drang, von Monikas Körper noch einmal Besitz zu ergreifen und sich für zweitausend Mark Gegenleistungen zu holen.

Am Morgen brachte er Monika in die Stadt und setzte sie auf ihren Wunsch an der Opernhausruine ab. Ein letzter Versuch, sie noch umzustimmen, mißlang. Er sagte:

»Steig wieder ein und komm zu mir!«

Und Monika antwortete hart: »Hauen Sie ab! Wenn ich Geld brauche, stehe ich meistens hier. Wir können ja dann wieder verhandeln.«

Hubert Bollwitz nickte, seine Kehle wurde trocken, er blieb im Wagen sitzen und blickte Monika nach, wie sie über den Opernplatz trippelte. Ein hübsches, schlankes Mädchen mit langen Beinen und wehenden Haaren. Tochter aus gutem Hause. Klug und kunstbegabt. Eine sonnige Welt stand ihr offen – aber sie hatte den muffigen Keller gewählt. Wer konnte das begreifen?

Einen Augenblick dachte Bollwitz daran, anonym bei Barrenberg anzurufen und ihm einen Wink zu geben. Aber dann sagte er sich, daß dies eine Gemeinheit wäre, nachdem er den Absturz dieses Mädchens mit zweitausend Mark honoriert hatte. Er kam sich abscheulich vor, begann vor Ergriffenheit zu schwitzen und beschloß, jeden Tag an der Opernruine vorbeizufahren und Monika, so oft das möglich war, einzuladen und zu sich zu nehmen.

Bis zum Abend hatte Barrenberg seiner Frau verschwiegen, was sich am Morgen zugetragen hatte. Nach dem Gespräch mit der Kriminalpolizei und dem enttäuschenden Telefonat mit Bettina fuhr er wieder herum, besuchte einige Baustellen und kehrte in sein Büro erst zurück, als die Angestellten schon nach Hause gegangen waren. Lediglich der Nachtwächter, Opa Wimmer, war tätig, schlurfte im Haus herum und kontrollierte die beiden Putzfrauen, die in den Büroräumen den Kunststoffboden wischten.

Barrenberg verkroch sich in sein Chefzimmer, drückte ganz unnötigerweise auf den Knopf, der eine rote Lampe über der Tür aufleuchten ließ, was soviel bedeutete wie: »Wer jetzt reinkommt, wird hinausgebrüllt!« und rief Maria an.

»Ich bin hier«, sagte er. »Im Büro. Ist was los?«

»Wieso? Was soll los sein? Es weiß wieder keiner, wann du zum Essen kommst.«

»Das weiß ich auch nicht.«

»Na also.«

»Ruf bitte mal Monika. Ich muß sie was fragen.«

»Sie ist nicht da«, sagte Maria ruhig. Barrenberg stierte auf ein Bild, das gegenüber an der Wand hing. Ein alter Stich vom unvollendeten Kölner Dom, das Geschenk der Architektenkammer zu seinem 25jährigen Geschäftsjubiläum. Sie ist nicht da! Das sagt sie so ruhig. Sie weiß also nichts. Ist völlig ahnungslos. Sie soll es bleiben, so lange es möglich ist. Ich werde das schon regeln. Das ist eine Männer-, eine Vatersache. Mütter haben dafür nicht die Nerven.

»Wieder bei einer ihrer Freundinnen?« fragte er mit bemüht gleichgültiger Stimme.

»Wahrscheinlich. Diesmal hat sie keinen Zettel geschrieben. Wie froh werde ich sein, wenn das Abitur endlich hinter ihr liegt.«

»Ich auch. Bis später, Maria.«

»Was heißt später, Eduard?«

»Ich habe noch viel zu tun. Ich esse vielleicht hier im Büro, lasse mir von Wimmer etwas aus der Kneipe holen. Was hast du heute abend vor?«

»Nichts. Aber ich kann ja zu Ljuba fahren. Max ist wieder in Argentinien und will ganze Rinderherden kaufen, um sie als Gefrierfleisch herüberzuholen. Wenn du kommst, und ich bin weg, kannst du mich bei Ljuba erreichen.«

»Ist gut, Maria.« Barrenberg legte auf. Er beneidete Max Rolle in diesen Minuten. Der hatte keine Sorgen, die Fleischfabriken liefen auf Hochtouren, er konnte sich in Argentinien herumdrücken, Argentinien war berühmt für seine schönen Frauen und Max Rolle wiederum war berühmt dafür, daß er, obgleich durchaus nicht mit Schönheit gesegnet, immer die tollsten Frauen hatte, was andere Männer verwirrte und mit Komplexen belud. Seine Liebschaften kannte jeder, auch Ljuba Antonowna, aber sie war tolerant und schwieg. Ein beneidenswerter Mann, der nur nicht wußte, daß Ljubas Toleranz sich aus dem innigen Verhältnis mit einem Opernsänger in Wiesbaden erklärte. Der Mann war Bassist und hatte sogar schon bei drei Konzerten im Hause Barrenberg gesungen.

Er rief Bettina an, aber sie meldete sich nicht. Sie war anscheinend noch in Offenbach. Barrenberg lief in seinem Zimmer unruhig hin und her, setzte sich dann vor das Fernsehgerät, ärgerte sich über die linkslastige Sendung, rief dann noch einmal zu Hause an, bekam das neue Hausmädchen ans Telefon und hörte, daß die Gnädige Frau fortgefahren sei. Fräulein Monika, nein, die sei auch nicht da.

Wie spät war es denn schon? Eine Stunde vor Mitternacht. Barrenbergs Unruhe, aber auch sein Zorn steigerten sich von Minute zu Minute. Genau um 23 Uhr überwand er den letzten inneren Widerstand, bezwang seinen Stolz und rief Holger Mahlert an. Der wohnte schon seit über zwei Monaten wieder im Elternhaus, nachdem seine Stichverletzung endlich ausgeheilt war. Auch hier meldete sich ein Hausangestellter, ein Butler. Barrenberg strich sich über die Augen. Total vornehmer Pinkel, dachte er. Ob Monika weiß, daß ihr Holger von einem Butler betreut wird? Auch das gibt es noch in Deutschland. Ein Butler, der sagt: »Ich werde den jungen Herrn verständigen ... «

Mahlert meldete sich sofort. Seine Stimme klang besorgt. »Wenn Sie mich so spät anrufen, Herr Barrenberg, ist es nichts Gutes!« sagte er hastig. »Was ist los?«

»Sie scheinen mich für einen Chaoten zu halten!« Barrenberg lehnte sich in dem tiefen Ledersessel zurück und schloß die Augen. »Ich hatte Ihnen bei unserem letzten Gespräch versprochen, daß wir mal zusammenkommen. Ich habe mir gedacht, daß ... « Er zögerte, holte dann tief Atem und preßte die Finger um den Telefonhörer. »Nein! Das ist alles Quatsch! Holger, ich brauche Sie! Ich will nicht drum herumreden. Ich brauche dringend Ihre Hilfe! Monika ist weg ... «

»Weg? Was heißt weg?« stotterte Mahlert.

»Das, was es bedeutet: Monika hat mich beschimpft, ich habe ihr eine Ohrfeige gegeben, und da ist sie auf und davon. Sie will kein Abitur mehr machen, will nicht mehr wiederkommen, sagt sich von uns los!«

»Um Gottes willen!«

»Hier hilft kein Gott, Holger, hier müssen wir ran! Ich weiß nicht, was in das Mädchen gefahren ist. Sie ist völlig verändert. Aufsässig, frech, renitent, spricht plötzlich in einer Sprache, aus der die Gosse stinkt! Ich bin völlig geschlagen. Wenn ich Ihnen das gestehe, können Sie ermessen, was bei mir los ist! Monika ist heute morgen fort und bis zur Stunde noch nicht zurückgekommen. Meine Frau weiß noch von nichts, ich möchte sie so lange wie möglich schonen. Aber Sie, Holger – von Ihnen nehme ich an, daß Sie meine Tochter mögen ...«

»Ich liebe sie, Herr Barrenberg.«

»Dann helfen Sie mir! Ich weiß nicht einmal, in welchem Verhältnis meine Tochter zu Ihnen steht ...«

»In keinem – Verhältnis, wenn Sie in dieser Richtung denken. Wir haben wenig über die Zukunft gesprochen, und wenn, dann wich Monika immer aus. Aber ich liebe sie, ich möchte sie heiraten, sobald ich meinen Diplom-Chemiker habe.«

»Wo kann Monika um diese Zeit noch sein?« fragte Barrenberg heiser. »Glauben Sie, bei einer Freundin?«

»Wohl kaum ...«

»Sie wissen mehr?« schrie Barrenberg. »Holger, sagen Sie mir sofort alles, was Sie wissen!«

»Ich habe es auch nicht gesehen ...« Holgers Stimme klang brüchig. »Roßkauf, mein Freund, ein Mediziner, hat mich darauf gestoßen, aber ich habe es immer abgelehnt, so etwas zu glauben ...«

»Was, zum Teufel, was, Holger?!«

»Monika muß süchtig sein.«

»Das ist unmöglich!« Barrenberg starrte gegen die Zimmerdekke. Seine Augen brannten, als würden sie von innen verätzt. »Das ist völlig unmöglich.«

»Sie – sie spritzt sich ...«

»Holger, das ist nicht wahr!« Barrenbergs Stimme zerbröckelte, sie hatte keinen Ton mehr. Er spürte sein Herz, diesen beengenden Druck, dieses Abwürgen, eine Zange, die sich teuflisch langsam schloß und alles Blut rund um das Herz aufstaute. Mein Spätzchen, dachte er. Mein schönes Spätzchen. Spielt Viola da Gamba und Flöte, kann sich berauschen an Tschaikowskij und Liszt. Ein so hübscher, fröhlicher, offener Mensch, der Tennis spielt, der wie ein

Delphin schwimmen kann... Die Königin auf dem Tanzparkett – und die Drittbeste ihrer Klasse... Sie soll sich Heroin spritzen? Er erinnerte sich, als zuckten Blitze durch seinen Körper, an Schlagzeilen der Zeitungen: Können wir den Kampf gegen das Rauschgift noch gewinnen? – Schon wieder ein Heroin-Toter! – In Deutschland über 60000 Süchtige! – Tot auf einer Parkbank. – Der 600. Heroin-Tote in Deutschland! – Immer mehr Jugendliche greifen zur Spritze! – Gehandelt wird überall: In Jugendheimen, in den Schulen, in Diskotheken, in Parks! Polizei machtlos und zu schwach besetzt! – Die neue »saubere« Heroinwelle kommt...

»Seit wann wissen Sie das?« stöhnte Barrenberg.

»So richtig erst seit drei Minuten! Ihr Anruf kann nur bestätigen, was ich nie glauben wollte.«

»Ich glaube es jetzt noch nicht!« sagte Barrenberg. »Ich kann es nicht glauben. Meine Monika... Es will einfach nicht in meinen Kopf! Ich begreife das nicht!« Und plötzlich brüllt er, als foltere man ihn: »Was soll ich tun?! Helfen Sie mir! Holger, was soll man da tun?!«

»Ich werde Moni sofort suchen. Ich nehme meinen Freund, den Mediziner, mit.«

»Wo wollen Sie Monika suchen?«

»Auf der Szene...«

»Szene?«

»So nennt man die Zusammenkünfte der Fixer. Parkanlagen, besondere Plätze, gewisse Diskos, Nachtcafés... Es gibt davon gerade in Frankfurt eine ganze Menge.«

»Holen Sie mich hier ab! Ich komme mit!«

»Es ist besser, wenn wir das allein machen.«

»Holger - bitte!«

»Wenn Sie auf der Szene auftauchen, gibt es Radau! Mit Ihnen finden wir Monika nie! Das können wir nur allein.«

»Wenn ich hier allein bleibe, werde ich wahnsinnig!« schrie Barrenberg. »Nehmen Sie mich mit! Ich muß jetzt Menschen um mich haben...«

»Gehen Sie nach Hause zu Ihrer Frau.«

»Das halte ich noch weniger aus. Jetzt nichts zu sagen – das ist völlig unmöglich!«

»Haben Sie keinen Freund?«

»Freunde!« Barrenberg lachte bitter. »Die stehen Schlange bei mir! Aber nicht ein einziger wäre darunter, den meine Situation rühren könnte. Ich würde in ihren Augen nur Schadenfreude lesen und zuschlagen! So ist mein Leben!«

»Dann saufen Sie sich einen an!«

»Wenn das bloß ginge, Holger! Ich kriege keinen Tropfen runter. Mir ist die Kehle zugeschnürt.« Barrenberg rutschte in seinem Sessel tiefer und stellte mit maßlosem Erstaunen fest, daß ihm Tränen über die Wangen rollten. Richtige Tränen. Das war so ungeheuerlich, daß er kapitulierte. »Ich bin am Ende, Holger«, sagte er leise. »Sie sind der erste, der es erfährt. Wenn Monika wirklich mit Heroin ... Holger, mein ganzer Reichtum ist ein Misthaufen, wenn ich Monika auf diese Art verliere!«

»Wir werden sofort losfahren, Herr Barrenberg.« Man hörte Mahlert an, daß auch er um Fassung rang. »Wenn Monika auf der Szene untergetaucht ist, dann finde ich sie auch.«

Barrenberg ließ den Hörer fallen. Wenn, dachte er. Dieses verdammte Wenn. Und wenn sie woanders ist? Ich habe ihr die Wange aufgeschlagen ... Er hob ruckartig die Hand, betrachtete den schweren Siegelring, riß ihn vom Finger und schleuderte ihn weg. Aber nicht der Siegelring trug die Schuld, und Barrenberg wußte es.

Bis zum Morgengrauen, bis auch in der letzten Disko, dem berüchtigten »Happy-Strip«, Schluß gemacht wurde, streiften Mahlert und Roßkauf durch die Stadt. Sie ließen sich anpflaumen und von den Kinderhuren ansprechen, die sich wie alle in diesen Kreisen die nächsten Schüsse mit ihrem Körper verdienten. Viermal mußten sie sich in einem Ring von Fixern, der sich gefährlich um sie schloß, ausweisen, daß sie keine Bullen waren, sondern harmlose Studenten, die nach einem Mädchen suchten, das ihnen weggelaufen war. Das verstanden die anderen sofort, grinsten, rissen schweinische Witze und ließen die beiden laufen.

Im Café »Pfiff« stießen sie auf eine Spur. Jemand erzählte für zwanzig Mark, daß Bibi, ein süßes, aber wildes Kind, eine Freundin habe, seit kurzem erst, was verwunderlich sei, denn jeder arbeite hier für sich allein und ziehe keine Konkurrenz groß, aber Bibi habe sich eine Freundin zugelegt, und zu zweit zögen sie los und rumpelten jetzt in Hotels und Pensionen, ganz vornehm, und vor allem alte Böcke seien es, die sie sich anschössen. Ihr Name? Unbekannt. Wo Bibi jetzt sei? Keine Ahnung. Ihr Hauptquartier sei die Hauptwache. Aber da sei sie seit drei Tagen nicht mehr aufgetaucht.

»Kann sein, daß die Bullen sie kassiert haben«, sagte der Informant. »Dann sitzt sie jetzt in der Entziehung und leckt die Wände ab! Aber in 'n paar Wochen ist sie wieder da.«

Mahlert und Roßkauf fuhren weiter die Bars und Diskos ab, die Treff-Cafés und die Straßenstriche. Es war eine Qual für Mahlert, sich vorzustellen, daß Monika hier anzutreffen wäre, vollgepumpt mit H, ein völlig verwandelter Mensch, dessen Hülle allein noch Ähnlichkeit mit Monika hatte. Ein paarmal hatte er zu Roßkauf gesagt: »Hier ist sie nicht. Hier kann sie nicht sein! Ihr alle irrt euch in Monika! Ja, sie ist weggelaufen, – aber das war eine gesunde Trotzreaktion! Ein ganz normaler Streit zwischen Vater und Tochter. Ein Generationskonflikt! Du sollst sehen: Sie sitzt ahnungslos bei einer Freundin, und morgen, wenn der Zorn verraucht ist, kommt sie wieder zum Vorschein.«

»Warum sind Verliebte immer Idioten?« fragte Roßkauf. »Mensch, mach dich endlich frei von dem Gedanken, deine Monika könnte ein Engel sein! Vielleicht war sie es vor kurzem noch. Aber jetzt rutscht sie durch die Hölle! Warum sich das alles so entwickelt hat – das werden wir alles erfahren, wenn wir sie nur erst fest im Griff haben. Wie kommt ein Mädchen wie Monika zu Heroin? Diese Frage müßtest du am besten beantworten können als freiwilliger Drogenberater.«

»Bei Monika sehe ich keinen Anlaß, keine Motivation. Das ist es ja!« Mahlert starrte auf die Liste, die sie gleich zu Beginn ihrer Suchaktion von der Drogenberatungsstelle Frankfurt geholt hatten und die alle einschlägigen Lokale und Treffs aufführte. »Ihr Leben ist geordnet.«

»Und trotzdem hast du sie im ›Number Sex‹ kennengelernt. Wie paßt das zusammen?«

»Sie – sie hatte dort ihren Freund. Einen Musiker.«

»Ein Mädchen aus angesehenem Haus, das einen ausgeflippten Rockmusiker liebt?«

»Es war keine Liebe!«

»Dann eben ein besonders starkes Interesse, das gleich aufs Ganze ging.«

»Ich rede mit dir über dieses Thema nicht mehr!« sagte Mahlert laut. »Hast du noch nie was von Neugier gehört?«

»Eben!« Roßkauf nickte mehrmals. »Und aus Neugier setzt man sich einen Schuß, und die Wirkung ist so probat, daß man sich den zweiten gibt, den dritten – und schon ist man mitten drin und kommt nicht mehr heraus! Wem muß ich das erzählen? Ausgerechnet dir?«

Sie gaben nicht auf, wühlten sich weiter durch die tanzenden Paare in den Diskos, zeigten auch ein Foto von Monika, das Mahlert beim Tennis gemacht hatte. Man lachte sie aus. So eine war hier nicht, nicht so ein vornehmes Püppchen. Und die neue Freundin von Bibi? Die da auf dem Foto? Ausgeschlossen. Da kennt ihr Bibi nicht. Die kriegt Pickel von der Stirn bis zum Arsch, wenn die sowas Vornehmes sieht. Allergisch ist sie dagegen, jawohl!

Als auch die Disko »Happy-Strip« ihren Laden geschlossen hatte, fuhren Mahlert und Roßkauf nach Hause. Mit Mahlert war nicht mehr zu reden. Er stierte vor sich hin, sah wie ein früh gealterter Mann aus und legte sich stumm auf die Couch in seiner Wohnung, im Dachgeschoß der elterlichen Villa. Roßkauf holte aus der Wandbar einen Wodka und mixte ihn mit Lemmon, aber Mahlert winkte ab. Ihm war zum Speien übel.

»Wir sollten doch die Polizei einschalten!« sagte Roßkauf. »Die kennt noch andere Methoden.«

»Auf der Szene sind sie machtlos! Total überfordert. Ab und zu eine Razzia – und da bleiben auch nur die Kleinen hängen. Informationen kommen kaum heraus, schon gar nicht über Mädchen, die man sucht. Da steht eine unbezwingbare Mauer!« Er schob die Hände unter den Nacken und schloß die Augen. »Sie ist bei einer Freundin ...«

»Bibi?«

»Nein! Schulfreundin! Peter, ich habe Monika doch so oft gesehen. Nichts, aber auch gar nichts deutete darauf hin, daß sie sich von der Nadel abhängig gemacht hat. Sie hat sich nicht verändert.«

»Sie ist dir aus dem Weg gegangen! Erinnere mich nicht an die

Klagelieder, die du mir vorgesungen hast!«

Mahlert antwortete nicht. Er war zu müde, zu erschüttert, um jetzt noch zu diskutieren. Die Angst um Monika zermalmte ihn fast. Nach ein paar Minuten nahm er doch den Drink an, goß den Wodka wie Wasser in sich hinein, sprang von der Couch und rief bei Barrenberg an.

Eduard Barrenberg meldete sich sofort, als habe er neben dem Telefon gesessen und die ganze Nacht Wache gehalten. »Holger!« schrie er auf, als habe er schon eine frohe Botschaft gehört. »Wo sind Sie?«

»Zu Hause.«

»Und?«

»Nichts!«

»Was heißt nichts?«

»Wir haben die ganze Szene abgeklappert, soweit das möglich war. Keiner kennt Monika. Kann sein, daß sie alle lügen. Es war jedenfalls ein Mißerfolg. Der Polizei wird es nicht besser gehen. Wenn Monika bei den Fixern untergetaucht ist... ich sage immer noch wenn, denn ich glaube es nicht...«

»Ich auch nicht!« rief Barrenberg dazwischen. Qual und Hoffnung lagen in diesem Aufschrei.

».... dann hilft uns nur noch der Zufall. Dann wird sie eines Tages auftauchen.«

»Eines Tages ... O Gott, wie das klingt! Eines Tages – das kann nie sein. Auf jeden Fall ist es dann zu spät.«

»Da haben Sie recht«, sagte Mahlert dumpf. »Weiß es jetzt Ihre Frau?«

»Nein.«

»Wie haben Sie das denn geschafft? Sie muß doch merken, daß Monika über Nacht weggeblieben ist.«

»Meine Frau ist auch weggeblieben. Sie hat bei einer Freundin übernachtet.«

»Herr Barrenberg.«

»Ich höre«, sagte Barrenberg.

»Sie sollten doch mit Ihrer Frau reden. Mütter wissen mehr. Sie haben ein besonderes Gespür, leben von Ahnungen und Eingebungen. Sie sollten jetzt unbedingt mit Ihrer Frau reden!«

»Ich – ich werde es versuchen«, sagte Barrenberg mit matter Stimme. »Vielleicht ist alles nur ein Mißverständnis, eine impulsive Handlung. Weil ich Monika geschlagen habe. Vielleicht steht sie bald vor der Tür. Holger, wenn es gleich klingelt, und sie steht da, dann fahre ich sofort mit ihr in die Stadt und kaufe ihr den versprochenen Traumwagen. Auf der Stelle! Sie kann sich wünschen, was sie will. Wenn sie nur wieder da ist!«

»Damit sollte er vorsichtig sein!« sagte Roßkauf, der mit einer zweiten Muschel alles mitgehört hatte. Barrenberg hatte nach dieser Ankündigung aufgelegt. »Es ist noch nie gelungen, mit Geld oder durch Geschenke einen Heroinsüchtigen von der Nadel zu zerren. Im Gegenteil! Das Wohlwollen ihrer Umwelt fassen sie als ausnutzbare Schwäche auf.«

»Sei still!« sagte Mahlert gequält. »Sei endlich still! Was nützt uns deine ewige Schwarzmalerei! Wenn sie nur erst auftauchte! Wenn ich ihr gegenüberstünde, dann wüßte ich schon, was ich zu tun habe. Mein Gott, wenn sie nur endlich käme!«

Morgens gegen halb zehn entdeckte Makaroff auf einer Bank in den Gallus-Anlagen die von einem guten Schuß beglückte Monika. Sie saß auf einer zusammengefalteten Zeitung, hatte den Kragen ihres Parkas hochgeschlagen und stippte aus einer Pappschale Pommes frites. Makaroff beobachtete sie aus dem Auto eine Zeitlang, wie sie die Kartoffelstäbchen in die Mayonnaise tauchte und in den Mund schob. Ab und zu leckte sie das Fett von Daumen und Zeigefinger. Sie saß allein da, mit sich und der Welt zufrieden. Alle Gedanken an den dicken Bollwitz hatte sie verdrängt, aber die zweitausend Mark waren übriggeblieben. Sie steckten in der Umhängetasche neben dem Spritzenbesteck, dem Blechlöffel, dem Kerzenstummel und dem kleinen Chromkästchen mit dem weißen Heroinpulver. Makaroff stieg aus und kam auf sie zu. Monika blickte auf, als seine Gestalt die Helligkeit etwas milderte, und grinste ihn an.

»Da sind Sie ja!« sagte sie gleichgültig und leckte über ihre Finger. »Zu spät. Ich brauche Sie nicht mehr. Ich habe mich freigeschwommen. War gar nicht einfach. Da bleibt in uns doch noch immer etwas zurück, was man nicht wegdrängen kann. Das große

Kotzen verstehen Sie, Makaroff? Aber auch das kann man sich abgewöhnen, das lerne ich auch noch! Man muß eben alles nur als Geschäft sehen. Ein Metzger, der ein Schwein tötet, kommt sich ja auch nicht als Mörder vor.«

»Steig ein!« sagte Makaroff milde.

»Wieso?« fragte sie aufsässig.

»Steig ein und komm mit!«

»Wohin denn?«

»Zu mir.«

»Danke. Mein Bedarf an Männern ist gedeckt. Ich will mich eine Woche lang erholen.«

»Wenn du nicht einsteigst, prügele ich dich ins Auto!« sagte Makaroff ernst, aber nicht drohend.

»Versuchen Sie es! Ich schreie! Ich heule los wie eine Sirene! Das haben wir geübt, Bibi und ich. Bei Gefahr einfach losheulen, mit voller Lunge! Das ist immer wirksam.«

»Ich kenne diese Bibi nicht, aber sie muß sehr naiv sein. Wenn du schreist, kommt die Polizei. Und die sucht dich! Dann ist dein sogenanntes freies Leben sofort wieder zu Ende!«

»Was wollen Sie von mir?« Sie warf die Pappschale weg und wischte die Hände an den Jeans ab. »Ich weiß nicht, was das ist... Aber obwohl Sie tausendmal besser aussehen als dieser Witzbold Bollwitz, gehe ich mit Ihnen doch nicht ins Bett! Um keinen Preis!«

»Steig ein und halt den Mund, Monika!« sagte Makaroff, nun fast suggestiv. »Wir fahren zu mir und sprechen uns aus.«

»Wenn das alles ist... Von mir aus!« Sie erhob sich, versteckte die Hände im Parka, nachdem sie die Umhängetasche um die Schulter geworfen hatte, und blickte hinüber zu dem Wagen. »Neuer Schlitten?«

»Nein.«

»Wieviel haben Sie eigentlich?«

»Neun.«

»Alles solche Brummer?«

»Ein Rolls Royce ist auch dabei. Der steht allerdings in der Schweiz.« Makaroff faßte Monika unter und führte sie zum Auto. Sie ging etwas schwankend und unsicher, als müsse sie jeden Schritt ertasten. Als sie neben ihm auf dem Lederpolster saß und Makaroff den Motor anließ, zog sie die Knie an und hockte auf dem Sitz wie zusammengeklappt.

»In welche Wohnung geht's denn jetzt?«

»In gar keine. Wir fahren in mein Haus.«

»Klotzig, was?« Sie lachte abgehackt. »Große Halle, riesiger Kamin, viel Glas, Holz und Marmor. Hat nicht zufällig auch Eduard Barrenberg gebaut?«

»Bestimmt nicht.« Makaroff fuhr an und fädelte sich in den starken Vormittagsverkehr ein. »Es ist ein altes Herrenhaus aus dem 19. Jahrhundert.«

»So mit Säulen vor Eingang und Terrasse?«

»Genau. Du wirst dich bei mir wohl fühlen.«

»Was heißt das?« Sie starrte ihn entgeistert an. »Ich sehe mir den Palast an und haue dann wieder ab! Ich will nicht dort wohnen! Wenn Sie sich das gedacht haben... Anhalten! Sofort anhalten! Makaroff, ich mache Terror! Halten Sie an! Ich springe aus dem fahrenden Wagen!«

»Auch dann wird die Polizei kommen, Monika.

»Sie sind ein hundsgemeiner Kerl! Sie haben mich überlistet. Jetzt weiß ich, was los ist! Sie wollen mich zu meinem Vater zurückbringen!«

»Das auf keinen Fall. Außerdem kenne ich Ihren Vater gar nicht.«

»Sie werden sich wundern!« Monika gab den Widerstand vorerst auf. Sie blickte auf die Straße, sah, daß es nach Enkheim hinausging, und wunderte sich, daß sie allmählich ihren Widerwillen gegen Makaroff verlor und eher neugierig auf das Kommende wurde. »Ich mache Ihnen einen Vorschlag«, sagte sie, als sie am Enkheimer Wald entlangfuhren.

»Und der wäre?«

»Ich werde bei Ihnen wohnen. Aber Sie lassen mich in Ruhe!«

»Akzeptiert, Monika.«

Sie sah ihn mißtrauisch an. Eine so schnelle Zusage hatte sie nicht erwartet.

»Da ziehen Sie doch wieder einen schmutzigen Trick aus dem Ärmel!« sagte sie mißtrauisch.

»Keinen Trick. Ehrenwort!«

»Was muß ich tun, um H 4 zu bekommen?« »Nichts.« »Das glaube ich nicht. Die Männer sind alle gleich.« »Wo warst du heute Nacht?« fragte Makaroff. »Das geht Sie nichts an!«

»Einverstanden. Aber es war das letztemal. Damit das nicht wieder vorkommt, nehme ich dich zu mir.«

»Für wie lange?«

»Bis ich verheiratet bin.«

Sie starrte ihn mit offenem Mund an. »Sie wollen heiraten?«

»Ja.«

»Und dazu brauchen Sie mich?«

»Im übertragenen Sinne – ja.«

»Das verstehe ich nicht.«

»Das ist im Augenblick auch nicht nötig.« Sie fuhren jetzt in die Parklandschaft ein, in den Teil des Waldes nahe dem Hünengrab, in dem verstreut die Millionenvillen lagen. »Du wirst dich wohl fühlen bei mir«, sagte Makaroff. »Du gehörst nicht in den Kreis um Bibi.«

»Beleidigen Sie Bibi nicht!« Sie blickte ernst geradeaus und erkannte schon von weitem Makaroffs Haus an den Säulen. »Sie haben ja keine Ahnung, was H aus einem Menschen machen kann! Sie nicht!«

Makaroff schwieg. Er drückte auf einen Knopf am Armaturenbrett, das schwere Tor öffnete sich, der Wagen glitt die Auffahrt hinauf. Hier war die Umwelt weit weg, nicht existent. Hier herrschte die Ruhe und die Schönheit eines abgeschlossenen Paradieses.

»Du lieber Himmel!« sagte Monika und stieg aus, als Makaroff hielt. »So viel verdient man als Kunstagent?! Sie sind wohl an jedem Ton, den ein Sänger von sich gibt, beteiligt?«

»So ist es«, sagte Makaroff, faßte Monika wieder unter und stieg mit ihr die von Säulen eingerahmte Eingangstreppe hinauf. »Ich lebe von Beteiligungen. Willkommen in meinem kleinen Sanssouci!«

Barrenberg hatte es Maria gesagt.

Gegen Mittag war sie zurückgekommen von Ljuba Rolle, die ihr die halbe Nacht von ihrer verkorksten Ehe vorgestöhnt hatte und gleichzeitig von dem Bassisten der Wiesbadener Oper schwärmte. Aus Ljubas Sicht war es ein Kreuz, mit einem völlig amusischen Fleischwarenfabrikanten zu leben. Nach Jahren unerträglicher Langeweile funktionierte für Ljuba Rolle die Ehe nur noch, weil die Gesellschaft verlangte, daß eine heile Welt demonstriert wurde. Skandale waren überdies geschäftsschädigend.

Maria Barrenberg begriff zunächst nur, daß Monika die Nacht weggeblieben war. Sie verstand Eduards Aufregung nicht und sagte: »Mein Gott, sie wird bei einer Freundin übernachtet haben! Seit wann regt dich das auf?! Das hat sie schon ein paarmal gemacht! Du hast dich nie darum gekümmert, und auf einmal –«

»Sie ist bei keiner Freundin!« schrie Barrenberg. »Begreifst du das denn nicht? Sie hat gesagt: Ich mache kein Abitur! Ich gehe für immer! Für immer, Maria! Das hat sie gesagt. Ich gehe für immer!«

»Dummheit!« Sie starrte Barrenberg verständnislos an. »Du hast mit ihr Streit gehabt, nicht wahr?«

»Ich habe ihr eine geklebt!«

»Eduard!«

»Ich mußte es! Natürlich bereue ich das jetzt! Aber nun ist sie weg! Weg! Verstehst du das? Weg!«

»Bei einer Freundin! Ich rufe sofort alle an.« Maria streifte ihren Mann mit einem strafenden Blick. »Du hast das Kind doch nie geschlagen ...«

»Spare dir das Telefon. Ich habe schon alle angerufen. Sie ist nirgendwo.« Und plötzlich weinte er wieder; die Tränen quollen dick. Maria wich zurück. Zum erstenmal nach dem tragischen Tod ihres Sohnes Georg Marcel sah sie ihren Mann weinen. Es war ein Anblick, der lähmend und alarmierend zugleich wirkte. Mit zitternden Händen fuhr sie sich über das Haar und spürte, wie ihr Herz untragbar schwer wurde. »Weißt du, was Holger sagt?« weinte Barrenberg. Es klang, als berichte ein kleiner Junge von seinem Sturz mit dem Roller, »Holger Mahlert, der Freund von Spätzchen. Sie sei süchtig, sagt er. Heroinsüchtig! Sie spritzt sich! Aber ich glaube das nicht. Ich kann das einfach nicht glauben. Das ist doch unmöglich, Maria! Unser Spätzchen, unser kleines Spätzchen – warum denn bloß? Ich begreife das nicht.«

Maria Barrenberg setzte sich vor den weinenden Eduard auf einen Stuhl, legte beide Hände über die Augen und seufzte tief. Schwindel erfaßte sie, Übelkeit des Entsetzens. Aber sie war stark genug, auch das zu überstehen und es Eduard nicht zu zeigen. Nach einer Weile des Schweigens sagte sie nur:

»Ich gehe hinauf in Monis Zimmer. Vielleicht finde ich etwas?«

»Was denn? Einen Abschiedsbrief?«

»Bestimmt nicht. Aber wenn sie so einfach weggerannt ist, hat sie ja alles zurückgelassen. Wir müssen suchen, Eduard, wir müssen etwas suchen, was uns hilft. Kommst du mit?«

Sie gingen die Treppe hinauf in Monikas Zimmer. Eduard stützte sich schwer auf Marias Schulter, als er ihr unberührtes Bett sah, die Stereoanlage, die Viola da Gamba, an einem Nagel hängend, den Notenständer, die Konzertflöte, die Bücher und den zerrupften Teddy, den sie seit ihrem dritten Lebensjahr mit sich herumschleppte und mit dem sie untrennbar verbunden war. Bis gestern... Daß sie den Teddy zurückgelassen hatte, war ein Beweis, daß sie aus diesem behüteten Leben für immer ausgeschieden war. Es war kein Beweis so stark wie dieser! Barrenberg rannen die Tränen wieder aus den Augen. Er setzte sich auf das Bett und war unfähig, weiter zu denken als: Sie hat den Teddy nicht mitgenommen. Ihren geliebten Teddy. Das muß das Ende sein.

Nach einer halben Stunde fand Maria zwischen den alten Schulheften das Tagebuch Monikas. Sie setzte sich neben Eduard auf das Bett, blätterte in dem Heft, zunächst ohne zu lesen, aber als sie auf den Namen Makaroff stieß, fuhr es wie ein heißer Schlag durch ihren Körper.

Sie atmete tief durch, schlug die erste Seite auf und begann zu lesen. Eduard Barrenberg stieß sie leicht an.

»Was ist das?«

»Spätzchens Tagebuch.«

»Sie hat ein Tagebuch geführt?«

»Danke dem Himmel dafür! Wir werden wissen, was in unserer Tochter vorgegangen ist. In unserer unbekannten Tochter, Eduard.«

»Lies vor!« sagte Barrenberg dumpf. »Bitte, lies vor.«

»Das kann ich nicht. Sie sah ihn flehentlich an. »Du – du hast in unserem Leben vieles von mir verlangt. Aber, bitte, verlange das nicht von mir. Lies es nachher selbst.«

Sie brauchte eine Stunde, um alles bis zur letzten Eintragung zu lesen. Eine Stunde ohne Worte, in völliger Stille, in der nur beider Atem zu hören war, und ab und zu putzte Eduard Barrenberg sich die Nase. Endlich stand Maria auf, gab das Tagebuch an ihren Mann weiter und ging zur Tür. Sie hatte einen merkwürdig steifen Gang, als seien alle Muskeln verhärtet.

»Wie schlecht haben wir gelebt«, sagte sie leise. »Wir haben nur in Fehlern gelebt. Lies es langsam, Eduard, auch wenn es dich verbrennt.«

Sie ging aus dem Zimmer, warf ihren Pelz über, verließ das Haus und fuhr mit ihrem kleinen Sportwagen nach Enkheim, zu Makaroff. Um Eduard Barrenberg kümmerte sie sich nicht mehr. Er las das Tagebuch und weinte dabei, als schnitte man langsam Stück um Stück von ihm ab.

Wer das geradezu versnobt bescheiden als »Landhaus« bezeichnete Wohnparadies von Hubert Bollwitz gesehen hat, dem imponiert so leicht nicht, was Makaroff mit seiner im klassizistischen Stil erbauten Villa am Hünengrab zu bieten hatte. Trotzdem war Monika beeindruckt, vor allem von den herrlichen Teppichen, den orientalischen Möbeln, den Gobelins. Makaroffs Hauptquartier verriet nur in der Fassade europäische Baukultur; das Innere des Hauses war vom Zauber maurischer Kunst und Lebensart erfüllt.

»Toll!« sagte Monika. »Einfach toll!« Sie legte sich auf eines der mit Seidenkissen überladenen Ruhebetten; es war ihr gleichgültig, daß ihre schmutzigen Schuhe Flecke auf den Bezügen hinterließen. »Sowas habe ich mal in Spanien gesehen, in Andalusien. Wir machten Bildungsurlaub und mußten von einer historischen Sehenswürdigkeit zur anderen hetzen, Papa immer vorneweg, mit einem Kunstführer in der Hand. Daraus las er laut vor. Wer sonst noch als Deutscher herumstand, bekam gratis alle Belehrungen mit.« Sie machte eine ausladende Armbewegung. »Arabisch, was?«

»Ein Mischmasch von allem, was aus dem Morgenland kommt«, sagte Makaroff. Er mixte den Begrüßungscocktail in einer Bar, die mit Wänden aus geschnitzten Ornamenten von der Wohnhalle abgetrennt war. »Ich habe das alles selbst zusammengetragen.«

»Sie lieben die Araber?«

»Ich mache auch mit ihnen Geschäfte. Gute sogar.« Makaroff kam zurück und drückte Monika das flache Glas in die Hand. Eine grünliche Brühe schwappte darin. Sie hob es an die Nase, schnupperte wie ein Kaninchen mit bebenden Nüstern und sah über den Glasrand zu Makaroff hinauf.

»Warum wollen Sie mich vergiften?«

»Das ist ein Cocktail, der ungemein erfrischt. Stammt aus Indonesien.«

»Haben Sie Dope hier?« fragte Monika.

»Warum?«

»In einer halben Stunde ist die neue Nadel fällig. Sie haben mich abgeschleppt, bevor ich mir was Neues kaufen konnte. Ich will nichts umsonst, auch von Ihnen nicht. Ich kann bezahlen. Ich habe Geld genug. Fast zweitausend Mark.«

»Ungeheuerlich!«

»Mit Ihrer Ironie können Sie mich nicht aufregen.«

»Woher hast du das Geld?« fragte Makaroff und betrachtete Monika erst jetzt genauer. Sie sah nicht verwildert aus; ihr Haar war ordentlich, ihre Haut rein, ganz im Gegensatz zu Jeans, Pullover und Parka, die jene Patina hatten, ohne die man in den Kreisen um Bibi nicht für voll genommen wurde. Auch Verwahrlosung kann eine Uniform sein.

»Kennen Sie das Märchen vom Sterntaler?« fragte Monika. Sie nippte an dem Cocktail. Er sah gefährlicher aus, als er schmeckte.

»Nein.«

»Da geht ein Mädchen in der Nacht spazieren, hebt sein Röckchen hoch, und schon regnet es Geld!« Monika lachte, es klang um eine Spur zu ordinär und überzogen. »So was nannten die früher Märchen! Dabei ist das Wahrheit. Es regnet immer Geld, wenn man das Röckchen hochhebt.«

»Du warst also schon auf dem Strich?« fragte Makaroff interessiert.

»Nein!« Sie sah ihn verbissen, abwehrbereit an. »Noch nicht! So, wie das Bibi macht, das muß ich erst noch üben! Da würde ich kotzen! Habe ich übrigens auch so. Aber zweitausend Mark sind dabei herausgekommen.«

»Das hört jetzt auf!« sagte Makaroff hart.

»Was geht das Sie an?!«

»Irgendwie fühle ich mich für dich verantwortlich.«

»Ach nee. Weil ich bei Ihnen ungewollt Freddy den Goldenen gedrückt habe? Und weil Sie mich seitdem in der Hand haben? Polizei oder Bett?! Ich hab's doch geahnt, als Sie mich aufluden!«

Monika trank das Glas leer und warf es einfach weg. Auf dem dicken Teppich zerschellte es nicht, sondern rollte ein Stück, bis es an einem marokkanischen Lederhocker liegenblieb. »Freiwillig tu ich's nicht. Aber ich nehme an, Sie wollen mich vergewaltigen. Ein schönes Ekel sind Sie! Locken mich hierher, wo uns keiner hört und sieht. Uns hört doch keiner, nicht wahr? Ich kann so laut schreien, wie ich will. Windstille!«

»Das stimmt. Hier kann ich mit Kanonen schießen, und keiner kümmert sich darum. Aber ich fasse dich nicht an.«

»Das soll ein Wort sein.«

»Ich brauche dich für andere Dinge.«

»Perverse Sauereien sind bei mir nicht drin!«

»Hast du nichts anderes mehr im Kopf, als so was?« sagte Makaroff laut.

»Ich habe in ein paar Wochen gelernt, daß ihr Männer alle zum Kotzen seid! Bibi hat mir das vorgeführt, in Hotelzimmern, in Pensionen, in schönen, großen, teuren Autos, auf Waldwegen, einmal auch in einer Maisonettewohnung. Überall saß ich in einer Ecke, guckte zu, als lebende Sirene, falls die Kerle wild werden sollten. Und ich habe mich immer gefragt: So sehen die Männer also wirklich aus, wenn sie für einen Bums aus der Hose steigen? So benehmen sie sich alle, wenn sie auf einer Frau liegen? So – so tierisch? Ich weiß nicht, wie man das anders ausdrücken soll. Mir war immer flau im Magen, wenn ich mit Bibi wieder auf der Straße stand, und Bibi sagte: ›Man müßte einen Wohnwagen haben mit einer großen Badewanne und sich hinterher sofort hineinlegen und liegenbleiben, bis man aufgeweicht ist. Verdammt, man müßte jedesmal die Haut wechseln können ...‹ Bibi ist gar nicht so dämlich, wie sie sich gibt. Sie hat ja so recht. Man müßte jedesmal die Haut wechseln ...«

Sie zog die Beine an, verteilte den Schmutz an ihren Schuhen auf weitere Seidenkissen, und sah Makaroff mit einer merkwürdigen Traurigkeit an, hinter der Erwartung lauerte. »Was wollen nun Sie von mir? Aus himmlischer Nächstenliebe haben Sie mich doch nicht mitgeschleppt? Wenn Sie mich in so ein Haus einladen, in solch einen orientalischen Palast, wollen Sie doch auch den Pascha spielen?«

»Beruhigt es dich, wenn du weißt, daß ich in Kürze heiraten werde?«

»Nein! Die Verheirateten sind die Verrücktesten. Unter Bibis Kerlen war nicht ein einziger Junggeselle. Doch ja, ein Witwer. Bei dem mußte Bibi immer eine große Schleife ins Haar binden und ›O bitte nicht, Onkel! Nein, Onkel!‹ rufen. Und Onkelchen fragte: ›Wie alt bist du?‹ – Und Bibi antwortete: ›Dreizehn!‹ – Dann kam Onkelchen so richtig in Fahrt.«

»Es hat keinen Sinn, mit dir noch weiterzureden,« sagte Makaroff und setzte sich Monika gegenüber in einen weichen Ledersessel. »Du bleibst hier und kannst tun, was du willst. Dein Schlafzimmer kannst du von innen abschließen. Es hat keine Geheimtüren, auch keine versteckte Bodenklappe. – Denkst du an deinen Vater?«

Diese Frage war wie ein Schuß. Monika zuckte zusammen.

»Nein!« antwortete sie schroff. »An ihn nicht. Aber an Mama.«

»Du hast sie sehr gern?«

»Sie ist der einzige Mensch, den ich liebe.«

»Warum?«

»Warum? Warum?! Ist das eine Frage? Mama lebt in dieser verdammten Welt wie eine Heilige! Darum wird sie auch betrogen und merkt es nicht, weil Betrug für sie kein Begriff ist.«

»Siehst du sie nicht ein wenig zu idealistisch?« fragte Makaroff.

»Lieben Sie Ihre Mutter nicht?«

»Ich kenne sie nicht. Sie wurde 1944 von deutschen Soldaten erschossen. Ich war vier Monate alt und lag in einer Höhle. Zusammen mit dreiunddreißig Frauen, neunzehn Männern und noch zwölf anderen Kindern. Sie bildeten eine Partisaneneinheit, hoch oben in den Bergen. Meine Mutter wurde gefaßt, als sie im Tal Lebensmittel für uns holen wollte, vor allem Milch für die Kinder, auch für mich. Man hat sie sofort erschossen. – Das hat man mir alles später erzählt und auch Bilder meiner Mutter gezeigt. Sie war eine schöne Frau. Mein Vater überlebte, zog mich groß und wurde sinnigerweise von den Russen erschossen, weil er – patriotisch wie er nun mal war – an eine Hauswand malte: Freiheit für alle Völker! – Da war ich fünfzehn und mußte mich allein durchboxen.«

»Sie reden wie mein Vater!« sagte Monika mit saurer Miene. »Immer das große Alibi Krieg. Für alles! Für das Schuften, für den Wohlstand, für die kapitalistische Revanche, für Fressen, Saufen, Reisen, Huren … Es gibt ja nichts, was ihr mit eurem Krieg nicht motivieren könnt! Ihr armen Säue – was hättet ihr wohl gemacht, wenn es keinen Krieg gegeben hätte? Wie beschissen ständet ihr dann da! An nichts könntet ihr euch anklammern, mit nichts könntet ihr uns belehren, wie wertvoll es ist, zufrieden und vollgefressen zu sein!«

»Ich müßte dir jetzt eine runterhauen!« sagte Makaroff ernst.

»Das Double meines Vaters! Wer euer Kriegserlebnis zum Kotzen findet, muß verprügelt werden! Die Jugend hat zu lernen, daß nicht eine freiheitliche Gesellschaftsordnung, sondern Stalingrad der einzige Maßstab ist! Wie ich meinen Vater höre! Dabei sind Sie schon die andere Generation … Haben Sie noch einen Cocktail für mich?« Sie blickte auf eine vergoldete Uhr, die neben der Bar hing. »In 'ner halben Stunde ist der Druck fällig.«

»Du spritzt nach der Uhr?« fragte Makaroff.

»Habe ich auch von Bibi gelernt. Nie abwarten, bis man voll auf Turkey ist. Immer vorher abbremsen, wenn's anfängt, im Bauch zu kugeln. So wie das Freddy gemacht hat, ist das tierisch. Aber der hatte ja nie genug Dope! Der konnte ja nie frühzeitig abfangen. Das kommt mir nicht vor. Ich weiß, wann die nächste Nadel fällig ist.« Sie schob die Beine von den Seidenkissen und setzte sich. »Warum sehen Sie mich so dumm an?«

»Ich überlege etwas«, sagte Makaroff.

»Wenn es mit mir zusammenhängt, sollten Sie Ihre Gedanken sofort wegwerfen. Ich tue, was ich will. Davon hält mich auch Ihr orientalischer Zauber nicht ab.«

»Ich überlege, ob man dich nicht später entwöhnen könnte.«

»Das ist ein Witz!« Monika zog ihren Pullover aus. Es war warm im Haus. Unter dem Pullover trug sie nur einen knappen BH. Makaroff war sich nicht im klaren, ob das nun eine Provokation oder nichts als die Befreiung von einem lästigen Kleidungsstück war. »Warum? Wollen Sie mich doch noch zu Ihrer Nebenfrau machen? Dann lassen Sie mir den Druck. Ich wäre high eher bereit, mit Ihnen zu schlafen, als im nüchternen Zustand.« Sie lachte wie über einen ordinären Witz, als sie sagte: »Ich bin nämlich im Grunde ein sehr anständiges Mädchen.«

»Ich weiß. Aus einer angesehenen Familie.«

»Und ich flippe aus, weil ich mich verkannt habe. Ich habe immer gedacht: Du bist anders als die anderen. Du schaffst den Absprung. Du hast ja den festen Willen dazu. Und du hast einen Freund, der dir dabei helfen kann. Aber dann sah alles ganz anders aus. Die Nadel war stärker. Holger weiß von gar nichts – ich habe es nicht fertiggebracht, ihm das zu erzählen. Ich sehe ihn auch nicht wieder. Ich habe nie geahnt, daß mein Körper so auf das H reagiert. Ein unheimliches Gefühl – und Sie haben auch Schuld!«

»Ich weiß. Ich drücke mich nicht davor.«

»Sie haben mir als erster das völlig reine H gegeben. Das H 4. Das hat mein Körper aufgenommen wie Honig! Nun muß ich damit leben. Es gibt keine Flucht mehr. Ich stecke für immer drin.«

»Ich warte noch eine Information ab, Monika, und dann werden wir uns zusammen bemühen, den stärksten Turkey, die schrecklichste Hölle der Entziehung durchzustehen.«

»Welche Information?«

Makaroff schwieg und mixte Monikas neuen Cocktail. Der Zusammenbruch deines Vaters, dachte er, während er das Eis im Mixbecher klingeln ließ. Der völlige Ruin des Eduard Barrenberg. Der Sturz eines Giganten ins Nichts. So wird er es empfinden, denn er hält sich ja für einen Übermenschen. Der Zerfall ist schon eingeläutet, die Tochter ist im Nichts verschwunden. Der nächste Schlag wird die Vorlage der Fotos sein. Maria Barrenberg in den Positionen einer Dirne. Das sprengt auch einen Felsen wie Barrenberg auseinander.

»Du wirst mich später hassen!« sagte Makaroff, schüttete den Cocktail durch ein Sieb, füllte das Glas und servierte es Monika, als sei er gelernter Barmixer. »Und das zweimal! Zuerst wünschst du mir den Satan an den Hals, wenn du kein H mehr bekommst und ich dich festbinde, wenn's sein muß. Dann wirst du ganz kurz glücklich sein, um mich bald darauf zu verfluchen.«

»Machen Sie einen Lehrgang als Wahrsager, oder wollen Sie jetzt auch noch Horoskope herstellen?« Monika nahm das Glas und hing ihre Zungenspitze hinein. Es sah verspielt, kindlich und ungemein verworfen aus. Wollen Sie Tag und Nacht hier herumsitzen und mich anstarren?«

»Das hatte ich eigentlich nicht vor.«

»Dann frage ich mich, wie Sie mich bewachen wollen? Wer hindert mich daran, von hier abzuhauen?«

»Niemand.«

»Sie lassen keine Hunde los?«

»Ich besitze gar keine.«

»Es streicht kein Gärtner ums Haus?«

»Wir sind hier allein.«

»Sie putzen und waschen doch nicht!«

»Dazu kommen halbtags zwei Frauen. Wenn ich sie brauche.«

»Ich kann also aufstehen und weggehen?«

»Das könntest du.«

»Aber? Da hängt doch noch ein ›aber‹ am Satz.«

»Du gehst nicht weg.«

»Ach, und warum nicht?«

»Weil du genau weißt, daß du hier alles hast, was du brauchst. Weil du alles bekommst, ohne dich dafür zu verkaufen: Ein Dach, ein Bett, ein Essen, Wärme, Trockenheit, Geborgenheit, Diskretion, Freiheit ... «

»Und immer Dope, wenn ich sie brauche.«

»Das ist es!« Makaroff lächelte sie an. »Bis ich sage: Stop!«

»Dann bin ich aus dem Fenster, großer Wohltäter.« Sie kippte den Cocktail mit nach hinten geworfenem Kopf hinunter, stellte aber das Glas diesmal sittsam auf den Tisch und warf es nicht durch die Gegend. »Was machen wir jetzt?«

»Ich gehe in mein Arbeitszimmer und kümmere mich um meine – Künstler. Du kannst machen, wozu du Lust hast. Platten hören, fernsehen, herumdösen, lesen, schlafen, – ganz wie dir zumute ist.«

Sie hob die Schultern, zog ihre Umhängetasche zu sich, öffnete sie und holte das verchromte Kästchen heraus. Sie stellte es auf den Tisch und ließ den Deckel aufspringen.

»Kennen Sie das noch?«

»Natürlich. Ich habe dir doch den Kasten geschenkt.«

»Die Spritze habe ich dreimal ausgewechselt, auch die sterile Watte. Die sogar jede Woche. War ein gutes Geschenk, Petro. Ist doch richtig so? Sie heißen Petro?«

»Ja. Auf das ›Sie‹ kannst du auch verzichten.«

»Vielleicht später. Falls ich bleibe. So sicher ist das nämlich noch nicht. Sie sind mir irgendwie unheimlich, Petro.«

»Weil ich mich nicht auf dich stürze, wenn du dir den Pullover ausziehst?«

»Auch. Aber nicht nur deshalb. Ich habe da ein Gefühl, das ich nicht erklären kann. Das ist so ähnlich wie bei einer Seilbahn. Sind Sie schon mal mit einer Seilbahn gefahren, hoch auf einen Berg? Da stecken Sie in einer engen Kabine, schweben zwischen Himmel und Erde, die Welt liegt hinter Ihnen, vor Ihnen wächst die Felswand auf, und Sie hängen nur an ein paar dünnen Drahtseilen, die über Rollen laufen, die an Stahlmasten montiert sind, und zwischen Ihnen und dem Abgrund ist nur eine dünne Bodenplatte aus Stahl, mit Holz belegt, und die Gondel schwankt im Wind und schwankt noch mehr, wenn Sie einen Mast passiert, und wir alle in der Gondel quieken wie die Ferkel, halten uns fest und lachen hysterisch... Wir glotzen aus dem Fenster, bewundern die herrliche Welt, freuen uns, so etwas Schönes sehen zu können, und haben gleichzeitig den Magen voll Übelkeit und so ein Gefühl in der Brust – ebenso ein Gefühl, das ich habe, wenn ich Sie ansehe, Petro.«

»Das wird vergehen«, sagte Makaroff. »Man gewöhnt sich auch an die Gondel.«

»Manche nie. Ich brauche nachher H...«

»Ich gebe dir ein halbes Halbe, das reicht.« Makaroff griff in die Tasche und warf ein Faltblättchen auf den Tisch. Monika sah ihn böse an.

»Das reicht nicht mehr!«

»Es ist das reinste, was es gibt. Fast hundertprozentig.«

»Wenn es zu wenig ist, haben Sie nachher den Tanz!« sagte Monika. Sie stand auf und zog das Faltblatt an sich. »Petro, machen wir einen Vertrag: Ich bleibe nur bei Ihnen, wenn ich nicht um jeden Krümel zu betteln brauche.«

»Du sollst zufrieden sein!« sagte Makaroff. »Sieh dich im Haus um; ich muß jetzt etwas Produktives tun.«

Er blieb vor Monika stehen, zögerte, hob dann die Hand und strich ihr über das Haar. Als sei das schon zuviel gewesen, wandte er sich brüsk ab und verließ mit weiten Schritten den Raum.

Monika blickte ihm mit vorgewölbten Lippen nach, den Kopf zur Seite geneigt, die Augen zusammengekniffen. Als er die Hand hob, hatte sie sich steif gemacht und die Brust vorgewölbt. Die schwebende Gondel... Man hat Angst und findet es trotzdem schön. Nun lief er davon und knallte die Tür hinter sich zu.

»Blödmann!« sagte Monika gepreßt. »Von allein komme ich nicht.«

Das Haus war ein orientalisches Märchen.

Monika lief herum, blickte in alle Zimmer, stand staunend vor der riesigen Badewanne aus grünem Marmor, mit goldenen Armaturen, legte sich auf eines der Betten im angrenzenden Schlafzimmer, öffnete die Schränke und fand sie gefüllt mit Wäsche, korrekt gestapelt, ausgerichtet wie die Soldaten. In einem Schrank hingen Damennachthemden und Negligés aus Batist, französischen Spitzen oder arabischer Brokatseide, sortiert nach Größen und Farben. Petro Makaroff schien ein Wäschefetischist zu sein, der seine jeweiligen Partnerinnen erst in teure Gewänder kleidete, ehe er sich seinen Leidenschaften hingab. Das sieht ihm ähnlich, dachte Monika. So etwas ist ihm zuzutrauen. Jede Frau muß eine Prinzessin sein, – sein Glück ist erst dann vollkommen, wenn er dieses Märchengeschöpf entkleiden kann, in dem Genuß schwelgend, etwas so Kostbares allein zu besitzen. Der kleine Partisanenjunge aus den Bergen, der nichts besaß als ein Hemd und zerrissene Hosen.

Sie suchte sich eines der Nachthemden aus, zog Jeans und Schlüpfer herunter, warf den BH weg und streifte sich das Hemd über. Es bedeckte zwar ihren Körper, aber ihre Nacktheit schimmerte durch. Sie drehte sich vor dem breiten Spiegel und begeisterte sich selbst an dem lockenden Anblick, an dem perlmuttenen Schimmer ihrer Haut, an den Rundungen der Hüften und Schenkel und der Straffheit ihrer Brüste. Sie schleuderte die Schuhe von sich und schlüpfte in goldbestickte orientalische Schnabelpantöffelchen, zog einen leichten Seidenmantel über und trippelte vor dem Spiegel hin und her, mit den dummen, unnatürlichen, gezierten Bewegungen eines Mannequins. Sie fand es köstlich, lachte ihr Spiegelbild an und nahm sich vor, Makaroff zu bitten, ihr diese Kombination zu schenken.

Dann kehrte sie in die große Wohnhalle zurück, ging zur Bar und suchte nach einer Flasche Mineralwasser. Das erste, was sie fand, in einer Schublade über dem Kühlschrank, die sie aus Neugier aufgezogen hatte, war eine ziemlich große Pistole. Mit spitzen Fingern berührte sie die Waffe, nahm sie dann vorsichtig in die Hand, betrachtete sie von allen Seiten, legte den Zeigefinger über den Abzug, hob die Pistole in Augenhöhe und zielte mit ausgestrecktem Arm gegen das Fenster zum Garten. Es war das erstemal, daß sie eine Pistole in der Hand hielt. Sie wußte zwar, daß ihr Vater eine Waffe besaß, ein Überbleibsel aus der Militärzeit, geliebte Kriegserinnerung, wie so vieles, aber sie hatte sie nie sehen, geschweige denn berühren dürfen.

Fast mit Ehrfurcht legte sie die Pistole zurück in die Schublade, untersuchte den weiteren Inhalt, fand ein Mixbuch »Die 100 besten Bar-Rezepte«, drei lange Rührlöffel, ein kleines Haarsieb und ganz hinten in der Schublade ein billiges Pappkästchen. Sie schüttelte es am Ohr, es klapperte darin, als seien es Ansichtskarten, aber als sie den Deckel abhob, waren es Fotos. Im dämmrigen Barlicht sah sie zunächst nur, daß es Pornoaufnahmen waren. Ein Mann und eine Frau auf und vor einem prunkvollen Bett, in Situationen, die sie von ihrer Bewacherfunktion bei Bibi kannte. Tarif: Von hundert Mark an aufwärts.

Monika fand auch die Flasche Mineralwasser, klemmte das Pappkästchen unter den Arm, ging zu einem Sessel am Fenster und setzte sich. Sehen wir uns das mal an, dachte sie, was der Pascha Makaroff da gesammelt hat und was ihn so begeistert. Eigentlich fand sie es enttäuschend, daß Makaroff solche Bilder nötig hatte, um in Stimmung zu kommen oder sich damit die Einsamkeit zu vertreiben. Es paßte nicht zu ihm, der so traumhafte Negligés im Schrank hängen hatte und immer darauf vorbereitet war, eine Frau zu verwöhnen. Solche Fotos machten ihn zum kleinen miesen Spießer, der heimlich mit roten Ohren in den Sexmagazinen blättert und sich unerfüllbaren Wunschträumen hingibt. Hatte Makaroff das nötig?

Sie hob den Deckel wieder ab, nahm das erste Foto heraus und hielt es ins Licht. Dann begann sie heftig zu zittern, rutschte aus dem Sessel auf die Knie, schüttete alle Fotos auf den Teppich, zerteilte sie mit fliegenden Händen, sortierte sie, legte sie nebeneinander... Dann faltete sie die Hände, führte sie zum Mund und biß in die weiß gewordenen Knöchel.

Eine Heilige starb. Ein Engel stürzte.

Als sie ein Bild vom Boden riß, es in der Faust zerknüllte und es sich in sinnlosem Vernichtungsdrang in den Mund stopfte, erstickte sie damit auch ihren Aufschrei. Mutter...

Makaroff blickte auf, als die Tür seines Arbeitszimmers klappte. Es war der wertvollste Raum seines Hauses ... eine Bibliothek mit einer langen Bücherwand. Hinter dem Schreibtisch hing, indirekt beleuchtet, ein prachtvolles Gemälde: Ein echter Monet.

Makaroff hatte gerade mit seinem Büro telefoniert. Die kurdischen Abgesandten waren wieder erschienen, aber da keiner wußte, wo Makaroff sich aufhielt, waren sie wieder gegangen. Hinterlassen hatten sie nichts, aber Makaroff ahnte, daß es um neue Verträge gehen mußte. Die Kurden brauchten noch mehr Waffen; ihr Rund-um-Partisanenkrieg war sonst nicht durchzuhalten. Vor allem brauchten sie leichte Kanonen, Panzerabwehrwaffen, Minenwerfer. Waffen, die man zerlegen und auf dem Rücken in die Berge schleppen konnte. Und wiederum würden sie mit Heroin bezahlen. Mit der besten, reinsten Ware, die je auf den Markt gekommen war.

In der Tür stand Monika. Makaroff sah zunächst nur ihr orientalisches Nachtgewand und lachte.

»Du siehst wundervoll aus! Nimm dir, was dir gefällt!«

»Das werde ich!« sagte sie mit einer fremden, dumpfen Stimme. Aber Makaroff fiel das nicht auf.

»Ich muß dich lediglich darauf aufmerksam machen, daß alle, die diese Kleider getragen haben, auch meine Geliebten waren. Oder Aussicht haben, es zu werden.«

»Hat meine Mutter vorher auch so ein Hemd getragen?« fragte sie hart.

Makaroffs Kopf zuckte hoch. Erst jetzt sah er, daß Monika seine 9-mm-Pistole auf ihn gerichtet hatte. Ihre Hand war ganz ruhig, ihr Gesicht versteinert. Jetzt gleicht sie Maria, dachte Makaroff. Die gleiche Haltung, die gleichen Augen...

»Leg das dumme Ding weg, Monika!« sagte Makaroff ruhig.

»Ich habe die Fotos gefunden...«

»Wenn man schnüffelt...«

»Ich suchte Wasser.«

»In der Schublade?«

»Du Schwein, du ekelhaftes Schwein!« rief Monika. »Deshalb hast du mich zu dir gebracht! Darum dein Interesse an mir! Erst die Mutter, dann die Tochter – das ist Familiensinn!« Sie holte tief Atem. »Wie hast du das geschafft, das mit meiner Mutter? Wie ist das überhaupt möglich?! Erklär mir das, erklär mir das sofort! Meine Mutter tut so etwas nicht, sie hat das nie getan. Aber mit dir hat sie es getan! Warum? Wann? Wo? Los, rede schon, du Schwein!«

»Leg die Pistole weg, Monika«, sagte Makaroff eindringlich.

»Warum hat sie es getan?!« schrie Monika. »Warum hat sie sich so – so fotografieren lassen?! Das ist doch nicht mehr meine Mutter! Das ist sie doch nicht! Was hast du mit ihr gemacht?! Du hast mir meine Mutter weggenommen!«

»Das Spielen mit Pistolen scheint eine Barrenberg-Krankheit zu sein.« Makaroff stand langsam und vorsichtig auf. Er wußte, daß die Waffe geladen und entsichert war. Er war ein vorsichtiger Mann, der die so seltenen Besuche in diesem Haus erst von der Bar aus zu betrachten und zu testen pflegte, die offene Schublade vor seinem Bauch. »Erst lauert mir Vater Eduard mit seiner Pistole auf, dann will mich Mutter Maria erschießen, jetzt spielt das Töchterchen Monika ihre Wild-West-Anni!« Er streckte die Hand aus. »Gib das Ding her!«

»Du kennst meinen Vater?« fragte Monika heiser.

»Flüchtig. Von weitem. Ich wundere mich selbst, daß er noch lebt. Wir teilen uns die Geliebte...« Makaroff verlor seine Zurückhaltung. Es hatte keinen Sinn mehr, das Spiel noch weiterhin im Verborgenen zu treiben. Die Fotos in Monikas Hand veränderten die Situation total. Jetzt geht es an das große Aufräumen, dachte er, fast zufrieden. Barrenberg ist zerstört. Er ist gescheitert. Diese Familie gibt es nicht mehr. Diese angesehene Familie...

»Bettina!« sagte Monika. Sie spuckte den Namen aus.

»Ja. Ich werde sie heiraten. Wenn ich mein Ziel erreicht habe.«

»Du wolltest meinen Vater vernichten!« sagte Monika. »Mit irgendeinem hundsgemeinen Trick hast du meine Mutter zerstört!«

»Ich staune, daß du trotz der Heroinparalyse noch so logisch denken kannst. Du bist ein außergewöhnliches Mädchen.«

»Was du Freddy erzählt hast, war Lüge!«

»Ja.«

»Du bist gar kein Künstleragent.«

»Ich bin vieles – aber das leider nicht!«

»Und du wolltest mich hier fertigmachen wie meine Mutter! In doppelter Ausführung! Vollpumpen mit Stoff, und dann ins Bett mit automatischer Kamera! Oh, du Schuft! Du verdammtes Miststück! Du Bestie!«

Sie hob die Pistole und zielte mit zusammengekniffenem Auge. Makaroff drückte das Kinn an und blähte die Nasenflügel.

»Spiel nicht mit so einem Ding herum –«,sagte er beschwörend. »Monika, leg es weg! Du siehst doch, daß sie nicht geladen ist.«

»Ich habe noch nie geschossen«, sagte sie tonlos. »Ich habe noch nie so was in der Hand gehabt. Aber ich weiß, wo man abdrücken muß.«

»Es wird klick machen und weiter nichts!« Makaroff kam noch einen Schritt um den Schreibtisch herum. »Weil sie nicht geladen ist. Aber wenn sie klick gemacht hat, wenn du also – theoretisch – auf mich geschossen hast, dann haue ich dich so durch, daß du froh sein wirst, noch ein bißchen weiterleben zu dürfen!« Und plötzlich brüllte er: »Gib die Pistole her! Sofort!«

Er schnellte nach vorn. In derselben Sekunde blendete ihn das Mündungsfeuer, er spürte den Schlag in seiner Brust und hörte dann erst den Knall. Ein 9-mm-Geschoß, aus dieser kurzen Entfernung einschlagend, hat eine ungeheure Wucht. Makaroff wurde mit pendelnden Armen herumgerissen, stürzte gegen die Tischkante, wollte sich daran festhalten, aber in ihm blähte sich etwas auf, er fühlte sich wie ein Ballon, der überdehnt wird, der Atem wurde abgedrückt, das Herz schwoll, hinter den Augäpfeln klopfte es wie mit Schmiedehämmern. Er knickte ein, fiel auf die Knie, dann auf das Gesicht, er spürte noch, wie Wollfusseln des Teppichs in seine Mundhöhle drangen, weil er in den Teppich biß, und dann erreichte der Druck sein Hirn und schaltete das Bewußtsein für immer ab.

»Sie – sie war ja doch geladen, Petro ... « sagte Monika mit kindlicher Stimme. »Nun siehst du, wie ich schießen kann? Nun siehst du es ... «

Sie ließ die Pistole fallen, rannte aus dem Zimmer, warf sich in der Wohnhalle auf das arabische Ruhebett und wühlte den Kopf in die Seidenkissen.

Als sie wieder klar denken konnte, wußte sie nicht, wie lange sie so gelegen hatte. Sie nahm ihre Umwelt wieder wahr, weil es ununterbrochen klingelte und weil ihr Körper nach Heroin schrie. Die Frist bis zu einer neuen Nadel war längst überschritten. Sie fror erbärmlich, ihr Magen krampfte sich zusammen, kalter Schweiß ließ das Nachthemd an ihrem Körper kleben. Sie stand auf, tappte auf nackten Füßen herum und wußte nicht, woher das Klingeln kam. Dann ging sie in die Eingangshalle, hörte dort aus einem goldenen Kasten das Schrillen, drückte auf alle Knöpfe, die neben der Tür in die Wand eingelassen waren, riß die Tür weit auf und kehrte ins Haus zurück.

Wer es auch ist – holt mich ab! Bringt mich weg von hier! Werft mich auf den Müll! Bitte, werft mich auf den Müll! Ich will nicht mehr ... ich will nicht mehr ...

Wie ein verschwommenes Bild sah sie ihre Mutter plötzlich vor sich stehen. Das war unmöglich, das war ein Wahngebilde, aber dieses Wahngebilde sagte:

»Wie kommst du hierher? Wie siehst du denn aus? Monika, O Gott, Monika, was hat er mit dir gemacht? Wo ist Makaroff?«

Und sie antwortete diesem Wahngebilde: »Ich habe ihn erschossen, Mama. Mit einer ungeladenen Pistole erschossen. Ist das möglich, Mama? Er hat selbst gesagt, sie sei nicht geladen. Aber ich habe ihn erschossen ... «

Plötzlich wurde das Bild klar. Ihr Körper schrie nach Heroin und warf sie mit aller Brutalität ins Leben zurück. Es war wirklich ihre Mutter, sie stand in der Halle, bleich, aber gefaßt, ihr Atem flog, und Monika sah sie starr an, sah, wie ihre Brust auf und nieder ging, und sie dachte an die Fotos und an das Ende der Heiligkeit und an die Zertrümmerung der Welt und sagte ohne Schwanken in der Stimme:

»Er liegt in seinem Arbeitszimmer. Du kennst es ja...«

»Ich weiß nicht, wo das ist.« »Du kennst doch dieses Haus!« »Ich war noch nie hier!«

»Ich habe die Fotos gefunden...«

»Er hat also doch noch Abzüge! Ich werde dir alles erklären! Es war in Bad Homburg...«

»Nicht hier?«

»Mein Gott, frag jetzt nicht soviel! Du mußt weg von hier! Sofort weg!«

»Ich muß fragen! Ich habe ihn wegen der Fotos erschossen!«

»Es war ein Unfall!«

»Ich habe geschossen!

»Es war ein Unfall, wie bei Freddy...«

Monika wirbelte herum. »Was weißt du von Freddy?« schrie sie.

»Alles, ich weiß alles. Wir wissen alles, dein Vater und ich! Aber nur wir allein! Ich habe dein Tagebuch gefunden. Es ist weg. Papa hat es verbrannt.«

»Papa!« Ihr Kopf zuckte wieder hoch. »Lügt er noch immer?«

»Er hat mir von Bettina erzählt. Ich habe ihm die Fotos gezeigt. Es war ein großes Saubermachen. Aber jetzt weiß er nicht, wo ich bin. Daß Makaroff hier wohnt, habe ich durch Zufall erfahren; ich bin ihm eines Tages nachgefahren. Mein Gott, wir müssen weg! Zieh dich sofort um!«

»Ja, Mama.« Monika zog sich aus und hockte nackt auf dem Ruhebett. Ihre Nerven krampften sich zusammen. Im Mund begann sich der alarmierende pelzige Geschmack auszubreiten. »Ich muß mir einen Druck machen«, sagte sie. »Sofort!«

»Spätzchen...« stammelte Maria Barrenberg. »Bitte...«

»Ohne das drehe ich durch! Willst du, daß ich durchdrehe?! Ausgerechnet jetzt? Du hast es doch gelesen, Mama. Wenn ich mir jetzt nicht einen Schuß gebe...«

»Bitte nicht! Bitte, Spätzchen!«

»Ich – ich kann doch nicht anders. Sieh dir das an! Sieh dir das doch an!« Sie hob die Hände hoch. Sie zitterten wie in einem Schüttelfrost. »Du mußt mir helfen, Mama. Bitte, hilf mir!«

»Helfen?«

»Guck dir meine Hände an. Ich verschütte zuviel! Er hat mir nur ein halbes Halbe gegeben. Da darf nichts verschüttet werden, gar nichts. Du mußt mir helfen, Mama, du mußt das H aufkochen. Ich sag' dir, wie man's macht. Du mußt, Mama!«

»Das kannst du nicht verlangen!« Maria Barrenberg begann zu weinen. Still, demütig, wie es ihre Art immer gewesen war. Die Tränen rannen ihr über die Wangen in die Mundwinkel. »Ich kann das nicht.«

»Willst du mich verrecken lassen?« schrie Monika. »Ich verrekke, sage ich dir! Da in dem Kasten ist alles – und Kerzen stehen genug herum. Ich sage dir, was du tun mußt!«

So nahm Maria Barrenberg den Löffel, streute das Heroin hinein, kochte mit ein paar Tropfen Wasser die schreckliche Injektion auf, hielt den Löffel über eine Kerze, bis Monika »Halt!« sagte, zog die Spritze mit der Flüssigkeit auf und hielt Monikas Arm fest, während sie sich die Nadel in die Vene stach.

Dann kam die Reaktion. Der Körper bäumte sich auf, die Hitzewelle durchschoß Hirn und Adern, das Atmen wurde zum Keuchen, und Maria Barrenberg drückte den nackten, zitternden Körper ihrer Tochter an sich, streichelte sie, preßte sie ganz fest gegen sich, spürte, wie sich die Verkrampfungen lösten, wie der Körper gierig das Gift verarbeitete, und wie unter ihren Händen ein Mensch, ein Stück von ihr, nur deshalb in eine klare Welt zurückkehrte, weil er wiederum die Zerstörung seiner selbst betrieben hatte.

Während Monika mit starrer Kühle alles aufräumte, Hemd und Negligé in den Schrank zurückhängte, die Pantoffeln wegstellte, ihre eigenen Kleider anzog, die Kissen glattklopfte, die Gläser spülte und glaubte, alle Spuren beseitigt zu haben, war Maria Barrenberg in Makaroffs Arbeitszimmer gegangen. Sie kam mit versteinertem Gesicht, aber äußerlich sehr ruhig zurück. Sie brachte die Pistole mit, den Griff mit einem Taschentuch umwickelt.

»Er ist wirklich tot!« sagte sie. »Bist du fertig, Spätzchen?«

»Ja, Mama.« Monika lehnte an der Bar. Sie hob die Schachtel mit den Fotos hoch. »Hier sind die Bilder.«

»Wir werden sie zu Hause verbrennen. Wie alles, was hinter uns liegt. Wir wollen alles anders machen. Einverstanden? Papa und ich und vor allem du, wir sind alle noch jung genug, um ein neues Leben zu beginnen. Für Papa und mich werden es vielleicht noch zwanzig Jahre sein – aber das lohnt sich doch? Das sind mehr Jahre, als du bisher gelebt hast. Soviel haben wir noch vor uns! Und du erst, Spätzchen! Ein ganzes Leben. Das hat doch eben erst begonnen! Wollen wir jetzt alles anders machen, Spätzchen?«

»Wenn es noch geht, Mama...«

»Wir müssen schwer dafür schuften, Spätzchen. Nicht mit dem Körper. Hier drinnen, mit dem Herzen, mit der Seele. Wir haben alle viel zu verarbeiten. Aber wir schaffen es! Ich bin mir ganz sicher, daß wir es schaffen!«

»Jetzt redest du wieder wie Papa«, sagte Monika leise. »Nur mit anderen Worten. Ein Barrenberg läßt sich nicht unterkriegen! Auch wenn er auf dem Rücken liegt, kann er noch Bogen pissen...« Sie stieß sich von der Barwand ab. »Gehen wir, Mama?«

»Hast du nichts vergessen?«

»Nein.« Sie lächelte etwas verzerrt. »Wo ich gelandet bin, brauchte man kein großes Gepäck.«

Niemand sah sie, als sie abfuhren. Es war wirklich eine sehr stille Gegend.

Auf der Rückfahrt machten sie einen Umweg, fuhren in das Enkheimer Naturschutzgebiet zum Riedteich, versenkten dort die Pistole, indem sie einen großen Stein an den Griff banden und fuhren dann nach Frankfurt zurück.

An einer Telefonzelle hielt Maria Barrenberg, stieg aus, betrat die Zelle und wählte die Nummer der Polizei.

»Wer ist zuständig für Tote?« fragte sie.

Der Beamte schien solche Fragen nicht gewöhnt zu sein; er war etwas irritiert.

»Unfall?« fragte er.

»Mord.«

»Wer spricht denn da?«

»Der Tote liegt in einer Villa in der Nähe des Hünengrabes bei

Enkheim. Haus Nummer 4. Der Tote heißt Petro Makaroff.« Maria Barrenberg schüttelte den Kopf, als sitze sie dem Beamten gegenüber. »Nein, es war eigentlich kein Mord. Ein Unfall. Die Pistole war nicht geladen. Aber sie war doch geladen.«

»Von wo rufen Sie an?« schrie der Beamte. Maria legte auf und ging zurück zum Wagen. Monika, mit großen, glänzenden Heroinaugen, lächelte sie an.

»Was sagte die Polizei?«

»Wo sind Sie? Wie heißen Sie?«

»Total bekloppt!« Monika lachte etwas schrill. »Erwarten die wirklich eine Antwort darauf?«

Maria Barrenberg fädelte den Wagen in den Verkehr ein und blickte starr auf die Straße. Sie hatte Angst, aber sie zeigte es nicht. Angst vor den kommenden Tagen und Wochen, Angst vor Eduards möglichem Zusammenbruch, Angst vor Monikas Entziehungsterror, Angst, daß sie doch eine Spur bei Makaroff hinterlassen hatten, Angst vor dem künftigen Zusammenleben. Angst vor sich selbst.

Kann man einen gespaltenen Berg kitten?

Eduard Barrenberg würde sagen: Aber ja! Seht euch den Drachenfels am Rhein an. Als der morsch wurde, haben sie ihn mit Beton ausgespritzt. Nun hält er noch ein paar Jahrhunderte. So alt möchte ich gar nicht werden. Betonieren wir also unser Leben!

Sie hatte Angst. Kann man mit dieser Angst noch zwanzig Jahre leben?

Die Mordkommission mit Hauptkommissar Engelbrecht fand das Haus Nummer 4 am Hünengrab unverschlossen. Die Türen standen sogar offen.

»Hereinspaziert!« sagte Engelbrecht übellaunig. »Zweiter Gang links, dritte Tür liegt der Tote. So etwas habe ich gern! Das sind die Fälle, wo wir uns in den Hintern beißen. Ein Toter auf dem Serviertellet.« Er betrat die Eingangshalle, sah sich um und rieb sich die Hände. »Das muß man fotografieren fürs Album. 1001 Nacht in Frankfurt. Jungs, wenn das ’ne orientalische Angelegenheit ist, haben wir eine Aktenleiche mehr im Archiv.

Was die Todesursache betraf, gab es keine Unklarheiten: Der

Mann war erschossen worden. Ein sauberer Herzschuß, aus ziemlich kurzer Entfernung; das Projektil war am Rücken wieder ausgetreten und hatte sich in das Bücherregal gebohrt. Es stak in einem Buch mit dem Titel »Die merkwürdigen Reisen des Leonid Charkow«. Ein Kriminalobermeister holte es mit einer Pinzette heraus.

»Neun Millimeter, Chef!« sagte er und hielt Buch und Projektil hoch.

»Sieht ganz nach einem Profi aus.« Engelbrecht ging aus dem Weg, weil der Polizeifotograf noch einige Aufnahmen machen wollte. Er sah sich in der Bibliothek um, stand sinnend vor dem wertvollen Monet und setzte sich dann auf Makaroffs Sessel hinter den Schreibtisch.

»Auf welchen Besitzer ist das Haus eingetragen?«

»Auf einen George Petrescu. Gebürtiger Rumäne. Ex- und Import.« Ein Kriminalinspektor blätterte in den Abrissen einer Telexinformation. »Das Haus Nummer 4 wurde vor drei Jahren verkauft.«

»Aber die Frau, die angerufen hat, sagte, ein Makaroff sei erschossen worden.« Engelbrecht betrachtete den Toten nachdenklich. Vor der Tür erschienen jetzt die Leichenträger mit der Zinkwanne. Ein Kriminalbeamter streute Kreide um den Toten, um seine Lage auch nach dem Abtransport des Körpers festzuhalten. »Den Mord hat doch eine weibliche Stimme gemeldet?«

»Ja, Chef. Die Telefonzentrale sagt, die Frau sei sehr ruhig gewesen. Und sie sagte auch noch: Nein, kein Mord. Es war doch ein Unfall.«

»Mitten ins Herz mit einer neun Millimeter? Ein Blattschuß! Was die Leute so Unfall nennen… Fangt mal mit der Durchsuchung an!« Er nickte den Leichenträgern zu. Ihr könnt abräumen, wenn der Doktor es erlaubt.«

»Ich bin fertig.« Der Polizeiarzt winkte ab. »Eine ganz klare Diagnose. Das muß ein Meisterschütze gewesen sein.«

»Oder eine Schützin!« Engelbrecht erhob sich wieder. Er war seltsam unruhig. Der Hergang schien völlig klar zu sein – aber trotzdem signalisierte ihm sein Gefühl, daß Makaroffs Sterben nicht vorgeplant gewesen war.

Während man Makaroff wegtrug, durchwühlten sieben Beamte die Villa. Sie durchsuchten die Schränke, brachen Schubläden auf, rückten Möbel weg, blätterten in Akten und Alben, nahmen Bilder ab und waren enttäuscht, daß der Tote anscheinend keinen Tresor besaß, dessen Inhalt Licht in das Dunkel gebracht hätte. Dafür wurde der Kriminalinspektor Biermann fündig. Unter einem Sessel am Fenster der Wohnhalle fand er ein Foto. Er betrachtete es, pfiff anerkennend durch die Zähne und kam in die Bibliothek.

»Chef –« sagte er und wedelte mit dem Foto. »Kann man Sie mit Naturaufnahmen erfreuen?«

»Ich liebe die Berge«, antwortete Engelbrecht.

»Ich habe zwei Hügel hier, die gerade bestiegen werden.« Er legte das Foto auf die Tischplatte und hüstelte provozierend. »Unsere Leiche war'n aktiver Bursche, was?«

Engelbrecht blickte auf das Foto, ohne es zu berühren. Makaroff – oder Petrescu, das mußte man noch feststellen – war deutlich zu erkennen. Der Kopf der Frau war zur Seite gedreht, das Gesicht abgewendet, man sah nur ihre zerwühlten Haare.

»Noch mehr?« fragte Engelbrecht nüchtern.

»Bisher nicht. Lag unter einem Sessel. Muß runtergerutscht sein.«

»Wenn die Dame auf dem Foto auch die Schützin ist, können wir einpacken.« Engelbrecht schob das Foto in ein Kuvert, das er vom Schreibtisch nahm. Ein neutrales Kuvert ohne Aufdruck. »Oder soll ich dieses Bild als Fahndungsfoto an die Presse geben?«

»Die Redakteure würden jubeln!«

»Biermann, du bist ein Ferkel!« sagte Engelbrecht gemütlich. »Bringt mir mehr von dieser Fotoserie. Sicher ist auf einem Foto auch das Gesicht zu sehen. Dann haben wir sie. Wenn sie es war!«

Am Abend saß Hauptkommissar Engelbrecht in seinem Zimmer im Präsidium und bereitete seinen Bericht vor. Er hatte Besuch. Hauptkommissar Döhrinck vom Sonderdezernat Rauschgift war herübergekommen. Man wußte jetzt, daß der tote Makaroff in Wahrheit Petrescu hieß. Eine Haussuchung am Nachmittag in den Büroräumen hatte einen leidlich gewinnträchtigen Importhandel ergeben, der aber in gar keinem Verhältnis zu dem Aufwand stand, den sich der Tote hatte leisten können. Eine orientalische Millionen-Villa sprang bei diesen Umsätzen nicht heraus. Dafür fand man im Tresor von Petrescus Chefbüro, den ein Fachmann in halbstündiger Arbeit öffnete, neben belanglosen Angeboten von Exporteuren aus dem asiatischen Raum, neun halbe Dollarnoten, deren andere Hälfte fehlte.

Engelbrecht wollte schon darüber hinweggehen, als ihm einfiel, was Döhrinck einmal in einem Referat über Rauschgiftschmuggel gesagt hatte: Es gibt die ausgefallensten Erkennungszeichen, wenn zwei Großdealer zusammentreffen. Von der gleichen spezialgefertigten Krawatte bis zu zerrissenen Geldscheinen, deren Stücke zusammenpassen müssen.

Döhrinck demonstrierte Engelbrecht mit abgerissenem Briefpapier, wie das funktionierte. »Gratuliere«, sagte er. »Sie haben da mitten in die Scheiße getreten! Sie wissen doch: das bringt Glück!«

»Mir nicht! Das beweise ich Ihnen gleich.«

»Petrescu muß einer der großen Bosse gewesen sein, die Deutschland mit Heroin überziehen. Die halben Dollarscheine sind ein unumstößlicher Beweis. Neun Stück... das heißt, daß noch neun Lieferungen ausstehen! Wieviel es im ganzen waren, werden wir nie erfahren. Ich kann Ihnen nur sagen, daß die Szene zur Zeit mit dem besten Heroin, das es je gab, vollgepumpt ist. Und die Preise liegen so im Keller, daß man heute einen Schuß kaufen kann wie früher eine Rolle Drops. Bei den Fixern tut sich dementsprechend auch was. Sie drücken sich voll wie Verdurstende. Allein in dieser Woche haben wir schon wieder zwei Goldene Schüsse!«

»Dann sollte man sagen dürfen: Wer Petrescu erschossen hat, war der beste Schütze. Man sollte ihn in Gold fassen!« Engelbrecht seufzte und holte das Foto aus der Tasche. »Aber es bleibt ein Mord, wir müssen ermitteln, den Täter finden und ihn zur Verurteilung abliefern, auch wenn man ihm und uns eigentlich gratulieren sollte. Döhrinck, das ist meine Privatansicht. Ein kleiner Schritt außerhalb der Rechtsstaatlichkeit.«

»Wenn es ein Mordbefehl aus den Kreisen der großen Bosse war, können Sie die Akten zuklappen!« sagte Döhrinck. »Denken Sie an Kemal Özdogan.«

»Wir tappen wie die Deppen herum.«

»Anders wird es im Fall Petrescu auch nicht werden.«

»Und das hier?«

Döhrinck betrachtete das Foto und schmunzelte. Engelbrecht nahm es ihm wieder weg.

»Sie sollen sich nicht Ihren Wunschträumen hingeben, sondern Ihre Meinung sagen.

»Die Frau ist Klasse!«

»Und wenn sie die Mörderin ist? Motiv: Besitz dieser Fotos! Dabei ist eins unter den Sessel gerutscht.«

»Das wäre ein filmreifer Fall. Aber auch den werden Sie nie auflösen. Ohne Gesicht? Wie sehen Sie Ihre Chancen, Kollege?«

»Reichlich hoffnungslos.« Engelbrecht steckte das Foto wieder ein. »Wir werden natürlich versuchen, Petrescus Leben systematisch aufzurollen. Aber es ist kaum zu erwarten, daß wir auf diese Frau stoßen, und auf Ihre Rauschgifthändler schon gar nicht. Das Mieseste ist, daß ich mit Özdogan und Petrescu zwei Tote im Haus habe, die unsere Aufklärungs-Statistik belasten.«

Bereits die Morgenzeitungen brachten einen Bericht über den Mord. Ein Bild von Petrescu, das ihn irgendwo im Süden zeigte, am Meer, mit offenem Hemd und behaarter Brust, unterstrich den Eindruck, daß, nach den ersten Feststellungen, anscheinend der Kopf einer internationalen Rauschgiftorganisation von Rivalen oder einer unbekannten Geliebten erschossen worden war. Dann folgten die üblichen Fragen der Polizei: Wer hat in der fraglichen Zeit in der Nähe des Hauses Personen oder Autos beobachtet...

Monika schlief noch, als Eduard Barrenberg aus der Morgenzeitung vorlas. Dr. Köschinger, Barrenbergs Hausarzt, hatte Monika am Abend eine Injektion gegeben, die sie in eine Art Dauerschlaf versetzte und den Drang des Körpers nach einer neuen Dosis Heroin dämpfte. Jetzt wartete man auf einen Bescheid, wohin man Monika zur Entziehung einliefern konnte. Holger Mahlert war sofort gekommen, als Barrenberg ihn verständigte, aber da hatte Monika schon geschlafen.

»Ich werde sofort alles mobilisieren«, sagte Mahlert. Er saß am Bett, streichelte Monikas bleiches Gesicht und gab vor allem Maria einen großen seelischen Halt. »Ich werde mitfahren. Ich werde ein paar Tage bei ihr in der Klinik bleiben, vor allem die ersten schrecklichen Tage. Ich lasse sie nicht allein. Nie mehr.«

»Und Sie haben wirklich Hoffnung, daß sie noch zu heilen ist?!« fragte Barrenberg stockend.

»Wir alle müssen mithelfen«, sagte Mahlert. »Wenn ich das sagen darf: Es ist alles falsch gemacht worden.«

»Sie dürfen es sagen.« Barrenberg wischte sich über die Augen. »Aber wir haben das nie gemerkt. Ich stehe dafür ein. Ich bin der Hauptschuldige.«

»Darüber wollen wir nicht mehr sprechen«, sagte Maria und zog Barrenberg aus Monikas Zimmer. Er sträubte sich, aber als Maria wortlos zu Mahlert hinübernickte, begriff er, daß Väter von erwachsenen Töchtern nicht immer tonangebend sein müssen, und ließ Mahlert mit Monika allein. Sie schlief ja ohnehin.

»Wenn er sie tatsächlich heiratet«, sagte er unten im Wohnzimmer und öffnete eine Kognakflasche, »wenn er sie nach all dem noch heiratet, behänge ich den Jungen mit Gold!«

»Das ist typisch Barrenberg«, sagte Maria und setzte sich vor den Kamin. »Alles nur mit Geld zudecken, denn alles ist ja käuflich! Kannst du dich überhaupt ändern?«

»Ich werde mehr Zeit haben.« Barrenberg goß sich sein Napoleonglas voll und schwenkte den Kognak zur Duftentfaltung vorsichtig hin und her. »Wir werden wieder eine Familie sein. Ich werde auch Chopin und Schumann lieben lernen.«

Das war am Abend gewesen. Jetzt las Barrenberg den Artikel über Petrescus Tod vor und frühstückte dabei mit gutem Appetit. Maria trank nur eine Tasse Tee; es war ihr unmöglich, auch nur einen Bissen zu essen.

In einer Stunde sollte Monika abgeholt werden. Mahlert hatte am frühen Morgen angerufen, er hatte einen Platz in einer Privatklinik bekommen, aber noch stand der endgültige Bescheid aus. Dr. Köschinger wurde in einer Stunde erwartet, um Monika eine neue Injektion zu geben. Sie sollte schlafend abtransportiert werden, sollte aufwachen in ihrer neuen Umgebung und Holger an ihrer Seite sitzend finden. Die Qual, ihre Fahrt bewußt erleben zu müssen, wollte man ihr ersparen.

»Wer hat ihn umgebracht?« fragte Barrenberg. Seit gestern fragte er das immer wieder. »Als du bei ihm warst, war er doch –«

»Er lebte selbstverständlich noch«, sagte Maria. »Ich habe ihn angeschrien: ›Gib mir sofort Monika heraus!‹, habe ihm eine Ohrfeige gegeben, und da war auch schon Monika da, ich habe sie gepackt, weggezerrt, und wir haben das Haus fluchtartig verlassen. – Das habe ich dir doch alles schon erzählt!«

»Und der Mörder lag da schon auf der Lauer?« Barrenberg tippte auf die Zeitung. »Hör dir die Uhrzeit an! Ihr seid raus, und er ist rein, so muß es gewesen sein. Vielleicht war er sogar schon im Haus! Wenn ich daran denke... Willst du bei der Polizei eine Aussage machen?«

»Worüber?« fragte Maria.

»Daß du Petrescu – oder Makaroff – noch lebend gesehen hast!«

»Muß ich das?«

»Eigentlich nicht. Wir sollten uns aus diesem Skandal heraushalten. Wenn es dich nicht belastet...«

»Es belastet mich nicht!« sagte Maria Barrenberg. »Es sollte bei uns nichts mehr geben, was einen von uns belastet. Das Leben geht weiter.«

»Und wie!« Barrenberg legte die Zeitung weg und strahlte Maria an. »Hubert Bollwitz, du weißt, der Fabrikant aus dem Harz, hat gestern fest zugesagt, daß wir die neue Fabrikanlage bauen. Kostenvoranschlag: runde 10 Millionen!«

Zwei Stunden später wurde Monika abgeholt. Auf einer Trage wurde sie hinausgebracht; Dr. Köschinger hatte ihr die neue Schlafinjektion gegeben. Holger Mahlert ging neben der Trage her und hielt Monikas schlaffe Hand.

Der Wagen hielt ganz hinten bei den Garagen, wo ihn keiner sehen konnte, und Monika wurde durch den Garagengang aus dem Haus getragen. Barrenberg stand vorn am Tor und stellte beruhigt fest, daß die Nachbarn nichts sehen konnten.

Als die Straße frei war, winkte er, und der Krankenwagen verließ in schneller Fahrt das Barrenbergsche Grundstück.

Vier Tage später erhielt Eduard Barrenberg in seinem Büro einen Privatbrief. Er kam ohne Absender, aber der leichte Parfümgeruch, der aus dem Kuvert strömte, machte ihn auch überflüssig.

Bettina Ahrendsen schrieb:

Dieser Brief erreicht dich, wenn ich schon in Kanada bin. Ich habe durch Zufall und von heute auf morgen ein Angebot bekommen und habe zugesagt.

Du hast George erschossen – ich weiß es. Du hast es für mich getan, auch das weiß ich. Aber ich weiß auch, daß es jetzt unmöglich geworden ist, daß wir zusammen leben können, so wie bisher oder gar als Ehepaar, falls du dich scheiden ließest. Der Tote wäre nie zu vergessen. Es ist nicht möglich, Voice, gemeinsam ein neues Leben zu beginnen; der Tote stünde immer zwischen uns.

Du hast es gut gemeint, ich liebe dich noch immer. Du hast uns mit dem Mord befreien wollen – aber Mord bleibt Mord, und ich würde immer mit Schaudern deine Hand anblicken, die getötet hat. Wer kann das aushalten?

Verzeih mir, mein Liebster. Suche mich nicht! Kanada ist groß, und keiner weiß, wohin ich dort gehe. Auch Bieringer nicht. Ich will leben und vergessen. An deiner Seite wäre das unmöglich gewesen.

Ich küsse dich zum letzten Mal. Betty.

PS.:Verbrenne den Brief sofort!

Barrenberg sah aus dem Fenster, verzog sein Gesicht, und plötzlich lachte er, glucksend saß er in seinem Sessel, sein Bauch hüpfte auf und ab.

»Du hast George erschossen... du hast es für mich getan.« Barrenberg, der Mörder aus Liebe! Barrenberg, der sich selbst aus den Armen seiner Geliebten geschossen hat. Oder: Barrenberg, das zweite Opfer des unbekannten Täters. Man konnte es sehen, wie man wollte, – es blieb eine schauerliche Komödie.

Mit seinem Feuerzeug zündete er den Brief an, wartete, bis er im Aschenbecher völlig verbrannt war, zerrieb die Asche zwischen den Händen und ließ sie aus dem Fenster wehen. Kanada... Das ist weit weg. Da kann man ihr nicht mehr nachlaufen.

Und plötzlich war er froh darüber und fühlte sich befreit und beschloß, Maria am Abend einen großen Blumenstrauß mitzubringen.

Im folgenden Sommer fuhren die Barrenbergs in Urlaub. Nach Teneriffa. Eduard Barrenberg und seine Frau Maria. Sie sah um Jahre jünger aus, trug eine andere Frisur und aufregende Kleider.

Mit ihnen reisten Monika Barrenberg und ihr Verlobter, der Chemiker Holger Mahlert.

Monika hatte einen übermenschlich schweren Kampf mit sich selber führen müssen. Die Entziehungskur hatte Monate gedauert, es hatte Rückfälle, Kreislaufversagen, auch einen verzweifelten Ausbruchsversuch gegeben. Aber immer wenn sie nahe vor dem Absturz gewesen war, hatte Holgers Liebe sie aufgefangen. Und endlich hatte ihr Lebenswille gesiegt.

Nun wohnten sie mit Monikas Eltern in einem der besten Hotels der Insel. Sie bezogen eine Suite mit Namen »Lanzarote«: ein schönes Paar, ein glückliches Paar, strahlend vor Jugend und Gesundheit. Die Hoteldirektorin begrüßte sie persönlich. In der deutschsprachigen »Teneriffa-Woche« stand die Notiz: »Der bekannte Architekt Eduard Barrenberg verbrachte mit seiner Familie drei unbeschwerte schöne Wochen im Hotel ›San Felipe‹.« Eine berühmte Malerin, die auf Teneriffa lebte, porträtierte Eduard Barrenberg in seiner charakteristischen Haltung: das Kinn angezogen, den Blick markig nach vorn gerichtet.

Es war wirklich eine angesehene Familie.